名婦列伝

De Mulieribus Claris

ジョヴァンニ・ボッカッチョ

瀬谷幸男
［訳］

論創社

名婦列伝　目次

名婦列伝

献辞

チェルタルドのジョヴァンニ・ボッカッチョ(1)より
フィレンツェの令名高き貴婦人アンドレア・アッチャイオリ(2)、
アルタヴィッラ伯爵夫人(3)へ捧げます

先の日、女性たちの誉《ほまれ》よ、ほんの暫しの間、怠惰な大衆から遠く離れて、その他の煩瑣な事柄から殆ど解放されたとき、わたしは多く一般大衆のためよりも、女性たちを大いに賞賛し、わが男性の友人たちを慰めるため、この小著を書きました。しかし、わたしはこの小著が自分の手もとで無為に色褪せないよう、先ずこの小著を誰に贈与すべきかと心のうちに思い巡らしました。他人の好意に支えられて、本書はより安全に一般の人びとの手に届くでしょう。この本では女性たちが話題となっているので、わたしは貴顕の士よりむしろ誰か光輝に満ちた貴婦人へ献呈されるべきものと気づきました。そして、わたしがふさわしい贈呈者を捜していますと、誰よりも先にわが心に浮かびましたのは、あの光彩を放つイタリアの曙光、女性たちのみならず王侯たちの栄誉です。すなわち、シキリア並びにイエルサレム王妃ヨハンナ一世(=ジョヴァンナ)陛下であります。

かくも名高き家系と父祖の煌めく光輝、それに彼女自身の勇敢さで勝ちえた新たな称讃に鑑み、わたしはこの細やかながら敬虔な小著をかの王妃陛下の王冠の前に捧げたいと強く思いました。しかし、結局は彼女の王妃の光輝がとても大きく、わが小著の半《なか》ばまどろんだ燃え止《さ》しのごとき炎はじつに小さく弱いものであるゆえ、より大きな光によって小さな光が完全に闇に消されるのを怖れて、わたしは徐々に考えを変えることにしました。よって、その他多くの人びとを捜し出し、わが探索を改めまして、遂にあの名高い王妃から貴女へとわが願望を変えました。それは故《ゆえ》なきことではないのです。というのは、わたしは貴女の柔和で名高い性格、並外れた高潔さ、奥方たちの最高の身嗜《みだしな》み、そして貴女の言葉使いの優雅さを心のなかで思い巡らしました。そして、わたしは貴女の精神の高貴さと女性を遥かに凌駕する知力を見て取りました。さらに、わたしは自然が女性から奪ったものを、――主なる神が寛大にも貴女の胸のなかにそれを吹き込み、驚くべき美徳で補完したことを知りました。そして、主なる神は貴女がその名前で知れわたるように望まれました。（ギリシア語 *andres* はラテン語「男たち」*homines* を意味する。）これらすべてを考慮すると、わたしは貴女が古代の人びとの間でさえも、至るところどんな優れた女性たちとも比較するに値したと思いました。

それゆえに、貴女は多くの素晴らしい行為で貴女を現代において古代の美徳の輝かしい手本とされました。したがって、わたしは貴女にふさわしい名声を高めるため、この小著を献本したいと思います。本書は――わたしが信じるには――〈運命の女神〉の恩顧で、かつてはモンテオドリージオ伯爵[4]領が果たして、今はアルタヴィッラ伯爵領が果たすと同様に、貴女の名声を後世の人びとに燦然と輝かせるのに大いに役立つでしょう。

それゆえに、貴女と貴女の御名《みな》に対して、わたしが今まで名婦たちについて書き記した小著を捧げます。名高き貴婦人よ、人びとの間でつとに際立つ貞淑の神聖なる御名《みな》において、感謝の気持ちをもって、学者の細やかな贈り物を何卒お受け取りください。もしわたしに何か忠告をお望みでしたら、小著を時々お読みくださるようお勧めします。きっと、この書の勧告によって、貴女は余暇を楽しく過ごし、女性の美徳と物語の魅力を愉しむことでしょう。もしその読書によって貴女が往昔《いにしえ》の女性たちの行為の競争相手へと駆り立てられるなら、それは決して無駄ではないと思います。

また、貴女はわたしが朗読の都合上、止むをえずに放縦と神聖を混交しているのに時々お気づきになるでしょう。しかし、どうかこれらの部分に怯《ひる》んで読み飛ばさずに、耐えてお読みください。薔薇苑に入るときに、その薔薇の荆《とげ》を遠ざけて、貴女はその象牙の手を薔薇の花々へ伸ばすように、卑猥なことを無視し、賞賛すべきことを集めてください。そして、キリスト教徒を公認する貴女が異教徒の女性たちのなかにも、ご自分にはないと感ずる賞賛すべき資質をお読みになるときはいつでも、心から赤面して、ご自身を責めてください、キリスト教の洗礼を受けているけれども、ご自分は清廉さ、慎み深さと果敢さで、異教徒の女性の後塵を拝すると。そして、じつに強い貴女の天性の力を呼び起こし、貴女はその敗北を許すのではなく、誉れ高い美徳においてすべての女性たちを凌駕するよう努めてください。貴女の身体は歓喜に満ちた青春と花咲ける魅力で際立つように、何よりも貴女は同時代人だけでなく、古代の女性たちをも高潔な精神でより優っているべきです。大多数の女性たちがするように、貴女の美しさを化粧品で飾るのではなく、その美質を高潔と神聖と卓越した行為で飾ることを忘れないでください。こうして、貴女は美を恵んでくださったお方（神）の御意《ぎょい》に適うでしょう。貴女はこの儚い人の世において、有名な女性たちの間で一際輝くだけではなく、あらゆる祝福を施してくださった同じお方（神）によって、人間の衣（肉体）を脱いだ後でも、永遠の光のなかへ迎え入れられるでしょう。

その上、もしそれに値するとお考えならば、いとも卓越し御婦人《おひと》よ、この本が世間の人びとの前へ現われる勇気を与えてください。わたしが思うに、貴女の賛助の下で世に送り出されるならば、わたしは本書が悪意ある人びとの批判も免れて世へ出ていき、他の名高い女性たちの名とともに、貴女の名を世の人びとの口の端を通し輝き渡らせるでしょう。貴女の存在を至るところへ連れだすことは叶いませんので、わが本書が貴女と貴女の功績を現在生きている人びとに知らしめて、後世の人びとには貴女を永遠の女性として引き継ぐでありましょうから。

ではご機嫌よう、さようなら

序文

チェルタルドのジョヴァンニ・ボッカッチョにより書かれ、
フィレンツェのアンドレア・アッチャイオリへ献呈された
『名婦列伝の書』
さいさきよくここにはじまる

ずっと昔から、少なからぬ古代の作家たちは名士列伝についての本を要約の形式で書いてきた。しかし、現代でも、高名な人士にして偉大な詩人であるわが師ペトラルカはより正確な文体でより浩瀚な同じような本を書いている。それは当然である。というのは、素晴らしい行為で他の人びとに優るために、彼らのすべての熱意と財産、（好機とあれば）彼らの血と生命を投じた人びとは、たしかに彼らの名前が後世の人びとに永遠に記憶されるに値するからである。

実際、わたしは女性たちがこの種の著者から注目を引く度合いがいかに少なかったかに驚いている。たとえより長い物語篇は、ある女性たちが精神力と体力を必要とする諸々の行為を果たしたことを明らかに示していても、わたしは彼女たちを記憶するため特に捧げた作品がないことにも同様に驚いている。

そして、もし力を与えられた男性たちが偉大な行為をして褒められるべきならば、殆どすべての女性たちは自然によって柔弱に生まれつき、弱い身体と緩慢な天性を賦与されているからには、もし女性たちが雄々しい精神を帯び、素晴らしい天性と勇気を発揮し、大胆にも男性たちさえ極めて困難な行為を成し遂げたのなら、彼女たちはどれだけより一層褒め称えられるべきであろうか？

それゆえに、かかる女性たちが彼女たちの正当な報酬を騙し取られないよう、わたしはその記憶が未だ新しい女性たちの偉業を一冊の本に集め、彼女たちの栄光を称讃するのが重要であると考えた。これらに、わたしは大胆さまたは知力や勤勉、あるいは天性の資質や〈運命の女神〉の恩恵または復讐によって有名となった女性たちのなかから、幾人かの女性たちの物語を加えた。その上、わたしは注目に値することを成し遂げていなくとも、偉大な行為を遂行する原因であるのを証明した僅かな女性たちも本書のなかに含めた。

わたしはペネロペ、ルクレティア、スルピキアのようなじつに貞節な既婚女性たちに、メーデイア、フローラ、センプロニアや、彼女たちと相似て極めて強いけれど、たまたま破滅的な性格を持った女性たちを綯《な》い交ぜにしているが、読者たちは不適切と考えないでほしい。というのは、わたしの考えはこの「有名な」という語義をあまり厳密には解釈しないで、それはいつも「英雄的な行為」を意味するようにみえるからである。それどころか、読者の親切な赦しをもって、より広い意味に適用し、いかなる行為であれ世界中で名声を博したと思われる女性たちは誰でも皆が有名であると解釈している。実際、著名な人びとのなかに、わたしはレオニダス家[1]の人びと、カトー家[2]の人びと、それにファブリキウス家[3]の人びとだけでなく、じつに煽動的なグラックス[4]、変幻自在なハンニバル[5]、裏切り者のユグルタ(6)、内戦の血で染まったスッラ(7)とマリウス(8)、そして同様に金持ちで貪欲なクラッスス(9)、その他同様な人びとを時折り読んだことを覚えている。

しかし、記憶に値する行為を称讃し褒め称え、ときには忌まわしい行為を非難して抑制するものであるから、それは高貴な人びとを栄光へ駆り立て、ある程度は悪人たちを彼らの悪業から抑制するものでもある。それがまたこの小著にある種のヒロインたちの恥ずべき功績ゆえに失われた魅力をも添える。かくして、わたしはこれらの話のさまざまな個所で美徳への愉しいいくつかの諫言を挿入して、悪行を避けて忌み嫌うための督励を加えることを決心したのである。かくして、聖なる収益は娯楽と混じり合って、知らぬ間にわが読者の心に忍び込むであろう。

古風な慣習にしたがい、ものごとの表面だけに触れたとみえないように、わたしは、もし知ることができるなら、信頼に値する作者たちから学びつつやや長い話に敷衍したことは、有益であるだけでなく、適切でもあると思う。わたしは彼女たちの悪行は男性たちに劣らず女性たちをも喜ばせると思う。その上に、女性たちは一般に歴史を知らないので、彼女たちはより長い叙述を必要として楽しむであろう。

しかし、わたしは怠ることのないように、殆どすべてが異教徒であるこれらの女性たちと、神聖なヘブライ人の女性（原初の母エヴァを除く）やキリスト教の女性たちとを混ぜ合わせない方が良いように思えた。というのは、二つの集団の女性たちは互いにうまく調和しないし、同じ歩調で歩むとは思えないからである。

なぜなら、ヘブライ人（ユダヤ教）とキリスト教の女性たちは永遠なる真実の栄光のために、彼女たちの至聖なる師の命令と足跡を見ならって、しばしば殆ど人間性に悖《もと》るまで自らに忍耐を強いるからである。しかるに、異教徒の女性たちは、ある種の天賦の賜物か本能により、あるいはむしろこの世の移ろい易い栄光への欲望に駆られて、激しく強力な精神力をもって、彼女たちの目的に到達した。また、〈運命の女神〉の執拗な攻撃を受けても、ときには彼女たちはじつ厳しい困難に耐え抜いてきたのである。

その上、キリスト教の女性たちは真実の尽きることなき光のなかに煌めいて、当然の報いたる永遠のなかにまことに輝かしく生きているだけではなく、われわれは彼女たちの処女性、貞潔、聖性、美徳、性欲と暴君たちの処罰を克服する際の征服し難い不屈の精神は、彼女たちの功績の必要に応じて、個々の書物のなかに、神聖なる文学（＝聖書）が崇敬すべき威厳をもって際立つ敬虔なる人びとによって書かれているのを知っている。他方、異教徒の女性たちの功績は既に述べたように、特にこの目的のためにどんな書物も書かれていないし、誰によっても指摘されてさえいない。そういう理由で、彼女たちにある種の報酬を返済するつもりで、わたしはこの作品を書いたのである。

万物の父なる神がこの敬虔な作業でわたしをお助けくださるように。そして、この労力を引き受けた者を支えて、わたしが神の真の賞賛を希《こいねが》うため書くことをお赦し下さい。

I　われわれの原初の母エヴァについて

わたしは女性たちが世に知れわたる謂《い》われとなった、もろもろの栄光について書こうとするのであるから、われわれすべての母たるエヴァから始めることは不適切ではないように思える。たしかに、彼女は最も遠い往昔《いにしえ》の母であり、原初の母であるゆえ、彼女は栄えある名誉に浴したのである。というのは、彼女は他の死せる人間たるわれわれが、苦労するため生まれてくるこの悲惨で哀れな峡谷に生まれたのではないし、また彼女はわれわれと同じ槌や鉄床《かなとこ》で作られたのでもなく、他の人びとのように原罪を嘆き悲しんで涙を流し、弱々しくこの世に生まれてきたのでもない。否むしろ――これは他の誰にも未だかって起こったとは聞いたことがないが――いとも優れた森羅万象の造物主が大地の塵から自らの手でアダムを創って、のちにダマスケネ(1)という名が与えられた平原から楽園へとアダムを移したとき、造物主はアダムを安らかな眠りへ陥らせた。彼自身しか知らない御業《みわざ》で、神は眠っているアダムの脇腹から一人の女を生み出した。彼女は婚姻の機が熟して、この場所の甘美さと自分の造物主をみて歓んだ。彼女は森羅万象の不死なる女支配者であり、既に目覚めて、彼女をエヴァと呼んだ男の伴侶となった。

　これより偉大な、そしてこれより名誉なことが何か生まれくる人にかつて起こりえたであろうか？その上、われわれは彼女の肉体の美しさが瞠目すべきものと想像することができる。というのは、神の手で創られたもので彼女を美しさで凌駕するものが他にあろうか？　美しさは老齢とともに衰えいくものであり、また青春の花盛りでも、ちょっと病気に罹っても消え去るものである。しかし、女性たちは自らの美しさを特に優れた賜物とみなして、死すべき人間の軽率な判断に従い、彼女らは今や美しさに最大の栄光を追求してきたので、その美しさが卓越した栄光さながらに、彼女らの名声の一つとしてここや以下に書き留めるのは無益ではなかろう。

　その上、エヴァは原初の母とその住居《すまい》の権威により、天国の市民となって、われわれには未知なる燦然たる光輝をまとっていた。彼女はその夫（アダム）とともに天国の歓楽を存分に楽しんでいると、彼らの幸せを妬む不信心な敵は、もし主なる神によって彼女に命じられた一つの掟にそむけば、彼女はより偉大な栄光をえることができようと、彼女の心を説諭した。女性の軽率さで、エヴァは彼女やわれわれを信ずべき以上に敵を信じた。そして、愚かにも、彼女は自らさらなる高処《たかみ》へ昇りいこうと考えた。そして、先ずは媚びへつらうように唆して、柔順な夫を自分の考え方へなびかせた。こうして、彼らは（神の）掟を破って、善と悪の樹である林檎を味わった。この無謀な企てによって、彼ら自身と彼らの未来のすべての子孫たちを平安と不死から悩み多い労働と悲惨な死へと、そして心地よい祖国から荊の茂みと土塊《くれ》と岩塊へと追いやったのである。

　というのは、彼らをおおって照らしていた煌めく光が消えたときに、彼らは怒れる創造主によって叱責されて、二人はイチジクの葉の腰帯をまとって、エデンの園から追放され、ヘブロン[2]の平原へ流罪の身でやってきた。そこで、彼女の夫が鍬で大地を耕している間に、上述したさまざまな行為で名高い、この卓越した女性は糸巻竿で紡ぐ技《わざ》を発見したと信じられている。彼女は頻繁に出産の苦痛を経験して、子や孫たちの死のお蔭で、彼女の精神は窮境にさいなまれて、同様に悲惨さをこうむった。わたしは寒さと暑さとその他の災厄にはふれずに筆を擱《お》こう。彼女は労働に疲れはて、老齢に至って死なんとしていた。

II　アッシリアの女王セミラミスについて

セミラミスはアッシリアの名高くじつに遠い昔の女王であった。しかし、彼女をサトゥルヌスの息子で海神ネプトゥヌスの娘と誤信し断言する古代の人びとがお気に入りの伝説を除いて、彼女がいかなる両親から生まれ出たかは、その遠い昔ゆえに皆目知られていない。たとえわれわれがこの話を信ずべきでないにしろ、これは彼女が高貴な両親から生まれたことの証左でもある。

たしかに、彼女は優れたアッシリアの王ニヌスと結婚して、一人息子のニニュアスを生んだ。実際にニヌスが全アジアと最後にバクトリア(1)を服従させると、セミラミスが未だ若く、彼らの息子が少年にすぎない間に、ニヌスは槍の一撃で死亡した。よって、彼女はかくも大きい東方の帝国全土を年端もいかぬ少年にその手綱を委ねることは安全でないと思った。むしろ、彼女はじつに勇敢な精神を持っていたので、彼女の無情な夫が武力で従わせ抑制したこれらの国々を、女性たるセミラミスは敢えて技術《わざ》と知性で支配しようとした。

女性の狡知で謀った途轍もない奸計によって、彼女は真っ先に彼女の死んだ夫の軍隊を欺いた。当然ながら、セミラミスの顔の輪郭は息子に酷似していた。両方とも髭が生えていなかったし、彼女の女性の声はその年齢の息子の声と異なって聞こえることはなかった。背丈においても、彼女は息子と殆ど変わりはなかった。この似ている点をうまく利用し、セミラミスは何ものもその欺瞞を暴いて彼女の前進を妨げないように、いつも頭にターバンを巻き、腕と脚を覆い隠していた。今までは、それはアッシリア人の習慣ではなかったが、彼女の衣裳の珍奇さが隣人たちに不思議さを覚えさせないため、彼女は民衆が誰もが皆同じ服装をするように命令した。

　こうして、かつてはニヌスの妻であった女性は彼の息子の少年に偽装し、驚くほど注意深く、王たる威厳を手に入れ、王の身分と戦士の識見を維持し、自らの女性の身を偽って、いとも強力な男たちに値する多くの偉大で優れた振る舞いを行った。そして、セミラミスは労力を惜しまず、危険をも恐れず、前代未聞の人目を引く行動であらゆる嫉妬を克服した。そのときだけは、彼女は自分が実際は誰であり、女性の欺瞞で彼女がいかに男性を装ってきたかを、すべての人びとにうち明けるのを怖れなかった。それはさながら、彼女は性別ではなく、勇気こそが支配するに必要であるのを見せ示したいかのようであった。このような彼女の姿勢はこの女性の周知の威厳を高めると同時に、彼女に出会った人びとに憧憬の念をますます抱かせたのである。

　彼女の偉業をもう少し詳しく人びとの面前に開示してみたい。あの天晴れな偽装を行ったあとで、セミラミスは雄々しい勇気をもって武器を構え、彼女の夫が獲得した帝国を維持したのみならず、自ら激戦を挑んで征服したエチオピアをその帝国に加えたのだ。それから、彼女は未だ彼女の夫を除いて、誰も近づいたことのないインドへ激烈な戦争を仕掛けた。その上、彼女はニムロド(2)によってセンナアル平原(3)に創建された古く、その当時は巨大であったバビロニアの都を再建し、それを砂と瀝青とタールで固めた煉瓦の城壁で囲んだ。これらの城壁はその高さも厚さも周囲の長さもじつにみごとな出来栄えで、この街をぐるっと取り囲んでいた。

彼女の多くの行為のなかから選び出して、最も記憶に値する一つのことを述べてみると、次の物語が最も真実のものといえよう。ある日、万事が平和で彼女は長閑《のどか》に休息をし、女性の召使とともに女性の巧みさで髪を梳かし、祖国の慣わしに従いその髪を束ねようとしていると、未だ彼女の整髪は半分も終わっていないときに、バビロニアの都が彼女の継子の手に陥ったと彼女のもとへ知らされた。彼女はこれを聞いて大いに戸惑い、櫛を投げ捨て、激怒して女性の嗜みから素早く立ち上がり、武器を取って軍勢を率い、この頗る強力な都市を包囲した。彼女は長期の包囲戦によってこの強力な都市を降伏させ、武力によって強制的に自分の支配下に取り戻すまで、髪の乱れを整えることをしなかった。彼女のかくも勇敢な行動の証として、髪の片側を編み、他方を束ねていない女性の巨大な銅像が長い間バビロニアの都に立っていた。

その上、セミラミスは新たに多くの都市を創建し、偉大な行動を成就したが、時の流れが忘却の淵へと追いやった。それゆえに、今述べた彼女の賞賛に値する行為を除いて、殆ど何も現代のわれわれまで伝えられていない。

しかもなお、これらすべての行動は、女性はいうまでもなく、屈強なあらゆる男性にとっても、驚嘆して称讃すべき永久に記憶に値する行為である。しかし、この女性は淫らな誘惑の行為で汚辱にまみれてしまった。というのは、他の女性たちと同様に、この不幸な女性は絶えず情欲に身を焦がし、まことに多くの男性に身を任せて同衾したといわれる。それらの愛人たちのなかには——これは人間的であるよりはむしろ獣的であるが——、彼女の実の息子で見目麗しい青年ニニュアスもいた。実子と性交をしてきたかというのに、セミラミスが敵との戦いに奮戦している間、ニニュアスは褥のなかで無為に衰えていった。

おお、これは何たる災厄の罪であろうか！　この欲望という疫病は時と場合をも顧みずに、諸王たちの差し迫った関心事の間も、（平時はいわずもがな）流血の戦闘のなかでも、怪物さながらに、落涙や追放のなかでも、飛び廻るものである。こうして知らぬ間に、それは油断している人びとの心を捉えて、彼らを深淵のなかへ引きずり込んで、醜い恥辱ですべての栄光を汚すのである。

この破滅的な力によって名誉が傷ついたが、セミラミスは賢明さが放縦の穢れを取り消してくれると思った。彼女は臣下たちに肉欲について随意に行うことを許可する、悪名高い法律を制定したといわれる。彼女は一族の女性たちによって、彼女の褥から息子が奪い取られるのを恐れていた。こうして、人びとがいうところによれば、彼女は貞操帯を使用する最初の考案者であり、彼女は宮廷のすべての婦人たちに貞操帯に鍵を掛けて着用するように強制した。この慣わしは、今でもエジプトやアフリカでは守られているといわれる。

しかし、他の人びとが書くところによれば、セミラミスは息子への情欲に突然襲われて、既に成人した息子を抱擁したい衝動に駆られたとき、彼女は最早二十三年間も支配していたが、その息子によって殺害されたといわれる。だが、ある話では、他の人びとはセミラミスが情欲と残忍さを兼ね備えていて、彼女は自分の性的欲望を満たすために招いた男性たちを、その悪行を隠すために、性交のあとには絶えず殺害するよう命令する慣わしであったといっている。しかし、彼女がしばしば妊娠したときには、その姦淫行為は出産によって皆の知るところとなった。上述した有名な法律が制定されたのは、これらの行為を弁明するためといわれる。

しかし、いかに彼女がある程度は彼女の不適切な罪を隠せたようにみえても、息子の怒りを決して避けることはできなかった。息子が自分だけと思っていた母のその姦淫が他の人びとともに与えることに平然とは耐えられないためであるか、あるいは母の放逸が恥ずかしかったためか、あるいは恐らく王位を継承する子が生まれるのを恐れたためか、彼女の息子は怒りに駆られて、誘惑する実母の女王を殺害したのである。

III　サトゥルヌスの妻オピスについて

オピス、あるいはオプス、またはレアは、往昔《いにしえ》の人びとを信じるならば、順境であれ逆境であれ、燦然たる光で輝き出ていた。というのは、彼女は未だ粗野なギリシア人たちの間では稀にみる強力なウラノスとその妻ヴェスタの娘であった。支配者サトゥルヌスの妹にして同時に妻であるオプスはわれわれに伝えられてきた唯一つの偉業を除いて、いかなる行為も彼女の名声を高めなかった。すなわち、それは女性の狡猾な仕業で、彼女は息子たちのユピテル、ネプトゥヌス、プルートンをサトゥルヌスとその兄弟の巨人族のティタンによって共謀された彼らの死から救ったことである。

その時代の人びとの無知、否むしろ狂気のために、人間であったサトゥルヌスとティタンはことさらに神々の名声まで攀じ登った。同様に、オピスは女神の称讃を手に入れただけでなく、人間どもの過ちによって、さらに彼女は名高い女神でかつ神々の母として扱われた。寺院や祭司や生贄《いけにえ》が公けの協定によって彼女へ捧げられた。このような異常な悪弊が一層増大して、遂にローマ人たちが第二次ポエニ戦争で危機に陥ったときに、執政官階級の人びとがペルガムム王国(1)の王アッタルス(2)に有益な援助を求めて遣わされるまでに至った。彼らはオピスの像と生贄の儀式を懇願した。そして、ペッシヌス(3)というアジアの都市《まち》からある奇妙な形をした石が選びだされて、注意深くローマへ運ばれ、そこで最高に畏敬の念をもって迎えられた。そして、遂にそれはさながら偉大な神と国家の統治者のごとくに置かれた。そして、長い間にわたって、その石はローマ人やイタリア人たちによって崇拝された。

長い辛苦にさいなまれて、遂には老婆となって死に、灰に帰って地獄に縛られた女性がかくも長きにわたり、ほぼ全世界の人びとに神への恭順をもって崇められたのは、わたしは本当に〈運命の女神〉の驚異の悪戯《いたずら》か、あるいはむしろ人間どもの迷妄か、それとも悪魔たちの罠の仕業であるまいかといいいたい。

Ⅳ　諸王国の女神ユノーについて

詩人たちの詩歌《うた》と異教徒たちの過誤によって、サトゥルヌスとオピスの娘であるユノーは異教という汚辱に犯されて、他の女性たちに勝《まさ》って世界中で最も有名な女性とされた。その名声はあまりに大きく、万物を粉々に齧《かじ》り刻む時間という沈黙の歯は、彼女の悪名高い行動を飲みつくすことができなかったし、われわれの現代に至るまで、彼女の万人に知れわたった名前を防ぐことがなかった。それにもかかわらず、何か言及に値する彼女の立派な行動を語るよりも、彼女のたぐい稀な運命を容易に話すことができる。

というのは、彼女は古代の人びとが誤って天上の神と想像したあのクレタ島のユピテルと同じ出生時に生まれた双子であった。そして、彼女は幼児期からサモス島(1)へ送られて、そこで年ごろまで慎重に養育されて、遂には兄のユピテルと結婚した。このことは、幾世代の長きにわたって、サモス島の神殿にある彼女の彫像がそれを証明している。というのは、サモス島の人びとはユノーが自分たちの国で養育され結婚したことが彼らやその子孫たちに大きな栄光をもたらしたと信じて、彼女を天上の女王にして女神と考えていた。そして、このような関連の記憶が容易に消え失せないように、彼らは婚宴のための乙女を装ったユノーの彫像をパロス島(2)の白大理石で造って、彼女の神殿の前に置いた。世界中の他のどれよりも巨大で驚くべき神殿を建立して彼女の神霊に奉献した。そして、彼らは婚宴

遂に、日に日にその権力と名声を広くあまねく増大して、彼の名を高めていく偉大な王と結婚して、彼女自身は一方ならぬ名誉を手に入れた。たしかに、詩人たちの虚構と古代の人びとの狂気の沙汰の愚行によって、死ぬべき人間の女王であったユノーは天界の女王にされた。彼らはしかも彼女にオリュンポス山の王国と富の指揮を取らせて、さらに婚姻の権利と出産する女性の保護と、われわれが信ずべきことよりはむしろ滑稽で笑うべきことや、その他より多くのことを委ねたのである。

その挙げ句に、人類の敵に促されて、彼女のため至るところで多くの神殿や祭壇が建立され、神官たちや遊戯や犠牲が古い習慣に則って彼女に割り当てられた。他は黙して語らぬが（言うまでもなく）、サモス島の人びとのあとには、彼女はアカイア(3)のアルゴス人(4)やカルタゴ人たちによって長い間篤い尊敬の念をもって崇拝されてきた。そして、遂に彼女はエトルリアの町ウェイイ(5)から、さながら彼女の夫に加わるかのように、ローマのカピトリウムの七つの丘に建つユピテル大神の神殿に置かれたのである。世界の支配者たるローマ人たちは女王ユノーの名称で、神にして人なるキリストが地上に現われたあとでさえも、多くの儀式をもって長い間崇拝したのである。

V　収穫の女神とシキリアの女王ケレースについて

ケレースは――ある人びとにはとても人気があるように――遥か往昔《むかし》のシキリア島の女王であった。彼女はありあまる知性に優れていたので、大地を耕すことを考案したとき、人びとのなかで、彼女は最初に牛を手なずけ軛《くびき》に慣らした。彼女は犂《すき》と犂の刃を発明し、それらの所業《わざ》で大地を耕し、畝《うね》に種子を蒔《ま》いた。そして、その種子が成長して豊年満作となると、彼女は団栗《どんぐり》や森の果実に慣れ親しんできた人びとに、穀物の穂の殻《さや》を取り、石で脱穀し、酵母を作って（その粉を）食物にする仕方を教えた。当然のことながら、彼女は人間の女性であったけれども、人びとはこれによって彼女を収穫の女神と思って、神の名誉をもって彼女を崇めて、サトゥルヌスとキュベーレスの娘と信じた。その上、兄ユピテルとの間の彼女の一人娘ペルセルピナは、母の最大の苦悩であるが、モロッシア人[1]の王に略奪されて、長い間尋ね人となったといわれる。このことから多くの物語が生まれた。

さらに、アッティカ地方の町エレウシス[2]にもう一人のケレースがいて、彼女もまた同じ功績によって人びとの間で有名であり、トリフォレムスという男性が彼女に仕えていたといわれる。古代の人びとはこれら二人のケレースをその神々しいまでの高処《たかみ》まで同じく称揚したので、唯一つの名称の下に二人の天性を記述することで十分であるように思う。

たしかに、わたしは彼女らの天性を称えるべきか呪うべきかを知らない。というのは、一体誰が放浪する野生の人びとを森から都市《まち》へと導きだしたことを非難しようか？　誰が野獣のように生きていた人びとをより良い生活の糧へ誘ったことを責めようか？　また、誰が団栗《どんぐり》を穀物へ変え、それによって肉体がより立派になり、四肢はより壮健となり、人間が消費するため、より適した食糧が与えられることを咎めようか？　誰が苔や荊の茂みや繁茂する野生の植物に覆われた大地が耕されて美しくなり、人びとに有益なものに変わるのに不平をいおうか？

また、誰が未開な時代から文明の時代へと移行するのを拒もうか？　誰が人間の本性が怠惰から合理的な思考へと変わるのを責めようか？　穀物の生産技術が発見されたあとで、洞窟のなかで怠けていた人間の労力は都会や田舎の生活へ向けられて、その結果、多くの都市が増加し、また新たに建造され、多くの帝国が拡大して、多くの素晴らしい習慣が発明されたことを誰が断罪しようか？　このことや上述したことがそれ自体が良いものであるなら、多くの人びとが判断するように、わたしは農業を否定する人は誰であれ愚か者だと思う。

しかるに一方では、疎《まば》らに森に棲む群衆が団栗、野生の果実、野獣の乳、薬草や小川の水に慣れ親しみ、心に何の心配ごとを持たず、自然の法則のみに満足し、真面目で慎ましく、欺瞞を知らず、敵は野獣や小鳥たちだけであるが、彼らがより柔らかく未知なる食物へ誘われることを、一体誰が褒め称えようか？　それによって、もしわれわれが自らを欺かなければ、われわれは今まで隠れて、外へ現われるのを恐れていた悪徳への道が開かれ、顕在化する保証が与えられるのだ。

ここから、今まで共有されていた耕地は溝を境界として区分されて、人びととの間で農作業に従事し労働の分化が始まった。ここから、「わたしのもの」と「きみのもの」という公私の平和にとって全く敵対しない言葉が現われた。ここから、貧乏と隷属、しかもまた口論、憎悪と残酷な戦争と焼け焦がす嫉妬が飛び交った。残念にも、これらは収穫のため今しがた弓形にした鎌を流血のため鋭い真直ぐな剣に変えたのである。

ここから、海を耕す航海が起こり、東洋のことが西洋の人びとに、西洋のことが東洋の人びとに知られるようになった。ここから、肉体の軟弱さと下腹の肥満、衣裳の飾り、より入念な食卓、豪華な宴会、それに怠惰と閑暇が生じた。ここから、この世の最大の災厄である性欲《ウェヌス》が燃え立ち始めた。そして、――多分もっと悪いことには――もし年月がたつにつれて、天候や戦争の怒りでよく起こるように、耕作地がより少ない収穫高しか産みださなければ、直ちに穀物が欠乏し、原始時代より強い飢餓感を覚えるようになる。森では決して知らなかった残酷な餓死が貧しい人びとの小屋に入り込み、頻繁に裕福な人びとを危険にさらす。ここから、見苦しく疲弊した憔悴、地獄の蒼白とよろめく足取りの弱々しさ、それに病気と若死の幾重もの原因が発生するのだ。

これらとその他多くの問題を考えると、わたしはあの黄金の時代は――たとえ粗野で未開であっても――洗練されていようが、わが鉄の時代より大いに優先されるべきものと思いたい――否、事実そう信じている。

VI　ミネルヴァについて

パラスとも呼ばれるミネルヴァはひときわ名高い乙女であったので、愚かな人びとは彼女が死すべき人間の血統をひく存在とは思わなかった。たしかに、彼女が地上で始めてその姿がみられて確認されたのは、オギゲース王[1]の時代に、小シリティス湾[2]からさほど遠からぬトリトン湖[3]の近くといわれている。そして、時代の経過につれて、彼らは彼女が未だみたこともない多くのことを行ったことを目撃した。野蛮なアフリカ人たちのみならず、その当時思慮分別において他の誰をも凌駕したギリシア人の場合でも、彼女は母親からではなく、ユピテルの頭から生まれて、天上から降りてきたと信じられていた。

彼女の出生が秘密であればあるほど、それだけ一層この滑稽な誤解に彼らの信仰心が注がれて高まった。とりわけ、彼らは彼女が永遠の処女として光り輝いていたと主張した。このことがより十分な確信をもって信じられるために、彼らは火の神ウルカーヌス（すなわち、肉欲の炎）が彼女と長い間格闘して敗北を喫したと捏造した。

その上、彼らは今まで誰もまったく知らなかった羊毛の織り方がミネルヴァによって発明されたと主張する。というのは、彼女はどんな手順でありあまる羊毛が洗浄され、それを鉄の鉤《かぎ》（櫛《くし》）で柔らかくし、糸巻竿の上に置き、そして最後に指で紬糸《つむぎいと》に縒《よ》るかを教えた。さらに、ミネルヴァは機織の技を考案し、どんな方法で撚糸《よりいと》を交互に繋ぎ、紡錘型の編み具で編み上げるかや、その織物を踏みつけて丈夫にすることを教えた。彼女がコロフォン(4)のアラクネと競ったあの有名な戦いは彼女（ミネルヴァ）の仕業が賞賛のうちに詠い継がれる。

その上に、彼女はその時まで人類には知らなかった油の使い方を考案して、アテナイ人たちに挽き臼でオリーブを打ち砕き圧搾機で搾《しぼ》ることを教えた。これは大変に有益と思えたので、アテナイが自らの名前を決定する際には、彼女は海神ネプトゥヌスに対して勝利を収めたと信じられている。

さらに、四頭立ての二輪戦車の利用を初めて考案し、鉄を武器に応用して、鎧で肉体を蔽い、戦列を整えて、戦いに必要なすべての戦略を徹底して教えたのも、彼女（ミネルヴァ）の行為であったといわれる。

その上に、数字を発見して今日までわれわれが守っているその順序を作り上げたのも彼女だといわれる。のみならず、彼女はまたある鳥の脚の骨から、あるいはむしろ沼地の葦から葦笛、あるいは羊飼いのバグパイプを初めて考え出し、彼女はそれらを天上から地上へ投げ降ろしたと信じられた。なぜなら、それらは吹く者の咽喉を膨らませ、奏者の顔を醜くするからである。

つまり、気前のよい神々の施与者たる古代はこれら多くの発明ゆえに、ミネルヴァを叡智の女神とした。これゆえに、アテナイ人たちは彼女（パラス・アテナ）に因んで名づけられた。この都市《まち》は誰であれ、聡明で賢くなる諸学問にふさわしく思えたので、彼らはミネルヴァを彼らの守護神と定めて、彼女に彼らの城砦を奉献した。そして、彼らは巨大な神殿を建立し、彼らのこの女神に捧げて、そのなかに人を射る鋭い視線をした彼女の似姿を形作った。なぜなら、賢者の企ての意図は滅多に見破れないからである。彼らが彼女に兜を被せたのは、賢者の計画は覆い隠され武装されていることを示すためである。彼女は甲冑をまとっていたのは、賢者はつねに〈運命の女神《フォルトゥーナ》〉のいかなる一撃にも武装しているからである。彼女はじつに長い槍を装備していたのは、賢者は遠くから矢を射るのを分かるためである。その上、このミネルヴァの像はその上にゴルゴンの頭[5]がついた水晶の楯で防備されている。これによってすべての偽装は賢者には見え透いていて、賢者たちはつねに蛇の狡猾さを実際に備えているので、愚か者たちはそれらを一瞥すると石に変えられるようにみえる。さらに、彼女の保護として梟が据えられている。それは賢者たちが光のなかと同様に闇のなかでもみえることを証明するためである。

遂には、古代の人びとの思い違いに大いに助けられて、この女性の名声と女神としての崇拝はあまねく広まって、彼女を敬い神殿が建立されて、ほぼ全世界にわたって生贄《いけにえ》が捧げられた。彼女への信心は頂点まで達し、その結果カピトリウムの丘の大神ユピテルの傍に彼女のために聖所が建てられた。そして、彼女はローマの最も偉大な神々の一人ユノーに匹敵する女王で女神と見なされた。

しかしながら、まことに尊敬すべき人びとのなかには、上述したことがミネルヴァ一人だけではなく、より多くの有名な婦人たちがいると主張する人もいる。それゆえに、わたしは喜んで名婦たちはより沢山いるのだといっておこう。

VII　キュプロスの女王ウェヌスについて

ある人びとの意見では、ウェヌスはキュプロス島の女性であったと考えている。しかし、彼女の両親に関しては、多くの人びとには異論がある。というのは、ある人びとは彼女をとあるキュルスとシュリアの娘だという。だが、ある人はキュルスとキュプロスの女性ディオーネの娘という。さらにある人びとは、(彼女の美貌の名声を称揚するためと思われるが) 大神ユピテルと前述したディオーネの娘と主張する。実際、彼女が誰の娘であろうとも、わたしは彼女の不面目な作りごとよりも、彼女の際立った美しさゆえに、彼女を名婦たちの仲間の一人と評価したのである。

したがって、彼女はその顔《かんばせ》に真の美しさと身体全体にはたぐい稀なる優美さを湛えていたので、彼女をみた人びとはしばしば信じられないほどであった。なぜなら、ある人びとは彼女自身をわれわれが金星《ヴェヌス》と呼ぶ天の星そのものといっていた。また他の人びとは彼女をユピテルの膝から地上に降り立った天女とも呼んでいた。要するに、彼らは恐るべき無知蒙昧さゆえに目眩まされて、死すべき人間の女性から生まれでたのを知っていたが、彼女を不死なる女神と主張したのである。さらに、彼らは彼女をわれわれがクピドーと名づける禍の愛の神の生みの母《おや》と断固として主張する。彼女は色々な仕草で彼女をみつめる愚か者たちの心を魅了するさまざまな術《すべ》も持ち合わせていたのだ。

これらの心をひきつける力の効用はあまりに大きかったので、人びとはわたしが探しだすが、すべてを書き記そうとはしないこの女性の淫らな行為に抵抗することができなく、ウェヌスはユピテルの娘で女神たちのなかで最も崇拝されるべき女神と思われた。彼女はキュプロスの最も古い城街《まち》のパフォス[1]では乳香を焚いて崇められた。なぜなら、彼らは彼女が生きている間に溺れ耽った不潔な娼婦たちの馨りを、死んでもこの淫乱な女性は喜ぶだろうと思ったからである。しかし、彼女はその他の諸民族やローマ人にも崇められた。ローマ人たちは往昔《むかし》にはウェヌス・ジェネトリックス（生みの母ウェヌス）とかウェヌス・ウェルティコルディア（心を変える人ウェヌス）その他の称号の下で彼女のために神殿が建立された。

しかし、これ以上この点をくどくど述べる必要があろうか？　ウェヌスは二人の男性と結婚したと信じられている。すなわち、誰が最初の夫かは詳らかでない。それゆえ、――ある人びとの考えによると――彼女は最初にレムノス王でクレタ島[1]のユピテルの息子火と鍛冶の神ウルカーヌスと結婚した。ウルカーヌスが死ぬと、彼女はそれからキュプロス[2]の王でミュッラとキニュラスの息子であるアドニスと結婚した。このことはアドニスが最初の夫というよりはわたしには一層真実のように思える。なぜなら、気質の欠陥によるものか、あるいは放縦さが手に負えないようにみえるキュプロスという地域の悪い影響によるものか、あるいは精神の堕落による奸策によるものか、アドニスが死ぬと、ウェヌスは途轍もない無節操な色欲に耽ったので、目を眩ませられていない人びとにとっては、彼女は絶え間ない売淫の行為によって彼女の美しさのあらゆる輝きを汚したように思えた。そして、近隣の諸地域では、彼女の最初の夫ウルカーヌスが一人の兵士とともに彼女を捉えたことが既に知られている。ここから、彼女の軍神マルスとの姦通の神話が起こったのである。

しかし遂には、淫らな容貌からその汚名を追いやり、より強烈な放縦に自ら耽るようにみえるため、ウェヌスは嫌悪すべき醜悪なものを考案した。人びとがいうには、最初に彼女は公娼を考え出し、遊女屋を設置し、既婚の女性たちを強制的にその妓楼へ入れた。これは何世紀にもわたって強要された十分に呪われたキュプロス人たちの慣わしであった。例えば、彼らは長い間外国人たちと春を鬻《ひさ》いで楽しむため、監視して乙女たちを海岸へ送っていた。このようにして、乙女たちは彼女らの将来の貞潔という犠牲《いけにえ》をウェヌスに供えて、彼女たちの結婚のための持参金を稼いだように思える。そのあとに、この忌まわしい愚かな慣わしはイタリア人たちにまで浸透した。というのは、ある時には南イタリアのロクリア人たちもこの同じことを行っていたと、ものの本に書いてあるからである。

VIII　エジプトの女王にして女神イシスについて

以前の名はイオと呼ばれたイシスはエジプト人たちのじつに有名な女王であるばかりか、後には彼らの最も神聖にして崇拝すべき女神となった。しかしながら、彼女がいつの時代に生きて、いかなる両親から生まれたかについて、著名な歴史家たちの間では不確かなのである。

しかし、彼女はアルゴス人（ギリシア人）の最初の王イナクス[1]の娘でフォロネウス[2]の妹であったという人びとがいる。そして、これらイナクス王とフォロネウスはイサクの息子ヤコブの時代に支配していたと一般に知られている。また他の人びとはフォルバス[3]がアルゴスを治めていた時代にプロメティウスの娘であったという、すなわち、遥かに時が流れた後世となる。また、ある人びとは彼女がアテナイ王ケクロプス[4]の治世の時代の人という。さらに、彼女はアルゴスの王リンケウスの時代に花盛りであったという。しかし、著名な人びとの間でこのような議論の相違はイシスが彼女の時代の女性たちの間で卓越した記憶に最も値する女性という説を斥けるものではない。

しかし、著述者たちの意見の相違は省略するとして、わたしは大多数の人びとが考えることに倣うと、即ち、彼女はイナクス王の娘であったと思う。古代の詩人たちはユピテルが彼女の美しい容姿に魅了されて、イシスはユピテルに不意に襲われたと想像している。そして、その罪を隠蔽するため、彼女は牝牛（＝イオ＝Io）に変身させられて、ユノーに請われてその牝牛は彼女に与えられた。そして、イシスの監視人アルグスがメルクリウスに殺されると、ユノーはその牝牛に虻《あぶ》を据え置いた。すると、彼女は猛然と駆け足でエジプトへ追い立てられ、そこで彼女は牝牛から以前の姿を取り戻し、イオからイシスと呼ばれた。これらの出来事は歴史の真実から矛盾しない。というのは、ある処女がユピテルによって姦通されたと主張する人びとがいるからである。それから、自ら犯した罪ゆえに、彼女の父親の恐怖に駆り立てられて、彼女は仲間の数人とともに牝牛の印の旗のついた船に乗り込んだ。こうして、偉大な天賦の才と勇気に溢れ、王国を冀う野心に衝き動かされて、彼女は順風を受けてエジプトへと出帆したのだ。そして、彼女の願望に叶った国土を手に入れ、彼女はこの地に滞在した。

彼女がいかなる方法で遂に、エジプトを手に入れ支配したかは知らないが、彼女はそこでは粗野で怠惰で、人間のあらゆるものごとを殆ど知らずに、人間というよりは野獣のように生きていた人びとを発見したのは、おおよそ確実であると信じられている。労働と有名な勤勉さをもって、彼女は彼らに大地を耕し、種子を蒔き、遂には時期がきたら穀物を収穫して食糧にすることを教えた。その上、彼女はこれら流浪する殆ど野生の人びとに一ケ所で共同生活をし、法を定めて文明人らしく生きることを教えた。次に、彼女は女性のなかに遥かに瞠目すべきことを行った、すなわち、彼女の天賦の才を遺憾なく発揮し、この住人たちの言語を教えるのに便利なアルファベットを創案し、いかなる法則にしたがいそれを結び合わせるかを教え示した。

彼女のこれらの偉業は——その他のことごとについては黙して語らずだが——これらの不慣れな人びとにとってまったく驚異に満ちたものとみえた。その結果、彼らはイシスがギリシアからきたのではなく、天界から降りてきたと安易に思ったのである。このため、未だ生きている間でも、誰もが彼女に神たる名誉を与えたのである。しかし、悪魔が無知なる人びとを欺いて、彼女の神性があまりに高まって、彼女が死んだときには、あまりにも有名になり大いに崇められて、今や世界の女主人たるローマにおいても、彼女のため巨大な神殿が建立され、エジプトの慣わしにしたがい、毎年厳かな儀式が催された。また、これが西洋の野蛮な国々まで広まっていったのは疑いの余地がない。

さらに、このいとも有名な女性の夫はアピス[6]であり、古代の人びとは彼を間違って主神ユピテルとフォロネウスの娘であるニオベー[7]の息子であると考えていた。そして、人びとがいうには、アピスは弟のアエギアレウスにアカイアの王国を譲り渡したあとで、アルゴスで三十五年間支配して、それからエジプトへ退いてイシスとともに支配した。彼もまた同様に神と見なされて、オシリス[8]あるいはセラピスと呼ばれた。しかしながら、イシスにはあるテレゴヌス人[9]の夫がいて、彼との間に息子のエパフスを生み、この息子が後にエジプトを支配して、彼はユピテルとイシスの間の息子であったという人びともいる。

IX　クレタ島の女王エウローパについて

エウローパはフェニキア(1)のとある娘であると信じられていた。しかし、遥かに多くの人びとは彼女をフェニキア王アゲノル(2)の娘であるといっている。そして、彼女は驚くほどの美貌に恵まれていたので、クレタ島のユピテルはその姿をみずして彼女への愛の虜となってしまった。この権能ある男神は彼女を強奪するために陰謀を企て、誰か他人の追従の言葉を使って、ことに成功したといわれる。その結果、この気紛れな乙女は山岳からフェニキアの海岸へ父の羊の群のあとを追っていった。その海岸で、彼女は直ちに捉えられて、一匹の白い牡牛が旗印の船に乗せられ、彼女はクレタ島へ運び去られた。

わたしは乙女たちに歩き回って、誰の言葉にも容易に聞き耳を立てるという過度の自由を与えることは、少しも褒められるべきでことではないと思う。なぜなら、これをする乙女たちは彼女たちの名声を著しく汚し、そのあとに彼女たちは遂には一生涯その貞節の美徳によってさえも、ときには不面目な恥辱を払拭されえないと、しばしばものの本で読んだことがあるからだ。

これらのことから、メルクリウスがフェニキア人たちの牛の群を海岸へ追い立てたことと、ユピテルが牡牛に変身して処女エウローパを運び去ってクレタ島へ泳いでいったという話が、その辺の事情を決定したことはじつに明白である。

しかし、古代の人びとはこの略奪のときに関しては意見が異なる。というのは、それはより一層古い時代と考える人びとはダナウス[3]がアルゴスを支配していたときに、それは行われたといっている。また、ある人びとはそれがアクリシウス[4]の治世に起こったという。また、ある人びとはそれらはよりのちの時代で、アテナイ王パンディオン[5]が支配していた時代とするが、これはエウローパの息子ミノス[6]時代がより適しているようにみえる。ある人びとは彼女がユピテルに凌辱されてから、エウローパはクレタ王アステリウスと結婚して、彼との間にミノス、ラダマントゥスとサルペドンの三人の息子たちを儲けたとだけいっている。大多数の人びとは彼ら三人がユピテルの息子たちであるといって、またある人びとはアステリウスとユピテルを同一人であると主張する。

その他の典拠へ目を向けると、エウローパはある偉大なる神との結婚によって有名になったといわれる。その上に、ある人びとは、彼女は際立って高貴であるか（というのは、数多くの偉業がその他の古代の血統の民族たちよりも、当時のフェニキア人たちを一層有名にしたから）、あるいは彼女の神である夫への崇敬のためか、あるいは彼女の王となった息子たちへの尊敬のためか、あるいはエウローパ自身の驚くべき美徳のためか、世界の第三の部分は彼女の名に因んで「エウローパ」と呼ばれたと主張している。

わたし自身はエウローパがたしかに傑出した美徳の誉れ高い女性であると信じる。それは世界に彼女の名前を与えただけでなく、卓越した哲学者ピュタゴラスによって、タラント[7]において、彼女に奉献されたみごとな銅像のためでもある。

X　リビアの女王リビアについて

往昔《いにしえ》の著述家たちのいうところによれば、女王リビアはエジプトの王エパフッスとその妻カッシオペイアの娘であった。そして、彼女はネプトゥヌス、つまり、外国の権能ある男性と結婚したが、彼女の実名は現代まで伝わっていない。彼女は彼との間にブシリスを儲けたが、その子ブシリスはのちに上エジプト(1)の残虐な暴君となった。

彼女の数々の偉業は年代の経過により消滅したと信じられている。しかし、彼女の功績がじつに大きなものであったと十分に証明されるのは、彼女が臣民たちの間でまことに大きな権威を持っていたので、その結果として、彼女の支配したアフリカの地域全体が彼女の名に因んでリビアと命名されたのである。

XI-XII

アマゾーン族の女王マルペシアとランペドについて

マルペシア――あるいはマルテシア――とランペドは姉妹であって、二人は互いにアマゾーン族[1]の女王であり、その赫々たる戦功により、彼女たちは軍神マルスの娘たちと呼ばれていた。この姉妹の話は異国の未知なるものゆえに、少し年代を遡って取り上げねばならない。

したがって、当時は未開で外国人には殆ど近づきがたい地方で、黒海から北の方向へ大洋まで延びていたスキティア[2]から、貴族たちの陰謀によって王家の二人の若者シリシオスとスコロピウスは追放された。そのとき、彼らは民衆の郎党を伴って、カッパドキアのテルモドン川[3]に辿りついて、キリウス族[4]の耕作地を占有し、住人たちを威嚇し略奪して生活をし始めたといわれる。そして遂には、殆どすべての土着民たちは陰謀によって殺害された。こうして、今や寡婦となった彼らの妻たちはいたく憤った。そして、彼女らは炎と燃える復讐の激昂に駆られて、生き残った少数の男性たちとともに突如として武器を握って、最初の一撃を見舞って、敵を彼女たちの領土から追放した。それ以来、彼女たちは近隣の人びとに自発的に戦いを挑んだ。

遂に、彼女たちは、もし外国の男性たちと婚姻の契りを結べば、それを妻であるよりも隷属であるとみなした。そして、彼女たちは戦争は女性たちだけで十分できると思った。したがって、彼女たちは他の人びとに自分たちより軟弱な守り神たち（＝夫たち）を持っていたと思われないように、〈運命の女神〉によって隣人たち（＝スキティア人）の大虐殺から夫が守られて生き残ったその妻たちは、満場一致で彼女らの夫へ突撃し全滅にしてしまった。それから、彼女らの憤怒は、さながら夫たちの死に復讐するかのように、敵勢へ向けられて、素早く和睦を懇願した彼らを亡き者とした。

こうしたあとで、王位を継承するために、彼女らは交互に近隣地域の男性たちと同衾して子を孕《はら》むと、歩いてわが家へ引き返した。そして遂に、彼女らは生まれた男の子を直ちに殺害して、女の子は軍務に服するため注意深く保護されて養育された。そして、若い娘《こ》の右の乳房は、成人して弓術の訓練の妨げにならないように、やや弱い火かその他の薬で萎《しぼ》まされた。しかしながら、左の乳房は生まれてくる赤子にそれで栄養を与えるため、無傷のままであった。ここから「アマゾーン（乳なし女族）」という名称が生まれた。

また、彼女たちの場合には、われわれの女の子を養育する気遣いとは異なっていた。なぜなら、糸巻竿、針仕事籠《かご》や、その他の女の子の務めは咎められた。狩り、競走、馬の制御、武術の鍛錬、絶えざる弓術の練習とこの種の鍛錬によって、年配者たちは若い乙女子たちの適性と男性の剛健さを鍛えた。このような肢体をもって、彼女たちはかつて彼らの先祖たちによって占領されたキュリウス平原を固守したのみならず、戦争の権利としてヨーロッパの大部分を手に入れ、さらにアジアの多くの土地を占領して、すべての人びとには恐怖の的となった。

こうして、彼女たちの夫たちが統治を揺るがせにしないように、アマゾーン族は殺された夫たちのあとに、誰よりも先ずマルペシアとランペドを女王に任命した。彼女たちの命令の下で――前述したように――アマゾーン族は彼女らの領土を大いに拡大した。たしかに、彼女たちはどちらも兵法に長けて名高く、二人の間で互いに統治権を分け合い、その結果、例えば一人が居残って祖国を監督している間に、他方は軍隊の一部を引きつれて、彼女らの隣人たちを彼女らの帝国に屈服させるため進軍していった。こうして交互に、莫大な戦利品を分け合って、しばらくの間彼女らの国を大きくしていった。

しかしながら、ランペドが最後に軍隊を敵陣へ引きつれていったとき、近隣の蛮族たちの不意の襲撃によって、自信過剰なマルペシアは数人の娘たちを遺して、彼女の軍隊の一部とともに殺害された。しかし、わたしはランペドがどうなったかは読んだ記憶がない。

XIII バビロニアの乙女ティスベについて

バビロニアの乙女ティスベはその他の行動より彼女の悲恋の結末によって人びとの間で有名となった。われわれは彼女の両親が誰であるかを往昔《いにしえ》の出典から学び知ったのではないけれども、彼女は同じ年ごろの若者ピュラムスと隣接した家をバビロンに持っていたと信じられている。彼らは家の近さの特権で、二人は絶えず顔を見合わせていて、やがて彼らは未だ年端もいかぬ間に、お互いに子供らしい淡い恋心が芽生えたのである。そして、ある非情な運命に駆られて、年齢を重ねるにつれ、二人は頗る美しかったので、その幼い恋心は大きく燃え上がって、今や年ごろの年齢に近づくと、彼らは互いにその恋心をときには頷きあってうち明けたのであった。

たしかに、ティスベが今やかなり成長したときに、彼女は両親によって将来の婚礼のためにと家に引き留められるようになった。二人はこれにひどく耐え難くなって、少なくとももときには互いに話を交わすことができる方法を熱心に捜し求めた。こうして、彼らは両家を隔てる共通の壁のなかに今まで誰にも気づかれなかった小さな裂け目を発見した。彼らはこの裂け目に人知れず頻繁にやってきて、しばしの間いつものように互いに話を交わすのであった。すると、彼らは壁が二人を隔てるため一層恥じらいも薄れて、彼らの愛情表現はさらに大胆になって、憚《はばか》ることなくしきりに溜息、泪、燃え滾《たぎ》る願望やあらゆる激情をうち明けるのであった。そして、彼らはときどき心の安らぎと慰め、抱擁と接吻《くちづけ》、また献身と忠義と永久《とわ》の愛さえも求め合った。

遂に、恋の炎が昂じて、彼らは駆け落ちの計画を思いついて、次の日の夜に二人が家族をうまく欺くことができるや否や、彼らは家を出る決心をした。そして、お互いに最初に家を逃れた者はバビロンの都市《みやこ》の近くの森へ向かって、ニヌス王の墓(1)の近くの泉のところで、遅れた方を待つことになった。恐らくより激しく燃えているティスベは最初に彼女の家族を欺いた。そして、外套に身を包《くる》んで、真夜中に唯一人で彼女の父の家をこっそり立ち去り、月光に道を照らされて恐れを知らず森のなかへ入っていった。彼女が泉の傍で待っていて、どんな小さな物音にも不安げに顔を揚げていると、彼女は牝ライオンが近づいてくるのをみた。彼女は不注意にも外套を置き去りにして、王の墓の方へと逃げ去った。しかし、既に餌を食べ終わっていた牝ライオンは泉の水を飲んで渇きを癒し、外套に気づくと、かなり長い間いつものようにそれで血だらけの口を拭った。そして、その外套を爪でずたずたに引き裂いて、それを残して立ち去った。

その間に、遅れてやってきたピュラムスも家を見捨て、遂に森に辿りついた。彼は夜の静寂《しじま》のなかを懸命に探し求めていると、彼はずたずたに引き裂かれた血みどろのティスベの外套を発見した。すると、彼は彼女が野獣に貪り食われたと思って、その場で大いに慨嘆して、じつに愛おしい乙女の残酷な死の原因になった哀れな自分を苛むのであった。そして、彼は自ら生き延びるのを潔しとせず、腰に帯びた短剣を抜いて自分の胸を刺し貫き、その泉の傍らでまさに息絶えんとしていた。

しばらくして、ティスベは喉を潤した牝ライオンが立ち去ったと思って、彼女の愛する人を欺いて、不安のなかでずっと彼を待たせないようにと、慎重にその泉に戻ってきた。今や彼女はその泉に近づいてくると、そこでピュラムスが身体をピクピク動かしているのを耳にして、怯えて今にも再び立ち去らんところであった。遂に、彼女は月光のなかにあのピュラムスが横たわっているのが分かった。彼女は急いで彼を抱擁しにいくと、彼がその傷口から溢れでる血に染まって横たわり、今にも息を引き取らんとしているのを発見した。その姿をみて、彼女は先ず啞然として悲嘆に暮れ、遂には涙を大いに溢れさせながら、彼を助け起こそうとしても無駄であった。そして、彼女は接吻と抱擁で長い間彼の息を引き留めようと一所懸命に努めた。

しかし、ティスベはピュラムスから一言も聞きだすことができなかった。そして、彼女は彼が前日まであれ程まで激しく欲望し冀《こいねが》った接吻にも何も感じないのが分かった。こうして、彼女は愛する人が足早に死にいくのがみてとれた。ティスベは彼が自分を発見できなかったゆえに自ら死んだのだと思った。こうして、愛と同等に悲哀に促されて、彼女は自分のため、愛する人と一緒に不幸な運命のなかへ飛び込もうと決心した。彼女はピュラムスの傷に鞘元までずぶりと深く刺さった剣を握った。それから、大いに呻き啜り泣きながら、彼女は大声でピュラムスの名を叫んで、いかなる安息の地にでも一緒にいけるようにと、少なくともまさに死にゆく彼のティスベをしかと見上げて、消え去る魂を待つように懇願した。

話すだに魔訶不思議にも、瀕死のピュラムスは彼の愛する乙女の名を悟って聞き取った。そして、彼女の最期の願いを無碍《むげ》にするに耐え切れず、瀕死のなかで重くなった目を見開いて、彼の名を呼びかけるティスベの方をみやった。すると素早く、彼女はその若者の胸と短剣に倒れ伏し、多量に血を流して今や死んだ恋人の魂のあとを追った。こうして、妬み深い〈運命の女神〉は安らかな抱擁のなかで結び合うことを許さずに、二人の不幸な血が一つに結び合うことを防ぐことができなかった。

誰がこれら二人の若者に同情しない人がいるであろうか？　誰がかくも悲劇的な死に少なくとも一滴の涙を流さずにおれるだろうか？　もしいるならば、かかる人こそ石の心を持つ人に違いない。彼らは幼きときより互いに愛し合った。勿論これゆえに、彼らは残忍な不幸に値したのではなかった。花咲ける青春の季節《とき》の恋こそが咎められるのであるが、未婚の人びとには戦慄すべき罪とはならない。なぜなら、彼らは結婚へと進むことができるからである。最悪の運命が過ちを犯し、恐らく彼らの惨めな両親たちも罪を犯したのである。たしかに、われわれが突然に咎めて彼らを妨害しようと望む間に、われわれは絶望する彼らを断崖絶壁へ追いやらないためにも、若者たちの激情は徐々に抑制されなければならない。愛欲の激情は抑制できないもので、それは殆ど若者の疫病であり、共通の恥辱でもある。しかし、われわれは誓って、それを我慢強く耐え忍ばねばならない。なぜなら、〈自然の女神〉は、若く元気な間にこそ、われわれを自発的に子孫繁栄の衝動へと心を駆り立てるのである。もし性交が老齢まで延期されたなら、人類は滅亡するであろう。

XIV　アルゴスの女王でユノーの巫女ヒュペルムネストラについて

その家系と功績において名高いヒュペルムネストラはアルゴス人のダナウス王(1)の娘で、リュンケウス(2)の妻であった。しかし、往昔《いにしえ》の物語から推察するに、かつてエジプトに古代のベルス(3)の息子であり、彼らの立派な帝国で有名であった二人の兄弟がいたといわれる。彼らの一人はダナウス、しかし、もう一人はアエギュストゥス(4)と呼ばれた。〈運命の女神〉は彼らにはその人数は同じく授けても、二人に同等には配分しなかった。なぜなら、ダナウスには五十人の娘たちがいて、アエギュストゥスには同数の息子たちがいたからである。

実際、ダナウスは弟の甥たちの手で自分が殺されることを神託で知ったとき、彼は秘かに大いなる恐怖に苦しんだが、甥の数があまりにも多いので、誰の手を疑うべきかを知らなかった。今や二人の息子や娘たちが成人する頃になると、アエギュストゥスはダナウスのすべての娘たちが自分の息子たちと婚姻の契りを結ぶようにと請い求めた。ダナウスは恐ろしい犯罪を考え巡らしていたけれども、この求めを自ら承諾した。自分の娘たちを甥たちと婚約させて、聖なる婚宴の儀式が整えられると、ダナウスは娘たちすべてに最大に注意してこう警告した。つまり、もし自分の生存を望むならば、各々が酒とご馳走で酔い痴れ、深い眠りに包まれたのを確認し、自分の夫を婚姻の初夜に剣で抹殺すべしということである。

娘たちは銘々に短剣を彼女らの寝室に秘かに持ち運んで、父親の命令に従い、前日の酩酊により昏睡状態の彼女らの若い夫たちを殺害した。しかし、ヒュペルムネストラ唯一人だけは思い止まったのだ。なぜなら、この乙女はリュヌスあるいはリュンケウスという名の彼女の夫と既に恋に陥っていたからである。少女たちの慣わし通りに、彼女は彼に一目惚れして、ゆえに彼を憐れに思ったのである。大いに名誉なことに、彼女はこの呪われた殺害を自制し、若い夫に逃げるように促した。これによって、彼は救われたのである。しかし、夜が明けると、この残忍な父親は犯罪が成就したゆえ、他の娘たちには拍手喝采して褒め称えたが、ヒュペルムネストラだけは叱責されて投獄され、そこで暫くの間彼女は自分の正しい行為を嘆き悲しむのであった。

ああ、哀れな死ぬべき人間どもよ！　いかに貪欲にもわれわれは滅びゆくものを激しく熱望するものか！　没落するのを顧みずに、いかに呪うべき方法で、われわれは高処《たかみ》へ登ろうとするのか！　われわれはどんな罪を犯しても、登りつめたその地位を守ろうとするのだ、さながら憎悪すべき所業によって、気紛れな〈運命の女神〉を確固たるものとし得るかと思い！　そして、滑稽にもあらゆる罪や非道な罪業によって、われわれは儚く脆いこの人生の短い日々を延ばすのではなく、一所懸命に永続させようとしている、他の人びとが飛ぶように死へ向かっていくのをみているのに！

何たる呪わしい忠告と、何たる言語道断の行為によって、われわれは神の憤怒の審判を喚起することか！　誰か他の人を言及するには及ばない。嫌悪すべきダナウスこそこの証拠とするがよい。彼の甥たちの大虐殺で自らの震え慄く年月を延ばそうと努めて、彼は甥たちの強健で卓越した戦列（＝孫たちの戦線）を自ら奪って永遠の汚名を蒙ったのだ。この悪漢は彼の老齢の僅かな冷えた年月を彼の甥たちの花咲ける青春時代より優先されるべきと思ったのだ。他の人なら恐らく、もしこの老齢を気高く過ごしたならば、より一層有益であると思ったであろう。しかし、若い息子たちを殺傷することによって、自らの老齢を引き延ばすことは当然にも罪業とみなされる。

彼が最大に不名誉の上塗りをしたのは、共犯者たちの手ではなく、実の娘たちの手に武器を握らせ罪を犯したことである。その結果、彼は甥たちを抹殺しただけでなく、父親への孝心ゆえに称讃されえたかも知れぬ彼の娘たちを犯罪によって汚してしまったのである。この犯罪によって自らの生命を守りたいと願って、ダナウスはどれ程の無謀さ、どれ程の欺瞞、どれ程の過剰な嫌悪が、将来の害悪な女性たちに不幸な例を遺すことに気づかなかったのである。

彼の不信感は結婚の信頼を踵《かかと》で踏みにじったのだ。愛情深い父親なら娘たちの新婚の床に神聖なる婚礼の松明を持ち運ぶのを命ずるべきであったときに、この呪われた男は剣を持ち運ぶ命令をしたのだ。また、われわれが娘たちに結婚の歓びを励ますのが常であるときに、この男は娘たちを憎悪と殺戮へと駆り立てたのである。そして、人間なら娘たち皆に敢えて行いえないことに、この男は娘一人一人を送り込んだのである。彼は昼に企てもしなかったことを、夜に成就されることを望んだ。彼は陣営（戦場）では敢えて行おうともしないことを、新婚の床で遂行するよう命令した。しかも彼は、悪行と欺瞞によって奪い去った姪たちの青春の年月と匹敵する数世紀間もの汚名を己の卑屈な行為により持ち続けたことに気づいていないのだ。そして、遂に、五十人もの子孫（息子たち）を権利として持つことができたであろうダナウスは、彼の悪行に対する当然の報いたる一人の致命的な敵をえたのである。

遂に、この息子の手と神の公正な意志による審判によって、この残虐な老人は彼自身の邪悪な血、つまり、甥たちのあれ程まで多量の血で贖《あがな》ったその悪い血を撒き散らすことを避けることができなかった。遂に、ダナウスは、追放されたのであれ、逃亡したのであれ、また招かれたのであれ、海を越えてギリシアへと渡った。そして、アルゴス人の王国を天賦の才と力によって征服し支配した。ダナウスによる上述の罪業はそこで果たされたという人びともいる。しかし、それがどこで行われようが、ダナウスは残酷な義父の殺害を覚えているリュヌスによって殺害された。そして、リュヌス自身はダナウスに代わってアルゴスを治めた。ヒュペルムネストラは牢獄からつれだされて、より良い前兆をもって彼と結ばれ結婚して、彼の治世に関与した。女王として燦然と輝いただけでなく、彼女はアルゴスのユノーの巫女となって、二重の名誉の絢爛たる白光《びゃっこう》に飾られた存在となった。そして、彼女の姉妹たちは恥ずべき悪評のなかへ消え去ったけれども、彼女自身は称讃すべき善行ゆえに現代に至るまでも、際立って尊敬に値する名声が伝えられている。

XV　テーバイの女王ニオベーについて

実際に、ニオベーは貴婦人たちの間では最も有名な婦人であったことは明白である。彼女はじつに古くして真に有名なフリギア王タンタルス[1]の娘であり、またペロプス[2]の姉であった。また、ニオベーはユピテルの息子にして優れた弁舌の才ゆえに当時最も有名であったテーバイの王アンフィオン[3]と結婚した。王国の堅固なる栄光の間に、彼女は七人の息子と七人の娘を生んだ。たしかに、このことは賢い女性には有益であったはずではあるが、傲慢な女性たる彼女には破滅の種となったのである。なぜなら、彼女は子沢山の輝かしい名誉と同時に彼女の先祖たちの栄光に高慢となって、彼女は大胆にも神々にさえも反駁したのである。

たしかに、予言者ティレシアス[4]の娘マント[5]の命令によって、ある日テーバイ人たちは〈古き迷信的な時代にすべての神々はテーバイで崇拝されていた〉、アポロンとディアナの母神であるラトナ[6]の至聖所へ熱心に生贄を捧げていた。さながら〈復讐の女神《フリエス》〉たちに急《せ》き立てられるように、ニオベーは王家の印を身にまとい、一群の彼女の子供たちに見守られて、彼らの真ん中に突進し大声で叫んだ。「何たる狂気が汝らテーバイ人たちをしてラトナに犠牲を捧げさせ、巨人族ティタンの息子コエウス[7]の娘にして、姦通のうちに身籠った僅か二人の子供たちの母であるこの異国の女性を、諸君の女王にしてタンタルス王の娘にして、諸君も承知である十四人もの子供たちを儲けたこのわたしより優先するのであろうか？　わたしこそより一層崇拝に値する女性である。よって、これらの犠牲はこのわたしに捧げられて然るべきであろう！」

遂に暫くすると、彼女が目撃したのは、すべての子供たちが麗しい青春の花咲ける季節《とき》に、致命的な疫病で瞬く間に最後の一人まで奪い去られることが起こったのである。そして、かつて十四人の子供の父親であったが、アンフィオンは今や子供たちが突然に奪われて、一人ぼっちとなってしまった。悲しみに苛まれて、彼は自らの手でわが身を剣に刺し貫いた。テーバイ人たちはこれをニオベーのラトナへの侮辱に対して復讐する神々の怒りによって惹き起こされたと思った。

今や多くの親族の死を生き残って、悲嘆に暮れる寡婦ニオベーはあまりにも深く確固たる沈黙に陥ったので、一人の女性というよりむしろ不動の石のようにみえた。それゆえに、やがて詩人たちによって、彼女の子供たちが埋葬されたシピュルス[8]の傍らで石像に変身したと詠われた。

傲慢な人びとに耐えることはいわずもがな、彼らをみることは不快であり特に嫌悪すべきことである。しかし、傲慢な女性たちをみることは特に厭わしく耐え難いことである。概して、〈自然の女神〉は男性たちを燃え滾る熱き心の者たちとし、だが、女性たちを温和な気質で柔和な美徳を備えた者たちとして、権力（支配）よりはむしろ贅沢にふさしく生みだしたのである。それゆえに、神の怒りが、愚かなニオベーのように、女性たちが彼女たちの弱さの限界を越えるときにはいつも、それらの傲慢な女性たちにより速やかで、その宣告がより厳しいのは驚くに当たらないのだ。ニオベーは偽りの〈運命の女神〉に弄ばれて、子供たちを沢山生むことはその子たちを生む母親の力ではなく、彼女のなかに天の寵愛をその方向（出産）へ向ける〈自然の女神〉の働きがあるのを知らなかったのだ。

したがって、ニオベーはかくも多くの秀でた子供たちを産んだことがさながら自分自身の手柄かのように、自らに神のごとき名誉を求めるよりは、彼女に子供たち授けてくれたことを神に感謝することで十分であったのだ。否むしろ、それこそが彼女の義務であったのだ。彼女が賢明というよりは傲慢に振る舞うことで、彼女は生きている間自らの不幸を嘆き悲しみ、また、数世紀の時の経過のあとにも、彼女の名前は後世の人びとによって嫌われているのである。

XVI　レムノス島の女王ヒュプシピュレについて

ヒュプシピュレは父親に対する孝心と不幸な追放、それと彼女の息子アルケモルスの死と、時宜に叶った発見者たる彼女の子供たちから享けた援助のため、名高い女性であった。

なぜなら、彼女はレムノス島の王トアス[1]の娘であって、父王の治世の間には、狂気がこの島の女性たちの心に忍び入り、彼女らの夫たちのあらゆる野放図な軛から逃れようとした。というのは、年老いた王の命令を無視して、ヒュプシピュレを味方につけて、彼女らは翌晩あらゆる男性たちを大虐殺することを満場一致で決定した。彼女らの行動は計画通り実行された。たしかに、他の女性たちは激怒し荒れ狂っていたが、より温情のある考えがヒュプシピュレの心に浮かんだ。というのは、彼女は父の血でわが身を汚すのは非道であると考え、その他の女性たちの陰謀を父親にうち明けて、キオス島[2]へ向かう船に彼を乗せて、父親が一般大衆の怒りを避けるための手助けをした。直ちに、彼女は巨大な火葬用の薪を組み立て、父のために最後の務めを演ずる素振りをした。誰もがこれを信じたので、ヒュプシピュレは彼女らの王に代わって父の玉座に据えられて、彼女はこれら邪悪な女性たちによって女王へ推戴された。実際に、最も神聖なものは自らの両親に対する子供たちの孝心である。というのは、その労力によって無力なわれわれは滋養を摂取し、その気遣いによってわれわれが保護され、たゆまぬ愛情によって成熟まで導かれ、作法や知識を教え込まれ、しかも名誉と技能を豊かにし、われわれを美徳と才能に恵まれた人間に培ってくれた人びと（両親たち）に、人情深く敬意をもって恩返しすることより適切で、より正当で、より賞賛すべきことは一体何があろうか？　もちろん、否である！　ヒュプシピュレは彼女の父親にこの恩義を報いたがため、彼女は当然にも気高い女性の仲間に加えられるのに値するのだ。

　したがって、彼女が国を治めていたとき、嵐に押しやられてか、自らの計画によって帆走してか、イアソン[3]はアルゴー船の乗組み員の勇士たちとともに、コルキス島[4]へ向かっていたが、彼は女性たちの反対にもかかわらず、彼女らの海岸へ上陸した。するとイアソンは女王ヒュプシピュレによって丁重に饗応され、彼女の褥へと迎えられた。彼が去ったあとに月満ちて、彼女は双子の息子を生んだ。そして、レムノス島の掟によって彼ら男の子たちを追放せざるをえなかったので、ヒュプシピュレは誰もが皆気に入るように、祖父のもとで養育してもらうため、キオス島へつれ去るように命令した。このことから、彼女の父親は救済されて、彼女は他の女性たちを欺いたことが知れわたると、臣下の女性たちが彼女へ襲い掛かった。すると、ヒュプシピュレは乗船し、皆の激怒から辛うじてわが身を守った。そして、父親と息子たちを探し求める旅の途上、彼女は海賊に捉えられ奴隷の身となった。さまざまな艱難辛苦を耐え忍んだあとで、彼女は贈り物としてネメア[5]のリュクルグス王に与えられた。そして、彼女は王の幼い一人息子であるオルフェルテスの養育係を任された。

　ヒュプシピュレがその子の世話に専念している間、アルゴスの王アドラストゥス[6]はその軍隊を引きつれてテーバイへ向かってメネアの国を通過していったが、彼らは熱暑ゆえ喉の渇きで危険に晒されていた。よって、彼らに尋ねられると、ヒュプシピュレはその子を花咲き乱れる牧場に置いて、ランギアの泉を彼らに指し示して教えたのである。

しかし、アドラストゥスに尋ねられて、彼女は自らの過去の不幸な運命をうち明けていると、彼女は王の下で軍務に服する成人した二人の息子エウネウスとトアスによって母親と認められた。すると、牧草のなかで遊んでいる幼子が蛇に嚙まれて死んだのを知ったとき、彼女はより仕合せな運命を希望し始めていた。彼女は殆どすべての軍隊を号泣して錯乱させ、彼女の息子たちと悲哀で気が狂った兵士たちはリュクルグスのもとから彼女をつれ去った。こうして、わたしはその後の彼女の運命も死も知らないままである。

XVII

コルキスの女王メーデイアについて

古代の最も残酷なる裏切りの実例であるメーデイアはコルキスのじつに名高い王アイエテスとその妻ペルセの娘であった。彼女はじつに美しく巫女（＝妖女）のなかでもとびきり聡明であった。というのは、いかなる教師に教えられようとも、彼女は誰よりも薬草の効力に精通していた。そして、彼女は呪文を唱えることによって天を撹乱し、洞窟から風を呼びよせ、嵐を惹きおこし、川を堰きとめ、毒薬を調合し、火をおこす装置を作り、そしてこの種のすべてのものを作る術を知っていた。さらに悪いことには、彼女の性格はこれらの術と調和しなくはなかった。というのは、もしこれらのことがうまく合わなければ、メーデイアはいとも分別なく、つねに剣を使用することを考えたからである。

テッサリアのイアソンは当時剛毅な性格で名高い青年であったが、彼はその誠実さをつけ狙われて、叔父のペリアスによって黄金の羊毛を奪い取る栄光の探検という口実の下にコルキスへ送られた。メーデイアは彼の卓越した姿に心魅かれ、彼に激しく恋に落ちた。そして、彼の好意を手に入れるため、メーデイアは住民たちの間に反乱が起こると、彼らの実の父（＝王）への戦いを煽動し、イアソンがその目的を成就するよう機会を与えた。

思慮深い人間なら一体誰が一目瞥見したことにより、いとも強大な王の破滅が結果として起こることを考えたであろうか？　にも拘らず、メーデイアはその罪を犯し、若い恋人の抱擁を手に入れたのであった。彼女は父親のすべての資産を略奪しながら、彼と一緒に秘かに逃亡したのだ。しかし、彼女はかかる大きな陰謀にも満足せず、彼女の残酷な心をさらなる悪業へと向けていった。

　彼女はアイエテス[1]が彼女ら逃亡者たちを追跡してくると思っていた。彼はファンシス川[2]のなかの島トミス[3]を通ってやってこざるをえないだろう。したがって、父の追跡を邪魔するために、彼女は弟の少年アブシュルトゥス[4]だかアエギアレウス[5]だかをこの逃亡にあたって仲間として一緒に引きつれ、彼を虐殺しその死体を広野一帯に至るところで撒き散らすように命令した。それは悲嘆に暮れる父親が撒き散らされた息子の死体を拾い集めて、わが息子に涙と墓を与える間、逃亡者たちに逃げるためのより多くの時間を与えるためであった。彼女の期待は欺かなかった。というのは、まさに彼女の予想通りになったからである。

　方々を大いに彷徨い歩いたあとに、メーデイアは遂に彼女のイアソンとともにテッサリアに到着すると、そこで、彼女は義父のアエソン[6]を、息子の帰国と同じく、彼の勝利と戦利品の獲得と気高い結婚ゆえ、大きな歓喜で満たしたので、アエソンは花咲ける青春時代を取り戻したようにみえた。イアソンに父の王国を準備するため、彼女は妖術を使って叔父ペリアス[7]と彼の娘たちの間に不和の種を蒔いて、非情にも娘たちを父ペリアスに武装蜂起させたのである。

　しかし、年月が経つにつれ、メーデイアはイアソンには疎ましくなって、コリントの王クレオン[8]の娘クレウサ[9]がメーデイアの立場に取って代わった。メーデイアはこれに耐え切れずに、激怒しながらイアソンに対し多くの術策を思案した。遂に彼女の激しい怒りは解き放たれた。彼女は奸智を働かせ、猛威を振るう業火でクレウサとクレオンの王宮を全焼させたのである。そして、イアソンの眼前で、彼との間に儲けた二人の息子たちを殺害してアテナイへ逃れた。そこで、彼女はアエゲウス[10]と結婚して、彼女の名に因んだメドゥス[11]という名の息子を生んだ。アテナイの都市《まち》へ帰ってくるテセウス[12]を毒殺しようとして失敗すると、彼女は三度目の逃亡を図った。イアソンの寵愛を取り戻したとき、彼女はペリアスの息子アエギアレウスによってテッサリアから追放され、コルキスにイアソンとともに帰国し、年老いて亡命している父親を王座に呼び戻した。しかし、最後に彼女が何をしたのか、あるいは天の下いずこで、あるいは、いかなる死の日を迎えたかは、わたしは読んだり、または聞いたりした記憶はまったくない。

　しかし、わたしはここで話を終わらせぬためにもいうが、われわれは眼《まなこ》に自由を与えすぎてはならない。というのは、眼でみていると、われわれは光り輝く美しいものを見分けて、羨望の心を抱き、あらゆる淫欲に心奪われるからである。眼の働きによって、貪欲が刺激され、美は称讃され、悲惨と貧困は不当に貶められる。そして、眼は教養なき審判者で、ものごとの外観だけを信ずるので、眼は神聖より恥辱を、真実より虚構を、祝福より心労を優先するのである。そして、それらの眼はじつは呪われるべきものであり、その媚び諂《へつら》いも束の間のものを賞賛するとき、眼はしばしば大いに面目を潰して魂を汚すのである。眼は知らず知らずに、美と恥辱と放縦な身振りと青春の軽薄の鋭い鉤によって捉えられ、引きずられ、略奪され、堅く握り締められている。そして、眼は精神の門扉《もんぴ》であり、眼を通して欲望が情報を精神へ伝える。その情報を通して、愛欲は溜息を膨らませ、盲目の隠れた炎に点火する。こうして、心は嘆息を送って、その誘惑的な欲望を顕わにする。

　もし人が眼を正しく知るならば、彼は眼を閉じるか、天上へ向けるか、あるいは地上へ俯《うつむ》けるだろう。天と地の間には、眼が見向くべき安全な方向（道）はどこにもない。もし眼を使わねばならぬなら、それらの眼が放縦にならぬよう、手綱を嵌めて厳重に制御されねばならない。〈自然の女神〉は睡眠中に眼を閉じることのみならず、悪に抵抗するように、眼に瞼をすえたのである。たしかに、もし才能豊かなメーデイアが彼女の眼を閉じ、あるいは熱望してイアソンを見惚れた間に、どこか他所《よそ》へ向けていたなら、父親の統治権、兄弟の生涯、それと彼女の処女の名誉はより長く続いたであろう。彼女の淫乱ゆえにこれらはすべてが滅びたのだ。

XVIII

コロフォンの女性アラクネについて

アラクネは小アジアの平民の女性で、コロフォン(1)の羊毛の染色人イドモンの娘であった。彼女の家系は有名ではないが、それにもかかわらず、彼女はいくつかの功績で称揚されなければならない。古代の人びとがいうには、亜麻の利用は彼女の発明であって、捕鳥かあるいは釣魚のためか定かではないが、彼女は初めて網を考案したといわれる。そして、その名をクロステルといった彼女の息子は羊毛を紡ぐ紡錘を考案した。こうして、彼女は彼女の時代には機織り技術の第一人者の地位を保持し、この才能に著しく長けていたので、彼女は絵師が絵筆で描いたことを、指、紡ぎ糸、織機の杼《ひ》、それに他の機織り道具で行ったと考えられていた。たしかに、女性におけるかかる職務は侮るべきではない。

実際、彼女は自分が住んで織り場を持っていたヒュパエパ(2)のみならず、他の至るところで自分が称讃されるのを聞いた。よって、彼女はひどく高慢になって、この織術の発見者たるパラス・アテナ(3)と敢えて競争を始めた。そして、彼女は敗北を冷静に耐えることができず、紐で首吊り自殺をした。

これによって、架空の話し手たちに格好の機会が与えられた。というのは、蜘蛛はその名と生業《なりわい》でアラクネと結びついて、彼女が紐でしたように、蜘蛛は糸で吊り下がるからである。これから、アラクネは神々の慈悲によって蜘蛛に変身し、絶えず勤勉に彼女のかつての技に専念しているといわれる。

しかし、他の人びとがいうには、彼女は自殺しようとして紐を首に巻いたが、死ななかったのは、彼女の侍女たちの助けが介在したからであり、しかも、彼女は仕事を離れると、苦悩から解放されたといわれる。

しかし、もし自分が何かで他の人びとに優ると信じる者がいるとすれば、わたしはその人にどうかいってほしい、否アラクネ自身が望むなら、彼女がいってほしい——、天に逆らいあらゆる名誉を自分のためだけに分配することができるとか、あるいはむしろ、万物の創造主たる神自身を祈願と善行によって自分に恵み深くさせて、その結果、神に寛大さの秘宝を開けさせ、他の人びとを除外して、神のすべての恩寵を溢れさせることができると思うのかを。しかし、わたしはなぜこんな質問をするのだろうか？　アラクネがそのように考えたと思えたからである。神に誓って、これはじつに愚かな考えだ！〈自然の女神〉は永遠の法則に則って天を回転させ、さまざまな仕事に適した才能をわれわれ皆に与える。これらの才能は怠惰と無為によって麻痺するように、努力と実践によってより一層その輝きを増して、どんな多くのものごとにも熟達できる。そして、この〈自然の女神〉に刺激されて、われわれは皆ものごとを知りたいという欲望に衝《つ》き動かされる、もっとも誰もが皆その巧妙さと出来栄えで同じではないけれども。

そして、もしそうであるなら、多くの人びとが同じことで同等になるのを妨げるのは一体何であろうか？　したがって、かくも無数の人間の集団のなかで、自分一人だけが他の人びとに優って栄光への道を辿ると思うのは愚者の考えである。たしかに、わたしはアラクネがこのようにわれわれの唯一の笑い種《ぐさ》であってほしいと思うが、それでもなお、彼女の狂気の罠に陥る人びとは際限なく多いのである。彼（女）らは愚かな傲慢の絶壁に登る間に、アラクネを嘲笑《あざわら》えなくなってしまう。

XIX-XX

アマゾーン族の女王オリュティアとアンティオペについて

オリュティアはマルペシアの娘であって、マルペシアの妹だと思われていたアンティオペと一緒にマルペシアの後を継ぎ、アマゾーン族の女王となった。オリュティアは彼女の生涯の純潔さゆえにより一層有名であり、大いに賞賛に値した。彼女は共立の女王アンティオペと協力して、幾多の戦闘で打ち勝ったので、アマゾーン族の領土を拡大して多大な名誉をもたらした。そして、彼女はその武勇ゆえに大いなる称讃を博したので、ミュケナイ王エウリュステウス(1)は戦争で彼女の女王の腰帯を捉えること（支配下に置くこと）は至難の業であると思った。それゆえに、その腰帯を王たる自分に持ってくるよう、さながら最大の功業として、義理を負うヘラクレース(2)に命じたといわれる。

あらゆる難行を克服したヘラクレースが赫々たる武勇ゆえに、彼女のもとへ遣わされたということはこの女性にとってじつに格別なる栄誉であった。彼は九艘の長船で出征して、オリュティアの不在の間にアマゾーン族の海岸を占拠した。アマゾーン族は混乱に陥って、彼女たちの人数の少なさと不注意のために、ヘラクレースは容易に勝利を収めた。彼はアンティオペの姉妹のメナリッペとヒッポリュテ(3)を捉えた。しかし、彼は女王の腰帯を与えられると、メナリッペは返還された。

しかし、オリュティアは遠征隊の一員であるテセウスがヒッポリュテをつれ去ったことを聞いたときに、彼女は援軍を招集し、大胆にも全ギリシアに戦争を挑んだ。しかし、援軍隊の意見の対立で見捨てられ、彼女はアテナイ軍に敗北して彼女の王国へと戻った。わたしは彼女がそれ以降どうしたかを聞き及んだ記憶がない。

XXI

巫女エリュトラエアまたはヘロフィレについて

エリュトラエアあるいはヘロフィレは巫女《シビュル》の一人で特に有名な女性であった。巫女たちは数十人いて、彼女たちは固有の名前で区別されるといわれている。彼女らは皆予言の能力に優れていたので、「シビュル」という名称で呼ばれていたのである。なぜなら、エオリア語の *'sios'* はラテン語の「神」(*deus*) を、*'biles'* は「精神」(mens) を意味する。したがって、「シビュルス」'sibyls' はいわば「神の心をもって」*'mente divine'* あるいは「心のなかに神を持つ女性たち」を意味する。

これらすべての尊敬すべき巫女たちのなかで最も有名なのはエリュトラエアであったといわれる。彼女はトロイア戦争の暫く前にバビロニア(1)で生まれたといわれる。彼女はローマ王ロムルス(2)の時代に予言を実践したという人びともいる。ある人びとがいうには、彼女の名前はヘロフィレであったが、その上エリュトラエアとも呼ばれた。なぜなら、彼女はエリュトラエア島に長い間留まっていて、そこには彼女の多くの神託(予言)が発見されたからである。したがって、彼女の知力がじつに偉大であるか、あるいは彼女の祈禱と信心が神の目に功績があったのか、――もしわれわれが読む彼女のいったことが真実ならば――、彼女は徹夜の勤勉さと神への供物によって、未来を予言する術をえたのである。彼女は未来をじつに明快に叙述したので、それは予言よりはむしろ福音のように思えた。

彼女は尋ねてくるギリシア人たちに対して、彼らの労苦とトロイア滅亡を予言してじつに明瞭に述べたので、それらの出来事（トロイア戦争）のあとに、よりはっきりと分かったことは何一つなかった。同様に、彼女はその初まりより遥か以前に、ローマ帝国のさまざまな運命を短く正確に概説したが、彼女の言葉は未来の予言よりむしろ歴史概論を現代において書いたかのように思われた。しかし、わたしの判断によると、遥かに偉大なことは、彼女は古代の人びとの間では表象により、そして予言者たちの曖昧模糊たる言葉によって、否むしろ聖霊の予言者たちの言葉を通して、予言されてきた神意の秘密を明らかにした——つまり、「言葉《ウェルブム》」の受肉（托身）の神秘、御子の生涯と御業《みわざ》、彼の裏切り、捕縛、嘲笑と不名誉な死と復活の凱旋、昇天と最後の審判のための再臨である。彼女はこれらを未来の行為として予言したのではなく、歴史（歴史的事実）として口授したように思われる。

わたしはこれらの功績ゆえに、彼女は主なる神にとって最愛なる女性であり、他の異教徒の女性にもまして崇拝されるべき女性と思う。その上、彼女は永遠の処女性に輝いていたという人びとがいるが、わたしはそれを容易に信じたい。というのは、かくも大きな未来への光明は穢れた胸のなかに輝き出ることができないからである。彼女はいつ、どこで亡くなったかは窈《よう》として知れない。

XXII

ポルクスの娘メドゥーサについて

メドゥーサ(1)はじつに富める王ポルクスの相続人にして娘であり、彼のまことに裕福な王国は大西洋のなかに位置していて、ある人びとはそれをヘスペリデスの島(2)と信じていたのである。

もしわれわれが古代の人びとを信ずることができるなら、彼女(メドゥーサ)は驚嘆すべき美貌の女性であったから、他の女性たちを凌駕するだけでなく、さながら超自然的で賛嘆すべきものかのように、じつに多くの人びとが彼女を凝視した。彼女の髪は黄金色をして豊富であり、彼女の顔はきわめて美しく、彼女の身体は適度に背丈がありほっそりとしていた。しかし、特に彼女の目力《めぢから》はじつに崇高で柔和であったので、彼女が好意的にみつめた人びとは殆ど身動きもできず呆然自失となった。ある人びとは、彼女が農業の経験がじつに豊かであり、それゆえ、ゴルゴン(3)(Gorgon とはギリシア語で「外見が恐ろしい」の意味であり、ボッカッチョはこれを「農業」の意味と誤解している)という名前をえたという。この熟練の技《わざ》によって、彼女は驚嘆すべき洞察力で父の財産を維持するだけでなく、計り知れぬほどもその富を増やした。その結果、彼女を知る人びとは、彼女があらゆる西方の諸王を財宝で遥かに凌ぐと信じていた。こうして、その美貌と財産と才知によって、彼女は遥かな国々の間でもじつに偉大な名声をえたのである。

彼女の名声の噂はとりわけアルゴス人たちまで知れわたった。アカイアで最も花盛りの青年ペルセウス(4)が噂でこれを聞くと、このじつに美しい女性に会って彼女の財宝を手に入れる強い欲望に突然襲われた。こうして、彼は天馬ペガサス(5)の紋章の軍旗で飾られた船に乗って、驚異の速さで西方へ向かって帆走した。そこで、ペルセウスは彼の軍隊を慎重に配備して、女王とその黄金を捉えて、最高の戦利品を積んで祖国へと戻った。

これらの出来事から、次のような詩的虚構が生まれた。すなわち、ゴルゴン・メドゥーサは自分をみつめた人びとを石へ変える習性があるとか、ミネルヴァの怒りがメドゥーサの毛髪を蛇に変えたのは、メドゥーサが海神ネプトゥヌスと交接して、ミネルヴァの神殿を冒瀆し、天馬ペガサスを生み落したからである。そして、ペルセウスはこの翼ある馬に跨りメドゥーサの王国へ飛び、パラス・アテナの楯を用いて彼女を征服したとかである。

黄金を所有するのは不幸である。なぜなら、もし黄金が秘匿されると、その所有者には無益である。もしそれが人目に立てば、それを熱望する人びとの幾千もの陰謀が生起するであろう。

そして、狂暴な者たちの両手が縛られていたとしても、その所有者の心配と不安は止むことがない。それゆえに、心の平安は消え去り、睡眠は奪われ、恐怖が忍び込み、信頼は弱まり、猜疑心が増幅し、要するに、この哀れな所有者にはあらゆる人生の愉しみが阻害されるのである。もし彼が偶然にもその富を失えば、彼は苦悶で死ぬほど肉体を苛まれて、吝嗇な貪者に成りさがり、しかるに一方で、高潔な人士は称讃し、嫉妬深い人は嘲笑し、貧乏人は慰められて、大衆は皆で彼の嘆きの噺を歌にするのである。

XXIII アイトーリア王の娘イオレーについて

アイトーリア[1]の王エウリュトゥス[2]の娘イオレー[3]は彼女の国の他の女性たちの間で最も美しい女性であり、世界の征服者ヘラクレース[4]に愛されたといわれた。エウリュトゥスはヘラクレースにイオレーとの結婚を約束したが、息子の説得によりのちにその結婚を冀うヘラクレースに拒絶したといわれる。それゆえに、ヘラクレースは激怒し王に激烈な戦争を仕掛けて、彼を殺害して彼の王国を略奪し、最愛のイオレーを奪い去った。

しかしながら、イオレーは夫よりも殺された父親への情愛にほだされ、復讐を熱望して驚くほど冷静な策略を使い、偽りの愛情をもって彼女の本心を圧《お》し隠した。彼女は追従とある種の巧妙で気紛れな態度で、ヘラクレースの愛情を激しく燃え立たせていたので、彼女が望むことをヘラクレースが何ごとも拒まないのを十分に気づいていた。それゆえに、粗野な衣服を着た愛人を嫌う素振りをし、彼女はこの強靭な男性に先ず怪物を手馴らすため使う棍棒を置くように命令した。次に、彼の剛力の証しであるネメア[5]の獅子の皮を脱がせた。そして、彼女は彼にポプラの花冠と矢筒、それに弓矢を脱がせた。

これらだけでは彼女の意向には十分でなかったので、あらかじめ熟慮した武器を使い、彼女は無防備な敵により大胆に挑んだ。こうして、彼女は先ず彼の指を指輪で飾り、粗毛《あらげ》の頭にキュプロス産の香油を塗り、ぼさぼさの髪を櫛で梳かし、剛毛の髭を甘松《カンショウ》の香油で湿《しめ》し、そして、乙女のような小さな花冠とマイオニア(6)の巻き頭巾《ずきん》でわが身を飾ることを教えた。次に、彼女はヘラクレースに深紅色の外衣と柔らかな衣裳を着ることを教えた。彼女は美しい若い乙女が策略に耽るのも自然であり、剣やトリカブトで殺すよりも、かかる屈強な人間を気紛れと放縦で女性化することが遥かに名誉なことに思った。

ところが、彼女はこれでも自分の怒りを満足させるには十分でないと思った。遂に、彼女は既に脆弱化(女性化)したヘラクレースに彼女のか弱い侍女たちの間で、女性らしく座り、彼の十二功業の小話を物語るよう仕向けた。そして、紡ぎ仕事を自ら引き受けて、彼は糸巻竿で羊毛を紡ぎ、揺籃のなかで未だ赤子であったときに、蛇を殺すために鍛えた手指を、今や逞しい老齢の身となって、糸を引き延ばすために柔らかくしたのである。実際、よく熟考したい人びとにとって、これは人間の弱さと女性の狡猾さのまさに証拠である。

こうして、この若い女性は巧妙な懲罰によって、ヘラクレースを永遠の恥辱に晒して、武器ではなく欺瞞と放縦により、父の死に復讐を果たし、自らを久遠の名声に値する者としたのである。というのは、アルキデース(7)はエウリュステウスの命令によって、いかに多くの怪物を退治し勝利者となったとしても、ヘラクレースの征服者たるイオレーはさらに赫々たる名声を博し凱旋したのである。

このような破壊的で有害な激情は享楽的な若い女性たちに忍び寄り、きわめて頻繁に気紛れで閑《ひま》な若者たちを捉えるのが慣わしである。なぜなら、クピドーは真摯さを軽蔑し、軽佻浮薄を格別に崇拝するからである。それゆえに、かかる感情がヘラクレースの頑丈な胸中に入り込んだのは、彼自身がしばしば打ち勝った怪物どもより遥かに怪物的である。じつに逞しく強力な敵がわれわれに迫ってきて、彼ら自身の安寧に不安を抱く人びとは大いに恐れて、彼らの怠惰な無関心から奮起しなければならないことは明白である。それゆえに、われわれは覚醒していなければならず、大いなる勇気をもってわれわれの心を武装しなければならない。というのは、欲望は招かざる者たちを襲うことがないからである。それゆえに、最初の段階で抵抗されねばならない。もろもろの虚栄をみないように、両目は閉ざされねばならないし、耳も蝮のようにしかと塞がれねばならない。気紛れな放縦は絶えざる努力で抑圧されねばならない。

たしかに、愛は初めてみる不注意な人には柔和で魅惑的な姿で現れる。もし愛が喜び溢れる希望をもって受け入れられるなら、愛は最初の一歩で歓びを与えて、肉体の装飾と洗練された流儀、雅な洒落、踊り、歌謡、詩歌、遊戯、酒興とその他同様なものを大いに促進する。しかし、愛はその愚かな同意によって人を完全に支配したあとには、彼の自由を奪い去って心を鎖と紐で拘束する。そして、欲望が希望を越えて待たされると、愛は溜息を呼び起こし、ひたすら策略を思い描くのである。そして、希望が叶えられる限り、悪徳と美徳の区別を一切しないで、相対するいかなる障害をも自分の敵の一つと数えるのである。

それゆえに、満たされぬ不幸な恋人たちの胸のなかに炎が燃えると、往き来《ゆき》が激しくなり、疲れを知らず努力して自分の恋する女性を捜し求める。しばしば彼女の姿をみるや否や、新たな恋の焔《ほむら》が生まれる。そして、思慮分別を失くし、ひたすら涙に訴え、追従で甘く塗《まぶ》された懇願が唱えられる。そして、媒介者たちが与えられ、贈り物が約束され、与えられて、拒否される。そしてときには、見張り人たちは欺かれて、徹夜の監視で見守られた心は捉えられ、ときには熱望された抱擁へと至る。そのとき、恥辱の敵と邪悪の勧告者は赤面と面目を追い撥《は》ねつけて、豚小屋を用意し、ブーブー呻き立てる恋人たちを性交の情欲へと誘う。すると、節度は撃退され、ケレース（食物）とバッカス（酒）で燃え上がり、ウェヌスに召喚されて、夜を徹して卑猥な放縦に空費するのだ。

その結果、激しい恋情がつねに消えるわけでもない。その恋情はしばしば増大してより大きな狂気となる。それゆえに、アルキデスはあの呪わしい服従の状態に陥ったのだ。それゆえにこそ、人びとは名誉を忘れて、彼らの資産を浪費し、彼らの憎悪を再燃させ、じつに頻繁に彼らの生命を危険に晒すのである。このような悦楽は苦悩を免れることなく、戦いの間に脆い休戦がくる。そして心身を消耗させる猜疑と嫉妬心が再び現われる。しかし、恋人たちが彼らの欲望を満たされなければ、そのときに常軌を逸した〈愛の神〉は拍車に鞭を打って、彼らの不安を募らせ、欲望を積み上げて、それらの不安の唯一の救済策は涙と嘆きと、時には死しかない殆ど耐え難い苦痛を加える。彼らは老婆の易者に頼り、占星術師に相談し、薬草と魔法と妖術の力を試みる。彼らは追従から威嚇へ変転して、暴力行為を志し、彼らの挫折した愛を呪う。しばしば、この悪の張本人はあまりにも大きな狂乱を流し込むので、これらの哀れな連中を罠や剣へと駆り立てる。

この〈愛の神〉とは何と甘美で快いものであろうか！　われわれは恐怖をもって彼から逃れねばならないのに、彼を褒め称えて神と崇め、嘆願して祈り、泪と溜息で彼に生贄を捧げる。われわれは彼に凌辱と姦淫と近親相姦を捧げて、彼の頭上にわれわれの猥褻の王冠を戴かせるのだ。

XXIV

ヘラクレースの妻デイアニラについて

デイアニラ(1)はアエトリア王オエニウスの娘にしてメレアグルス(2)の妹であったといわれる。彼女は稀にみる美貌の乙女であったので、どちらが彼女と結婚すべきか、アケロウスとヘラクレースの間に争いが起こった。彼女は勝利者ヘラクレースの手に渡ると、半人半馬の怪人ネッスス(3)が彼女を横恋慕するようになった。ヘラクレースが彼女をカリュドン(4)の町から彼の祖国へつれていくときに、彼は前日の雨で水嵩の増したカリュドンのエベヌス川でためらっていた。そこで彼はデイアニラに恋する怪人ネッススに遭遇した。ヘラクレースは馬上の人だったので、ネッススは対岸まで自分がデイアニラを運んでやろうとヘラクレースに親切にも申しでた。

ヘラクレースは妻のあとを自らは泳いでゆこうとして同意すると、ネッススはあたかも願望が叶ったかのように、その川を渡り切ると、彼は愛する女人《ひと》と一緒に走り去った。ヘラクレースは足では彼に追いつけなかったので、レルナ湖(5)の毒物（つまり、レルナ湖畔に棲んでいる水蛇ヒュドラの毒液）を注入した矢で逃げるネッススたちを射抜いた。射られたネッススは傷みを感じ、自分はやがて死ぬと思い、直ちに自分の血で真っ赤に血染になった衣服をデイアニラに渡して、もしその血染になった衣服をヘラクレースに着せれば、他のどんな愛からもヘラクレースを取り戻すことができるといった。デイアニラはこの話を喜んで信じ、きわめて大きな贈り物として受け取り、暫くの間隠し持っていた。

ヘラクレースがオンファーレ(6)あるいは別名イオレーと恋に陥ったとき、彼女は注意深く彼の若い奴隷リカス(7)を通してその血染めの衣服を彼のもとへ送り届けた。

しかし、衣服の毒入りの血と彼の汗とが混じり合って、彼の気孔を通し吸収されると、ヘラクレースは発狂して自発的に火のなかへ身を投じた。こうして、デイアニラは愛を取り戻そうと望んだときに、彼女はいとも強力な良人《おっと》を滅ぼして寡婦となり、またネッススの死を贖ったのである。

XXV

テーバイの女王イオカスタについて

テーバイの女王イオカスタ(1)は彼女の功績や統治より彼女の不幸ゆえに有名であった。彼女はその光輝ある祖先がテーバイ最初の建設者まで遡ったが、乙女のときにテーバイ族の王ライウス(2)と結婚し、王との間に男の子を身籠ったときに、ライウスは不吉な神託を受け、彼は心悩む妻イオカスタに生まれくる幼児を野獣の前へ差し出すことを命じた。

彼女はその児が直ちに貪り喰らわれると思ったけれども、彼はコリント王によってわが子として養育された。今や少年が成人に達すると、彼はライウスをフォキス(3)で殺害した。夫に先立たれたイオカスタは実の息子とは知らずに彼を夫として迎え入れた。そして、二人の間に、彼女はエテオクレス(4)とポリュニケス(5)の二人の息子と、同数の女の子、すなわち、イスメネ(6)とアンティゴネ(7)の二人の娘を生んだ。

彼女は今や国の統治と子供たちにも恵まれて幸せのようにみえたが、正当な夫と思った人が実の息子であるのを神託によって知った。彼女自身これを非常に悩み怖れたが、彼女の夫はなお更のことであった。彼は心痛のあまり、自分が犯した罪の恥辱のため、永遠の暗夜を希って、両眼を抉《えぐ》り出し王国を捨てたのであった。

その王国を反目する兄弟たちが受け継ごうとして、二人は協定を破り戦争を始めた。

彼らが敵味方でしばしば相争うのがイオカスタには大きな悲しみであったが、彼女の最大の悲哀は息子たちが決闘をし、互いに負傷して亡くなったのを伝え聞いたときであった。

哀れな母にして祖母たる彼女には、わが息子たちを喪うというこの悲哀はまことに耐え難いものあった。弟クレオンが今や王となり、夫にして息子が盲目で囚われの身となり、娘たちイスメネとアンティゴネが不安定な運命に翻弄されるのをみて、今や老婦人となったイオカスタは彼女の抵抗する疲れ果てた魂を剣で追いやった。そして、彼女は生命と同時に苦悶にも止めを刺したのである。

しかしながら、彼女はそれほど長い間自分の罪深い過ちに耐えることができずに、むしろオイディプスが両眼を抉り出したのをみるや、直ちに自殺したという人びともいる。

XXVI

巫女のアルマテアまたはデイフェベについて

グラウクス[1]の娘デイフェベ[2]とも呼ばれる乙女アルマテアはカンパニア[3]のカルキス民族[4]の古代都市クーマエ[5]にその出自が由来すると信じられている。彼女は巫女たちの一人であったので、トロイア滅亡の時代に繁栄してじつに長寿になるまで生き、ローマの王タルクウィニウス・プリスクス[6]の時代まで存命していたといわれる。

古代人たちの証言によれば、アルマテアにとって処女性はじつに尊いものであったので、何百年もの間、彼女は男に触れ汚されることを自ら許さなかった。詩人たちが詩《うた》で明かすように、彼女は自分を愛したフォエブス[7]（太陽神）から長寿と予言の賜物を手に入れたとされる。しかしながら、わたし自身は彼女の処女たる褒賞こそが、この世に生まれてくるすべての人びとを照らすあの真の太陽神から予言する光を享けたのだと思う。このお蔭で、彼女は多くの未来の出来事を予言して書き記した。

その上に、彼女はアウェルヌス湖畔[8]のバーイアエ[9]沿岸に有名な神託の聖地を持っていたといわれる。実際、わたしはこの目でそれをみたし、今日に至るまでその聖地は彼女の名に因んで呼ばれている。この神託の聖地はじつに昔の古い遺跡ゆえ腐食して、放置されて半《なか》ば倒壊しているが、その廃墟のなかにも往古の威厳と、みる人びとの心に今でも驚嘆の念を抱かせる高邁さを留めている。

さらに、アエネアース[10]が逃走しているときに、アルマテアは彼を地獄へ案内したという人びともいるが、わたしはこれを信じないし、これについては別のところで論じたい。

彼女は長命であったのをみたという人びとは次のように述べている。つまり、彼女はローマへやってきてタルクウィニウス・プリスクスに九巻の本を持ってきたが、彼は要求された金額の支払いを拒絶したとき、彼女はそのうちの三巻を彼の面前で焼き払った。次の日に、彼女は予め九巻の本代に要求した金額を残りの六巻分に請求した。彼女は、もしその代金を支払わなければ、直ちにもう三巻を、そして翌日には残りの三巻を焼却するだろうといった。タルクウィヌスは要求された金額を承知して支払った。彼はこれらの本を保存していた。後世の人びとはこれらの本にローマのすべての運命が含まれていることを発見した。このため、ローマ人たちは最大の注意を払ってそれらの本をずっと守ってきた。そして、ローマの未来に関して助言が必要な場合には、彼らはさながら神託に頼るかのように、これらの本に尋ねたのである。

実際、アルマテアとデイフェベが同一人物であるとはわたしには信じ難いことである。というのは、デイフェベはシキリア島で死亡し、そこで彼女の墓は長い間住人たちによって実証されたことを読んだからである。

したがって、われわれは努力と神の恵みによって有名になる。そして、これらは自らそれに値すると努めるいかなる人にも否定されない。もしわれわれがこのことを考えれば、怠惰に浸っている人びとは年老いて死んだとしても、生まれてから墓場まで時間を無駄にして運び去られることを十分理解すべきである。

最後に、もし女性たちが優れた知性と予言の才能で絶えずその能力を発揮しうるならば、万事に対しより優れた適性を持つ男性たちは哀れにも何を考えるべきであろうか？　もしその怠惰が克服されるなら、彼らは勿論それと同じ神性を叶えられるであろう。したがって、怠惰ゆえにかかる偉大な賜物を失う人びとは泣き叫び消耗するがよい。そして、彼らは自らを生きた人間たちの間で石（木偶《でく》の坊）であると告白するがよい！　彼らがその罪を黙認する間は、このことが起こり続けるであろう。

XXVII

ヨニウス王の娘ニコストラタあるいはカルメンタについて

ニコストラタ、その名は後世イタリア人にはカルメンタと呼ばれたが、彼女はアルカディア王の娘であった。ある人びとによれば彼女はアルカディア人のパッラスと結婚したというが、他の人びとは彼女が彼の義理の娘であったという。彼女が有名であったのはその治世の輝きのみならず、その上、彼女はギリシア語に大変精通していて、その知識はじつに多才であったので、不眠の努力によって予言の技を究めてじつに名高い予言者となった。彼女は人びとから求められると、または自らでも、いつも未来の出来事を歌（*carmen*）で表現したので、最初の名前ニコストラタが廃止されて、ラテン人たちは彼女をカルメンタ（Carmenta＝歌姫）と名づけたのである。

彼女はアルカディアの王エヴァンドルス(1)の母親であった。古《いにしえ》の伝説によれば、その弁舌の才の人ゆえに、あるいはその老獪さゆえに、このアルカディア王はメルクリウス(2)の息子といわれた。ある人びとのいうように、エヴァンドルスは、偶然に実の父であった人を殺したためか、また他の人びとがいうように、その他の理由から彼の同胞の間で起こった反乱のためにか、彼の祖父の王国から追放された。彼女が教え示す国へもし向かうならと、重大なことを予言した母親の説得に応じて、エヴァンドルスは母と一部の人民たちとともに船に乗ってペロポネソス半島を去って、追風《おいて》に帆を張ってティベリス川(3)の河口に到着した。彼は母に導かれてパラティウムの丘(4)（ローマの七丘の一つ）の上へいった。彼はこの丘を両方ともパラスと呼ばれた彼の父あるいは彼の息子の名に因んで名づけた。のちの世に巨大なローマが創建されるこの敷地に、エヴァンドルスは彼の家来たちや母カルメンタとともに住んでパッランテウムの町[5]を築いた。

たしかに、カルメンタはこれらの原住民たちが今なお大変に未開人でありながらも、逃亡者としてそこへきたサトゥルヌスのお蔭で、彼らは種を蒔くのを知っていた。しかし、これらの人びとは文字の書き方やギリシア語には殆ど精通していなかった。遥か遠くをみ透かす予言の力で、彼女はこの場所と地域がじつに大きな名声を持ち合わせているかをみ通していた。それゆえに、彼女は外国語で彼らの偉業が後世へ語り継がれるのは不名誉であると思った。したがって、カルメンタはその才能の全力を使って彼らに他の民族の文字とは全く異なる彼ら自身の文字を与えようと努めた。神もこの企てを見捨てなかった。というのは、神の恵みにより、彼女はその計画からイタリア語（ラテン語）に適した新たな文字を創り出し、それらの文字の組み合わせ方を教えて、僅か十六文字を作り上げるだけで満足した。それは遥か昔にテーバイの創建者カドモス[6]がギリシア語に対し行ったのと同様である。われわれはそれらの文字を今日に至るまでラテン文字と呼んでおり、便宜上賢者たちがいくつか文字を書き加えたが、最初の文字からは一字も変わることなく、その役割を維持しているのである。

ラテン人たちはこの女性（カルメンタ）の神託に大いに驚いたが、この発明はじつに驚くべきものと思えたので、これらの大変粗野な人びとはカルメンタを人間ではなくむしろ女神と信じた。それゆえに、彼女が生きている間に神の諸々の名誉で祝った。彼女が亡くなると、彼らは彼女が生きていたカピトリヌスの丘[7]の最も下のところに彼女の名前の祠堂を建立した。彼女の記憶を永久に伝えるため、その隣接する場所は彼女の名に因んで「カルメンタリア（＝カルメンタの祭典）」と呼ばれた。ローマが今や偉大になっても、彼女の祠堂は消え去るのが許されなかった。火急の必要に迫られ、市民がそこに建てたローマ市の門は何世紀にもわたって彼女自身の名に由来し、「カルメンタの門」と呼ばれた。

多くの賜物によって、イタリアは長い間世界中の他の地域より大いに栄えて神々しいともいえる光で燦然と輝いていた。しかし、かかる偉大な輝きはその空の下でのみえられたものではない。というのは、アジアから富と王宮の家具類がきた。ギリシア人が大いに寄与していようとも、高貴な血統はトロイア人に始まった。エジプト人が算術と幾何学の学問を与えた。哲学と雄弁術と殆どあらゆる機械学の学問は同じギリシア人から受け継いだ。サトゥルヌスは亡命中に未だ知る人びとの少ない農業を持ち込んだ。不幸な神々の崇拝はエトルリア人[8]とヌマ・ポンピリウス[9]からもたらされた。公法は先ずアテナイからでて、それから元老院議員や皇帝たちが施行した。シモン・ペトルス[10]が教皇制度と真の宗教をイェルサレムから持ってきた。しかしながら、軍事教練は古代ローマ人たちが考案した。彼らはこの教練を精神と肉体の鍛錬、それに全世界の支配権をわがものとするため、公共の利益のために使用した。

カルメンタがアルカディア人からイタリア人になったときに、アルファベットの文字がわれわれの祖先に与えられたことは既述通りきわめて明白である。こうして、彼女は文法学の種を最初に植えた人と信じられている。そして、これらは長い時間の流れをへて古代人たちによって収穫されたのである。神はカルメンタの偉業を大いに嘉されたので、ヘブライ語とギリシア語がその栄光の最大の部分を失い、一方では全ヨーロッパにも跨るような広大な地域では、われわれのアルファベットの文字(ローマン体またはイタリック体)を使っている。

あらゆる学問分野に関する無限の本はラテン語を輝かしいものとした。人間と神の永遠の偉業は、われわれがみることができないことを、ラテン語の助けを借りて知ることができるように、記憶に留められている。われわれはラテン語でわれわれの要求を送り、他の人びとの要求を信頼して受ける。これらのラテン語という文字を通して、遠方の人びとの間で友情を結び、交互の返信によって互いの友情を保持するのである。ラテン語の文字は——その可能な範囲において——主なる神をわれわれのために叙述する。それらは天と地と海とあらゆる生き物を表示する。それらの文字を注意深く学ぶことで、理解しえない学問研究は存在しない。要するに、ラテン語のお蔭で、われわれが心に抱いて留めえないあらゆる事ごとをじつに忠実に保護監視下に置くことができる。しかし、その他もろもろの言葉について多くの同様な利点があるとしても、われわれのラテン語の功績を少しも損なうものではない。

われわれはかかる賞賛に値するローマ文明の賜物のいくつかのものを失い、いくつかのものを捨て去り、いくつかのものを今なお実質よりも殆ど名目として保持している。しかしながら、運命のなせる業《わざ》でわれわれがどのようにその他の罪を犯そうとも、ゲルマン人の強欲も、ガリア人の狂暴も、アングリア人の狡猾も、ヒスパニア人の大胆不敵も、その他いかなる国の未開な野蛮や侮辱も、かくも偉大な、かくも立派な、かくも有益な栄光をラテンの名から奪い去ることは決してできなかった。その結果、これらの他の国々はアルファベットの基礎を、況や文法の発明を、自分たちのものということができなかったし、敢えていおうともしなかった。われわれ自身がこれらの使い方を発見して、こうして他の人びとへ与えたのであるから、もっともいつもわれわれのラテン名で印《しる》しづけしたけれども。そこから、それらの起源が遠いほどに、ラテン名の称讃と名誉はますます大きくなることとなる。そして、それらはわれわれの古代の名誉と高貴さと天賦の才の証拠を一層明らかに示し、野蛮人たちがいかに激怒しようとも、われわれの炯眼の不朽の証拠を維持している。

われわれは主なる神にかくも格別な栄光を感謝すべきであるが、それにもかかわらず、われわれはカルメンタに大いなる称讃と感謝を負わなければならない。それゆえに、われわれは誰もが当然に忘恩の輩と責められぬように、できうる限り努力して、彼女の名を永遠ならしむることこそが当然の義務である。

XXVIII

ケファルスの妻ポクリスについて

ポクリスはアテナイ王パンディオン(1)の娘で、アエオルスの息子ケファルスの妻であった。彼女の貪欲さは慎み深い女性たちに嫌われたと同じように、男性たちに受け入れられたのは、彼女を通して女性の他の諸悪の例が露見するからである。

若い夫婦は幸せな愛情を抱き献身的に愛し合っていた。しかし、彼らにとって不幸にも、誰の目にもじつに見目麗しいアウラ、またの名をアウロラという女性がケファルスへの愛に捕われることが起こった。暫くの間、彼女は執拗に嘆願し彼を勝ち取ろうと努めたが、無駄であった。彼はポクリスへの愛に変わらず縛られていたからである。これに怒ってアウロラはいった。

「あなたは、ケファルスよ、ポクリスをあまり激しく愛したことを後悔するでしょう。いっておくが、もし誰かに彼女が誘惑されたら、彼女はあなたの愛よりも黄金を選ぶであろうことを、あなたは知るでしょう。」

この若者はこれを聞いて、真実か否かを無性に知りたいと思った。それで、彼は長旅をすると偽って祖国を出発した。しかし、彼は直ぐに方向転換し祖国へ戻り、さまざまな報酬を約束した仲介者の手を借りて、彼は妻の貞節を試した。いかに多くの高価な贈り物が約束されても、これらの贈り物の最初の一撃では、彼女の心は動じなかった。その仲介者は辛抱して宝石類をそれらに加えた。ためらい揺れる彼女の心は遂に崩れ折れ、もし約束された黄金が与えられるならば、夜の睦みと抱擁の要望が彼に約束されたのである。

そのとき、ケファルスは悲しみに沈んで、ポクリスの愛の不誠実さを策略を働いて暴いたその顚末をうち明けたのである。ポクリスは恥辱にまみれて、己の罪の呵責に駆られて直ちに森のなかへ逃れ、孤独の身となった。しかしながら、若者は二人の愛に耐え切れずに、自ら彼女を容赦し、拒否する彼女に幾度も懇願して、遂に二人は仲直りをしたのである。

しかし、それは何のためになろうか？　寛大さの力は良心の呵責に対し無力である。ポクリスの感情は絶えず変化した。嫉妬に駆られて、アウロラを抱擁したので、夫は彼女が金のため夫を裏切ったことを自分に行っていると、彼女は思ったのである。したがって、ポクリスは絶壁や荒々しい山頂や辺鄙な峡谷をくまなく狩猟するケファルスを追跡し始めた。

草深い谷間の沼地の葦の間に隠れている間に、ポクリスは身動きすると、夫に野獣と思われて、弓矢で射殺されるということが起こった。

この世で黄金より力強いものはないとか、あるいは見出したくないものを求めることより愚かなことはないとか、わたしはむしろいうべきことを知らない。この愚かな女性はこれら二つのいずれの金言をも証明して、自ら決して求めなかった消し難い不名誉と死を手に入れた。しかし、わたしは殆どあらゆる愚か者たちが魅せられる歯止めの利かない黄金への欲望はさておいて、かくも執拗な嫉妬の虜になる人びとにいかなる利益があるのかと思い、いかなる名誉、いかなる称讃、いかなる栄光をそれからうるのかを教えてほしい。なぜなら、わたしの判断では、嫉妬とはそれに罹る人びとの臆病に起因する滑稽な心の病である。われわれは嫉妬とは、自分をあまりにも価値のない者と思い、他の誰でも自分よりは優れた者と容易に認める人びとにだけにみられるものである。

XXIX

ポリュニケスの妻にしてアドラストゥス王の娘アルギアについて

ギリシアの女性アルギア(1)はアルゴスの往古《いにしえ》の支配者たちの末裔であり、アドラストゥス王(2)の娘であった。彼女は稀にみる美貌を誇り、同時代人たちは彼女を一目みるだけで歓んだ。

その上、彼女は後世の人びとへじつに完璧で光輝に満ちた永遠の夫婦愛の証拠を遺した。これゆえに、彼女の名はことさらに光り煌めき、今日まで伝え継がれてきた。

したがって、彼女はテーバイの王オイディプスの息子ポリュニケス(3)と結婚し、追放の身の夫との間に息子テッサンドルスを儲けた。彼女の夫が彼の兄弟の奸策で大変辛い心労に苛まれているのを知って、彼女は夫の心労に与りわが身のものとした。そして、アルギアは涙ながらに嘆願し年老いた父に、彼の兄弟との協定を破ってテーバイの王国を圧政により支配した弟のエティオクレスへ武器を取るように説得した。その上、神託の不吉な予言による損害を招かぬように、彼女は予言者アンフィアラウス(4)の妻エウリュディケに、女性の本性を越えてより寛大になって、彼女はかつてテーバイの貴婦人たちには禍の種《たね》であった高価な首飾りを気前よく贈った。これによって、身を隠していた前述のアンフィアラウスは発見されることになった。そのあと、テーバイへの攻撃が開始されたが、それは不吉な予言によるものであった。

というのは、その他の指揮官たちの死を含む、じつに多くの戦争による殺戮のあとに、アドラストゥスは無力で半ば逃亡の身となった。心痛の妻アルギアはポリュニケスの屍が卑賤な大衆の死体の真ん中に埋葬もされずに横たわっていると聞いたとき、王家の名誉と奥室の平穏、それに女性の脆弱さを投げうって、直ちに彼女は僅かな仲間たちを伴って戦場へと赴いたのである。

彼女は旅人を待ち伏せする盗賊、野獣、人間の腐肉を喰らう禿鷹や（愚か者たちがいうように）飛び廻る死者の霊をも怖れなかった。より一層恐ろしいと思われたこと——、すなわち、アルギアはクレオン(5)が極刑と脅し、死者の誰もが葬儀を行うことを禁止する命令さえ怖れなかった。それどころか、激しい厳然たる心で、彼女は真夜中に戦場へ向かって、小さな灯を点けて、最愛の夫の腐りいく顔を確認するため、悪臭を放つ屍をあれこれ引っくり返した。

そして、探したものが発見されるまで、彼女はこの捜索を止めなかった。

おお、何という奇蹟だ！　最愛の妻を除いては、誰にも鎧の錆で半ば消滅し、塵と汚物に覆われ、悪臭を放つ血に塗れた顔を見分けられなかったであろう。彼の変色した汚れた顔は妻の接吻を禁ずることもできずに、クレオンの掟も、彼女の嘆きも、その涙も、死体の火葬も止めることはできなかった。アルギアは繰り返しポリュニケスの顔に接吻し生き返らせようと努めた。そして、彼女の涙で悪臭を放つ夫の屍を洗った。そして、彼女は幾度も息絶えた死体に呼びかけて抱擁した。妻としての敬虔なる務めを怠りなきよう果たしてから、彼女は夫の死体を火葬にふした。そして、死体が燃え尽きると、その骨灰を壺へ納めた。火葬は明るみに出て敬虔な犯罪となっても、アルギアは王の厳しい剣を受けることも、投獄さえも怖れなかった。

より平穏な運命の希望が存在して、より残酷な運命の恐怖が取り除かれる。多くの女性たちは彼女らの夫の病、牢獄、貧困と多くの不幸をしきりに嘆き悲しむ。たとえこれは称讃に値するとみえようとも、アルギアの夫への恭順さについて言及されるほどに、夫婦愛の最高の証明ということはありえようか。祖国で涙を流すこともできたであろうに、彼女は敵の領土へ駆けつけていった。他の人びとに命ずることもできたであろうに、彼女は穢れた夫の屍に自らの手で触れたのだ。状況のなかから判断し、密かに埋葬することで十分であったろうに、彼女は火葬により夫の屍に王家の名誉を支払ったのだ。黙って通り過ぎることもできたであろうに、彼女は悲嘆の声を女性らしく発したのだ。彼女は追放の身で亡くなった夫から望むことはなかったけれども、敵からは恐れることを多く持ち合わせていた。

真実の愛、完璧な信頼、結婚の聖性、揺るぎない貞節、これらこそがアルギアをこのような行動へと駆り立てたのである。

XXX

ティレシアスの娘マントについて

テーバイの最高の予言者ティレシアスの娘マント[1]は、オイディプス王と彼の息子たちの時代に大変に名高い女性であった。というのは、父を師として、彼女はじつに敏感で感受性に優れた才能を持っていたので、彼女はカルダエア人か、あるいは他の人びとがいうには、ニムロド[4]によって発明された古代の火占いの術をじつにみごとに学び知っていた。彼女の時代には、彼女以外に炎の動き、その色彩、悪魔の仕業のようにそのなかに含まれる呟き声が未来の証しを予言すると知る者はいなかった。その上、マントは羊の内臓と牛の肝臓やその他どんな動物の生殖器によっても、鋭敏な直観で解釈するかを熟知していた。人びとが信ずるところでは、彼女は頻繁に彼女の技術《わざ》で不浄の霊を呼びだして、死者たちの影に話させて、彼らに尋ねる人びとにその答えを語らせた。

実際、アルゴスの諸王たちがテーバイを包囲し戦争に陥ってクレオンがこの城市《まち》を支配したとき、ある人びとがいうように、マントは新しい王を逃れてアジアへ去って、そこで彼女はのちにその神託で有名になったアポロ・クラリウス[5]の神殿を建てた。そして、彼女はその当時の有名な予言者モプスス[6]を身籠った、古代の人びとは彼女が誰との間に儲けたのかは伝えていない。

また、他の人びとがいうには、彼女は何人かの彼女の仲間とともに、テーバイの戦争のあとに長い間彷徨い歩き、遂にはイタリアに辿りついた。そこで、彼女はティベリヌスというある男性と結婚して妊娠し、彼との間にキテオヌスと呼ばれたが、他の人びとはビアノルと呼んだ息子を儲けた。そのあとマントは子供とともに北部イタリア地方へ渡った。そこで、彼女はベナクス湖(7)に隣接する天然の要塞たる沼沢地を発見して、彼女の呪文により自由に専念できるためか、あるいは余生をより安全に送るためにか、その沼沢地の中央の高く聳える土地に住みついた。彼女はやがてその地で死んで埋葬された。キテオヌスは母の墓の近くに彼の随行者たちのために城市《まち》を築いて、彼の母の名に因んでマントゥア(8)と命名したといわれる。

しかし、彼女は死ぬまで一途に彼女の処女を守り抜いたと考える人びともいる。たしかに、彼女が不敬の技巧《わざ》でかかる行為を汚さず、捧げられるべき真の神のために、彼女の処女を守ったとしたなら、これは立派な神聖なる称讃に値する行為であったろう。

XXXI

ミニュアス人の妻たちについて

同時代の作家たちの怠慢のせいか、または時代の経過によるものか、ミニュアス人[1]の妻たちの名前やその人数はわれわれには伝えられていない。これは不当である。というのは、彼女らは注目すべき偉業ゆえに特別な栄誉を享けるに値するからである。もちろん、嫉妬深い〈運命の女神〉がかくなるのを望んだからには、わたしはこれら無名の女性たちを最善を尽くしてそれにふさわしい称讃で飾り、力の限り彼女らを後世の人びとの記憶のなかに銘記しようと思う。彼女らは十分にそれに値するのであるから。

ミニュアス人たちとはイアソンとアルゴー船の乗組み勇士たちの仲間であって、身分卑しからざるじつに立派な若者たちであった。コルキス[2]への遠征が終わって、ギリシアへ帰ったときに、彼らは古い領土を捨て、ラケダイモン（スパルタ）を彼らの新しい住み処《か》に選んだ。スパルタ人たちは親切にも市民権を彼らに与えたのみならず、ミニュアス人たちは元老院議員たちと共和国の支配階級のなかへも迎え入れられた。しかしながら、彼らの末裔たちはその素晴らしい寛容さを忘れて、人民の自由を屈辱的な隷属へと敢えて追いやった。

というのは、その当時ミニュアス人たちは裕福な若者たちで、その名声で際立っただけでなく、寛大なスパルタ人たちとの姻戚関係を通して、その何倍もの光で輝いていたのである。

なぜなら、ことさらに彼らにはこの都市《まち》の最も高貴な家系出身の美しい妻たちがいたが、誓ってこれはこの世では少なからざる名誉である。彼らにはまた多くの側近たちがいた。しかし、ミニュアス人たちは彼らの公な祖国に対する幸福感を感じないで、それらを彼ら自身の功績のお蔭に帰した。その挙げ句、自分たちは他の人びとより優れていると思うほど、自らを愚の骨頂にまで高めることを許したのだ。それゆえに、彼らは権力の欲望へと急《せ》き立てられた。そこから、彼らは国家を乗っ取るため、彼らの無謀な陰謀を図った。それゆえに、彼らの罪が発覚し、彼らは捉えられ、投獄され、公法により国家の敵として極刑を宣告されたのである。

その次の夜に、古代スパルタの慣習に則って、彼らは死刑執行者たちによって死刑に処される手筈《てはず》となった。すると、ミニュアス人の妻たちは悲嘆と涙に暮れながらも、有罪判決をされた夫たちの釈放のため、未だ聞いたこともない計画を決意し、直ちにそれを実行に移した。したがって、夕闇が迫りくる頃に、彼女らは粗末な衣裳を身にまとい、涙に咽《むせ》ぶ顔を覆った。

高貴な奥方たちであったので、彼女らは守衛から今まさに死なんとする夫たちに会うため、牢獄に入る許可を容易にえられた。牢獄に到着するや、妻たちは間髪入れず涙を流し嘆き悲しんだ。だが、直ちにその計画を夫たちに説明した。彼女らは夫たちと衣服を交換して、夫たちは女性たちがするように彼らの顔を隠し、泣き悲しみ、眼を地面へ落して、彼らは悲しみを装った。夜の暗闇と貴婦人たちへ払われる尊敬の念のお蔭で、彼女らは守衛を欺き、死刑囚たちを解放し、自ら有罪判決者の立場として残ったのである。その欺瞞は、有罪判決者たちを死へ率いていくため、死刑執行者たちの補佐たちがやってきて、夫たちの代わりに女性たちをそこにみるまで、発見されなかったのである。

これらの女性たちの忠誠はじつに偉大であり、彼女らの愛は気高いものであった。しかし、守衛たちに仕掛けた策略や、有罪判決された夫たちの救済を果たしたことや、元老院議員たちの感情や、妻たちの行動の余波などをここでは触れないことにしよう。その代りに、夫婦愛の聖なる力と、女性たちの大胆さを手短に考えてみよう。

ある人びとは結婚とは人間の本性から制定された、往古からの不滅の確固たる絆であり、夫に逆らう妻たちの憎しみより有害なものはないといっている。同様にまた、和合した夫婦愛は他の何ものにも優るといわれる。というのは、理性ある愛の炎に燃えた人は狂気に至るまで焼け焦げずに、互いに相和して愛を温める。かかる愛は夫婦の心を深い情愛で結ぶので、夫妻たちは同じ欲望を対等に共有する。そして、じつに穏和な結びつきに慣れているので、その愛は自らを守るために、何ごとも惜しまず、何ごともいい加減に生ぬるく振る舞うことがない。もし〈運命の女神〉が敵対するなら、愛は自らその苦労と危険に耐え抜いて、いつも注意を怠らず、安全のために計画を立て、救済策を発見し、奸計を打ちだし、必要とあらば、貧乏をも捏造するのである。

穏和な共生によって強固となった、このようないとも甘美なる愛こそがミニュアス人たちの妻たちの心をじつに焔《ほむら》でつき動かした。その挙げ句、彼女らの夫たちが危険に陥ると、彼女らは発想力を振りしぼって、通常は不可能であった策略を発見したのである。彼女らは罠を工夫し、道具と物ごとの手順を用心深く厳しい守衛たちを欺くため、彼女らの術策を準備した。

そして、肉欲の靄を耐え忍んで、彼女らは友の安全のため、賞賛に値する何ごともやり残すべきでないと注意を払った。そして、心の奥底から義務感を呼び起こし、彼女らは夫たちを危険から救うため、敢えて無謀な行為に走ったのである。その結果、これらの妻たちの貞淑な夫婦愛《めおとあい》は法廷が断罪して投獄した夫たちを牢獄から釈放し、極刑に処せられた彼らを刑務官たちの手から解放し、夫たちを安全と生命のもとへと献げた。また、最も驚くべきことにみえるのは、法の力を避け、公共の掟と、元老院議員たちの権威と、全市民の要望を欺いて、その目的を達成するために、これらの女性たちは騙された看守たちの命令の下で自ら断罪された夫たちに代わって、投獄されることを怖れなかったのである。

誓って、わたしはかかる純粋な信頼と完全なる愛を十分に称讃しきれない。それゆえに、もし彼女らがゆるやかに愛していたなら、もし柔らかい絆で結ばれていたなら、当然にも家で暇《ひま》ゆえに怠けていたなら、彼女たちはかくほどの偉業を成しえなかったであろうと、わたしは思う。

要するに、わたしはこれらの女性たちが真の断固たる男性であり、彼女らがその姿に見せ掛けたミニアスの若者たちがじつは女性であったと敢えて断言したいのだ。

XXXII

アマゾーン族の女王ペンティシレアについて

乙女ペンティシレア(1)はアマゾーン族の女王アンティオペとオリチュアを継いだ女王であったが、わたしは彼女を生んだ両親について何も読んでいない。彼女は遍く知られた容貌の美しさを蔑み、女性の肉体の脆弱さを克服し、彼女の祖先の鎧を身にまとい始めたといわれる。さらに、彼女は黄金の頭髪を兜で覆い、脇腹を矢筒で守り、女性のようではなく兵士のごとくに戦車や馬に乗った。力と技術《わざ》において、彼女は敢えて自らを前の女王たちより優れているように振る舞った。彼女は優れた才能を明らかに持ち合わせていた。というのは、ものの本によれば、彼女の時代まで未知であった戦斧の使用は彼女の発明と書かれているからである。

ある人びとによれば、トロイアの勇士ヘクトルの勇敢さを耳にして、ペンティシレアは未だみぬ彼に激しく恋をした。そして、彼女は王国の継承のため、ヘクトルとの優れた子孫を熱望して、その絶好の好機に快く召喚されて、ギリシア人との戦いに彼を援助するため、彼女の大軍を率いて進軍した。ギリシアの王侯たちの際立った名声さえも、戦況の激烈な戦争に彼女が頻繁に参戦することを差し止めえなかった。彼女はヘクトルを美貌よりも戦闘と勇敢さで歓ばせたかった。あるときには彼女は投げ槍で敵軍を打ち倒し、あるときには剣で抵抗する敵たちを撃破した。そして、彼女は頻繁に弓で騎兵隊たちを射落とし敗走させた。彼女はかくも多くの偉業を雄々しく勇敢に成し遂げたので、ときどき彼女をみていたヘクトル自身を賛嘆させたほどであった。遂に、ある日この猛女は敵の密集隊と戦闘して、いつもより偉大で恋する者に値することを証明した。しかし、彼女の多くの部下たちが殺されたので、哀れにも彼女は致命傷を負って、自らが殺害したギリシア人たちの間に斃れた。

しかし、他の人びとによれば、彼女はヘクトルが既に死んだあとで、トロイアに上陸したといわれて、その地で激戦のなかに殺されたとも書かれている。

しかし、いかに完全武装しようとも、女性が敢えて男性と対戦するのに驚く人びとがいるかも知れない。しかし、もし実体験が本来の気質を変えることを想い起こせば、その驚嘆は消えるであろう。実践を重ねて、彼女やこの種の女性たちは怠慢と快楽癖によって女性――あるいは兜をまとった兎に変えられた男性として生まれた者たちよりも、戦闘で遥かに雄々しい者たちとなったのである。

XXXIII

プリアモス王の娘ポリュクセナについて

トロイアの王プリアモスとヘクバの娘、ポリュクセナは輝ける美貌の乙女であったので、彼女はペレウスの息子アキレスの峻厳な胸を恋の焔で燃え上がらせた。母ヘクバの奸計により、彼女は夜にアキレスを一人チュンブラ(1)のアポロン神殿へ誘《おび》きだして殺害した。そして、トロイア軍の不当な崩壊とイリオン(=トロイア)の陥落のあとで、彼女はネオプトレモス(2)(アキレスの息子)によって、ポリュクセナは彼の父の霊を鎮めるための犠牲《いけにえ》として、彼の墓へつれていかれた。そこで——古代の人びとの記録を信じるならば——周囲の人びとが泣き叫ぶ間に、この乙女は狂暴な若者が剣を抜くのをみて、無実ではあったが、泰然として不敵にも首を差しだしたので、誰もが彼女の勇敢さへの崇敬と同様に死にゆく彼女の魂への憐憫の情にかられいたく感動したのである。

彼女のうら若い年齢、女性であること、王家の優柔さ、運命の転変がこの乙女の崇高な精神に打ち勝つことができなかったのは、実際に偉大なことであり、記憶に値することでもある。それに面と向かえば、高貴な男性たちの勇猛な決意すら揺らぎ、その勇敢さも萎えることが多いのに、彼女のように勝利者たる敵の剣の下ではなおさらのことである。わたしはこのポリュクセナの行動は高邁な〈自然の女神〉のなせる業であり、もし不運がかくも速やかに彼女を奪い去らなかったなら、〈自然の女神〉は死をも蔑ろにして、彼女がいかなる女性に成長したであろうかを、示したかったのだと信じたい。

XXXIV

トロイアの女王ヘクバについて

ヘクバはいとも名高きトロイアの女王であった。彼女は格別なる移ろい易い輝ける栄光とともに、人間の悲惨のいとも確かな実例でもあった。ある人びとによれば、彼女はアオンの息子のドュマス[1]の娘であった。しかし、その他の筋によれば、ヘクバの父はトラキアの王キッセウスであって、わたしがこれを信じるのは、多くの出典がこう考えているからである。この乙女が名にし負うトロイア王プリアモス[2]と結婚して、夫との間に男女合わせて十九人の子供たちを身籠り儲けた。彼らの間にはフリギアのあのたぐい稀な美徳の星たるヘクトルがいた。戦いにおける彼の名声はじつに大きかったので、彼は自らを永遠の名声で輝かしたのみならず、彼の両親や祖国を久遠の栄誉で世に知らしめた。

しかし、ヘクバは仕合せな統治の栄誉と子沢山の満足だけで有名になったのではなかった。それどころか、逆境に駆られてこそ、彼女は全世界中に久しくその名が知れわたるようになった。

もちろん、ヘクバはアキレスの手で殺された最も愛おしいヘクトルと、今や力より一層大胆に振る舞う若者となったトロイルスと、あの殺人者が惹き起こした王国の堅固な基盤の崩壊が、今にも起ころうとするのを大いに悲嘆し涙に暮れていた。同様に、この哀れな女性はピュッルス[3]によるパリスの虐殺、それから耳と鼻を斬られたデイフォブス[4]の醜悪な死、ギリシア人による祖国トロイアの焼失、ポリテス[5]の父の膝の上での刺殺、年老いたプリアモス王自身の家の祭壇の前での臓腑の摘出、彼女の娘カッサンドラ⑹と義理の娘アンドロマケ⑺とヘクバ自身が敵の捕虜の身となったこと、これらを彼女は目撃してきた。その上、彼女はポリュクセナ⑻がアキレスの墓の前で殺害され、孫のアスチュアナクス⑼が彼の隠れ処《が》から窃取され岩で打ち砕かれたのを哀れみつつ目撃してきた。最後に、トラキアの海岸で彼の墓をみつけて、彼女はポリュメストル⑽の奸策で殺された若き息子ポリュドルス⑾のため悲しみ哭いた。

かくも多くの恐ろしい悲嘆に打ち拉《ひし》がれて、ヘクバは発狂しトラキアの平原を犬のように吠えているとある人びとはいう。こうして、彼女は死んでヘレスポントス海峡の岸辺にあるその名を彼女の名に因んだ石塚キュノッセマに埋められたといわれる。またある人びとは敵がヘクバを残りの生存者たちとともに奴隷として引きつれてゆき、彼女の悲惨さはアガメムノン⑿の殺害のあとに、王妃クリュタエメネストラ⒀の命令で、娘カッサンドラが斬殺されるのをみたときに、遂に終わったという。

XXXV

トロイアの王プリアモスの娘カッサンドラについて

カッサンドラはトロイアの王プリアモスの娘であった。往古《いにしえ》の人びとによれば、彼女は占いの能力を有したといわれるが、これを修得したのは学問によるものか、神からの賜物によるものか、それともむしろ悪魔の欺瞞によるものか、それは十分に詳らかでない。

しかし、多くの人びとのいうことによれば、ヘレンの略奪の遥か前に、彼女はパリス(1)の無謀な敢為と、スパルタ王テュンダレウスの娘（ヘレン）の到来と、トロイアの都城《まち》の長期の包囲戦と、プリアモス王とイリオン（トロイア）の最期の荒廃とをしばしば明瞭に予言していた。それにもかかわらず、彼女の予言は信頼されなかったので、彼女は父親や兄弟たちに鞭打たれたといわれる。そしてこれゆえに、彼女は自ら進んで近づいた太陽神アポロンに愛されて彼との同衾を迫られたという話が創られた。アポロンが先ず未来の予知能力を彼女に授けるのを条件に、彼女はアポロンに自らを委ねる約束をしたといわれる。しかし、彼女はその予言の才能をえてしまうと、約束したことを無視した。アポロンは与えたものを取り戻せなかったので、彼はカッサンドラがいうことを誰も信じないようにするための贈り物をつけ加えたといわれる。こうして、彼女のいうことは誰からも虚言と受け取られるようになった。

カッサンドラはコロエブスというある貴族の青年と婚約したが、彼に新婚の褥に迎え入れられる前に、彼女はその男を戦争で喪った。遂に、トロイアのすべてが滅びたあとで、彼女は囚われの身となり、その運命は敵将アガメムノンの掌中に委ねられた。彼にミュケナイへつれていかれるとき、彼女はクリュタエメネストラが彼のために準備した陰謀と彼の死を予言した。しかし、彼女の言葉は信じられなかった。そして、多くの海の危険を乗り越えて、アガメムノンはミュケナイに到着した。そこで、彼はクリュタエメネストラの奸計により殺害され、カッサンドラ自身も同じクリュタエメネストラの命令により殺害された。

XXXVI

ミュケナイの女王クリュタエメネストラについて

クリュタエメネストラはオエバリア（スパルタ）王テュンダレウスと王妃レダの娘であり、双子の兄弟カストルとポリュックスと妹ヘレネの姉妹であった。そして、若い頃に彼女はミュケナイの王アガメムノンと結婚した。

その高貴な家柄と結婚によって、彼女は既に大変に有名であったが、非道なる敢為によって彼女は一層その名を世に轟かせた。というのは、彼女の夫アガメムノンがギリシア軍をトロイアで指揮していたとき、彼との間に既に多くの息子たちを儲けていたにもかかわらず、クリュタエメネストラはテュエステス(1)とペロピアの息子で怠慢で無気力な青年アエギストゥス(2)と恋に落ちたのである。彼は聖職者ゆえに武器を取らなかった。

ある人びとがいうには、彼女はパラメデス(3)の父である年老いたナウプリウ(4)の勧告によって、アエギストゥスと抱擁し同衾したといわれる。

これゆえに、彼女は犯罪へ走る結果となった。つまり、アガメムノンの帰国で犯罪を行った罪の意識の恐怖からか、あるいは彼女の愛人の説得と王国への欲望からか、あるいはまたアガメムノンがつれてきたカッサンドラに抱いた怒りゆえか、この大胆不敵な女性は彼女の精神を欺瞞で武装し、彼女の夫へ無謀な敢為をもって立ち上がった。アガメムノンがイリオンから凱旋して戻り、幾多の海の嵐に疲れ切っていたときに、クリュタエメネストラは顔では歓喜の表情を装い、夫アガメムノンを王宮に迎え入れた。そして、ある人びとによれば、彼女は隠れ処《が》から現われた姦夫アエギストゥスに、食事をしながら恐らく既に酔っていたアガメムノンを刺殺するよう命令したのだ。

しかし、他の人びとがいうには、彼が凱旋の衣裳を身にまとって、食卓の椅子に横臥しているとき、さながらこの宴会をギリシア人たちにより一層名高いものとするかのように、彼の不実な妻はこの目的のため前もって自ら作った彼の祖国の衣裳を着るように優しく彼を説得した。そして、大胆にも彼女は首の出口のない衣裳を彼に手渡した。アガメムノンが両腕を長袖に通し、すっかり縺《もつ》れて、首の出所《でどころ》を探していると、アガメムノンは促されて暗殺者となった姦夫アエギストゥスに半ば身を縛られた状態で手渡された。こうして、アガメムノンは犯人の顔もみずに殺害された。その挙げ句、彼女は全王国を掌握し、姦夫アエギストゥスとともに七年の間王国を統治したのだ。

しかし、この間に友人たちが母親の狂暴からひそかに救ってくれていたアガメムノンと彼女との間の息子オレステスは成長していた。彼は父の死の復讐を決意し、時を見計らい、クリュタエメネストラをその愛人と一緒に殺害した。

わたしはどちらをより告発すべきか知らない、つまり、罪かあるいはその敢為かを？　第一は高貴なる人物に値しない大きな悪である。第二はあの不実な女性に適さない、じつに一層忌まわしい行為である。しかし、オレステスの勇気は褒めるべきと思う。彼は長い間耐え忍んできたけれども、彼の不貞な母への孝心から堪えることなく、不当な父の殺害に勇敢に復讐をしたのである。そして、この息子は不当にも無実の父が淫らな母の命令の下に、姦夫の司祭の手で行われたことに耐えてきたことに対して、罪深いわが母に復讐したのである。こうして、彼の父の血は彼らの命令と実行がその血を流した者たちの血によって贖われたのである。その結果、この罪はその張本人たちへ向けられたのだ。

XXXVII

メネラウス王の妻ヘレナについて

多くの人びとには、ヘレナ（ヘレン）は彼女の放縦と彼女に起因する長いトロイア戦争ゆえに、世界中で最も悪名高い女性とみなされる。彼女はオエバリアエの王トュンダレウスと稀にみる美貌の妃レダの娘であり、ラケダエモン(1)の王メネラウスの妻であった。古代ギリシア人や古代ラテン人たち皆がいうには、彼女はその美貌の誉れがじつに高かったので、他の女性たちの美貌を容易に凌いでいた。というのは、他の人びとはさておき、彼女は規則に従い彼女の美貌を十分適切に詩《うた》に詠み上げるまでは、あの神のごとき才能の持ち主ホメーロスさえも難渋させたといわれる。

その上、多くの優れた画家や彫刻家たちは、かくも比類なき美貌の似姿を少なくともできることなら、後世へ遺そうとして同じ仕事に取り掛かった。彼らのなかには当時最も有名で他に秀でた画家ヘラクレア(2)のゼウクシス(3)がいた。彼はクロトン(4)の人びとに大金で雇われたのであった。彼はヘレナを絵筆で描くため、彼の全能力と絵画のすべての技術を注ぎ込んだ。ホメーロスの詩と至るところでの大きな名声を除いて、ゼウクシスは彼女の顔と彼女のその他の容姿を想い描くための証拠がなかったので、彼は他の多くの比類ない美しい容姿に基づいて、あのヘレナの神にも紛《まが》う姿を描いて、それを委託した人びとに彼女の画像を差しだすことができると思った。彼の要求に応じて、クロトン人たちは彼に先ず、じつに美しい少年たちと、次に少女たちをみせた。そして、彼はそのなかから特段に注目すべき美貌に恵まれた五人を選んだ。そして、すべての創造力を駆使し、彼は五人すべての美貌を一纏めにした一つの美の亀鑑を創造した。しかし、彼が芸術（絵画）に自ら求めたことを十分に達成できたとは殆ど信じ難いほどであった。

わたしはこれに驚きはしない。というのは、一体誰が絵筆や彫刻の鑿《のみ》で、ヘレナの明眸《ひとみ》の歓び、顔《かんばせ》の穏和な愛嬌、天上の微笑《ほほえみ》、言葉や振る舞いに伴う優雅で豊かな表情、これらを表現できようか？　これぞ〈自然の女神〉しか果たせない職務なのだから。

それゆえに、ゼウクシスは彼ができることをしたのだ。そして、彼が描いた彼女の天上の優雅さを湛えた似姿を後世へ遺したのだ。ここから、往昔《いにしえ》の才能豊かな作家たちはヘレナが白鳥に変身したユピテルの娘であるという伝説を創りだした。そして、彼らはヘレナの星と煌めく眸、未だ人の眼に触れぬその眸の輝き、容色の奇跡ともいえる白さ、粋に渦巻き両肩になびく富かな金髪、魅力的なよく響く甘美な声音《こわね》、香しい薔薇色の口唇《くちもと》の動き、息遣いから思い知る隠れた胸の愉楽《よろこび》、伸びる象牙のような咽喉《のど》と、目も眩む額《ひたい》、を書き述べていた。このように、その美貌を母親から受け継いだ上に、ヘレナにはある種の神性が注ぎ込まれたと思われていた。しかし、画家たちは彼らの才能と絵筆と色彩では彼女の神性を描くことができなかった。

アテナイからスパルタへ召集されたテセウスは他の誰よりも先にヘレナの瞠目すべき美貌に魅かれて、祖国の慣例により競技場で訓練しているうら若い乙女ヘレナを大胆にも略奪した。そして、彼は二度三度の接吻を除き彼女から何も奪えなかったけれど、彼は彼女の処女性に関して何らかの疑いを感じていた。彼女はテセウスの母エレクトラにより、彼女をつれ戻しにきた兄弟たちへ返された。あるいは他の人びとの伝えによれば、テセウスが留守の間エジプト王プロテウスによって兄弟たちへ返還された。そして遂に成人になると、彼女はスパルタ王メネラウスと婚姻で結ばれ、王との間に一人娘のヘルミオナ(5)を儲けた。

そのあと歳月が流れて、妊娠した母の夢のお告げで、イダ山(6)に捨て子とされたパリスがトロイアへ戻った。そして、依然身元不明であったが、彼が兄ヘクトルに相撲で勝ったときに、赤子の玩具ガラガラをみせると、彼の母はそれを吾子《わがこ》のものと気づいて、パリスは死を免れた。イダ山上で下した審判の報酬として、ウェヌスが最も美しい妻を与える約束を誓ったことを想い起こし、あるいは他の人びとがいうように、叔母のヘシオネ(7)の返還を要求するつもりで、パリスはイダ山の近くに小艦隊を精巧に編成し、高貴な随行者たちを率いて、ギリシアへ渡航し、メネラウスに丁重に接待された。

その地スパルタでは、天上の美貌に秀で、王家の気品を気儘に湛えて、みつめられるのを冀《こいねが》うへレナをみるや否や、パリスは恋に捕らわれた。そして、彼女の性格からも希望がえられて、好機を熱心に追い求め、眼を爛々と煌めかせて、淫らな胸のうちに恋の焔を密かに流し込んだ。〈運命の女神〉は彼の計画に味方した。なぜなら、メネラウスがパリスを家に残してクレタ島へ仕事で出発したのである。それゆえに、ある人びとがいうには、彼ら二人は同じ恋の焔で燃えていたので、申し合わせ通りにパリスがその母ヘクバに夢でみられた「恋の焔」を祖国へ持ち帰って、予言の成就を図る申し合わせとなっていた。夜に、メネラウスの莫大な財宝とともに、スパルタの海岸から、あるいは他の人びとがいうように、同じ近くのキュテラ(8)の島から、祖国の慣わしに従い、彼女が供犠するため眠らずに神殿にいる間、ヘレナを略奪した。彼は用意しておいた船に彼女を乗せた。そして、彼女と一緒に、幾多の危険に晒されたあとで、トロイアに到着した。そこでは、ヘレナはプリアモスに特別な敬意をもって迎えられた。それによって、プリアモスは王国トロイアの最後の荒廃を受け入れたというより、スパルタによるヘシオネの引き留めの恥辱をより強く洗い清めたものと思い違いをしたのである。

ヘレナの魅力はギリシア全土を大騒動に巻き込んだ。そして、ギリシアの全王侯たちはヘレナの気紛れよりもパリスの無礼をより重視した。そして、彼らはヘレナの返還を再三要求したが無駄であったので、トロイア滅亡のため彼らは一致協力して同盟を結んだ。兵力を召集し、武装兵たちを乗せた千艘以上もの船団を率いて、王侯たちはシゲム(9)とロエテウム(10)のフリギア(11)の岬の間の海岸に上陸した。彼らはフリギア人たちの抵抗も空しく、イリオン（トロイア）の都城《まち》を襲撃し包囲した。しかし、ヘレナは包囲された都城の城壁の間から自分の美しい容貌の代価の高さを認識できた。彼女は海岸の全域が敵軍で満たされて、周囲の何もかもが火と剣で破壊され、人びとが戦闘開始して互いに傷ついて斃れ、そして、至るところで大地がギリシア人とトロイア人の血で汚されるさまをみつめていた。

かくも執拗な決意をもって、ヘレナはギリシア人には返還要求されて、トロイア人には留め置かれたので、彼女が返還されない間は、包囲戦は十年間続いて、多くの高貴な人びとの血に塗《まみ》れた死が惹き起こされた。包囲戦の間にヘクトルとアキレスが既に斃れて、パリスがじつに残酷な青年のアキレスの息子ピュルスによって殺害されたあと、最初の結婚で犯した罪は些細なものと思えたかのように、ヘレナは二度目の婚約をしてトロイアの若者デイフォブスと結婚した。

遂に、武力で達成できないことと思えて、遂に陰謀が企てられた。この包囲戦の原因となったヘレナは、都城《まち》の滅亡の手助けをして、最初の夫の恩顧に貢献するため、自ら承知してこの陰謀に加担した。ギリシア人たちが策略で退却する素振りをしたときに、トロイア人たちは彼らの以前の労苦と新たな歓喜で疲れ切っていた。そして、彼らは祝宴のあとで熟睡していた。ヘレナは踊る素振りをし、折りしも松明に灯を点し、彼女は城砦から戦備を整えていたギリシアの兵士たちを再び召集した。彼らは戻ってきて、秘かに開いた門から半《なか》ば眠ったトロイアの都城《まち》へ入城した。トロイアは炎上し、デイフォブスは虐殺され、ヘレナは略奪されて二十年後に、彼女の夫メネラウスのもとへ呼び戻された。

また他の人びとは、ヘレナは自らの意志に反しパリスに略奪されたのだから、彼女の夫に取り戻されるのが当然であるという。彼はヘレナとともにギリシアへ帰るとき、嵐と逆風にひどく悩まされて、メネラウスはエジプトへ航行を向けざるをなくなって、そこでポリュブス王(12)に迎え入れられた。そのあと、暴風が収まったときに、彼は再び取り戻した妻とともにラケダエモン（スパルタ）へ帰り、そこで彼はイリオン滅亡の約八年後に歓迎された。しかし、ヘレナはそのあとどれだけ長生きして、何を行い、どこで死んだのか、わたしはそれについて書物で読んだ記憶がない。

XXXVIII

太陽神《ヘリオス》の娘キルケについて

今日に至るまで彼女の呪文でじつに名高い女性キルケ(1)は、詩人たちの詩歌が証明するように、太陽神《ヘリオス》と大洋神《オケアノス》の娘である妖精ペルセとの娘であった。キルケは黒海東岸の国コルキス王アイエテス(2)の姉妹でもあった。しかし、わたしが思うに、彼女が太陽神の娘と呼ばれるのは、その並はずれた美貌のためなのか、薬草の知識にきわめて精通したせいか、またはその振る舞いがじつに賢明であったからであろうか。占星術師たちはこれらすべての資質が人間の誕生に際し、異なるそれぞれの性質に応じて、太陽から人間に与えられると考えている。

しかし、わたしは彼女がコルキスを去ってから、どのようにしてイタリアへ到着したのか、ものの本でまったく読んだ記憶がない。しかし、あらゆる物語が証明するところによれば、彼女はウォルスキ族(3)の地帯にある山アエテウス山に住んでいたといわれる。その地の現在の名前キルケオは彼女自身の名に由来する。このかくも著名な女性に関しては詩作品を除き、何も後世には遺っていないので、彼らの詩篇を手短に朗読して力の及ぶかぎり、信じていた詩人たちの意見を吟味することにしよう。

先ずは第一に、人びとがいうには、意図的であれ、嵐に駆り立てられたせいにしろ、かつて島であったこの岬の海岸に上陸した水夫たちは誰も、キルケの呪文か有毒な魔薬によって、さまざまな種類の動物へ変えられる。放浪中のウリクセース（ユリシーズ）の仲間たちはかかる運命に遭った人びとであるが、ウリクセース自身はメルクリウスの忠告のお蔭で救われた。ウリクセースが剣を抜いて、この魔女キルケを死の恐怖で威嚇すると、彼の仲間たちを元来の姿に戻した。彼は一年間彼女と同居し、彼女との間に息子テレゴヌス(4)を儲けて、沢山の知恵をえて、彼女のもとを去ったといわれる。わたしはこの話の外皮の下には次のような意味が隠れていると思う。

イタリア中部のカンパニアの港町カイエタ(5)から遠からぬ場所に住んでいたこの女性はじつに力強く雄弁であるが、望んだものを獲得さえするかぎり、彼女の貞節を汚さず守ることを過度に重視しなかったといわれる。こうして、彼女はその甘言で言葉巧みに魅了し、彼女の海岸に上陸した多くの人びとを彼女の誘惑に引き込むだけでなく、その他の人びとを略奪や海賊行為へ追い込んだ。その他かなり多くの者たちを、彼女は策略によってその名誉を投げうって、商売や貿易に駆り立てた。そして、彼女自身を異常に愛したがゆえ、彼女は傲慢にも多くの人びとの心を無視した。このようにして、不吉なこの女性の仕業《しわざ》によって、人間の理性を奪われた彼らは己の悪行に応じて、彼女によってさまざまな野獣へ変えられたと信じるのが正しいようである。

われわれがこの例から十分に理解できるのは、男性と女性の性癖をみつめると、至るところに多くのキルケが存在し、遥かにより多くの男性たちはその放縦と悪徳によって野獣に変えられている。しかし、メルクリウスの助言で前もって心を備えていたウリクセースは賢い人間であることを明白に示していて、おべっか使いたちの罠も彼を束縛することができないばかりか、その先例によって、彼は罠に陥った人びとをその束縛から救ったのである。

残りの細部はウリクセースが暫くの間キルケのもとに滞在したという物語《ヒストリア》と明白に関係する。その上、この同じ女性のキルケはラティウム人の王サトゥルヌスの息子のピクス[6]の妻であって、彼女は夫に未来を予言する術を教えたといわれる。そして、夫がニンフのポモナ[7]を愛したので、それを嫉妬してキルケは夫をその名を持つ小鳥啄木鳥《ピクス》に変えたといわれる。というのは、その夫は啄木鳥《きつつき》を家で飼っていて、その鳴き声や動作から未来を予言した。また、この啄木鳥の行動に従って、彼の生活を律していたので、彼は啄木鳥に変えられたといわれる。

わたしは、いつ、どのように、どこで、このキルケが死んだのかを知らない。

XXXIX

ウォルスキ族の女王カミッラについて

ウォルスキ族[1]の女王カミッラは大変に名高く、じつに記憶に値する女性であった。彼女は古代ウォルスキ族の王メタブス[2]とその妻カスミッラの娘であった。その母の死の原因は産褥熱によるものであった。彼女は女の児を生み亡くなったので、父親メタブスは己を慰めるため、母親の名から一文字「s」だけを取り除いて、彼の娘にカミッラと命名した。

実際、〈運命の女神〉は彼女の誕生日よりこの若い女性に対しじつに厳しかった。というのは、彼女の母親の死後に間もなく、メタブスはプリウェルヌム[3]の住民たちの突然の反乱によって王国から追放された。彼は何よりも鍾愛したこの可愛い娘を除いて、素早く逃れて追放の身となるに当たり、何一つ運び去ることができなかった。こうして、彼は哀れにも唯一人歩いて逃走し、腕にはわが娘《こ》カミッラを抱いて進んでいくと、彼は前日の豪雨で増水したアマセヌス川[4]に到着した。幼娘《おさなご》の荷物に阻まれて、彼は川を泳ぎ渡ることができなかったとき、メタブスは将来名声を博する運命の女児《おんなのこ》が不名誉な運命に耐えるのを望まぬ神に鼓吹されて力をえた。したがって、彼はカミッラをコルクの木の樹皮に包んで、彼が持ち運んでいた槍に彼女を結んで、もし娘を守って下さるならばと、カミッラをディアナ女神に生贄《いけにえ》として捧げた。そして、メタブスは彼の娘をともに腕に全力を込めて震える槍を対岸に放り投げ、直ちに泳いでそのあとを追った。神の恩寵により、彼女は無事であった。悲惨な境遇ながらも、彼は悦んで森の隠れ処《が》を目差して、そこで懸命に幼娘《おさなご》を野獣の乳で育てた。

カミッラがより逞しい年齢に達したときに、彼女は自分の身体を野獣の毛皮で覆い、投げ槍を投げ飛ばし、投石器を使い、弓を張り、箙《えびら》を携え、鹿や野生の山羊を走って追いかけ捕獲し始めて、女性的なあらゆる労力を蔑んだ。特に処女を清く守り通すことを気づかったので、彼女は若者たちとの恋愛を嘲り、多くの君侯たちの求婚をきっぱりと斥《しりぞ》けた。そして、彼女は父親が見込んで預けたディアナ女神へ全身全霊をもって忠誠を誓ったのである。このように肉体の訓練で鍛えられた乙女カミッラは父の王国へ呼び戻されたが、彼女の決意は断固として揺るがなかった。

遂に、アエネアースがトロイアからきてラウィニア(5)を妻に娶って、そのためにアエネアースとルトゥリ族(6)の王トゥルヌスとの間に戦争が勃発した。両軍とも彼らの兵力を全土から召集した。カミッラはトゥルヌス(7)の国に味方し、ウォルスキ族の大軍を率いて彼の援軍としてやってきた。彼女はテゥクリ族(8)に再三攻撃を仕掛けた。そしてある日、彼女が激しく戦って敵軍の多くの人びとを殺害したときに、彼女は最後にその鎧をほしがったキュベレ(9)の神官でコレブスと呼ばれる男性を追跡した。そのときに、彼女の敵の一人でアッルンスという名の男が弓矢で彼女の胸の下を射抜き致命傷を負わせた。彼女は大地に斃れて、その死はルトゥリ族にとってじつに大きな損失であった。こうして、彼女は愛した鍛錬の真っ只中で息絶えたのである。

わたしは現代の少女たちはカミッラの例を考えてほしい。そして、彼女たちが成熟して自立したこの乙女が箙《えびら》を備えて気ままに広い野原、森、野獣の塒《ねぐら》を走り回り、絶えず放縦の欲望への誘惑を懸命に抑えて、快く入念で美味なる飲食物の享楽を避け、そして、同年齢の青年たちの抱擁のみならず、彼らとの会話さえ断固として拒否したカミッラをみたら、彼女らは両親の家で、また教会で、そして多くの観客たちと躾《しつけ》に最も厳しい監察官たちが集まる劇場において、彼女らが学ぶべきことをしかと学ぶことを勧める。さらに、立派な人びとの声に耳を拒んではならず、沈黙を守って、眼には真剣さがみて取れて、礼節を弁《わきま》え、態度は控えめにして、怠惰、祝宴、過剰な贅沢、踊り、それに若い男性たちとの交際を避けるがよい。彼女らは気に入るものを何でも望み、許されることを何でも行うことは敬虔なことではなく、清廉さにふさわしくないのを悟るべきである。彼女らがより賢くなり、賞賛すべき処女のなかに花開いたとき、彼女らは年輩の人びとの要求にしたがって、しかるべきときに聖なる結婚へ至るべきなのである。

XL　ウリクセース（ユリシーズ）の妻ペネロペについて

ペネロペはイカリウス(1)の娘で、じつに精力的な男性ウリクセース（ユリシーズ）の妻であった。すなわち、彼女は汚れない名誉と清い貞潔を尊ぶじつに高潔で永遠なる人妻の鑑《かがみ》であった。

彼女の貞潔の美徳は運命に厳しい試練を受けても無駄であった。というのは、彼女がうら若い乙女で美しい容姿のため、皆は彼女に大いに憧《あこが》れたが、彼女の父は彼女をウリクセースと結婚させた。そして、彼との間に息子テレマコス(2)を生んだ。すると、ウリクセースはトロイア戦争の遠征へ召集された、否むしろ殆ど強引につれてゆかれた。そして、ペネロペは既に老齢の父ラエルテス(3)、母アンティクレアと小さな息子とともに銃後に残されたのである。

たしかに、戦争が続いている間は、十年間の寡婦《やもめ》暮らしを除いて、彼女は何の損害も蒙らなかった。しかし、イリオン（トロイア）が破滅し、ギリシアの指揮官たちが帰国の途についたときに、噂によると彼らのある者たちは海上の嵐で岩礁に打ち砕かれたのか、異国の海岸に打ち上げられたのか、大波に飲み込まれたのか、ほんの僅かな人びとしか祖国へは戻らなかったという。ウリクセースの船団だけがいずれの航路を辿ったのか不明であった。それゆえに、帰郷を待ち望まれるウリクセースは長い間帰国しないし、彼をみた人が誰もいないことが明らかになると、彼は最早死んだ者と思われた。これを早合点して信じ、哀れな母親アンティクレアはその苦悩を鎮めるため縄で首吊り自殺をした。

しかし、ペネロペは夫の不在をやっとのことで耐え忍んでいたが、彼女自身は夫の死の疑念に遥かに痛々しく耐え抜いていた。しかし、大いに涙を流してウリクセースの名を呼び話し掛けても、その甲斐なきことを知ると、彼女は年老いたラエルテスと息子テレマコスに囲まれて、自分が年老いるまでずっと貞潔な寡婦でいることを堅く心に決めた。

しかし、彼女の気品のある美貌、賞賛すべき性格、高貴な生まれはイタカ(4)とケパロニアとアエトリア出身の貴族たちに彼女を熱愛する心を呼び起こして、ペネロペは彼らの煽動にいたく悩まされていた。というのは、ウリクセースが生きて帰る希望は日ごとに小さくなるようにみえたからである。遂に、父ラエルテスは求婚者たちの尊大なる振る舞いのため、田舎へ立ち去るということが起こった。ペネロペへの求婚者たちはウリクセースの王宮を占拠して、嘆願したり勧告をして、ペネロペが彼らの一人と結婚するよう絶えず挑発したのである。しかし、この女性は貞潔な胸のうちに秘めた堅い決意が揺らぐのを怖れて、今や繰り返し拒絶するだけでは道が閉ざされたのが分かった。こうして、彼女は神のごとき洞察力で、少なくとも一時的であれ、彼女の決断の日を設定することで、彼女の敵たちを欺く賢明な方法を考案したのである。ペネロペは女王の慣わしに従って、紡ぎ始めた布を織り終わるまで夫を待つのを許してくれるようにと、執拗な求婚者たちにお願いした。恋敵の貴族たちはこれに同意した。しかしながら、ペネロペは昼に懸命に織ったものすべてを、女性らしく巧妙に夜にはその糸を秘かに元の状態へ紐解いたのである。

このような術策で、彼女は夫の王宮で絶え間なく宴会を開き、ウリクセースの財産を浪費している求婚者たちを暫くの間うまく避けていた。しかし、今や彼らを最早騙すことができないと思えたとき、神の慈悲により、ウリクセースがパエアーケス族の王国から航海して、彼の出発から二十年後に人知れず唯一人で祖国イタカへ帰ってきた。そして、自分の状況を知るために、彼の豚飼いのもとへいったのである。そして、彼は抜け目なく襤褸《ぼろぎ》着をまとって近づいたので、彼は今や年老いた彼の豚飼いに愛想よく迎えられた。この豚飼いから聞いて、ウリクセースは彼の一連の事情の殆どすべてを理解できた。彼はメネラウスのもとから帰ってくるテレマコスをみつけて、彼に自分の正体を密かに知らせ、自分のすべての計画を息子にうち明けた。すると、豚飼いはウリクセースを人知れず王宮へと案内した。

彼は求婚者たちが自分の財産をいかに浪費し、妻ペネロペが彼らの結婚の申し出を貞節をもって拒否するのを知ったとき、ウリクセースは激怒した。そして、豚飼い、羊飼い、それに息子のテレマコスとともに、彼は王宮の門扉を閉じて、宴会を張る求婚者たちに蜂起し、ポリブスの息子エウリュマクス、アンティノウス、アンフィノン、サモス[5]のクリシップス、アゲラウスと、容赦を願っても無駄であったその他の人びとを殺害した。それと同時に敵に武器を提供した彼の山羊飼いと、求婚者たちと親交を結んだ何人かの女召使たちを殺害した。こうして、彼はわが妻ペネロペを求婚者たちの計略から解放したのだ。辛うじて彼を見分けられたが、ペネロペは長い間ずっと待ち望んでいた夫を満面に最高の歓びを浮かべて迎え入れたのである。

しかし、ギリシアの詩人たちの最後の詩人リュコフロンによれば、ギリシア人の殆どすべての妻たちを売春へ誘うことによって、自分の息子パラメデース[6]の死の復讐のため、老人ナウプリウス[7]の説得によって、ペネロペは求婚者たちの一人を抱擁し姦通を犯したといわれる。しかし、多くの著者たちが彼女の高潔な徳性を賞賛してきたペネロペが、一人の作家がその反対を唱えるからといって、完璧に貞潔な女性では決してなかったとは、わたしはにわかに信じられない。実際に、彼女の美徳は滅多にみられないからこそ、それだけ一層名高く賞賛に値するのである。そして、彼女は執拗に攻撃されるにつれ、より断固として耐え抜いたのである。

XLI

ラウレントゥムの女王ラウィニアについて

ラウレントゥムの女王にしてクレタ島のサトゥルヌスの末裔たるラウィニア(1)はラティヌス王(2)と彼の妻アマタ(3)の一人娘であった。そして遂に、彼女はじつに勇壮なトロイア人の指揮官アエネアースの妻となった。彼女は彼女自身の人目を引く行為によるより、アエネアースとルトゥリー族(4)のトゥルヌス(5)との戦争のために有名であった。

じっさい、その瞠目すべき美貌とその世継ぎとみられた父の王国のお蔭で、彼女はルトゥリー族の王の情熱的な若者トゥルヌスによって執拗に彼の妻になることを求められた。

ラウィニアの母アマタはトゥルヌスにその希望を持たせた。彼女はトゥルヌスの祖母でもあるので、孫の願望を熱心に支持した。しかし、鳥占いによる予言に長《た》けたラティヌスは神託により娘を外国の君侯に妻として嫁がせるべきと考えたとき、彼は妻の願望に沿うのを躊躇した。実際、アエネアースがトロイアから逃亡し辿りついたときには、ラティヌスはトロイア人の高貴な血筋と同様に神託の命令に心動かされ、アエネアースが求める同盟と彼の娘を約束したのだ。それゆえに、アエネアースとトゥルヌスの間に戦いが勃発した。そして、多くの高貴な人びとが傷つき流血して亡くなった激戦のあとで、トロイア軍が勝利して、アエネアースとラウィニアが結婚した。ラウィニアの母アマタは激怒のあまりに、既に首吊り自殺をしていた。

彼らの結婚は戦闘のあとであるという人びとがいるが、どのようなことが起ころうとも、ラウィニアはじつに傑出した君侯のアエネアースとの間に息子を身籠ったことは周知のことである。そして、彼女が出産する前日に、アエネアースはヌミクス川(6)の畔《ほとり》でこの世を去った。ラウィニアは今や国を治めている継子のアスカニウス(7)を怖れていたので、彼女は森のなかへ引き籠った。そして、彼女はそこで父の死後に生まれた男の子を生んで、ユリウス・シルウィウス(8)と命名したといわれる。しかし、アスカニウスは思ったより継母ラウィニアには優しかった。彼は自らアルバの都城《まち》を建設し、自ら引き籠ったラウィニアへ彼女の父の王国を委ねた。ラウィニアは胸に古《いにしえ》の高貴な出自の志を抱いて、高潔で慎み深く生き、今や若者となったシルウィウスへ国威を無傷で返すまで、王国をじつに入念に治めたのである。

　しかし、彼女は森から呼び戻されたあとに、メランプスという人と結婚し、シルウィウスはアスカニウスによって兄弟のごとく善意をもって養育されたという人びともいる。

XLII

カルタゴの女王ディードーあるいはエリッサについて

かつてその名をエリッサとも呼ばれたディードーはカルタゴの創建者であり女王でもあった。わたしは心底よりこの女性を賞賛して、僅かばかり房飾りをつけて述べたいと思う。そして、わが細やかな文書によって、彼女の寡婦暮らしの名誉に不当にも投げ掛けられた汚名を一部であれ拭い去りたいと思う。

ディードーの栄光に関して、暫くの間太古の昔へと戻ることにしよう。周知の通り、勤勉で大変に有名なフェニキア人[1]は、エジプトの殆ど最果ての地域からシリアの海岸へやってきた民族である。そして、彼らはそこに多くの名高い城市《まち》を建てた。フェニキア人の王たちの一人が、彼の時代はいうまでもなく、現代においてもその名声で輝いたアゲノル[2]であった。そして、ディードーの輝かしい栄光の家系はこの王に由来すると信じられている。

彼女の父はフェニキア王ベルス[3]であり、彼はキュプロス島を征服したあとで、この島で亡くなった。彼は死の床で年端もいかぬ小娘エリッサと少し年長の兄ピグマリオン[4]の庇護をフィニキア人たちに委ねた。彼らはピグマリオンを父の玉座に据えて、その並はずれた美貌の乙女エリッサをヘラクレースの神官で、アケルバス、またはシュカエウス、あるいはシカルブスという名の男に嫁がせた。神官の職はテュロスの人びとの間では王に次ぐ最高位の名誉であった。

ディードーとアケルバスはお互いじつに高潔に愛し合っていた。ピグマリオンは人間のなかで最も貪欲な人間であり、黄金に飽くなき欲望を持っていて、アケルバスは大変に富裕な人物であった。彼（アケルバス）は王（ピグマリオン）の貪欲を知っていて、彼の黄金を隠れ処《が》に隠して置いた。しかし、彼は自分の富裕の噂までは隠すことができなかったので、ピグマリオンは貪欲に駆られ、義弟の富を手に入れたいと望んで、奸策を弄し無防備のアケルバスを殺害した。

エリッサはその報せを聞いたときに、堪えられぬほど慨嘆し、ようやく死を思い止まった。たしかに、彼女は長い間涙を流しつくして、最愛のアケルバスを繰り返し呼んだが無益であった。そして、彼女はあらゆる不吉な呪いの言葉を兄の頭上に浴びせた。そして、ある人びとがいうように、夢のなかのお告げによるのか、はたまた彼女自身の心の勧めによるものか、彼女自身がことによると兄の貪欲によって殺害されぬためにも、逃亡することを決意したのである。

こうして、女性の軟弱さは払拭され、彼女の精神は雄々しい剛毅さを備えた。このため、彼女はそれ以降ラテン語の'*virago*'「女丈夫・女戦士」に匹敵するフェニキア語の'Dido'の名前をえたのである。彼女は先ずさまざまな理由から、ピグマリオンをひどく嫌っていると知っていたこの町の幾人かの諸侯を彼女の味方に引き入れた。そして、ディードーは彼女を国外追放するためか、あるいはその他の目的で準備された兄の船団を奪って、直ちにそれらの船団に仲間の漕ぎ手たちを乗り込ませるよう命令した。そして、夜の間に、夫の所有物であるものと知ると同時に、兄から奪い取ることのできるすべての財宝を奪って、それらを秘かに船上に積み込ませた。そして、策略を凝らし、シュカエウス[5]の財宝とみせかけて、多くの袋を砂で満たし、衆人環視のなかでそれらを船団に積み込んだ。今や彼らが公海まで達すると、その計略を知らない人びとが驚いたのは、彼女がそれらの袋を海中に投げ込むように命令したのである。アケルバスの財宝が海に沈むと同時に、自分は長い間望んできた死を見出すであろうと証言した。しかし、彼女は船乗たちに同情し、もしピグマリオンのもとへ引き返したら、彼らはあのじつに貪欲で残酷な王によって彼女と一緒に八つ裂きにされるだろうといった。しかしながら、もし彼らが彼女と一緒に逃亡したいならば、彼女は必ずや彼らを面倒みて便宜を図ると強く主張したのだ。

哀れな船乗りたちはこれを聞くや否や、彼らの生まれた国と故郷を見捨てるのは忍び難かったけれども、彼らはまた残酷な死の恐怖に怯えて、追放の身となることに進んで同意した。彼らは船首の向きを変えて、ディードーの命令でキュプロス島へ航海した。そして、この島で、ディードーは若い人びとを慰め、子孫繁栄のために、沿岸でウェヌスへいつも捧げものをしている乙女たちを捉えた。彼女はユピテルの神官とその全家族を彼女の航海の仲間として手に入れた。この神官は彼女の到着を前もって警告されていて、彼はこの逃避行から何か偉大なことが起こることを予言していた。

クレタ島を背後に、シキリア島を右手に残して、ディードーはアフリカへ向かって進んだ。彼女はマッシリア（マルセーユ）の海岸に沿って航行し、遂に、のちに有名になるはずの湾内へと入った。ここで、彼女は彼女の船団に安全な港を発見したと信じて、疲れ切った漕ぎ手たちに幾ばくかの休息を与える決心をした。近隣に住んでいる人びとが異国人たちをみにやってきて、食糧や商品などを持ってきた人びともいた。いつもよく起こるように、彼らは会話を交わして友情を築き始めた。原住民たちは新参者たちに留まることを望んでいるように思えたし、その人びともまたチュルス(6)から移住してきたウティカ(7)の城市《まち》の使者たちは彼らにこの地域に定住するよう勧めた。ディードーは彼の兄が今にも戦争を仕掛けてくることを知っていたが、彼女は恐れなかった。彼女の新たな住居のために、彼女は直ちに沿岸の地主から牛の毛皮で覆い被せる面積の土地を購入した。彼女がこうしたのは、誰をも傷つけるのを避け、彼女が将来に向けて偉大な計画を持っているどんな疑念も鎮めるためであった。

何という賢い女性であろうか！　ディードーの命令で、その牛の毛皮は切って細長い布の一片にしてそれらを繋ぎ合わせると、売り手たちが思ったより遥かに多くを囲んだ。発見された馬の頭の幸先の良い吉兆の下で、ディードーは戦闘準備の整った城市《まち》を建て、その城市をカルタゴと呼び、その城塞を牛の毛皮に因んでビュルサ(8)と命名した。戦略を駆使し隠し持ってきた財宝を展示し、彼女は仲間の追放者たちを大きな希望で勇気づけた。直ちに、城壁、神殿、広場《フォルム》、それに公私の建造物が聳え立った。彼女は人民に法と生きるための基準を与えた。みごとな城市が瞬く間に建ち並び、彼女の瞠目すべき美貌と未曾有の美徳と清廉さゆえに、ディードーはアフリカ全域に知れわたった。

それゆえに、アフリカ人たちは情欲に走る傾向がじつに強いので、マッシタニ族(9)の王はディードーを熱望し、もし彼女が与えられねば、戦争で聳え立つカルタゴの城市を破壊すると威嚇して、彼女と結婚することをカルタゴの長老たちに懇願した。これらの長老たちは今や寡婦の女王が貞節を守ろうとする神聖な揺るぎない決意を知っていた。そして、彼らは、もしこの王の要望が受け入れられなければ、この戦争で破滅されるだろうと大いに恐れていた。彼女が彼らに質問すると、長老たちはその王が何を望んでいるかを敢えてディードーに明言しなかった。その代りに、彼らは彼女を欺いて、彼女自身の決断で彼らの望むことを彼女自身に同意させせようと企んだ。したがって、長老たちはこの王が彼らの教えを借りて、彼の未開な人種がより文明化した生活様式を取り入れたいと願っているとディードーに話した。よって、その王は戦争の脅しをかけ、長老たちに教師たちを送るよう求めています。しかし、彼らは喜んでそのような骨の折れる任務を引き受ける者を誰も知らないと主張した。なぜなら、それは祖国を離れて赴き、かくも野蛮な王と一緒に住むことであるからです。

女王はその策略を見抜けなかった。否むしろ、彼女は彼らに向かってこういった。「おお、卓越せる市民よ、これは何たる怠惰、何たる無為であろうか？　われわれは父と祖国のため生まれたのを知らないのであろうか？　状況がそれを求める場合、公共の安寧を守るために、何か自分の利益を、況や死さえも拒否する人を然るべく市民と呼ばれうるであろうか？　よって、喜び勇んでいき、小さな危険を冒して、祖国から大きな戦争という大火災を取り除くがよい。

女王のこれらの反駁から、長老たちは彼らが望むことを手に入れたように思った。そして、彼らは王が本当に要望することを彼女にうち明けた。これを聞くと、ディードーは自らの意志で結婚の要求を承諾したことを十分に認識して、彼女は内心悔やんだが、毅然と構えて彼女の人民の逃げ口上に敢えて反対しなかった。こうして、彼女はその美徳の意識に適うように思える一計を案じた。つまり、もし夫のもとへいく期限が与えられれば、そのときまでにいくといったのである。

猶予期間の要望は聞き入れられた。そして、未だその姿をみたことなきトロイアのアエネアースが到着する前に、ディードーは己の貞節を汚すより死を既に決意していたのである。そして、城市《まち》の最も高いところに、彼女は巨大な火葬用の薪の山を組み立てた。人びとは彼女が（亡き夫の）シュカエウスの霊を鎮めるため建てたと思った。黒衣をまとって、彼女はさまざまな儀式を行い、多くの生贄を捧げて、彼女が何をするかと凝視する多くの観衆の前で、その火葬用の薪の山に登った。神へのあらゆる儀式を終わったときに、ディードーは衣服の下に忍ばせていた小刀を鞘から抜いて、それをじつに貞潔なる彼女の胸に当て、シュカエウスの名を大声で叫んでいった。「最善なるわが市民よ、汝らの要望に、妾《わたし》はわが夫のもとへ参ります。」これらの僅かな言葉をいい終わるや否や、すべての観衆の大いに悲しむも、彼女は小刀に真っ逆さまにわが身を投じた。その刃は生命器官を突き通して、皆が助けに近づいても甲斐なく、いとも貞潔なる血を流しながら、彼女は息絶えた。おお汚れなき貞節の誉《ほまれ》よ！　無垢なる寡婦の尊ぶべき永久《とわ》なる鑑の汝ディードーよ！

願わくは、その配偶者たちを喪った女性たちが汝に彼女らの眼を注いで、汝のキリスト教徒的なる不屈の力を精一杯に考えてほしいものだ。もし彼女らにできるなら、汝がいかに貞潔な血を流したかを心底から考えてほしいし、まして、再婚どころか、三度目やそれ以上も越えて、いとも軽はずみに結婚する女性たちには尚さらである。主キリストの象徴《しるし》を背負ったこれらの女性たちは、主なるキリストをまったく知らない、異教徒の不信者である異国の女性が、束の間の名声のため、死にゆくのを眼前でみたときに、彼女らは一体何というのであろうか？　彼女は再婚して、自らの神聖なる決意を破るより、断固たる精神と揺るぎない覚悟で、自裁したのである。

現代の女性たちはじつに堂々と弁解するので、わたしは次のように答える女性もいるものと思う、すなわち「妾《わたし》は再婚せざるをえなかった。妾は裏切られたのです。わが両親や兄弟たちが亡くなったのです。求婚者たちは甘言で迫ったのです。妾は抵抗できませんでした。妾は肉で、鉄ではありませんから。」

ああ、何と笑止千万なことか！　唯一人の弟が彼女の追放の敵であったが、ディードーは一体誰の援助に頼ることができただろうか？　ディードーにもじつに多くの求婚者たちがいなかっただろうか？　ディードーは現代の女性たちと同じくに石や木でできていたのだろうか？　断じてそうではない。それゆえに、彼女は肉体的な力では避けえないもろもろの罠を、唯一彼女に可能な自裁という方法で、兎にも角にも逃れるため、精神の力を用いたのだ。

しかし、われわれはかくも見捨てられているというが、主キリストがわれわれの避難所でないであろうか？　たしかに、慈悲深い贖い主キリストが彼に希望を寄せる人びとにとってつねにその傍にいる。もしや君は火の竈《かまど》から少年たちを救済し、スザンナ[10]を偽りの告発から解放した主キリストが、もし君が望むなら、君を敵の手から救えないと思うのだろうか？　君の視線を大地へ向けて、耳を閉ざしたまえ。そして、寄せくる波を岩のように撥ね返し、泰然として風を吹かせるがよい。君は救われるであろう。

恐らく、別の女性が立ち上がっていうだろう――「妾《わたし》は至るところに領地や、立派な邸宅や豪華な家具と多くのさまざまな所有物があります。かくも膨大な財産が見知らぬ他人に譲渡されぬためにも、妾は母親になりたかったのです。」おお、何たる狂気の欲望たることか！　ディードーは子供なしで王国を持っていなかったろうか？　彼女も女王の富裕を持っていなかったろうか？　たしかに、彼女は持っていたのだ。なにゆえに、彼女は母親になるのを拒んだのだろうか？　なぜなら、彼女は他人の地位を高めるために(汝)自らを滅ぼすことより愚かなことはないと、じつに賢明にも思ったからである。

それゆえに、わたしはわが領地や豪邸や家財道具の所有者を手に入れるため、わが徳性を辱《はずかし》めようか？　跡継ぎが浪費家となる場合がじつに多いことは大目にみよう。たとえ汝が実際に蕩尽するのではない莫大な財産を持っていたとしても、キリストの貧者たちは多くいないだろうか？　汝が彼らへ施すことで、汝は自分のためにいくつもの永遠の宮殿を建てるだろう。彼らに施すことで、汝は新たに煌めいて汝の威徳を輝かすであろう。その上、汝の友人たちは他の誰よりも相応な跡継ぎを作るであろう。なぜなら、汝の友人たちは汝が求めて吟味したような人であるから。しかしながら、子供とは汝が望むようなものでなく、〈自然〉に適うものを持つべきである。

三人目の女性がきて、彼女は再婚しなければならなかったと主張する。なぜなら、両親が命令したから。彼女の血縁者たちが強制して、彼女の隣人たちがそれを奨励したからであると。彼女自身の強い欲望が拍車を駆けなかったら、否むしろ歯止めの利かぬ欲望が命令しなかったら、たった一度の否定によって彼女は上述したすべての理由を克服できただろうことを、あたかもわれわれが知らぬかのようにいう。ディードーは不貞の女性として生きないために死ぬことができたが、この女性は貞節な女として生きるために結婚を拒絶できなかったのである。

自らが他の女性たちより賢いと思い、次のようにいう別の女が現われるだろう。つまり、「妾《わたし》は若かった。ご存知のように、若さは燃え滾《たぎ》ります。妾は抑制できませんでした。妾は聖パウロの『胸を焦がすより結婚する方が良い』(11)という忠告に従いました。」おお、何という巧妙な口説であろうか！あたかもこのわたしが老婆にだけ貞節を命令し、あるいはさながらディードーが心に堅く貞節を誓ったときは、若くはなかったかのようである！　おお、何と罪深い悪業であることか！　聖パウロの神聖な忠告が不名誉な悪行の弁護にかくも頻繁に結びつけられるとは何と不面目なことか！　われわれは食物で消耗した力を徐々に恢復することができ、余分な力を節制で減少させることができないのだろうか？　あの異教徒の女性ディードーは虚しい栄光のため、彼女の激情を抑制して自らを治めることができた。しかし、キリスト教徒の女性たちは永遠の栄光を追い求めるため、かかる自制を促すことができない。ああ！　われわれはこのように主なる神を欺くことができると信じて、われわれは永遠のものはいうまでもなく、われわれ自身を移ろい易い栄光へ身をまかせて、永遠の断罪の深淵へと駆り立てるのだ。

したがって、今日の女性たちはディードーの死骸をみて恥を知るがよい。そして、彼女の死の原因をよく考えながら、彼女たちはキリスト教崇拝の女性たちの貞潔が悪魔《サタン》の一員に敗れたことを嘆いて顔を伏せるがよい。そして、彼女らは哀悼の涙を流し、喪服をまとったからといって、ディードーの屍にしかるべき義務をすべて果たしたと考えてはならない。彼女たちが寡婦としての責務を果たしたいなら、愛は最後まで保たれねばならない。また、彼女たちは再婚を考えてはならない。ある女性は結婚の神聖な秘跡を守り、不貞の汚名を避けるためより、彼女らの情欲を満足させるため、結婚という偽名の下に往々にしてこれを行う。というのは、かくも多くの男性の抱擁を懇願することは、ウァレリア・メッサリーナ(12)の例に倣って、劇場や売春宿へいくことと何が違うのであろうか？

しかし、この件については他の機会に話そう。なぜなら、わたしは企てた仕事の境界を著しく度を越えたと思うからである。しかしながら、一体誰がときには自らの目的から逸脱して、その筆勢に心奪われぬほど自制心の強い人がいるだろうか？　読者の皆さまが大目にみて下さることを願って、脱線したところへ戻ることにしよう。

こうして、国民は誰もが涙と哀悼のなかで生命《いのち》果てたディードーをもって壮麗な葬儀を営み、人間のみならず神の名誉をもって力のかぎり褒め称えた。そして、カルタゴが存在するかぎり、彼らは公《おおやけ》の母と女王としてだけではなく、彼らの名高き女神と永久《とわ》の保護者として、祭壇と神殿とに特別な供犠《くぎ》を捧げて彼女を崇拝したのである。

エチオピアの女王ニカウラについて

わたしが理解するところによれば、ニカウラ(1)は遥か遠い未開の地エチオピアに生を享けた。実際、彼女は未開の人びとの間に生まれて、じつに立派な美徳に光り輝いていたゆえ、それだけより一層記憶するに値すると思う。

というのは、もし古代の人びとの言い伝えを信じるならば、次のことが知られている。つまり、古代エジプトの王ファラオの王朝が終わりを告げて、いずれかのファラオの血統の末裔として、ニカウラはエチオピアとエジプト、そしてある人びとがいうように、アラビアのじつに著名な女王でもあった。彼女はナイル河畔のじつに大きな島メロエー(2)に、彼女の王宮と他のあらゆる人びとを凌駕する信じられないほどの莫大な富を持っていた。

かかる巨万の富の贅沢の最中《さなか》にあっても、ニカウラは無為と女性の奢侈に溺れなかったと書き記されている。それどころか、彼女の師が誰かは知らないけれども、彼女は自然科学の学問に驚くほど深く習熟していたのを知っている。聖書はニカウラの存在を権威をもって指し示し、このことを証明しているようにみえる。

彼女は聖書でシバ(3)と呼ばれて、その噂が世界中に鳴り響いた同時代のソロモン王(4)の知恵を聞いて驚いたといわれる。もっとも、愚か者たちや無知な者たちはかかることを軽蔑し崇敬などはしないものだが。その上、ニカウラは感嘆しただけでなく、彼女は殆ど世界の反対側に位置するメロエーを出発し、彼女自身の栄光の王国を捨て、エチオピア、エジプト、紅海沿岸とアラビア砂漠を通って、かくも立派な随行と、かくもみごとな華美と、かくも膨大な数の王家の奴隷たちを伴って、ソロモン王に聞くためイェルサレムへやってきたので、すべての王のなかで最も富裕なソロモン王さえも彼女の華美さに驚いたほどであった。

　ニカウラはソロモン王に最高の敬意をもって歓迎された。そして、彼女はソロモン王へいくつかの謎をかけて、その謎の解答を熱心に聞いていると、彼女はソロモン王の知恵はその名声と人智の能力を遥かに凌駕していると快く認めた。そして、彼女はその知恵は疑いなく学問でえられたものではなく、神の賜物であるといった。それから、彼女は王へ豪華なかずかずの贈り物をした。それらの贈り物のなかには、香膏を滴らせる低木があった。ソロモン王はのちにそれらの木々をアスファルティテス湖[5]から遠からぬ場所に植樹し栽培することを命令した。そして、遂にニカウラはその代わりに贈り物を受け取って、大いに称讃されながら祖国への帰途についた。

　この女性はメロエーのあの偉大な女王カンダケ[6]と同一人物と思う人びとがいる。彼女から以降は(以前はファラオであったように)エジプトの王は長い間カンダケスと命名された。

XLIV

プラテアの娘パンフィレについて

パンフィレ(1)はギリシアの女性であるのが分かった。遥か昔のことで彼女の祖国がどこであるか忘れたが、運よく彼女の父親の名前が残っていた。というのは、彼女はあるプラテアという男性の娘であることが発見された。彼女はじつに素晴らしい称号で飾られていないけれども、国家のために善行を施したのであるから、彼女の称讃の分け前を黙認して、騙し取ってはならない。というのは、あとになっていかに容易なことにみえても、偉大な天賦の才の証拠もなくして、またその物ごとの性質に応じていかほどかの名誉で報われずして、新しいことが発明されるものではない。

したがって、信頼するに足る権威筋によると、パンフィレは若木（柢木）から飛び散る原綿を集めて、その不要な部分を櫛で取りのぞき、それを糸巻棒に掛けた最初の女性だといわれる。そして、彼女はその綿から糸を作り織り方を教えた。彼女はこうして今まで知らなかったその利用法を導入したのだ。このように機織りを発明した彼女の分別はパンフィレがその他のことでもいかに有能であったかを容易に示している。

XLV

女神ウェスタの巫女レア・イリアについて

レア・イリア(1)は彼女の高貴な血統の卓越した光輝ゆえに、その昔イタリア人の間でひときわ光り輝いていた。というのは、彼女はアルバ・ロンガ(2)の歴代の諸王シルヴィウスと同時に、トロイア人のかの有名な指揮官アエネアースの系統に、その出自が由来するからといわれる。

たしかに、イリアが未だ小娘であったときに、イリアの父ヌミトル(3)の弟アムリウス(4)は権力の欲望に駆られて、民族の掟を無視し、兄のヌミトルから武力で王国を略取した。しかし、兄弟の情愛に絆《ほだ》されて、彼は兄ヌミトルを残酷には扱わず、田舎へ追放して隠居生活を送らせることで満足した。しかし、ヌミトルの若い息子ラウスス(5)に対して、王座への競争相手を剝奪するために、彼は容赦なく残酷に対抗した。そして、アムリウスはラウススを殺害したが、彼の妹のイリアを助命した。しかし、彼女の結婚と子孫を儲けるあらゆる希望を奪うため、彼女をウェスタ(6)に仕える巫女として、彼女に強制的に永遠の処女の誓いを立てさせた。

イリアが成人したときに、彼女はなぜか性欲の刺激に駆られて、彼女の膨れ上がった子宮は開いて、とある男性を抱擁するに至った。というのは、彼女は懐妊してローマの城市《まち》の創建者である双生児のロムルスとレムスを産んだ。この罪の罰として、いかに彼女が王家の血を引く王女であろうとも、古《いにしえ》の慣習と王家の掟によって、二人の息子たちは公に晒《さら》されて、彼女自身は生き埋めに処されることが裁定された。しかし、彼女の身体は地に埋められたけれども、彼女の子供たちの誉れ高い功績は彼女の名前を栄誉の絶頂まで高め、一人の暴君が聖なる掟によって滅ぼそうと努めた母親を、後世の人びとには崇拝の的《まと》とした。

したがって、わたしはこの女性を心に想い描いて聖衣とベールをまとった修道女たちがその秘かな恋を長い間覆い隠しているのをみると、ある人びとの狂気を笑わざるをえなくなる。自分の娘たちからその嫁資の一部分を奪い取るほど貪欲な人びとがいる。宗教的献身という口述の下に、彼らはときには彼女らが未だ年端もいかない間に、ときには殆ど成人したときに、しかしつねに強制的に、これらの少女たちを女子修道院の檻《おり》のなかへ閉じ込める――否捨ててしまう。そして、一人の処女が主なる神へ捧げられて、主への祈りは父親の財産を嵩めて、父親が死ぬときには彼のため天国を手に入れると主張されるのだ。

何たる滑稽で愚かしいことか！　これらの人びとは暇《ひま》な女性が情事に励み、公娼たちをいたく嫉妬して、自らの女子修道院の閂《かんぬき》よりも公娼の淫売宿を好むのを知らない。修道女たちは世俗の女性の結婚や衣裳、さまざまな装飾品、それにダンスと祭日をみて、彼女ら自身は結婚の経験がないのに気づくと、自らを憐れに思うものだ。そして、自分の人生の入口で寡婦の身となったかのように、彼女らは自らの運命と両親の魂を、さらに自らの僧衣と尼僧院とを心底から忌み嫌って呪うのだ。その哀れな心を慰めるため、彼女らが訴える唯一の手段はいかなる方法でこの牢獄から逃れるのを思案するか、あるいは兎も角彼女らの愛人たちをつれ込んで、彼女らには結婚で拒まれた公然の愉しみの性的快楽に密かに耽けようとするものである。

かかることが、すべてとはいわないまでも、大部分の修道女たちの主なる神への神聖なる瞑想であるのだ。そして、かかることがこれらの女性たちを入獄させた父親たちの繁栄と救済を求めて昇天するための祈願でもある。自らは耐えられず逃れることを、他の人びとが耐えられると思う両親、親戚縁者、誰も彼もが、ああ、何と哀れな者たちよ！　彼らは頻繁にいとも恥ずべき密通、忌まわしい出産、孫の遺棄や恐ろしい殺害、そして彼らの娘たちの不面目な追放や逃走を嘆き悲しむ。そして遂には、貪欲な父親は結婚へ結びつけることができた不名誉な若い娘たちに、予防手段を講じる必要があると知る。

それゆえに、自分の力で他人の力を判断するのを望まないなら、これらの愚か者は彼女たちが無知で若すぎる間は、主なる神へ強制的に捧げられるべきでないことを知らねばならない。それどころか、彼女らは幼少期から父の家で大変に慈しんで養育され、清廉さと賞賛すべき礼節を教え込まねばならない。そして、彼女らが年齢を増し成長して、自らが為すべきことを十分に理解するときに、強制ではなく彼女らの自由意志によって、彼女らを永遠の処女の軛に結びつけるべきである。かかる女性は滅多にいないと思うが、このようにその数が少ないことは、主なる神の聖域を軽薄で男性たちを誘惑する女性たちで冒瀆するよりも遥かによいことである。

XLVI

タルクゥイニウス・プリスクスの妻ガイア・キュリッラについて

ガイア・キュリッラの祖先の系図は何も知らないが、彼女はローマあるいはエトルリア(1)の女性だと思う。古《いにしえ》の権威筋によれば、彼女はローマの王タルクゥイニウス・プリスクス(2)の最愛の王妃であることは明白である。

彼女は王妃であって王宮に住んでいたけれども、優れた知性に恵まれた女性のガイアは自ら安閑として無為にときを過ごすのに耐えられなかった。よって、彼女は当時ラティウム人たちの間で尊敬された仕事と思われる羊毛の紡織に専念した。そして、この職で彼女はじつに優れた熟練の職人であったので、彼女の名声に今日に至るまで聞き及んでいるし、彼女の時代でも、その名声はあまねく知れわたっていた。というのは、彼女は小アジア的な奢侈で未だ堕落していなかったローマ人たちによって大いに崇拝され愛されていた。実際、花婿の家に初めて入る新しい花嫁は誰でもその名前の呼び方を訊かれるのが公の掟で命じられていた。そして、彼女らは尋ねられると直ちに「ガイア」と申しである。それはこう名乗ることはあたかも彼女らが将来の倹約の吉兆を手に入れたかのようにである。

不遜な現代人の精神に、いかにこれが些細なことにみえようとも、わたしは、より思慮深い人びとがその時代の純朴さを考慮すると、これは優れた女性の証拠であるとみなすことができるのを疑わない。

XLVII

レスボス島の乙女にして女流詩人サッポーについて

サッポーはレスボス島の都市《まち》ミュティレーネー[1]の乙女であって、彼女の祖先の血統《ちすじ》について、これ以上のことは後世に伝わっていない。しかし、彼女の生業《メティエ》を考えてみれば、われわれは時間が奪い去ったものの、彼女の一部分が元へ蘇えるのが分かる。すなわち、サッポーは名門の高名な両親から生まれたことである。というのは、卑しい心の持ち主は詩を書くことを望みえなかったろうし、実際に詩作もできなかったであろう。

　というのは、われわれは彼女がいつ頃に光り輝き著名になったかを知らないけれども、サッポーはじつに気高い心の持ち主だったので、青春と美貌の華やげるときに、彼女は文字を連ねるのを知る（散文でものを書くこと）だけでは満足せずに、精神の熱情と生気に満ち溢れた才能に促されて、寝ずの勤勉により聖山パルナッソスの頂上の険しい坂を登りつめたのである。彼女はそのいとも高き頂上で、稔り豊かな敢為によって歓び迎える詩女神《ムーサエ》の仲間のひとりに加わったのである。月桂樹の森を歩き廻って、彼女はアポロンの洞窟《ほこら》に辿りつき、カスタリア[2]の泉に浴し、フォエブス[3]の竪琴を手に入れた。これら聖なるニンフたちが踊るにつれて、このうら若き乙女は鳴り響くキタラ[4]の弦を爪弾き、いとも熟練した男性たちにすらじつに難しいと思《おぼ》しき韻律を玲瓏《れいろう》と奏でたのだ。

　多言を弄せずとも、サッポーはその学芸で屹立する高処《たかみ》へと達したので、往昔《いにしえ》の証言でじつに名高い彼女の詩歌は、今日に至るまで光り輝いている。そして、銅像が建てられて彼女の名声は讃美され、彼女自身は名流詩人たちの仲間に数えられた。諸王の王冠も教皇の司教冠も、凱旋者たちの月桂樹でさえ、彼女のこの栄光には色褪せてしまうであろう。

しかし、もし信頼しうる話ならば、彼女は幸運にも詩業へ専念したけれども、不幸な恋愛の虜にもなった。なぜなら、彼女の才知ゆえに、あるいは美貌ゆえに、あるいはその他の魅力ゆえに、彼女はある青年と恋に陥り、否むしろ抗《あらが》い難い疫病に捉えられたのだ。しかしながら、その青年は彼女の恋情には報いなかった。彼の頑固な無情《つれなさ》を嘆き、サッポーは悲歌《エレジー》を創ったといわれる。わたしはサッポーがかつての詩人たちが用いた詩形を蔑んで、まったく異質の韻を踏んで、今でも彼女の名に因んで「サッポー風詩体」(5)と呼ばれる新しい種類の韻文を書いたということを読んでいなかったならば、彼女の詩を哀歌《エレギア》であったと思ったであろう。それらはかかる主題に相応しいものだからである。

しかし、何の甲斐があろうか？　詩女神《ピエリデス》(6)（ムーサエ）たちが責められるべきと思う。アンピオン(6)が竪琴を弾いたとき、彼らはオギュギア(7)の島の岩をも動かすことができたのに、サッポーが歌うとき、詩女神たちはかの青年の心を和らげることさえできなかったのだから。

XLVIII

コッラティヌスの妻ルクレティアについて

ローマ人の貞操の誉れ高い指導的な模範にして、古代の慎み深さのいとも神聖なる栄誉たるルクレティア[1]はローマの男性たちのなかで最も有名なスプリウス・ルクレティウス・トリキピティヌスの娘であり、タルクウィニウス・プリスクスの兄であった故エゲリウスの弟のタルクウィニウス・コッラティヌスの妻であった。その容貌の美しさか高潔な振る舞いによって、彼女はローマの奥方たちの間で、より一層立派にみえたか否かは定かではない。

タルクウィニウス・スペルブスがアルデア[2]の城市を包囲していたときに、ルクレティアは帝都ローマから遠からぬ都市《まち》コッラティア[3]の近隣の夫の住居へ引き籠っていた。その包囲戦は長く続いたけれども、陣営のなかでは王家の若者たちが夕食を一緒に摂っていたが、コッラティヌスもそこに同席していた。恐らく大量のワインでひどく興奮して、彼らは自分の妻たちの美点を論じ始めた。当然ながら、皆は自分の妻を他のどの妻たちよりも高く評価した。そして遂に、彼らは夫たちが戦争で留守の間に、夫の知らない妻たちが夜いかに彼女らの時間を過ごしているかをみるため、馬を疾駆して帰宅することを決定した。こうして、彼らは自ら証拠をみて確認し、誰が最も賞賛に値する妻かを知ることができた。

ローマで、これらの若者たちは彼らの妻が同年輩の女性たちとつれ立って愉しんでいるのをみたとき、彼らは馬首を巡らせコッラティアへ向かっていくと、そこでルクレティアは質素な服装で彼女の侍女たちと一緒に羊毛を織っているのを発見した。それゆえに、彼らは彼女こそ他のどの奥方たちより賞賛に値すると判定した。しかし、コッラティヌスは他の若者たちを親切にも彼女の家へ迎え入れた。彼らはそこで饗応されている間に、スペルブスの息子のセクストゥスは貞淑で見目麗しいルクレティアへ淫らな視線を投げかけた。そして、不義の情火に燃え上がり、万止むなくば力づくでも、彼女の魅力をわがものにしようと秘かに決意した。

日数《ひかず》も多く経たぬうちに、狂おしい恋情に駆られて、セクストゥスは陣営を秘かに立ち去って、夜にコッラティアへやってきた。そこで、彼は彼女の夫の血縁者であったので、ルクレティアは彼を愛想よく丁重に迎えた。彼は家全体が静まり返るのに気づいて、皆が寝入っていると思うと、彼は剣を抜いてルクレティアの寝室へ入っていった。セクストゥスは自ら身をうち明かし、もし声を出して自分の意志に従わなければ、斬殺すると脅した。彼はルクレティアが彼の欲望に抵抗して死も恐れないのを知ったときに、彼は卑怯な策略に訴えて、自分は彼女を男性の下僕の一人と一緒に殺して、彼ら二人は姦通を犯したので殺害したのだと皆に言い振らすといった。これを聞いて震え上がるこの女性は、かかる淫らな恥辱に怯え、身動き一つできなかった。もし自分がそのような理由で殺されたなら、彼女の潔白を晴らす人が誰もいなくなるのを怖れて、ルクレティアは嫌々《いやいや》ながら姦夫に身を任せた。

セクストゥスは彼の誘惑的な欲望を満足させると、勝利者のごとくに立ち去った。夜が明けると、ルクレティアはこの罪深い行為にいたく悩み、彼女の父トリキピティヌスとコッラティヌスの姻戚ブルートゥス（彼は今日まで狂気と思われていた）、それに夫は勿論のこと、その他の親戚の人びとを直ちに呼び寄せるよう命令した。彼らが到着するや否や、彼女はセクストゥスが真夜中に彼女に行ったことを涙ながらに整然と彼らに話した。そして、彼女の親戚縁者たちが嘆き悲しむ彼女を慰めている間に、ルクレティアは衣裳の下に隠して置いた短剣を取り出しこういった。「わたしは罪を赦されても、罰を免れえませんし、ルクレレティアの例に倣って、次に続くいかなる女性も淫らに生きることのないように。」

こういうや否や、彼女はその短剣を潔白な胸に突き刺し、その傷の上へ身を屈め夫や父親がみている前で、彼女は崩れて瀕死の状態に陥った。そしてやがて、彼女は流血とともにこと切れたのである。たしかに、彼女の美貌は不運であった。どんなに賞賛しても決して十分ではない彼女の貞操は、彼女がわが身に狂暴に浴びせられた恥辱を償ったにつれて、益々一層高く賞賛されてしかるべきである。彼女の行為によって、無分別な若者が恥ずべき行為で傷つけた栄誉が回復されたのみならず、ローマの自由も達成されるに至った。

XLIX スキュティアの女王タミュリスについて

タミュリスはスキタイ族[1]の王妃であった。しかし、スキタイ族は極北のリーパエイー山脈[2]とヒュペルボレイ山脈[3]（極北の地）の近くの凍てつく空の下の不毛の土地に住んでいたので、彼らは外の人びとに殆ど知られずに、またタミュリスはどんな両親から生まれ、あるいは誰と結婚したかも知られていなかった。それゆえに、栄えある気高さについて、彼女は次の一点で注目を引いた。すなわち、キュルス[4]が彼のアジアの諸王国を既に掌握したとき、彼女は獰猛で粗暴な人びとをその当時支配していた。

多分、次に発生したことはタミュリスの名声をより一層高めるため起こったのかも知れない。つまり、彼の帝国の拡大より自分の栄誉を高揚するため、キュルスはスキュティア王国を渇望し始めた。というのは、彼はスキュティア族が貧しく野蛮な人種であるが、今日まで偉大な諸王たちに征服されたことがないと聞いていた。それゆえに、このような渇望に駆られて、キュルスは寡婦の女王タミュリスに対し彼の軍隊を進めたのである。

タミュリスはキュルスの到着を予め知っていた。彼はその偉業のために、全アジアと殆ど全世界中であまねく恐れられていたけれども、彼女は恐れ慄く女性のように隠れ処《が》を捜し求めることも、使節を介し和平の協定を要請さえもしなかった。それどころか、彼女は軍勢を召集し戦争の指揮官となった。タミュリスは鋭意専心に抵抗もできたであろうが、キュルスと彼の全部隊をアラクセース川(5)を渡って彼女の領土へ入ることを許した。この賢い女性は彼女の領土の外よりも内の方がキュルスの狂暴をより首尾よく破ることができると思ったのである。

キュルスが彼女の王国の内部に到達したと知らされたときに、タミュリスは彼女の軍隊の三分の一を若い一人息子に託し、キュルスを迎撃するため進軍するよう命令した。しかし、その若者が軍隊を率いてやってくるのを聞くと、キュルスはかつて耳にしたことのあるこの国の地勢の特質と民族の風習とを熟慮した。そして、彼は武力よりも策略で勝利することを決意した。こうして、彼はスキタイ人たちが未だ知らないワインとその他美味しいご馳走や贅沢品などを陣営に置き去りにし敗走を装ったのである。

この若者が蛻《もぬけ》の殻《から》の陣営に敵陣が敗走し勝利者さながらに悦んで入った。彼は他のスキタイ兵たちとともにまるで戦争ではなく宴席に招かれたように、食べ物と見知らぬ飲み物を腹一杯に飲食し始めた。これによって、彼らの軍規は緩んで睡魔に襲われた。こうして、彼らが横たわって爆睡していると、キュルスは戻ってきてその若者と彼の軍隊もろともに殺害した。こうして、勝利を確信したかのように、キュルスはスキュティアの領土をより一層奥深く進軍したのである。

タミュリスは彼女の軍隊が殺戮されたのを聞いたときに、今や寡婦《やもめ》の身の彼女は一人息子の殺害をひどく嘆き悲しんだ。しかし、女性がよくするように、彼女は涙に暮れることはしなかった。それよりむしろ、憤怒と復讐の欲望から彼女は涙を堪《こら》えた。そして、彼女は息子を罠に掛けた同じ策略を用いて、たとえキュルスがいかに抜け目なく、陣営に酒を十分に残して置かなくとも、彼女の残った軍隊を率いて敵軍を捉えられると思ったのである。領土の地形をよく知っているので、タミュリスは逃亡を装って、熱心に追跡する敵兵たちを遠からぬ道筋に沿って、彼らを罠に掛ける不毛で極寒の荒れ果てた山岳地帯へと誘導した。それから、険しい山間の隘路の真っ只なかで敵兵たちと相対峙したのだ。今や彼らは殆ど完全に進退窮まって、彼女は敵軍を一人残らず全滅させた。キュルス自身さえも彼の血塗れの死によって、寡婦タミュリスの怒りを満足させるのを避けられなかった。

タミュリスは激怒しキュルスの屍を累々たる死体のなかに捜し求めることを命令した。それを発見すると、彼女はその頭部を切断し、彼女の兵士たちの血で満ちた革袋のなかに入れるよう命じた。それから、彼女はこの傲慢な王へさながらそれ相応の埋葬を施したかのように、彼女はこういった。

「貴殿が渇望したその血で満腹にさせるがよい。」

一体これ以上何をかいわんや？　キュルスの帝国が偉大であったと同じほどに有名な彼女のこの行為以外にタミュリスついてわれわれは皆目知る由《よし》もないのである。

L

ある遊女レアエナについて

レアエナ(1)はギリシアの女性であったと思う。彼女は貞節な女性ではなかったけれども、高潔な貴婦人たちと名高い王妃たちの優しいお赦しにより、彼女を名婦の仲間に入れたいと思う。というのは、既に述べたように、わたしは貞節な女性のみならず、いかなる悪業ゆえに名高い女性をも書き加えることを繰り返し約束したからである。

その上、われわれは美徳にあまりに縛られているので、われわれは高貴な地位に結びついた美点を称揚するだけでなく、卑しい外衣の下の埋もれた功績にも照明を当てるように努めなければならない。というのは、美徳はどこでも価値のあるものであり、美徳は太陽の光が泥と混じっても汚染しないように、悪と触れても汚れることがないからである。それゆえに、もしわれわれがときには女性が嫌悪すべき務めに身を捧げるのをみるならば、われわれは美徳の称讃を減ずることのないように、これらの職務を嫌悪すべきでないのである。そのような場合には、件《くだん》の女性は美徳からはより遠い存在と思われるゆえに、美徳はより一層称讃されるに値するものである。

それゆえ、娼婦たちはつねに軽蔑の念をもって想起されるとはかぎらない。それどころか、彼女らが何らかの美徳の功績により自ら記憶に値する者ならば、それだけ一層大いに喜んで褒め称えられるべきである。彼女らのなかに見出される美徳は、女王たちの悪行が娼婦たちの危険な放縦を許すときに、これらの放蕩な女王たちにむしろ恥辱を投げ掛けるがよい。その上、高貴なる精神は必ずしも名門の称号に結びつくものではなく、また美徳とはそれを冀うひとは誰をも拒絶しないということを示すため、レアエナは名婦たちの仲間に含まれるべきである。そうすれば、彼女は自ら果たした勇敢な行為のため、正当に賞賛されることになるであろう。

　したがって、レアエナが卑しい娼婦の生業《なりわい》に身をやつしたゆえに、彼女の出自や祖国が知られぬことになった。しかし、アミュンタス三世[2]がマケドニア王国を治めていたときに、青年貴族たちのハルモニウスとアリストン[3]が醜悪な暴君に抑圧された祖国を解放するためか、あるいはその他の理由に駆られたためか、彼らは残酷な暴君ヒッパルクス[4]を殺害した。その暴君の後継者によって逮捕された者たちのなかにレアエナがいた。彼女は彼らとの親密さゆえ、さながらその殺害の遂行者たちの知人かのように、その暴君の後継者によって逮捕された。そして、その陰謀の共犯者たちを白状させるため、彼女が恐怖の処罰を強いられている間、この放埒な女性は友人たちに対し愛情深い配慮をもって、神聖にして尊ぶべき友情の名を思い起こした。最初、彼女は長い間他の人びとを傷つけてわが身を守ることのないように、驚異の堅固な精神で尋ねられたことを、頑としていわないように暴力に耐えていた。しかし遂に、その拷問が一層激しくなり、体力が衰弱するにつれて、この男性まさりの女性は体力の衰えとともに、彼女の決意も力を削がれるのを恐れた。すると、レアエナはさらに大きな不屈の精神で立ち上がり、体力の衰えとともに話す力も消え失せるように振る舞った。彼女は自分の舌を激しく嚙み切ったのである。こうして、唯一の最も気高い行為によって、レアエナは彼女の拷問者たちに尋問されるのを、彼女から知るすべての希望を奪ったのである。

レアネアは運命の悪戯《いたずら》なしに売春宿に住んだと誰が責めるであろうか？　たしかに、女性とは知らないことだけを沈黙するものという人は、レアエナを知らない人のことである。

ああ！　ときには家庭の尊大な富と両親の過剰な寛大さは乙女たちを破滅への危険な状態へ導いてきた。彼女らの奔放な性癖は、厳格な手綱で制御され、特に彼女らの母親による不眠不休の監視で抑制されなければ、誘惑されずともやがていつかは間違いを仕出かすものである。そして、この堕落が以前の美しい乙女の名誉の損失を招く絶望によって踏み躙《にじ》られると、遂には、彼女はいかなる美徳をも回復できなくなる。

特に拷問に対して彼女の男性らしい堅固さをよく考えるとき、レアネアは彼女の意地悪な性癖のためではなく無為ゆえにこそ、わたしは彼女が迷って破滅したのだと思う。彼女は先ず沈黙し、次に彼女の舌を噛み切ってデモステネス(5)に劣らぬ大いなる栄光を獲得したのかも知れない。彼はことによると同国人らからその華やげる雄弁でいつも栄光を獲得したものであろう。

LI　イェルサレムの女王アタルヤについて

アタルヤ(1)の野蛮な精神はダヴィデ(2)の末裔にとって好都合である以上に、シリア人たちやエジプト人たちに対して彼女をより一層有名にした。彼女の家系は至るところ一族の殺戮と夥《おびただ》しい殺害によって嫌悪すべきであるが、それに劣らず彼女の王冠が名誉を与えた以上に、彼女の名に悪評を添えた。

こうして、彼女はイスラエル王アハブ(3)と邪悪な王妃イゼベル(4)の娘であった。彼女はイスラエル王ヨシャファト(5)の息子ヨラム(6)と結婚した。そして遂に、ヨシャファトと父王の死後に王位継承がやってきた兄のアハズヤ(7)が途中でその地位から追放されると、アタルヤの夫ヨラムは予期せずにイェルサレム王として戴冠した。彼はその妻アタルヤが王妃になることを願った。父王アハブが亡くなると、アタルヤの兄弟ヨラムは彼の父の王座を継承して、アタルヤの輝きに少なからざる栄光を授けた。しかし、長年にわたって、アタルヤは多くの不幸に悩まされたが、彼女の夫が死亡すると、彼女の息子アハズヤは彼女の夫の玉座に就いた。すると、この女性は万般において女王の名誉で光り煌《きら》めいた。

実際、アハズヤが矢で射られて亡くなったときに、この残忍な女性アタルヤは王国の支配欲に激しく燃え立った。彼女は注目すべき悪行を考案し、万全の勇気を奮ってそれを遂行した。女性の優しい憐れみの情を追いやって、彼女は死んだ息子を涙で悼まぬばかりか、もし彼女に女心があったとしたら、彼女はより多くの涙のなかへ進んで行ったであろう。息子の流血で未だ大地が濡れている間に、彼女はダヴィデの種族のすべての末裔たちへ剣を揮ったのである。

　そしてじつに長い間、彼女はダヴィデの末裔たちに狂乱し迫害して、遂には危害を与えて死に至らしめない男性たちは誰一人いなかった。しかし、アハズヤ王の幼い一人息子ヨアシュ[8]だけは彼女に気づかれずにアタルヤの狂暴を免れた。というのは、アタルヤの娘で死んだアハズヤの妹エホシェバ[9]はその幼子の身が安全に養育されるため、彼女の高位の聖職者である夫の家へ秘か移したのである。

　こうして、多くの無情な殺戮の血によって、この無謀な女性アタルヤはいわば自らの所業で空位になった所有物の玉座に敢えて就いて、王国を支配したのである。

　狂暴な気質の人間たちであるアトレウス[10]、ディオニュシウス[11]やユグルタ[12]たちが、もし権力欲に駆られて、彼ら自身の親族たちを何人か殺害して支配権を掌握したと聞いても、なぜわれわれは驚くべきであろうか？　しかるに、同じ目的を達成するために、われわれは一人の女性が王族の末裔をすべて殺傷して、自分の家族さえも助命しなかったのをみたではないのか？

　こうして、アタルヤは女王の王冠で光り煌めいたが、彼女は女王の勲章《しるし》よりも実際に浴びせた深紅の血の方がより一層顕著であった。たしかに、彼女は進んでダヴィデの末裔の罪のない人びとを残忍にも剣で殺害した。同様に、彼女は自らの一族に対する他の人びとの残酷さを味わい知るべきであったのだ。もし彼女がそう望めば、彼女はイスラエル王の彼女の兄弟ヨラムがナボト[13]の葡萄畑に横たわり、犬どもに何千という傷を負わせて、彼の血を流しているのを容易にみることもできたであろう。同様にまた、彼女は王家の立派な衣裳を着飾った母親イゼベルが高い塔から投げ落とされ、通行人たちの足に踏み躙られ、四方に走り回る馬の蹄と荷馬車の車輪に、彼女の哀れな屍が泥にまみれて、その痕跡が微塵もなくなるまで擦り減らされるのをみることもできたであろう。さらに、彼女は一時間で彼女の七十人の兄弟たちが勝利者の命令でサマリア[14]の近くで刺殺され、彼らの頭が杭に刺し抜かれ、悪行の明白な証拠として、このイズレエル[15]の町の近郊に晒されたのをみることもできたであろう。あるいは、彼女は敵の剣を誰一人として免れなかった彼女のその他の親族たちをみることもできたであろう。

そして遂に、この呪われていた女性アタルヤは恐ろしい流血沙汰の罪を自ら免れ通すことができずに、彼女が七年間支配し君臨したとき、彼女が他の者たちとともに殺害されたと思っていた彼女の孫ヨアシュが大祭司ユホイアダ[16]の介在により王の玉座へ登位された。こうして、彼女は力ずくで玉座から引きずり下ろされた。そして、人民の敵意に満ちた罵声を浴びて、彼女は奴隷や悪人たちの手で城門まで不面目にも引きずられていった。そして、彼女の叫びも脅しも無益であり、その罪過に応じて殺害されたのである。こうして、彼女は罪もない人びとを強制的に追いやった同じ小道を通って、下界へと突き進んでいったのだ。

こうして、たとえ遅れても忘れられることなく、神の正義が果たされた。そして、その神の正義は彼らの待望の風習を変えられない人びとに対してより厳しい償いをもって報いたのである。

われわれはこの真実を無視し、それを信ずることを望まず、自らの誤りを正す手立てをしないかぎり、われわれは自らより大きな恥辱に捉われよう。なぜなら、われわれは最も予期せぬときに嵐に飲み込まれて、無益であっても、われわれは自らの不品行を惨めにも慨嘆するものであるから。

たしかに、不当な支配欲は恐ろしいことで、多くの場合に、それを手に入れるには残忍さが必要とする。久しく待望した上昇には、責任を負うべき機会は稀で滅多にないものだ。通常それには欺瞞や暴力に訴える必要がある。もし人が欺瞞を用いれば、彼は欺き、陥穽、偽証、背信やそれと同等のことの思いに苛まれるであろう。玉座へいかなる道を選んで辿ろうとも、自らの軍勢を整えざるをえない。これらすべての手段は悪人たちにふさわしい行動と考えられている。もしかような常套手段の奴隷にならなければ、人は王国の支配者になることができない。

そして一体どうなるというのか？　玉座への登位が成就される。すると、人は不平不満には耳を閉ざし、涙や犯罪や殺人からその眼を逸らして、その心を石と硬化する。残忍な行為に味方し、憐憫の情を追放し、理性を退け、悪事を奨励し、法律の神聖な力を排除し、抑えがたい欲望に精力を傾注し、悪を喚起し、虚心坦懐を嘲笑い、略奪と蕩尽と大食を賞賛する。かかるものがこの栄光ある王の前兆である。神や人間の関心事が斟酌されることはない。つまり、聖なるものと世俗的なものが必ずや混同される。慈悲は抑制されねばならぬので、邪悪が流血となって噴出し、善良な人びとは傷ついて地面に伏し、悪党たちは意気揚々として、乙女たちは凌辱されて、無垢な少年たちは虐待される。すると、美徳は咎められて悪徳が免除される。平和が追放されると、諍《いさか》いが至るところで勝ち誇る。かかる王の即位とはなんと摩訶不思議なことであろうか！

しかし、それでどうするのか？　人は一旦流血沙汰と破廉恥な行為で王座に登りつめると、それを得た手段がどうであろうとも、危害なく生きられることを願うものである。しかしながら、疑心が直ちにうずき始める。こうして、主な指導者たちは流罪とされて、裕福な者たちは貧困に貶められ、旧友たちは追放される。そして、仇敵になる恐れがあるので、兄弟、子供、孫や親戚縁者たちは投獄され殺害される。そこには、信頼や憐憫や正義の意識は微塵もない。人は不安のうちに眠られず目覚めていて、眠りも悪く、疑心暗鬼で食事もできない。王の一族であった人びとは退けられ、王位に就いた人の一生は邪悪な人びとの手に掌握されている。

かかる配慮をもって手に入れたこの所有物こそが、おお何と麗しく、望ましく、賞賛に値するものであろうか！　たしかに、平和に満ちて堅固な安全を誇り、思い煩うこともない貧しい人の小さな茅屋に入ることこそよかったであろう。生命を失い手に入れたこれらの聳え立つ豪壮な館にはそれと同じ量の不安が満ちている。われわれが疑心暗鬼で信頼しうる人びとを追放し、讒言《ざんげん》に促されて不実な人びとを信頼するときには、彼らの行動によって、われわれの出口はわれわれの入り口と同じか、あるいはそれより一層悪い場合がよく起こるものである。こうして一時《とき》にして、われわれは不幸な生涯の間に不正に蓄積したものを死んで失うものである。

アタルヤはこれを学び知っていたが、そのときはあまりに遅すぎたのだ。

LII　ローマの乙女クロエリアについて

古代の人びとが後世に遺さなかったからであれ、あるいは大昔のことゆえにせよ、ローマの卓越した乙女クロエリア(1)はいかなる両親から生を享けたかは定かでない。しかし、彼女は名家の出自の娘であることは十分に推定できる。なぜなら、彼女の精神の高貴さとタルクイニウス・スペルブス(2)との戦争の間に、他の高貴なローマ人たちと一緒に和平の人質としてエトルリア人の王ポルセンナ(3)に与えられたことで明らかに証明されるからである。

より一層多くの言葉で彼女の勇敢さを賞賛し叙述するため、われわれはタルクイニウス・スペルブスが彼の息子セクストゥスのルクレティア(4)に対する異常な犯罪のため追放になったあと、タルクイニウスがローマへ帰ろうとする陰謀が成功しなかったときに、公然と戦争が勃発したことに注意を向けねばならない。彼の要望で、エトルリアの町キウジの王ポルセンナがやってきたが、エトルリア人たちはホラティウス・コクレス(5)の杭で支えられたスブリキウス橋の勇敢な防衛によって、ティベリス（テヴェレ）川を渡ることを阻止された。すると、ポルセンナはムキウス・スカエウォラ(6)の剛毅さと計略に恐れをなして、ローマ人たちと和平を結んだ。そして、彼は多くの人質を受け入れて、クロエリアはその他より多くの乙女たちの仲間に混じることになった。

かくも多くの乙女たちが外国の王の下に拘留されたのは国家にとって恐らくあまり名誉でないよう

に、彼女にはみえたであろう。ともあれ、クロエリアは男性の勇敢さで乙女の胸を武装した。そしてある夜に、彼女は見張り人たちを欺いて、恐らく未だかって乗ったことのないテヴェレ川の畔《ほとり》で草を食《は》む馬に跨り、多くの女性の人質たちを川岸まで引きつれていった。彼女は川の深さや川面《も》の渦巻をも怖れず、無事に全員を対岸まで引きつれて、彼女たちを家族のもとへ返した。

翌日、ポルセンナはこのことを知って、彼は大いに不平をいった。頻繁なローマの元老院の会議において、逃亡者たちの首謀者は彼女を要求する王のもとへ返還されるべきことが命令された。しかし、それにはしかるべきときに、王は彼女を無傷で彼女の国民に返す手筈であるという条件が付与された。しかし、王ポルセンナはこの若い女性（クロエリア）の勇気に驚き、彼女の果敢さを喜んで、彼女の家族のもとへ帰ることを許し、また彼女が望む残りの人質たちすべてをつれていくことを許した。彼女はすべての仲間たちから、若い男の子たちだけを選んだ。この選択は彼女の乙女らしい高潔さにじつにふさわしく思えた。これはローマの人びとに大いに歓迎された。なぜなら、損傷により適した年齢の人びとを特に解放したからである。

そういう理由から、彼女は感謝する市民たちから異常なほどの名誉を受けて、騎馬姿の立像を授けられた。この像はローマ市の「聖なる道《サクラ・ウィア》(7)」の頂上に置かれて、長い間そこに損なわれずに存在していた。

LIII

ギリシアの女性ヒッポーについて

ヒッポーがギリシアの女性であったことは、昔日《いにしえ》の書籍からも十分に知られることである。わたしはわれわれ誰もがより偉大なことを成し遂げないからといって、彼女が唯一つの輝かしい偉業によって際立った女性であったとはにわかに信じ難い。誰もが突然に最高の地位に登る人はいないからである。しかし、時の流れの悪意によって、彼女の家族、祖国やその他もろもろの彼女の偉業に関する知識は奪われてしまったので、わたしは僅かでも今日まで伝存したことが失われて、彼女のしかるべき名誉が忘れ去られないように、そのことを述べようと思う。

こうして、このヒッポーは偶然に敵の船乗《ふなのり》たちに捉えられたといわれる。彼女は美貌に恵まれていたので、これらの海賊たちが彼女の純潔を奪うことを聞き知って、彼女は貞潔の誉れをじつに大切と判断して、その挙げ句に死を通してしかその貞潔を守れないものと思って、その暴力行為を待たずに海のなかへ真っ逆さまに身を投げたのだ。こうして波間で生命は奪われたが、彼女の貞潔は守られたのである。

一体誰がこの女性のかくも厳粛なる決断を褒めないでいられようか？　ことによると、生き永らえることができたかも知れない僅か数年の歳月をも犠牲にして、ヒッポーは彼女の貞潔を償い、自らのため永遠の栄光と引き換えに、若すぎる死を求めたのである。荒れ狂う波頭は彼女の高潔なる振る舞いを覆い隠すこともできず、また荒涼たる海岸も永遠の文学の記念碑のなかで彼女自身の名声を伴い、その輝かしい記録を奪い去ることもできなかった。

しかし、彼女の躰《からだ》はしばらくの間嘲《あざ》笑うかのように波間に弄ばれていた。それから、それはエリュトラエ(1)の海岸へ打ち上げられて、難船者の儀式にのっとり、その海辺の人びとによって埋葬された。遂に、ヒッポーの敵たちが彼女の正体とその死の理由を明らかにすると、エリュトラエの人びとは最高の敬意を表し、岸辺の埋葬の場を巨大な墓で飾った。そして、これは彼女が守り抜いた貞潔の証拠として、じつに長い間そこにあることとなった。われわれはこれによって美徳の光は逆境の翳《かげ》りによって、かき曇ることがないことを知るのである。

LIV

メグッリア・ドタータについて

わたしは古代ローマの人びとがドタータ[1]とも呼んだメグッリアは高貴な女性であったと思う。彼女は同国人のローマ市民たちが未だ最善の乳母たる貧困の両前腕を拒絶せずに、東方の栄光と偉大な王侯たちの財宝を求めて突進していたあの野蛮で、いうなれば聖なる時代に有名とみなされていた。わたしが思うに、メグッリアがドタータの名前をえたのは、彼女自身の行為の功労によるより彼女の先祖たちの気前の良さにむしろよるものと思う。というのは、その当時にドタータという名前が持参金女性の名前に与えられるほど、女性が夫となる男性に五十万ペニーの持参金を与えることはじつに異常なことにみえたと思う。このような命名はじつに長い間持続されたので、もしもある女性の持参金に余分に何かを加えられたなら、彼女もそれ以来ずっとメグッリア・ドタータと呼ばれたのである。

おお麗しき純真さよ！　おお賞賛すべき貧困よ！　汝がわれわれに知らしめたことと、汝が当然にもわれわれに信じさせたことは、現代人たちの放縦さにとって滑稽にみえるかも知れない。というのは、われわれは万事においてあまりにも度を超えているので、わたしはかくも少額の嫁資を認めて家へ妻を迎えたがる木工や、報酬目当ての酒保商人《リクサ》[2]も、農場管理人も殆どいないと信じる。しかし、これは驚くには当たらない。庶民の女性たちも女王の王冠、黄金の締め金、腕輪、その他の装飾品をわが身のために要求した。そして、彼女たちは臆面もなく堂々とそれらを身につけたのである。

ああ！　わたしは「われわれが互いに過剰に贈り物を施す間に、われわれの精神はかくも増長してしまった」というべきか知らない。それともむしろ（これが最も真実であると思うが）「われわれは己の罪によって、かかる悪習、野心、それに人類の果てしない欲望が培われた。」というべきか知らない。

LV

あるローマの人妻ウェトゥリアについて

高貴なローマの女性で今や年老いていたウェトゥリア(1)は称讃に値する行動で彼女の年齢を永久《とわ》に若々しく紡いだ。彼女には一人の若い息子グナエウス・マリキウスがいて、彼は屈強で勇敢であり、行動も気転も迅速であった。そして、彼はローマを包囲して、ウォルスキ部族(2)の町コリオリ(3)が彼の並はずれた敢為によって占領されたと思えたとき、グナエウスは地名に由来する「コリオラヌス」の名を手に入れた。こうして、彼は貴族たちの間でじつに大きな贔屓《ひいき》を手に入れて、言葉でも行動でも万事につけ果敢に振る舞った。

それゆえに、ローマが食糧不足で苦しんでいた折、元老院議員たちの働きによってシキリア島から多量の穀物が運ばれてきたが、コリオラヌスは例の平民が「聖なる山」《サケル・モンス》(4)へほんの少し前に戻った代価として、強奪された名誉を貴族に取り戻すまでは、その穀物の配分を受けるのを厳しい口調で禁じた。その結果、その平民たちが飢えて、もし護民官がその問題を議論し合う日程を適宜表明しなかったならば、敵の平民はコリオラヌスをきっと攻撃したであろう。

コリオラヌスはこれに激怒し姿を現わさず、国外追放の刑に処された。彼は少し前までローマの敵であったウォルスキ族のもとへと逃れた。コリオラヌスは、彼の勇敢さが至るところで評価されたので、そこで親切に敬意をもって迎え入れられた。彼とアッティウス・トゥッリウスが考案した策略はトゥッリウスの同胞ウォルスキ族たちを再びローマ人たちに対し戦争を駆り立てた。コリオラヌスは指揮官に選ばれ、軍隊をローマから四マイルの距離に位置したクルイッラの塹壕まで先導した。ここで、彼はローマ人たちが対等な条件で和平を求めるため、追放された敵の指導者に元老院議員によって使節を送ることになるまで、彼らローマ人たちを追跡し追い返した。

マルティウス（＝コリオラヌス）は恐るべき返答をして、彼らを祖国へと送り返した。このために、使節たちが再び遣《つか》わされたが、彼らは決して迎え入れられなかった。三度目には、神官たちは頭飾りと彼らの職務の徴《しるし》で飾って、嘆願者としてコリオラヌスのもとへいったが、空しく帰ってきた。そして、多くの嘆き悲しむ女性たちがコリオラヌスの母ウェトゥリアと彼の妻ウォルムニアのもとへいったときに、至るところで絶望感が既にローマ人たちの心に忍び込んでいた。彼女らはローマ共和国の男性たちは武力で国を守ることができないので、コリオラヌスの妻と一緒に年老いた母が敵の陣営へ赴いて涙ながらに嘆願し、彼女の息子を宥めて下さるように説得したのだ。こうして、ウェトゥリアは彼の妻とともに向かった。ローマの女性たちの大群衆もウェトゥリアに同行していった。

コリオラヌスは母の到着を知ったとき、彼は内心では激怒していたが、母の到着に狼狽し、椅子から立ち上がって天幕から出てきて、彼女を迎えにいった。

とはいえ、一方にコリオラヌスの妻と、そして他方に彼の子供たちを率いて、ウェトゥリアは彼の息子をみるや否や、彼女は祖国への愛国心を忘れて突然に怒りに燃えた。そして、彼女は嘆願者としてローマを発ったが、今や敵の陣営へ入るや、彼女は叱責者となった。こうして、彼女は衰弱した胸に力を奮い立たせていった。「お前、敵意ある若者よ、その辺で止めるがよい！　お前を胸に抱く前に、わたしはお前の母として、あるいは囚われの身の敵として、このわたしをお前が迎えにきたわけを知りたい。敵として、わたしは思うが。おお、わたしは何たる哀れな女性であることか！　長生きしたゆえに——人びとが希う長命のゆえにこそ——わたしはお前が流罪に処されて共和国の敵になるのをみざるをえなくなるとは！　わたしは尋ねるが、お前は敵として武装し、いかなる土地に立っているか知っていようか？　お前はいかなる祖国を眼の前にみているかを知っていようか？　勿論、知っていよう。もし知らないならば、これこそがお前が身籠られてこの世に生まれ、わが苦労によって育てられた国であるのだ。」

「したがって、いかなる精神により、いかなる心により、またいかなる衝動により、お前は祖国に敵として武器を揮うことができたのであろうか？　お前の母に払うべき敬意、優しい妻への愛情、子供たちへの憐れみ、そして生まれ育った祖国への畏敬の念が祖国に入ったときに、お前には心に浮かばなかったのであろうか？　それらの感情がお前の激しやすい胸中を動かさなかったのであろうか？　いかに正当化されようとも、それらの感情はお前の怒りを抑えることができなかったのであろうか？　お前があの城壁をみるや否や、このことを想いださなかったのであろうか？　つまり、そこには自分の家と自分の家庭の守護神がおり、自分の妻と子供たちがいて、そこには自分の不幸な行為ゆえに、惨めな母親がいることを？」

「元老院議員たちがきて、神祇官たちもやってきたが、お前が自らの自由意志で行うべきであったことを要求された通りに行うように、彼らはお前の石と化した胸中を動かすことができなかった。ああ哀れにも、わたしはわが豊饒なる子沢山を祖国と自らに向け敵に廻したことを十分承知している。わたしは一人の息子と市民を産んだと思っていたが、じつに敵愾心の強い甚だ頑迷な敵を生んだことに今気づいたのである。」

「たしかに、お前を身籠らなかった方が望ましかったのだ。そして、わが不妊によって、ローマは包囲戦を免れることができたであろう。そして、哀れな老婆のこのわたしは自由な祖国で死ぬこともできたであろう。しかし、今やこのわたしは自分のためより悲惨で、お前のためより不名誉なことは何も耐えることはできないし、じつに悲惨な身となって長くこの世に生きることもないであろう。これらお前の子供たちについては、もしお前が続行すれば、ときならぬ早死にか、あるいは長い奴隷の身となるのを、お前はきっと知るであろう。」

彼女の言葉に付随し涙が流れた。すると、妻と子供たちの嘆願と互いの抱擁、泣き叫ぶ者たちと嘆願する妻たちの叫び声がそのあとに続いた。彼女たちの言葉と嘆息と祈願によって、彼女らは使節たちの威厳と神官たちの畏敬が成し遂げることのできなかったことを成就した。母への尊敬から、このじつに残酷な将軍の怒りは和らぎ、彼は翻意した。コリオラヌスは彼の家族たちを抱きしめ、彼らをその場から放免すると、彼はローマから彼の軍隊を撤退させた。

それにより当然の結果として、この女性（ウェトゥリア）の栄光は忘恩により奪われることはなかった。そして、彼女の行為を永遠に記念するため、ウェトゥリアが息子の怒りを和らげたその場所に神殿を建立することが元老院により裁定された。そして、そこに煉瓦でできた祭壇が〈幸運の女性〉(Fortune muliebri) に捧げ、建立されている。（この神殿はじつに古いものであるが、殆ど無傷で現代まで伝存している。）従来、女性たちは男性の尊敬を殆ど受けてこなかった。しかし、元老院は女性たちが通り過ぎるときには、男性たちは立ち上がって道を譲ることを裁定した、そして、この古い習慣《ならわし》はわが国では今日でも守られている。さらに、女性は耳輪や東洋の女性の往古《いにしえ》の装飾品、深紅の衣裳、黄金のブローチや腕輪を身につけることが許された。またこの元老院の同じ決議によって、以前は認められていなかったが、彼女たちは誰からでも遺産を受けることができるとことが付け加えられたと主張する人びともいる。

したがって、ウェトゥリアの功労は男性たちにはより嫌悪され、女性たちにはより歓迎されるべきであるか否か、ある人びとはその見解を不確定であると考えている。わたし自身はそれをまったく疑いの余地ない明々白々なことと思う。なぜなら、女性の装飾品のお蔭で、男性たちの資産は使い果たされ、一方では女性たちは王侯の衣裳をまとい、意気揚々と闊歩する。男性たちは先祖の遺産を奪われて貧乏となり、一方では女性たちはその遺産を獲得して裕福になる。卓越した女性たちは称讃されるが、下賤な女性たちさえも褒め称えられる。これによって、男性には多くの不都合を、女性には多くの便宜がもたらされたのである。

もしウェトゥリアの嘆願によりローマの自由がえられなかったら、彼女の行動により女性たちが手に入れた傲慢さゆえに、わたしはウェトゥリアを呪うであろう。しかしながら、わたしは元老院の過剰な寛大さと何世紀もの長い間続いてきたこの有害な習慣を称賛することはできない。女性たちはより小さな報酬で満足すべきであった。つまり、〈幸運の女性〉のため建立された神殿が、彼女たちには大きな報酬であったように思える。

しかし、これは一体なぜであろうか？　これが女性の世界であり、そして男性たちが女性化したのである。時間は多くの有益なものを滅ぼしてきたが、男性にこのように災禍となることを滅ぼすことができず、また女性たちが自らの優先権を執拗に固持するのを少なくすることもできなかった。

したがって、彼女たちは自らを宝石や深紅の衣裳と黄金のブローチで飾るときには、そして、彼女たちの通りすがりに、男性たちが立ち上がるときには、そして、彼女らが臨終の遺言者たちの遺産を冷静に計算するときはいつでも、ウェトゥリアに拍手喝采し、彼女の名前とその功績を褒め称えるがよい。

LVI

ミコンの娘タマリスについて

タマリスは彼女の時代には卓越した女流画家であった。ことによると、時の流れが彼女の大部分の営為努力を奪ってしまったかも知れないけれど、彼女の名声と優れた画家の技巧を今日まで消し去ることができなかった。よって、彼女は画家ミコンの娘で第九十回オリュンピア競技祭の間に生存していたといわれている。しかしながら、ミコンという名の二人の画家が同じ時代にアテナイに住んでいたと書かれていて、彼女は若いミコンの娘であったという以外に、それら二人のミコンのいずれであるかは分かっていない。

実際、タマリスがいずれの娘であろうとも、彼女は女性の務めを蔑ろにし、素晴らしい才能で父親の技《わざ》を見ならって実践した。その結果、アルケラウス(1)がマケドニアを治めていたときに、彼女は並外れた絵の栄誉を手に入れて、処女神ディアナを特別に讃え崇拝していたエペソス人(2)たちは、さながらこの女神の有名な肖像としてタマリスの手で描かれた絵を石板に入れて長い間保存していた。この作品はじつに長い間にわたって持ち堪え、今日に至るまで記憶するに値するように思われる彼女の才能のじつに偉大な証拠を示した。本当に大いに称讃に値する、もしわれわれが他の女性たちの糸紡ぎや機織りと比較してみたならば。

LVII

カーリアの王妃アルテミシアについて

カーリア[1]の王妃アルテミシア[2]は偉大なる精神の持ち主の女性であった。そして、彼女は後世の人びとにとって最も純粋にしてたぐい稀なる愛と貞節な寡婦の永久《とわ》なる鑑《かがみ》であった。彼女の両親は誰で、どこの国で生まれたのか現代のわれわれには届いていないが、彼女の高貴さを賞賛するため、彼女は当時最も権勢のあったカーリアの王マウソルス[3]の妻であったことを知ることで十分であろう。アルテミシアは王を心の底から愛していたので、死後もずっと王を一生涯忘れることができなかった。

彼女の献身の証したる素晴らしい記念碑が長く立っていた。というのは、もしわれわれが著名な作家たちを信頼するなら、最愛の夫が死ぬや否や、彼女はその屍をたぐい稀なる名誉の標《しるし》で飾った。夫が火葬されて彼の骨灰が慎重に集められたあとで、彼女は黄金の壺に納めて埋葬するのを許さなかった。なぜなら、彼女は夫が亡くなっても、古《いにし》えの恋の焔が以前よりも遥かに激しく燃え盛る彼女の胸よりも、かくも愛しい夫にふさわしい容器がないと思ったからである。そして、夫の土の遺骨に彼の生涯が思い出される安息所を与えるために、彼女は一杯になるまで夫のすべての骨灰を収集し、少しずつ飲んで混ぜ合わせ、すべてを飲み干したのである。

彼女の余生は弛まず涙に暮れて送られた。このように生涯を送ったあとで、アルテミシアは夫のもとへいくのを信じて幸せに死んだ。しかし、寡婦として、彼女は偉業を成し遂げた。

誉れ高い人びとのため、壮麗な墳墓を建造することは古代の慣わしであった。彼女の愛にふさわしいと思うものを何か亡き夫マウソルスのために造るため、アルテミシアはいかなる出費も惜しまず、じつに壮麗にして贅沢な記念碑を考案した。唯一人の同国人の芸術家だけでは満足せず、彼女はスコパス[4]、ブリュアクシス[5]、ティモテウス[6]とレオカレス[7]を加えることを命令した。これらの芸術家たちはその当時ギリシアでは世界中で最も偉大な芸術家たちと見なされていた。そして、彼らの意見に従って、彼女はマウソルスのため、広大壮麗《マウソレウム》な墓を設計させて、大理石を調達し墓を建立した。こうして、その他の特別の理由がなくとも、この途轍もなく巨大な建造物のお陰で、彼女の愛する夫の名前は永遠に後世へ遺ることになろう。

その壮大な墓は技術的にも出費の点でも世界中の殆どあらゆる建造物を凌駕していて、世界の七不思議の一つに長い間記憶されてきた。よって、わたしがこの大建築物を特に言及したとしても不適切ではなかろう。なぜなら、これら名匠たちの名声が今後も色褪せることなく、この名高い女性の雅量がきっと一層輝きわたるであろうから。

こうして、建築家たちは王妃の命令でカーリアの首都ハリカルナッスス[8]の近くに四角形の墓の基礎を築いた。南と北を望む両面は長さ六十三フィートまで延び、その他東西の両面はより短かった。そして、その建物は百四十フィートの高さまで聳え、その四方全体が三十六本の大理石の柱で囲まれていた。東の面はスコパス、北の面はブリュアクシス、西の面はレオカレスによってそれぞれ彫刻されたと伝えられる。第四の南の面はティモテウスに残されていた。彼らは柱や中央部に物語やその他の装飾を彫る際には、技を競い合っていた。そして、各々が他の者たちに工匠の技で優りたいと願って、彼らはみごとな天才の力をじつに巧妙に表現したので、見物人たちはしばしば彼らが大理石で生きた顔を生み出したと信じたほどであった。その当時のみならず、幾世紀の長い年月が経たあとでも、芸術家たちの手は同じ点で栄光を求め競い合っていたようにみえた。

アルテミシアは死によって、かくも有名な事業の完成をみることがなかった。しかし、王妃の死のため、これらの工匠たちは各々の任務を断念することはなかった。それどころか、彼らはその記念碑が後世の人びとにとって彼ら自身の天才のじつに明白な証拠となると思って、彼らが既に始めたことを最後まで成し遂げたのである。こうして、五番目の名匠プテロン[9]も参加した。彼はその建造物の二十四階の高さのピラミッドを均等に冠《かぶ》せた。ピュティウス[10]という名の六番目の彫刻家が仲間に加わった。彼の任務は四頭馬の大理石の戦車を建造物全体の天辺に附設することであった。このじつにみごとな建造物が完成すると、そのために建造されたマウソルス王の名に因んで「マウソレウム」（大霊廟）と命名された。それ以来この最高の例に従い、彼に続く歴代の諸王の墓は「マウソレア'mausolea'（壮麗な墓）」と名づけられた。

それゆに、アルテミシアの夫婦愛は有名となり、彼女の寡婦としての忍耐と慟哭はさらに高名となった。そして、彫刻であれ、夫の骨灰を飲み干したアルテミシアの胸をより好むにしても、劣らずその立派な墓は世に評判となった。しかし、アルテミシアの美徳はこれらの賞賛に値する行為だけにかぎらない。というのは、男性らしい大胆不敵さ、ことにも軍事的訓練に長けた女性として、彼女は自分の名前の威厳を意気揚々と飾ったのである。

彼女の夫の死後、彼女は一時期哀悼の涙を拭って、多分より頻繁にであろうが、少なくとも二度

――、一度は国の安全を防衛するため、二度目は同盟国の要求によりその同盟の信義を守るため――武器を取ったとものの本に書いてある。というのは、マウソルスが死んで、カーリア王国の首都ハリカルナッススからほど近いロドス島の人びとは女性がカーリア王国を支配しているのに怒ったときである。彼らは王国を占領する確たる期待を抱いて、大艦隊を率い大挙してこの国を包囲しようと襲来したのである。

イカリア海(11)に差し迫る首都ハリカルナッススは天然の要塞で二つの港がある。二つの港のうち小さい港といわれる方はさながら隠れた狭い入口となってこの首都に横たわる。その結果、その港に差し迫る王宮からは、必要なあらゆる物が外部の人びとや王宮を守る衛兵たちにさえみられず用意して、この港に持ち込むことができる。もう一方の大きな港は首都の城壁に沿って公海(エーゲ海)に続いている。

アルテミシアがロドス島の敵軍が大きな外海の港に入ってくるのを知ったとき、彼女は自国民に武装するよう命じた。そして、彼女は自らが考案した戦略を実行するとき、自分を助けてくれるため王宮に隠していた数人の漕ぎ手と船乗りをつれていった。アルテミシアはそれから彼女が彼らに合図をするまで、ハリカルナッススの市民たちがロドス島民たちを応援して元気づけ、城壁から彼らに呼びかけ、ロドス島民たちに降伏の希望を与えて、もし可能ならば、敵陣を市場まで誘き寄せるよう命令した。

遂に、どうにかして敵に知られず、アルテミシアは小さな港から公海へ突然に突き進んだ。そして、前もって取り決めた合図が発せられると、彼女は今や市民たちに誘き寄せられたロドス島民たちが彼らの船団を乗りすて、さながら勝利者のように市場の方へ走っていくのを目撃した。すると、彼女は自らの船と船乗りたちの懸命の努力によって、ロドス島民たちの無人の戦艦を捉えた。それから、彼女は雄叫びを上げて彼女の市民たちに四方八方からロドス島民たちを襲撃するよう命令した。それゆえに、ロドス島民たちは逃げ場を失って、彼らは皆ハリカルナッススの市民たちによって殺害された。

　これが終わると、アルテミシアは今や月桂樹で飾られた敵陣のロドス島民たちの船でロドス島へ向けて出帆した。しかし、ロドス島民たちは望楼から月桂樹で飾った艦船をみて、自軍の兵士たちが勝利したと信じた。彼らは同国人の代わりに勝利した敵が上陸してくるとは知らずに、港と市の城門を開けた。こうして、彼らの城市《まち》はアルテミシアによって不意に占拠された。そして、ロドス島の王侯たちは勝利者アルテミシアにより殺害命令を下された。しかし、これゆえに、彼女は勝利の標《しるし》としてロドス島の広場に記念碑を建立するよう命令した。こうして、二つの銅像が公共の広場に建てられた。それらの一つは勝利者アルテミシアの肖像を表わし、もう一つは敗北したロドス島の城市《まち》の像を表わし、その像には彼女に敗北した証拠を示す屈辱の印が刻まれていた。

　二度目は、ペルシアの最強の王クセルクセス[12]がスパルタ人たちと敵対して、歩兵部隊で領土を満たし、沿岸を彼の船団で占領して、ギリシア全土を攻略するだけでなく併合しようと判断したときに、アルテミシアは王に請われ武装船団を率いて出征した。しかし、クセルクセスの艦隊がサラミス[13]沖合の海戦でテミストクレス[14]の指揮するギリシアの艦隊と遭遇したときには、彼（クセルクセス）の陸上部隊は既に粉砕されていた。クセルクセス王が安全な場所から戦況を眺めているあいだ、アルテミシアは海軍将官たちの間で彼女の海兵たちを励まし激しく戦っていた。その姿はさながら彼女がクセルクセスと男女の性を取り換えたかのようであった。もしクセルクセスの精神がじつに大胆で屈強であったなら、彼の艦隊はかくも容易に潰走しなかったであろう。

しかしながら、この女性はアルテミシアではなく同様にもう一人のハリカルナッススの女王アルテミドラであったという人びとがいる。彼らがそう信じる証拠として、サラミス沖合でのクセルクセス王との海戦は第七十四回目のオリュンピア競技祭の年に行われて、アルテミシアは百回目のオリュンピア競技祭の年に亡夫の墓「マウソレウム」を建造したと主張する。

しかし、このわたしはアルテミシアとアルテミドラは同一人物であると信じる人びとの意見に賛同する。アルテミシアについて語られる信頼すべき記述は不正確な証拠をじつに重要視して、その他もろもろの仮説に対するわれわれの信頼を失う。

誰がこれを読もうとも、銘々が好きなように信じるがよい。女性が一人または二人であろうとも、実際に、各々の功績は女性のものである。しかし、アルテミシアの行為はよくみつめてみると、われわれは神が男性らしい壮大な精神を与えた肉体に、自然の作用が誤って女性の性を授けたことより以外にわれわれは考えうるであろうか？

LVIII

処女にしてウィルギヌスの娘ウィルギニアについて

ウィルギニアはその名も実体も敬虔なローマの処女であり、尊敬の念をもって想い起されるべき乙女である。というのは、彼女はじつに素晴らしい美徳の誉れ高く、平民であるが高潔な男アウルス・ウィルギニウスの娘であった。彼女はじつに立派な天性の女性であったが、その志操の堅固さのみならず、彼女の不運な恋人の悪行と父親の異常な厳しさと、それに由来したローマ市民の自由のために有名となった。

ローマ市の十人委員[(1)]の十二表法[(2)]を施行して二年目に、父親はウィルギニアをかつて護民官であった気性の激しい青年ルキウス・イキリウスに嫁がせた。しかし、その結婚は偶然に遅れた。というのは、ローマ軍はエクウス族[(3)]と敵対しアルギドゥス山[(4)]へ遠征にいって、ウィルギニウスがその遠征で軍務に服したからである。このような状況のときに、ウィルギニアには不幸にも、その他の仲間たちが遠征している間、スプリウス・アッピウスとともにローマを守るため十人委員の一人アッピウス・クラウディウス[(5)]はローマに留まっていた。すると、彼はウィルギニアの美貌にいたく魅せられて、彼女に死にもの狂いの恋に陥った。

そのとき、このか弱い少女は彼の甘言を撥《は》ねのけて、彼女の純粋な胸中はお世辞や、途轍もない贈り物や、懇願や威嚇には頑なに屈しなかった。アッピウスはあまりにも狂おしいまで激情に燃えて、躊躇しながら心のなかでさまざまに思い巡らし、公権力を採用するのは安全ではないと思って、彼は巧妙にも策略を弄した。そして、彼は共謀し、比類なく勇敢な男性である自分の解放奴隷マルクス・クラウディウスに機会があるや否や、さながらウィルギニアを逃亡した奴隷として逮捕し彼の家へ引きつれてくるように仕向けたのだ。そして、もしウィルギニアが何かその計画を邪魔したならば、直ちに彼女を罪状認否のためアッピウス・クラウディウスの面前につれてくる手筈となっていた。

数日後に、その解放奴隷は通りすがりのウィルギニアを無謀にも捉えて彼女を自分の女奴隷だといった。すると、その乙女は大声で叫び力のかぎりその破廉恥な男性に抵抗した。一緒に歩いていた婦人たちがその乙女を助けようとすると、人びとが急いで集まってきた。彼らとともにイキリウスもやってきた。両方の間で多くの意見が交わされると、ウィルギニアは遂に彼女の恋人の裁判官に面談するため法廷へつれていかれた。漸《ようや》くのことで、判決は来たるべきある日まで延期されるという譲歩が、恋に燃えるアッピウスからえられたのである。

それから、クラウディウスは陣営へいって、たとえ彼女の父親ウィルギニウスが指揮官たちに呼び寄せられても、ローマへくることを許されぬように命令した。しかし、彼の欺瞞は功を奏さなかった。というのは、父親は直ちにやってきたからである。そして、彼は汚れた服装をまとったままで、娘と他の友人たちとイキリウスと一緒に法廷へ入っていった。するとその対面には、その乙女を自分の所有物（奴隷）と主張するマルクス・クラウディウスがいた。

すると、例の好色の法務官（アッピウス・クラウディウス）はウィルギニウスの一言も聞く耳を持たず、娘のウィルギニアは逃亡奴隷であると判決した。マルクスは彼女をつれてゆきたかったし、ウィルギニウスはアッピウスに対し多くの言葉を浴びせて攻撃したが無駄であった。しかし遂に、激怒する父親は自分と乳母がその乙女と少しの間でも話す許しを手に入れた。それは恐らく昔の間違いの真実を確かめて、その奴隷をより少ない罰で手渡すためであった。

彼は二人の女性たちと一緒にウェヌス・クロアキナ女神[6]の神殿の周辺で露店が立ち並び、その法廷がみえる場所までいくと、ウィルギニウスは肉切りナイフを捉えていった。「最愛の娘よ、儂《わし》ができる唯一の方法で、お前の自由を取り戻してやろう。」そして、見物者たちが大いに慨嘆したことには、彼はそのナイフを彼の若い娘の胸に突き刺したのである。哀れな乙女は倒れ落ち、皆がみている前で多量の血を流し息絶えたのである。こうして、罪のない乙女の死によって、好色なアッピウスのじつに恥ずべき願望は潰《つい》えたのである。そして、ウィルギニウスとイキリウスの努力によって、平民たちの二度目の浄化運動をもたらした。そして、十人委員たちは辞任し、彼らが手に入れた自由を一般市民に返還せざるをえなかった。

それから暫《しばら》くすると、平民の護民官ウィルギニウスの率先により、アッピウス・クラウディウスは告訴された。クラウディウスが訴訟の答弁にいったときに、ウィルギニウスの命令で彼は牢獄へ引き入れられ鎖で縛られた。しかるべき破廉恥な行為を逃れるため、この悪党は輪縄か剣かそれとも毒を飲み牢獄で命を絶って、罪のないウィルギニアの死を償ったのである。しかし、彼の無謀な家来マルクス・クラウディウスはしかるべく彼の罪を償わなかった。なぜなら、彼は逃亡して身の安全を守って、彼の悪行を追放の身で嘆き悲しみ、彼の財産と彼の庇護者（アッピウス・クラウディウス）の遺産とともに国によって没収された。

不公平な裁判官よりも有害なものはない。彼がその邪悪な心の命令に従うときはいつも、あらゆる法の秩序は必然的に歪められ、法の力は無効と化して、有徳の行為はその力が弱められ、罪への手綱が緩《ゆる》められる。要するに、すべての公益は破滅へと引き落されるのだ。

もしこれが他の出来事からも十分に明白でなければ、アッピウスの人倫に悖《もと》る計画とその結果は白日の下に晒《さら》してくれよう。というのは、この強力な男性はその悪しき情欲の手綱を抑制せずに、彼の解放奴隷の手により、彼は自由な女性を奴隷に、処女を姦婦に、婚約をしていた女性をあわや売春婦にするところであった。そして、アッピウスの忌まわしい決断によって、父親は己の娘に武器を取って、父親の愛情は残酷さへと変化《へんげ》した。そして、罪深い男性が欺瞞によって手に入れた欲望を満たせぬよう、罪のない娘は殺されて街中で大きな叫び声が起こり、陣営では大騒ぎとなり、平民たちと貴族たちの分離が起きて、殆どローマの国全体が大きな危機に瀕したのである。

彼は何という法の著名な守護者にして卓越した提案者であろうか！　アッピウス自身は他の人びとに恐ろしい償いで罰する義務を遂行するのを怖れなかった。

ああ！　何としばしばわれわれ人間はこのような疫病の危険に晒《さら》されていたことか！　そして、かかる悪行に駆り立てられて、何としばしばわれわれは不当な破滅へと引き込まれ、恥辱の軛《くびき》に捉えられ、迫害され、略奪され、殺されたであろうか！　どれほどこの行為は悪いのであろうか？　指揮官たちは神を畏れず激情に節度を与える制度をためらわずにもろもろの犯罪の自由な機会に変換するのである。そして、彼らは慎み深い目と心を等しく持たねばならない。また、彼らは穏和な弁舌と荘重で高潔な性癖と賄賂から完全に自由な手を持たねばならない。それどころか、彼らは眼だけでなく狂人の心で放縦に振る舞い、法ではなく女衒《ぜげん》の裁定に従うものだ。彼らは傲慢であり、柔順になることはない——若い娼婦がそれを求めず、金銭が彼らの怒りを宥《なだ》めなければ——。彼らは贈り物を受け取るばかりか、それを要求し取引きをする。もし彼らは望むことが成就されなければ、激怒し突進して荒れ狂う。

このようにして、奢侈と金銭は法の最善の仲介者とされた。もしこれらの一つまたは二つの援助が制約されると、法廷で裁判を申請しても無駄であろう。

LIX

クラティヌスの娘イレーネについて

イレーネはギリシアの女性であるのか、またいつの時代に活躍したのかあまり定かではない。しかしながら、彼女はギリシア人と信じられていた。そして、彼女はとあるクラティヌスと呼ばれる画家の娘でその弟子であったことが知られている。わたしはイレーネが芸術と名声で師を凌駕したようにみえたので、彼女は一層称讃に値すると思う。彼女の名は今でも多くの人びとに尊敬されて栄えているのに、一方で彼女の父親は、あらゆる植物の葉や根に関する十分に正確な情報をわれわれに与えたといわれる人でなければ、娘のお蔭以外では殆ど知られていない。しかしながら、その人（植物学者）はクラティヌスではなくクラティナックスという名である人びとには呼ばれている。

しかし、イレーネは彼女の才能で名高く、その芸術的手腕はじつに注目に値した。実際に、彼女の大家たる才能の証拠は長い間伝存している。すなわち、エレウシナの街(1)でパネル画にみられる少女、同様に、年老いたカリュプソ(2)、そしてさらに剣闘士テオドルスとその当時有名であった踊り手のアブスティテネスなどの絵がある。

絵画の技量は女性の精神とはじつに相容れないもので、女性には多くの時間を必要とする慣わしである偉大な才能なしでは達成されないゆえに、わたしは彼女のこれらの絵画作品は称讃し褒め称えるに値すると思う。

LX

レオンティウムについて

もしわたしの考えが正しければ、レオンティウム(1)はギリシアの女性で恐らくマケドニアのアレクサンドルス大王の時代に注目を浴びた。もし彼女が既婚女性らしい貞操の観念を持っていたら、彼女は並外れた知性の持ち主であったので、その名の栄光はより輝いたであろう。

というのは、古代の人びとの証言によれば、彼女は文学の研究にじつに優れていたので、嫉妬によって、あるいは女性の無謀さに駆られ、彼女は敢えてその当時じつに著名な哲学者テオフラストゥス(2)を非難する文書を書いた。しかし、わたしはその文書をみていない。とはいえ、その書の名声は何世紀もへて現代までも届いている。これによって、われわれはこの書を嫉妬深い精神のじつに明白な証拠ではあっても、つまらぬ無価値なものや、能力の貧弱さの暴露でもないと考えることができる。

そして、彼女はかくも立派な研究の分野で優秀であったのだから、わたしはレオンティウムが卑しい平民の出身とは容易に信じがたい。実際、崇高な天才がこのような下層民から生まれ出るのは滅多にない。というのは、天才はときには天からそこへ降りてこようとも、その運命の輝きは極度の暗闇の翳りで隠される。しかし、もしその性癖が見苦しいならば、祖先の高貴な血統がいかなる真の光を与えることができようか？ もしわれわれが大いに信頼しるにたる筋を信じれば、レオンティウムは女性の慎み深さを放棄して、彼女は娼婦、あるいはむしろ若い娼婦であった。

ああ、何たる不相応な行為であることか！　売春宿の主人や淫らな姦通者や娼婦に囲まれ売春宿に生きながら、彼女は事《こと》の真実の師たる哲学をこれらの恥ずべき小部屋へ不面目にも投げ落とし、恥知らずの足でそれを踏みにじり、悪臭を放つ下水道へ浸すことができたのだ。――もっとも、哲学の光輝が淫乱な心の持ち主の破廉恥な行為で曇らせることができるならばではあるが。天から神聖な贈り物として与えられたかくも輝かしい才能が、このように汚らわしい生きざまに屈服しうるのを嘆かねばならない。

たしかに、わたしはレオンティウムが哲学をかくも邪悪な場所に引き込んだのであるなら、二者のうちで彼女はより強いというべきか、それとも哲学自体がかかる博学な心の持ち主の放縦に身を委ねたのだから、より弱かったのだというべきかは、わたしは知らない。

LXI　マケドニアの王妃オリュンピアスについて

マケドニアの王妃オリュンピアスは多くの称号を持って有名であった。先ず、もし系図が死ぬべき人類に多少とも名声を与えるとするなら、彼女はモロッシー族[1]の王ネオプトレムス[2]の娘であって、当時ギリシア全土、あるいは全世界で並ぶ者なき最高の名家とみなされたアエアクス[3]の子孫の血統《ちすじ》を引いていた。彼女の幼名はミスティリスであって、当時のマケドニア王陛下フィリッポスと結婚して初めて、彼女はオュンピアスと呼ばれたといわれる。

その上、オリュンピアスにはエピルス[4]の王で兄弟アレクサンドロスがいた。そして、フィリッポス王が死ぬと、息子アレクサンドロスがマケドニア王となった。マケドニア王アレクサンドロスの人目を引く行動はじつに激烈であって、その栄光で彼を凌駕しようとする人は（――虚しいことだが――）、かつて生まれたとは聞いたことなく、今後もまた生まれないであろう。したがって、もし卓越した息子を産むことが母親には大きな名誉となるなら、オリュンピアスに大いなる名誉が授けられた。しかし、彼女の輝きはときには暗い色調を帯びて、完全に翳《かげ》りを回避したわけではない。もっとも、オリュンピアスは頻繁に話題に上って、さらなる大きな名声を博したけれども。

というのは、花咲ける乙女時代に、オリュンピアスは誘惑され姦通の憂き目に遭った。これ以上の恥辱は王妃に起こりえなかったであろう。しかし、さらに不名誉ことには、アレクサンドロスはその姦通で生まれたと疑われたのだ。フィリッポスはこの疑惑にひどく悩んで、ときにはアレクサンドロスが実の息子ではないと公言するばかりか、オリュンピアスを婚約破棄という恥辱の烙印を押して、エピルスのアレクサンドロスの娘クレオパトラと結婚するといって威嚇した。オリュンピアスはこれがいかに苦痛なことか隠し通すことができなかった。というのは、その日まで、この姦通の烙印を除いて、彼女は王妃の栄光だけで有名であったけれど、それ以降は、彼女はさまざまな奇行でひときわ目立った。

オリュンピアスはオレステス[5]の立派な血筋から生まれた若いパウサニアス[6]を教唆して夫フィリッポス二世の殺害に駆り立て、また息子アレクサンドロスもその陰謀の仲間と信じられていた。というのは、フィリッポス殺害の廉《かど》で、パウサニアスが磔刑にされた翌日、彼が十字架上に吊るされていると、パウサニアスの頭上にオリュンピアスの仕業により、黄金の王冠を戴いているのが発見された。数日後に、オリュンピアスの命令で、彼の死体はフィリッポス王の遺骨の上に置かれて、マケドニアの流儀に従い敬意を払って火葬され、厳粛な葬儀で埋葬された。王妃はパウサニアスがフィリッポス王を殺害するとき使った剣をアポロンの神殿にミスティリスの名の下に置くように命令した。そして、彼女はクレオパトラを攻撃させ、そのあとにその娘を岩で打ち砕いた。オリュンピアスは恥辱の言葉でクレオパトラを激怒させ、この哀れな女性を首吊り自殺へと追いやったのである。

遂に、オリュンピアスの息子アレクサンドロスは赫々たる勝利でその名声が轟いたが、彼はバビロニアで毒死した。そして、彼女の兄弟アレクサンドロスはルカニア[7]で殺害された。オリュンピアスがエピルスからマケドニアへ向かう途上にあったとき、マケドニア王アッリダエウス[8]とその妃エウリディケはオリュンピアスの入国を禁止した。しかし、その王と王妃は年老いたマケドニアのオリュンピアスの支持者たちによって殺害された。こうして、寡婦の王妃オリュンピアスはマケドニア王国を唯一人で支配した。しかし、彼女は野獣のように荒れ狂い至るところでマケドニアの貴族や平民たちを虐殺した。しかし、彼女はピュドナ[9]の城市《まち》でカッサンデル[10]に包囲されて、遂には住民たちと一緒に飢餓と窮乏へ追いつめられた。その結果、オリュンピアスは敵と和睦し、カッサンデルの保護に身を委ねざるをえなかった。

彼女が降伏したあとに、殺された人びとの友人たちは唆《そそのか》されて、オリュンピアスの処刑を要求した。カッサンデルは捉えられている牢獄の彼女を殺すため刺客を送った。今や彼女は近づいてくる男性たちの手で自分が殺されるのを知り、オリュンピアスは二人の女奴隷たちに支えられて大胆不敵にも立ち上がって、彼女は倒れる姿が不面目にみえないように衣服を整え髪の毛を梳《と》かした。彼女は自らに懇願を許さず、叫び声も聞こえず、女々しい喚き声も上げなかった。それどころか、彼女は処刑者たちの方へ歩み寄り、彼女の身体を彼らの攻撃に自発的に差し出したのである。その姿はいかに勇敢な男性でさえ通常は怯えることを、殆ど気にも掛けないかのようであった。その豪胆な振る舞いによって、オリュンピアスは自らかくも武勇の誉れ高いアレクサンドロス大王の母であったことを如実に証明したのである。

LXII

竈《かまど》の女神ウェスタの巫女クラウディアについて

わたしは竈の女神ウェスタの巫女クラウディア(1)がローマ人の高貴な血統から生まれた乙女に値すると信じたい。というのは、わたしは父に対する彼女の際立った孝心を考えるからである。元老院の決議によって、彼女の父は観覧する夥《おびただ》しいローマの群衆の前で、壮観な行進をもって凱旋式を行っていた。そのとき、私的な敵愾心に駆られて、護民官の一人がさながらその凱旋行進に不相応な人に対するかのようにクラウディアの父に突進して妨害した。そして、護民官特有の不遜な態度で、この男性は両手で凱旋者に摑み掛かり、彼を戦車から引きずり下ろそうとした。

巫女クラウディアが観衆のなかでこの光景をみていると、直ちに父への孝心ゆえ苛立って悩み苦しんだ。そして、その状況に耐えられず、彼女は自らが女性であり身にまとったヘッドバンドの品位も忘れた。それどころか、突然に彼女は群衆の真ん中に猛然と飛び出していった。彼女の大胆な突進により、群衆は道を開けざるをえなかった。そして、クラウディアはあの傲慢な護民官と凱旋行進する栄光の父の間に疲れを知らず強引に分け入った。こうして、彼女の果敢な企てによって、護民官を遠ざけ、彼女の父をカピトリウムの丘(ユピテル神殿があった)へ無事に登らせたのである。

何たる快い父娘《おやこ》の愛情かな！　おお堅固なる孝心よ！　われわれは一体何がこの巫女のか弱い身体《からだ》に力を与えたと信ずべきであろうか？　彼女の父が不当にも不意を襲われるのを目撃したこと以外

に、一体何が彼女に女神ウェスタへの畏怖心を忘れさせたのであろうか？　彼女は父を幼年期の養育者、優しく慈しむ育める人、娘の願望の擁護者、あらゆる有害なことからの救済者、そして成人となる娘の指導者として、あの父を想い起したのではなかろうか？

しかし、この話はこれで十分としたいが、彼女が人びとの騒乱に加わったゆえに、一体誰がその行動を神聖なる乙女の巫女の恥辱と反駁するであろうか？　誰が彼女を無謀な女性というであろうか？じつに屈強な青年でさえ敢然と成しえなかった麗しく記憶に値する父への孝心による行為によって、父を守るため護民官の権威に敢えて挑んだ彼女を、誰が一体正当に非難できようか？

実際、わたしは当然にも訊いてみたい、二人の凱旋がより一層注目に値するのか――つまり、カピトリウムの丘へ登る父か、それとも竈《かまど》の女神ウェスタの神殿に帰る娘のいずれかを。

LXIII

ルキウス・ウォルムニウス[1]の妻ウィルギニアについて

たしかに、ウィルギニア[2]はローマの有名な奥方であったが、彼女は上述したウィルギニアとは別人である。彼女は同名の父アウルスの娘であったが、彼は貴族であった。というのは、その高貴な家系の出自に加えて、彼女はその清廉さゆえ当時のローマの女性たちの間で当然一層高い評価をえていた。彼女の全生涯を知ってしかるべく名声を与えるためには、彼女の唯一のきわめて賞賛に値する行為を述べるだけで十分であろう。

周知のように、その当時ヘラクレースの円形神社[3]の近くにあるローマ市の牛市場[4]には貴族の婦人たちにより非常に崇められたプディキティア・パトリキア[5]へしばらく前に捧げられた有名な神殿があった。クイントゥス・ファビウス[6]が第五代執政官で、プブリウス・デキムス・ムス[7]が第四代執政官であったときに、元老院の命令によって、不吉な予兆を静めるため、他の神殿におけるように、この神殿でも災厄の回避を願う祈禱が行われることが決定した。こうして、貴族の女性たちだけが古代の習慣に従ってじつに神聖な祭儀を行っている間、ウィルギニアは他の女性たちとともにこの祭儀を執り行うためプディキティア・パトリキアの神殿へやってきたのである。すると、貴族のご婦人方の命令で、ウィルギニアが尊大にもその神殿から遠ざけられたとき、彼女らの間で口論がわき起こった。というのは、彼女はその前年の執政官であった平民ルキウス・ウォルムニウスの妻であったからである。そして遂に、その口論は女性の怒りに煽られ火がついてしまった。しかし、ウィルギニアは自分が貞節な貴族の女性であるから、平民の男性と結婚したと理由でプディキティア・パトリキアの神殿から遠ざけられるべきではないといった。そして、彼女は夫の行為を激賞し、貴族の女性たちのもとを立ち去り、憤って家へ帰った。そして、彼女は自分の言葉へさらなる偉業をもって答えた。

というのは、当時彼女と夫が一緒に住んでいたウィクス・ロングス通り(8)に、彼女は多くの屋敷を持っていた。この通りの片側に、彼女は慎ましい礼拝所に十分と思うだけの屋敷を他の屋敷から切り離した。そして、彼女はそこに祭壇を建て、既婚の平民の女性たちを呼び寄せ、貴族の貴婦人たちの傲慢さを彼女らに話した。そして、貴族の貴婦人たちから蒙った侮辱を嘆きながら、次のように平民の奥方たちを鼓舞したのである。「わたしはこのローマ市の男性たちが絶えず勇敢さで互いに競い合っているように、皆さまが妻の謙虚さの唯一つの美徳で互いに競い合うことをお願いし、奨励もいたします。よって、わたしが皆さまの前でプディキティア・プレベイア(9)へ奉献するこの祭壇は、もし可能ならば、プディキティア・パトリキアの神殿より恭しく、より貞潔な女性たちによって崇拝されるべきと思います。そして、皆さまの行動によって、神のごとき魂は貴族のご婦人たちの胸にのみ注ぎ込まれていないことが判るでしょう。」

この女性の言葉は何と適切で神聖であろうか！　おお、何と賞賛すべき憤怒と喜んで拍手喝采し天の高みまで激賞すべき発明よ！　ウィルギニアは夫たちの財産に共謀を企てないし、放縦の衣裳を身にまとおうともしなかった。否むしろ、彼女は若い男性の放縦で淫らな視線と性欲を激しく攻撃した。そして、彼女の意図はこの最高の創設と神聖さの力によって、彼女の清廉という栄誉を獲得するためであった。その上、この礼拝所へ生贄《いけにえ》を捧げる権利は善良さが証明されて一人の夫にだけ嫁いだ女性にしか与えられなかった。それが最初からの規則でありその後長い間続いた。その結果、邪悪な眼で生贄たちをみつめる好色な連中の希望を打ち砕いたのだ。こうして、プディキティア・プレベイアの祭壇の神聖さはプディキティア・パトリキアに匹敵するようになった。

わたしはウィルギニアが名声を懇願し不名誉から遁れんとする多くの女性たちに、たとえ生贄から遠ざけられようとも、彼女らの処女性を守るべき理由と熱意を呼び起こしたことを信じて疑わない。

LXIV

花々の女神にして西風《ゼヒュロス》の妻娼婦フローラについて

古代の人びとはフローラをローマの女性と証言していたようである。〈運命の女神〉はその恥ずべき商売（娼婦）が彼女の評判を奪った分だけ、彼女の名声を敢えて支えて守った。

しかし、皆が主張するように、彼女はじつに裕福な女性であったが、彼女の富の儲け高《たか》については意見が分かれる。というのは、ある人びとは彼女の青春を通して花咲ける美しい肉体を公娼として売春宿や女衒たちや不埒な若者たちの間で過ごしたという。そして、かかる女性の慣わしである放縦と甘言を弄し、彼女はあれやこれやの愚か者たちの財産を丸裸にし、至るところで掻き集め抜き取って、途方もない金持となった。

しかしながら、他の人びとは彼女をより立派と判断して、次のような魅力的で滑稽な話を語っている。ある日ローマにあるヘラクレースの神殿の番人は暇つぶしに骰子《さいころ》遊びを始めて、骰子を左右の手へ交互に投げた。次のような危険を冒し、彼は右手をヘラクレースのために賭け、左手を自分自身のために賭けた。つまり、もしヘラクレースが負けたら、その番人は神殿の賽銭で夕食と恋人を手に入れる。しかし、もしヘラクレースが勝利者になったら、そのときには番人は自分の金でヘラクレースに同じことを行うといった。

しかし、怪物さえもつねに打ち負かしたヘラクレースがその賭けに勝ったとき、番人はヘラクレースに夕飯と有名な娼婦フローラを与えたといわれている。人びとがいうには、フローラが神殿で寝ていると、彼女はヘラクレースと交接した夢をみた。そのとき、ヘラクレースは彼女が早朝に神殿から出ていくときに出会った人から、自分との交接の報酬を受け取るであろうといわれた。こうして、彼女が神殿を出ていくとき、大金持ちの若者のファニティウスに出会った。すると、彼はフローラに惚れ込んで彼女を家へつれていった。フローラは富豪となったのである。

しかし、この女性はフローラではなくロムルスとレムスに既に授乳し終《お》えていたアッカ・ラレンティア[1]であったという人びともいる。実際に、フローラが娼婦で裕福であったことが明白なかぎり、わたしはこのような意見の相違は大した問題ではないと思う。

わたしの話を先に進めると、彼女には子供がいなかったので、人生の終りが近づいてくると、わたしが思うに、彼女は自分の名声が後世へ永久《とわ》に伝えられるのを願った。したがって、女性的な策略を弄し自分の名前の将来の栄光のため、彼女はローマ市民を彼女の資産の後継者に指名した。しかし、彼女はこの財産の一部分を取って置き、その総額の一年間の利子分を、彼女の誕生日に行われる公共の催し物のため、すべてを使うように明記した。

その意見は彼女を裏切らなかった。というのは、彼女は相続財産を受けたローマ市民の信望をえて、彼女の名を記念し毎年恒例の催事が挙行されることが容易に成功したからである。これらの催事の間、群衆の眼の前で、フローラの職業の末裔の女性たちをみせるためと思うが、その他の卑猥な催事のなかには、裸の娼婦の道化芝居があった。観客たちを最高に喜ばして、彼女らはさまざまな淫猥な舞踏を披露した。こうして、民衆はいつも抑えがたい欲望に駆られて、淫猥な見世物を好んだのだ。その結果、彼らはフローラから譲り受けた利子を当てようが、国費を使おうと、さながらじつに神聖な催事かのように、この種の祭典を執拗に要求した。こうして、それらの催事は制定した女性の名に因んで「フローラの祭典」と呼ばれた。

時の流れとともに、元老院はこれらの催事の起源を知るや、今や世界の女主人たるローマがかくもひどい猥褻の恥辱に汚されている、すなわち、誰もが娼婦を賞賛するのに狂奔するのに当惑したのである。しかしながら、その卑猥さを容易に払拭するのが不可能と知って、元老院はその不名誉を取り除くため、その不道徳な光景に嫌悪すべき滑稽な虚構を添え加えたのである。

というのは、有名な女性遺言者のフローラの栄誉のため一つの物語が捏造されて、現在の愚かな民衆に朗読された。その物語が語るには、昔その名をクローラ（Clora）という驚くほど美しい土着の妖精が住んでいた。そして、西風ゼフュルス(2)は熱烈に恋をして遂に彼女と結婚した。そして、彼らが愚かにも神々の一人と呼んでいたゼフュルスから、彼女は嫁資または結婚の贈り物として神性（神の特権）を与えられた。彼女の責務は早春に木々、丘、それに牧場を花々で飾り、これらを監視する役目であった。それ以来彼女はクローラに代わってフローラと呼ばれた。花々から果実が稔るのであるから、古代の人びとはフローラに聖域と祭壇と遊戯を与えたのである。その結果、一旦フローラの聖性がそれらの催事で和らげられると、彼女はふんだんに花々を与えて、しかるべき季節に稔り豊かな果実を与えた。

民衆はこの欺瞞に騙されて、売春宿で生き誰にでも最小の料金でさえ春を販《ひさ》いだフローラを崇拝した。それはもう西風ゼフュルスが翼に乗せ彼女を天国へまで運び、王妃ユノーやその他の神々と連座しているとと思うかのようにである。その上に、彼女の巧妙さと不正にえた運命の賜物により、フローラは娼婦から妖精に変身した。そして、ゼフュルスとの結婚と神の威光をえて、人間界では神殿に住んで神のごとき敬意を博している。それどころか、彼女はクローラからフローラとなっただけでなく、彼女の時代の悪名高い娼婦から世界中至るところでその名の知られた女性となったのである。

LXV

ある若いローマの女性について

もしわたしの間違いでなければ、平民ではない高貴な家柄のある若いローマの女性がいた。〈運命の女神〉の破滅的な悪意によって、彼女の名前と彼女の両親や夫に関する知識は失われてしまった。このために、彼女の正当な名誉は多少奪われたように思える。しかし、もし彼女に名婦の仲間の地位を与えなければ、その名誉がわたしにより奪い取られたと思われないためにも、この名もない女性の有名な親孝行話を書くつもりである。

この若い女性の母親は高貴な出自であったが不幸な人であった。なぜなら、彼女はローマにおいて法務官としての高官席の前で、身に覚えのない罪で極刑の宣告を受けた。こうして、彼女は判決文で既に宣告された罪を実行するため、法務官から三人委員[1]（triumvir）の一人に引き渡された。そして、その三人委員は同様に彼女をローマ市の牢獄の看守へ差し出した。しかし、彼女は高貴な生まれゆえ、夜に処刑されるように命令された。しかし、その看守はとある人情に動かされて、その高潔な女性を憐れに思った。そして、彼女を即座に殺したくはなく、彼女が飢餓で息絶えるため、彼は牢獄に幽閉し生かして置いた。

彼女の娘が母に会いにやってくると、看守は何か食べ物を獄中へ持ち込まないようによく検査してから、彼女を牢獄へ入ることを許した。しかし、彼女は最近出産したばかりなので、今や餓えに苦しむ母親に与える十分な乳を持っていた。遂に、このことが長い日々の間続いた。すると、看守は刑を宣告された女性が食べ物もなしでかくも長く生き永らえているのを不思議に思い始めた。すると、母と娘は何を行っているかを秘かに眺めていると、看守は娘が両乳房を開《はだ》けて、それらを吸うため母の口元に押し当てたのをみた。彼はこの母娘《おやこ》の愛情と娘が母を養う異常な方法をみて驚いた。そして、その看守はそれを三人委員の一人に話した。三人委員は法務官にいうと、法務官は市議会で話した。その結果、市議会は満場一致で母親の当然の極刑はその娘の孝心のための報酬として、無罪に許されるであった。

もし古代の人びとが、戦いで市民を自らの力で救った人に樫《かし》の冠を与えたとするなら、われわれは自らの乳で牢獄の母親を救ったこの娘をいかなる冠で飾るべきであろうか？　実際、われわれはかくも愛情深い行為に十分値する花輪を作る葉をつけた樹木をみつけることができないであろう。この娘としての母への愛は神聖であるだけでなく、感嘆するにも値する。その孝心とはわれわれが幼い子供たちを乳でよりしっかりした年齢に達するまで育て上げ、彼らが両親を死から救うようになることを教えられる、あの人間の生得的な本能にも匹敵する――否それにも優るものである。

それゆえに、孝心の力はじつに驚くべきものである。というのは、それは女性たちの心を容易に憐憫と落涙へとつき動かす。しかし、ときにはそれはわれを忘れ、頑固さで固まった鋼鉄のような残酷な胸をも貫き通すものである。心のなかに座って、この孝心は先ずしなやかな人情であらゆる無情な行為を和らげる。それから、機会を確かめ最善の潮時をみつけて、その孝心はわれわれの涙と不幸な人びとの涙を混ぜ合わせるように取り図る。そして、他人の病気と危険を（少なくとも共感して）われわれの身に担うのである。そして、もし治療法がなければ、ときには死がその身代わりを引き受けるものである。

孝心の効果はじつに大きいので、われわれは子供のとき両親のために何か愛情あふれる行為をしても殆ど驚かない。われわれはむしろ親に恩返しをして、われわれが両親から手に入れた恩義の負債を返して完済するように思えるのである。

LXVI

ウァッロの娘マルキアについて

遥か遠い昔に、一生涯処女の身であったウァッロの娘で、マルキアと呼ばれた女性がローマにいた。しかし、わたしは彼がどのウァッロであり、いつの時代であったかさえも発見した記憶がない。わたしはこの女性が法律的には関係なく、上からの強制のためでもなく、彼女自身の完全なる自由意志で自らの処女を守り通したゆえに、なおさらに大いに称讃されるべきと思うのである。

というのは、わたしは彼女が竈《かまど》の女神ウェスタへの祭祀職に縛られるのでも、処女神ディアナへの誓いに服従するのでも、その他の宣言に係わるのではないのことが分かるのである。これらの理由はすべて多くの女性たちを固執させ引きとめるものであるから。しかし、そうではなく、ひとえに彼女の心の清廉さによって、ときにはじつに立派な男性さえをも屈服させた肉欲の衝動を克服し、彼女は死に至るまで男性の肉体と触れてわが身が損なわれぬように守り通したのである。

しかし、このマルキアはその称讃に値する貞節ゆえ大いに褒め称えられるべきであるが、彼女はそれに劣らず、その知力と手の器用さにおいても称讃されるべきである。たしかに、われわれは彼女が師匠の下で学んだのか、天性の才能を持っていたのか、定かには知らない。しかし、じつに確実と思えることは、女性の務めを蔑ろにして、無為に時間を浪費しないため、絵と彫刻の勉学に自らのすべてを捧げたのである。そして遂に、彼女は象牙の彫像を彫《ほ》り、また、当時最も有名な画家ソポリス(1)やディオニュシウスをも凌駕する、じつに巧みで繊細な絵を描いた。この事実の明白な証拠は、彼女が描いた絵画が他の画家たちの絵よりも高価で売れたことである。そして、さらに一層驚くべきことは、マルキアはみごとに描いたのみならず（これはときにはよくあることだが）、今まで誰もなしえなかったように、素早く絵を描く手腕をも持っていたのである。

マルキアの絵の実例はその後じつに長い間存在したが、それらの間には鏡と相談しながら、パネルに描いた自画像があった。彼女は顔の色と輪郭と表情の特色をじつに忠実に描いたので、それをみた人びとが絵の主題が誰かを疑う人が誰もいなかったという。

彼女の独特な徳性に関し、彼女が絵を描こうと彫刻を彫ろうと、特に女性の肖像画を描いて、男性を描くのは滅多になかったことが、彼女の慣わしであったと特にいわれる。わたしは彼女の慎み深い含羞のなせる業《わざ》だと思う。というのは、古代の人びとは大部分が裸体か半裸体の肖像を描写したので、マルキアには未完の男性を描くか、もし完成した肖像を描くにしても、女性の慎み深さを抹消しなければならないと思えた。したがって、そのいずれをも避けるため、それらの両方を断念するのが望ましいと思ったのである。

LXVII

フルウィウス・フラックスの妻スルピキアについて

ローマの高貴な奥方たちの証言によれば、その昔大いに尊敬された女性スルピキア[1]はルクレティアが短剣で自らの生命を絶ったため勝ちえたものに劣らぬほど大きな称讃を受けたのは、彼女が身の貞潔を守ったためとされる。というのは、彼女はセルウィウス・パテルクルス[2]の娘で、フルウィウス・フラックス[3]の妻であった。彼らは二人のいずれもが貴族であった。

その昔、シビュレーの本[4]の十人委員[5]による診断の儀式に則って、元老院はローマ市にウェヌス・ウェルティコルディア[6]の像を建立することを決定した。その目的は処女たちやその他の女性たちが情欲を思い止まるのみならず、より容易に賞賛に値する純潔へと向かうためである。そして、十人委員の命令に従って、この像はローマの奥方たちのなかで最も貞潔とみなされた女性によって聖別されるべきと裁定された。それで元老院は当時ローマにあふれていたじつに多くの女性たちのなかで女性の判断に従い最も貞潔な女性を捜し求めた。その結果、貴婦人たちは先ずその美徳で名高い百人の女性たちをあらゆる階級から選んで手渡すことを決定した。スルピキアはこの百人の一人に選ばれた。次に、元老院の命令で、同じ女性たちの判断で百人のなかから最も輝いている十人の女性たちが選ばれた。スルピキアはその十人のなかに入った。最後に、その十人から一人が選ばれるときに、スルピキアは満場一致で選出されたのである。

そのとき、スルキピアにとって、ウェヌス・ウェルティコルディアの像を聖別するのはじつに名誉なことであったけれども、かくも大多数の女性たちの評価で、彼女が他の女性たちより彼女の道徳性で優れていたのがスルキピアにとって遥かに一層光栄なことであった。なぜなら、居並ぶ人びとの目に、彼女はさながら一種の貞潔の女神のごとくに皆から賞賛されてみられるのみならず、後世のすべての人びとの崇敬の念のお蔭で、彼女の名前は殆ど不滅の栄光に浴するようにみえたからである。

しかし、誰かある女性はきっと尋ねるであろう――もし百人の純潔な女性たちが選ばれたならば、百人の女性たちのなかで、この女性一人が他の女性たちより徳性が優れている証拠として、一体何がより多くの純潔さを彼女は備えていたのであろうかと？　その答えは明瞭である。つまり、貞潔は婚外関係を断つことによってのみ成り立つと考える男性や女性はとくと警戒するがよい。実際、もしわれわれがこの問題をより健全な目で考慮したいならば、貞潔は夫以外の男性との姦淫を控えるだけでは成り立たない。多くの女性たちはこれを行う、ときにはその意に反してさえもである。

実際、完全に貞潔なる女性といわれるためには、彼女は特に情欲を抑えられない移り気な視線を抑えて、両目を自分たちの衣裳の縁《へり》へ釘づけして置かねばならない。彼女の言葉は立派であるばかりか、言葉数も少なく時宜をえて発しなければならない。また、彼女は閑暇を貞潔のじつに確かで致命的な敵として避けねばならないし、飲み騒ぎも控えねばならない。というのは、ウェヌスは葡萄酒《リーベル》と食物《ケレース》がなければ振るわないからである。彼女は歌と踊りを放縦の槍の穂として避け、倹約と分別に心を傾注しなければならない。彼女は家事を執り行い、卑猥な会話に耳を塞《ふさ》ぎ、回りくどい言い回しを避けなければならない。彼女は化粧や余分な香水を避け過剰な装飾を拒絶しなければならない。全力で有害な考えや欲望を踏みにじって、彼女は聖なる瞑想を追求し覚醒していなければならない。そして、要するに、真の貞潔のあらゆる徴候《しるし》を繰り返しいわないためにも、彼女は夫一人を最高の愛情で敬い、兄弟でないかぎり他の男性たちを顧みないことである。そして、自分の夫の抱擁でさえも、彼女は表情と内心に恥じらいを抱いて、子孫を儲けるために向かうべきである。

恐らく、これらすべての資質が他の女性たちにはみられず、スルピキア唯一人だけにあったからこそ、当然にも彼女は他の女性たちよりも高く評価されたのであろう。

シキリアのゲロンの娘ハルモニアについて

シキリアの若い女性ハルモニア(1)はシュラクーサ王ヒエロー(2)の弟ゲロン(3)の娘であった。彼女は王の一族の家系ゆえにひときわ光り輝いていたが、彼女の家族への情愛ゆえより一層記憶に値する女性となった。ある人びとは彼女が処女のまま死んだという。またある人びとはとあるテミスティウスという男性と結婚したという。読者はこれら二つの説で好きな方を選ぶがよい。なぜなら、意見の相違は彼女の肉親の情と勇気から何ものも奪わないからである。

シュラクーサにおける無分別で突発的な反乱のときに、人民たちは王族全員に対して暴れ狂った。そして、今や若き王ヒエロニュムス(4)はヒエローとゲロンの義理の息子たちアンドロノドルスとテミスティウス(5)と一緒に殺害されていた。そして、今や暴徒たちは剣を抜いてヒエローの娘たちダマラタとヘラクリア、それにゲロンの娘ハルモニアに襲い掛かっていた。ハルモニアの乳母の鋭い気転によって、同じ年の少女が王家の衣裳をまとってハルモニアの身代わりとして殺害者たちに差し出された。その少女はそれを企てた乳母の要望に決して反対しなかった。それどころか、彼女は鋭い切っ先の剣を携えて敵の反乱軍が自分に向かって襲ってくるのをみたとき、彼女は恐怖で逃げることもしなかったし、自分の身分を殺害者たちに名乗ることも、また身を隠しているハルモニアを責めることもせずに、彼女の身代わりに殺害されたのである。黙って微動だにせず、彼女は致命的な一撃を受け死んだのである。

ハルモニアは幸せでもあり不幸でもあった。つまり、女召使の忠誠心を幸せと思い、彼女の死を不幸に感じたのだ。しかし、ハルモニアは彼女の隠れ処《が》から、その罪のない少女の忍耐と死に直面した彼女の勇敢さ、それとその刺傷から流れ出る少女の血を呆然とみていた。そして、その少女が刺殺されて、刺客たちが立ち去って、ハルモニアは危うく難を逃れることができたときに、彼女はその少女の忠実心を心の底から敬い始めた。そして、この少女の途轍もない献身に心奪われ、ハルモニアは突然涙を流して、その少女の罪のない流血を罪悪感もなくみるのに耐えられず、またこれほどまで大きな他人の忠誠心により守られた自分の生命《いのち》をこれ以上永らえることにも我慢がならなかった。こうして、ハルモニアは不誠実な市民たちとともに老齢に成るのを待つより、かくも忠実な少女と一緒に早すぎる死をもって下界へ下りることがより望ましいと考えた。

おお何たる献身、おお何たる古風なる忠誠心よ！　死を免れたハルモニアは今や民衆の面前に現われた。血糊のついた剣を招喚して、彼女の乳母の計らいと殺された彼女の忠実な少女と自らの正体を告白したのである。そして、彼女は進んで殺された少女への供物として自分の血を捧げ、多くの傷を切り裂いて先に死んだ少女の屍にできるだけ近くに倒れた。

信義の心がハルモニアから奪った歳月は当然にも文学によって取り戻された。しかし、先に死んだ少女の忠誠心と生き残ったハルモニアの信義の心のいずれがより偉大か、それを決定するのは困難である。一方は少女の美徳を永遠とし、他方はハルモニアの名前を永久にしたのである。

LXIX

プーリア出身のカノッサの女性ブーサについて

ある人びとがブーサは添え名でもあるかのようにパウリーナと呼ぶブーサはカノッサ(1)のプーリア(2)系の女性であった。古代の人びとが後世へ伝え遺した彼女の多くの偉業のなかで、ある唯一のじつに素晴らしい偉大な行為によって、わたしは彼女が高貴な血統の生まれであると信じたい。

というのは、カルタゴ人ハンニバル(3)がローマ人民に対し激しい戦闘を仕掛けて、火と剣で全イタリアを破壊し、その大部分の土壌を血で汚したといわれたとき、彼はカンナエ(4)の町で、アウフィドゥス(5)川の東岸にあり、ハンニバルがローマ軍を大破した古戦場のアープーリア村の近郊で、彼の敵軍を激戦の末に破っただけでなく、イタリア軍を殆ど潰滅させた。その結果、その衝撃の大殺戮から生き残って今や離散し彷徨《さまよ》っている多くの人びとのなかで、約一万人が夜に辺鄙な道を通ってカノッサへ到着した。この城市《まち》は当時ローマ人と同盟を結んでいたのである。

逃走者たちは全員衰弱して顔は色蒼ざめ、疲れ果て、貧窮し、無防備で、裸で、着るものも着ず、負傷していた。ブーサはその災難も勝利者の権勢をも怖れず、毅然としてこれらの人びとを彼女の家へ親切に迎え入れてかくまい、彼らに何よりも勇気を出すように激励した。そして、彼女は医者を呼び寄せ、負傷者たちを慈母の情愛をもって治療させた。そして、彼女は驚くべき寛大さで裸の者たち全員にも衣服を与えた。そして、武器のない人びとには武器を与え、自分の財産からすべての人びとに日々の出費を提供したのである。こうして、これらの哀れな人びとが彼女の親切と同情によって元気が恢復し、希望が湧いて喜んで立ち去ろうとするとき、ブーサは進んで皆に旅の手当てを支給し、絶えず流入してやってくる人びとに便宜を図るのを拒まなかった。たしかに、これは驚嘆すべき話であり、男性に起こった場合よりも、女性の場合には遥かに一層称讃すべきことである。

というのは、古代の人びとはマケドニア王で全世界の侵略者アレクサンドルスの美徳のなかで、特にその卓越した寛大さを激賞する慣わしである。彼らはその他の王侯たちのように、アレクサンドルス大王は貴重な宝石類、莫大な金銭、それと同様の贈り物を与える慣わしだけではなく、並外れた統治権、立派な王国、広大な帝国を彼の友人たちと、ときには征服された諸王たちへさえ与えたといわれる。

実際、それは美しく、偉大で、あらゆる賞賛をもって褒め称えられるべき行為である。しかし、それはブーサの寛大さと決して比較されるべきではないと思う。なぜなら、アレクサンドルスは男性でありブーサは女性であって、女性にとって勇気の欠如と同様に吝嗇はよく知られた生得的な資質であるのだから。彼は偉大なる大王であり、彼女は一介の女性にすぎない。彼は己の暴力行為でえたものを所有し、彼女は正当な相続財産としてえたものを所有していた。彼は恐らく一人では容易に維持できなかったものを分け与えたが、彼女は長い間保持してきて、もしそう望めば、持ち続けられたものを分け与えたのである。彼は友人たちと十分にそれに値する人びとに与えたが、彼女は外国人でみず知らずの人びとに与えた。彼は自分の状況が栄えているときに与えて、彼女は状況が傾いて友人たちが危機に瀕したときに与えた。彼は外国で贈り物を与え、彼女は自分の国で彼女自身の国民の間で与えた。そして、彼は寛大さの栄誉を博するために与え、彼女は困窮している人びとを援助するために支出したのである。

わたしはさらに何をつけ加えようか？　もしわれわれが二人の性格、その性別、その特性を考えてみれば、わたしは公平に判断してブーサの寛大さはアレクサンドルスの気前の良さよりも遥かに大きな栄光をえることが疑いないと思う。

それにもかかわらず、より輝かしい称讃はいずれか好きな方へ与えるがよい。わたしはブーサが自分の財産を最も有効に使ったと思う。というのは、母なる自然は母の胎内から墓へと運ばれるように、大地の内奥から黄金を公衆の前へ出さないからである。これは貪欲な人びとが行うことであり、彼らは自分の財宝を保管所に隠し、さながら再生を期待するかのように、それらの財宝を必死に見張るときに、貪欲な人びとはこのような行動をする。しかし、黄金は先ず公共の利益に役立つために、次に、われわれの立派な名声と友人たちとの親交のために存在する。もし残っているものがあれば、運命の悪戯《いたずら》に打ちのめされた人びと、天の怒りに苦しめられた人びと、不当にも貧困にあえぐ人びと、冤罪《えんざい》で投獄された人びと、そして困窮と不安な援助に疲弊したすべての人びとへ寛大にも奉仕しよう。この種の出費はわれわれが他人に役に立つと思えるだけではなく、われわれが実際に彼らの役に立つときこそが適切であり、われわれの目的が博愛であり、儲けでないときこそが適切である。そうする場合は、計算の基準を適用し、われわれが他の人びとを助けている間、自分自身が貧困に陥ってはならない。そうすれば、他人の財産を欲しくなるばかりか、窃盗さえもせざるをえなくなるであろう。

LXX

ヌミディアの女王ソフォニスバについて

ソフォニスバ[1]は有名なヌミディア[2]の女王に就いていたが、彼女は大胆不敵にもわれとわが身に課した死の苛烈さゆえにより一層その名を轟かせた。というのは、彼女はギスゴの息子でカルタゴの最も偉大な君侯であるハスドルバル[3]の娘であり、彼女はハンニバルがイタリアを混乱に陥らせた時代に生きていた。

ソフォニスバが花咲ける青春の真っ只なかにあり、その容姿もじつに麗しかったときに、彼女の父は乙女の彼女をヌミディアの強大な王シュファクス[4]と結婚させた。ハスドルバルの願望は王家との姻戚関係を持つことだけでなかった。この鋭敏な男性はローマ人との戦争が長引くのを考慮し、この異国の王をローマの同盟国から脱退させるだけでなく、娘の魅力の成せる業《わざ》でローマとは敵対して、カルタゴ軍の友軍へと寝返らせることであった。彼は熟慮したこの陰謀に失望することもなかった。

なぜなら、シュファクスは婚礼を祝賀すると、彼は前もって父親から警告されていた乙女ソフォニスバの美貌ゆえに激しい恋の虜となって、彼女以外には何も愛しく快いものとは思わなかった。こうして、この不幸な男性が恋に胸を焦がしている間、コルネリウス・スキピオ[5]がシキリアからアフリカへ彼の軍隊を率いて横断してくることが明白となった。すると、ハスドルバルの忠告に従い、ソフォニスバは甘言と懇願でシュファクスの心を自分の願い通りに導いた。その結果、彼は友情の約束を誓ったローマ人たちを見捨てただけでなく、カルタゴ人たちと結託し自分とは無関係の戦争の指揮を取った。それゆえに、シュファクスは自分の客であるスピキオに前日約束していた信義を裏切り踏みにじった。そして、彼は書状を送り、今まさにシキリアから横断しつつあったスキピオにアフリカへ入ることを禁じたのである。

しかし、気概のある青年スキピオは異国の王の無礼を非難し、カルタゴから遠からざるところに彼の軍隊を上陸させた。そして何よりも先ず、彼はローマの同盟国ヌミディアの王マシニッサ(6)と自分の副官ラエリウス(7)を遣わし、シュファクスを攻略することであった。彼らはシュファクスの軍隊を撃破して王を捕えて、ヌミディアの首都キルタ(8)へ連行された。しかし、鎖で縛られたシュファクスが彼の市民たちにみせられるまでは、首都キルタは降伏しなかった。

マシニッサがその首都に入ったときに、ラエリウスは未だ到着していなかったが、今や事態の急転回に街中が大騒ぎとなった。彼は武装して王宮へ入っていくと、ソフォニスバの出迎えを受けた。自らの運命を知って、ソフォニスバは他の人びとより一段際立った軍服をまとって宮中へ入ってくる彼をみて、この人物こそ王であると直感した。そして、彼女は彼の前に跪《ひざまず》いて嘆願し、なおも王妃らしくこういった――

「名にし負う王よ、神と陛下の幸運のためにも、少し前までは王家の一族であったわれわれに対して、陛下が望むことは何なりと行うことができます。しかし、もし囚われの身の者が勝利者にして生死の支配者たるお方の面前で嘆願の言葉を述べ、その膝と勝利の右手に触れることが許されるなら、わたしは慎んでお願いいたします――逆境により新たに陛下の支配下に置かれたのですから――陛下の目にとって正しく良いと思えることは何ごとでもこのわたしに行いくださ い。ただし、特にカルタゴ人たちに傲慢で嫌悪の情を顕わにする強国ローマ人たちへ、このわたしを生き身で引き渡さないでください。というのは、陛下はローマの敵カルタゴ人でハスドルバルの娘であるわたしが――たとえシュファクスの妻でないにせよ――何を怖れるかを容易にお判りでしょう。そして、もし逃れるその他の方法が残されていないなら、わたしは敵の権限のなかへ生きたまま陥るよりむしろ、陛下の手で殺してくださるようどうかお願い申しあげます。」

マシニッサ自身はヌミディア人であって、彼のすべての同国人たちのように、彼は情欲の虜の傾向があった。彼は嘆願者の顔の魅力あふれる美貌をみると――実際、不運がある種の稀なる優雅な気品をこの嘆願者に添えていたが――マシニッサは彼女の優しさに感動し、情欲に心を奪われた。ラエリウスは未だ到着していなかったので、マシニッサは鎧をまといながら右手をソフォニスバの方へ伸ばした。そして、女性たちの悲鳴の叫び声と至るところ走り回る兵士たちの大騒ぎの最中に、彼は懇願する彼女を抱き上げて即座に結婚したのである。そして、戦闘の喧騒の真っ只なかで、祝婚の式が執り行われた。わたしは彼が自分の情欲とソフォニスバの嘆願のいずれをも満足させる方法と考えたのであろうと思う。

遂に、その翌日マシニッサは到着するラエリウスを出迎えた。そして、彼の命令で、彼らはあらゆる王家の装飾品やその他の戦利品とマシニッサの新妻とともにローマの陣営へ戻っていった。そこで先ず、彼らはスピキオに愛想よく迎えられ、彼らの戦勝を祝福された。次に、ローマ人の捕虜の女性と結婚したことでマシニッサはスキピオによって親しくも異議を唱えられた。そして、マシニッサ王は天幕のなかへ引きこもって、目撃者がいなくなると、彼は外に立っている人びとが聞こえるように、溜息と涙で満たされ長い間呻き嘆いていたのである。ソフォニスバの運命は今や切迫していて、マシニッサは彼の最も忠実な召使を呼びにやった。彼はその召使に緊急の場合に備え確保していた地位を信頼し任せていたのである。

そして、彼はその召使に盃に毒を溶かし、次の伝言を添えてソフォニスバへ届けるよう命令した——もしできることなら、マシニッサは自ら進んで彼女に約束した誓約を自ら喜んで守り通したであろう。しかし、彼女が請い求めた彼の裁量権は力ある人びとによって奪われたからには、もし彼女がそれを実行したいのなら、彼は彼女自身が懇願した誓約を無念にも守り通す。つまり、彼女は生きた身でローマ人の支配下に入らないことである。しかし、彼女は父と祖国と最近結婚した二人の王を胸に秘めて、彼女は自分にふさわしいと思う決断を下すべきである。

ソフォニスバは顔色一つ変えずこれを聞いて、その使者へこういった。「わたしは喜んでこの結婚の贈り物を受け、もし夫がわたしを他の人に与えないのなら、それを心より感謝します。しかし、わが葬式の当日に結婚しなかったならば、わたしはより立派に死ぬことができたでしょうと、彼に伝えてください。」彼女はそういうや否や、その盃を手に取って、動揺の気配すらみせず、直ちにすべてを飲み干した。間もなく、彼女は身体が膨れ上がって哀れにも大地に崩れ落ち、念願の死を迎えたのである。

天に誓って！　今や人生に倦み、死しか希望のない老人にとってさえ、況《いわん》やそのとき未だ年若い王妃にとってはなおさらのこと、かくも勇敢に死に直面したことは注目に値する偉大で驚嘆すべき行為であったろう。というのは、彼女は人生に船出したばかりで、世間の状況を配慮し、その人生の酸《す》いも甘いも知り始めた年齢であったのであるから。

LXXI

ヘロディクス王子の妹テオクセナについて

テッサリア[1]のテオクセナ[2]は高貴な生まれの女性であり、彼女は一方では優しい情愛により、また一方では厳しい苛酷さにより、後世の人びとへ彼女に関する有名な証言を遺した。

というのは、テッサリアの君侯の娘テオクセナはデメトリウス[3]の息子フィリップス[4]がマケドニア人民を治めていたときに生存していた。彼女には同じ両親から生まれたアルコという名の妹がいた。先ず、彼女らの父はフィリップスの悪行により殺され、そのあとで同じ人間の同じ裏切りにより、彼女らの夫たちは奪われ、人倫に悖《もと》る死罪に処された。二人の姉妹にはそれぞれ一人息子が遺された。

二人の寡婦のなかで、妹アルコが先ずポリスという彼女らの氏族の長と結婚し、彼との間に多くの息子たちを生んだ。しかし、テオクセナは多くの王子たちから求婚されたが受け入れず、寡婦の身を断固として長く守り通そうとした。

しかし、妹アルコが死に奪われると、テオクセナは甥たちを哀れに思った。そして、彼らが別の継母の手に渡らぬように、あるいは彼らの義父から冷淡に養育されないようにするため、彼らを実子も同然に育てようとして、彼女は同じポリスと結婚した。当時それを禁ずる法律もなかったからである。こうして、テオクセナはあたかも自分自身が出産したかのように、愛情深く精を出して彼らを養育し始めた。彼女がポリスと結婚したのは彼女自身の便宜のためより、彼の子供たちの世話をするためであることが明らかになった。

こういう状況のなかで、冷静さに欠ける男性マケドニア王フィリップスはその当時世界中で大成功を享受していたローマへ再び勇敢にも戦争を企てた。彼の計画を推し進めるため、フィリップスは彼の王国に大混乱を起こして、テッサリアの殆どすべての沿岸都市を疎開させて、これらの古い植民都市から住民たちにあとにエマティア[5]と呼ばれた内陸部のパエオニア[6]へ地中海地域の沿岸の街に群れをなし移動するよう命令した。

フィリップスは彼の見捨てられた沿岸の街を将来の戦争のため、より堅固に結びついた同盟のためにか、トラキア人[7]たちへ与えたのである。彼は立ち退きを命じられた人びとの自分に対する呪いの言葉を聞いたときに、彼は以前から狂暴にも殺害してきた人びとのすべての息子たちを殺さなかったら、自分は安全ではなかろうと思った。したがって、彼は彼らの息子たちを捕えて監視下に置くよう命令した。それは彼が彼らを一気に殺すためではなく、順番に一定の期間にわたって殺すためであった。テオクセナはフィリップス王の罪悪な命令を聞くと、彼女は自分自身の夫と彼女の妹の夫の死を想い起して、彼女は自分の息子と甥たちを捜し出すことを決断した。その上、もし彼らが王の掌中に落ちたら、彼らはやがて王の残虐さの遊びの対象となるだけでなく、必然的に看守の嘲笑と気紛れの餌食になるであろう。彼女はこれを避けるため、直ちにある恐ろしい計画を思いついた。彼女は大胆にも彼女の夫で子供たちの父親に次のように話した。つまり、他に手立てがないならば、自分は子供たちがフィリップスの支配下に入るより自らの手で彼らを殺したいと。

しかし、ポリスはかかる邪悪な犯罪をひどく忌み嫌った。そして、妻を慰めて彼の息子たちを守るために、彼はその子供たちをつれだして、ある信頼する外国人たちに彼らを預けて、自分自身は彼らを同伴して逃げる約束をした。

一刻の猶予もなかった。というのは、ポリスはテッサリロニカ[8]からアエネア[9]の街の創建者のために毎年祝福される供犠に参加するため、アエネアへいく偽装工作をした。彼は厳粛な儀式や宴会に出席してその街で一日過ごした。そして、他の皆が眠りに就いた真夜中に、彼は息子たちと妻と一緒にさながら帰国するかのように用意した船に乗り込んだ。しかし、彼らの目的地は祖国テッサロニカではなく、エウボエア[10]であった。

しかしながら、事態は全く一変した。船がアエネアの海岸を離れるや否や、見よ！ 夜の闇を通し逆風が吹き起こって、彼が望んだ方向ではなく、彼が船出した方向へ意に反しつれ戻されたのである。漕ぎ手たちは逆風に向かって力のかぎり櫂を漕いだが無駄であった。やがて夜が明けると、彼らが海岸の近くにいるのが分かった。しかし、王の見張人たちは港で難儀している船に気づいて、その船が懸命に逃れようとしているのが分かった。直ちに王の見張人たちはその船を引き戻すため武装した小型帆船を送って、その船なしで港に戻らぬように厳重に命令した。ポリスは近づいてくる船をみて、差し迫った危険を察知し、彼は交互に水夫たちに全力で漕ぐように熱心に説き、彼らの危機に際して助けて下さるように神々へ祈った。

テオクセナはこれらをすべてみて十分に危険を察知した。彼女はポリスが神々に祈っているのをみたとき、その神々に実行の機会が与えられたかのように、彼女は前もって考えた計画を思い返した。そして、直ちに彼女は毒を盃のなかで溶かして剣を抜いた。これらのものを息子と甥たちの面前に置いて、テオクセナはいった。「死のみがわれわれ全員に救済と安寧を与えることができます。この盃と剣が死ぬための手段です。われわれは各々好きな方法で王の傲慢さを逃れねばなりません。それゆえに、わが子たちよ、気高い精神を呼び起こし、最年長の子は雄々しく振る舞いなさい。もしことによってより苛酷な死を好むならば、剣を握るか、毒杯を仰ぎなさい。そして、自由に選んだ死のなかに救いを求めなさい。逆巻く海の激動がわれわれの生へ向かう道を禁ずるのであるのだから。」

今や敵は身近に迫って、死の勧告者たるこの恐るべき女性は未だ躊躇《ためら》う若者たちに死を迫り攻め立てた。それゆえに、毒を仰ぎ剣で突き半死の状態でピクピク痙攣している者たちはテオクセナの命令で、船から海へ投げ降ろされたのである。

テオクセナは他の人びとに諫止した苦役を彼女自身にも留保しようとは思えなかった。したがって、彼女は愛情を込めて育てた子供たちを自由のため死に追いやったときに、彼女は誉れ高い精神をもって、未だ神に祈る夫を抱きしめて死の道づれとし、一緒に嵐の海へ真っ逆さまに引き入れたのである。彼女は忌まわしい奴隷の身で生きながら憔悴するよりも、自由の身で死ぬことがより良いと思ったのだ。こうして、敵には彼女の船は蛻《もぬけ》の殻となり、フィリップスはその残忍さの慰めとなる人びとが奪われた。こうして、苛烈なテオクセナは記憶に値する記念碑を手に入れたのである。

LXXII

カッパドキアの王妃ベレニケについて

ポントゥスの(1)ベレニケ(2)は別名ラオデケとしても知られていたが、彼女はその高貴な生まれのために、名婦たちのなかにその地位を占めたように思われるかも知れない。しかし、彼女が遥かに一層名婦に値すると思われたのは、彼女が自分の子供に熱烈な愛情を注いだためではなく――（大抵の母親たちはこれに胸を焦がすものである）――むしろ自分の子供に復讐する彼女の大胆さゆえである。わが筆からこっそり書き洩れないためにも、少々これを書き記すべきものと思う。

ベレニケは少し前にローマ軍とともにアリストニクス(3)に戦争を仕掛けて、遂には突然の死で命を奪われたポントゥス王ミトリダーテス(4)の娘であった。彼女は上述のミトリダーテス王の息子の別人(5)であるミトリダーテスの妹であって、ローマ軍との長い戦争の敵であった。彼女はカッパドキアの王アリアラテス(6)と結婚した。

ベレニケの兄ミトリダーテスの陰謀によって、アリアラテスはゴルディウス(7)により殺害されたが、彼の二人の息子たちは生き残った。しかし、その当時ビテュニア(8)の王ニコメデス(9)はさながら王の死で玉座が空席であったかのようにカッパドキアを占拠した。ミトリダーテスはこのカッパドキア王国を熱望し、慈悲を装い自分が甥たちへこの王国を取り戻すといって、ニコメデスに対し武器を取った。しかし、彼は寡婦のラオデケ（＝ベレニケ）がニコメデスと結婚していたことを知ると、ミトリダーテスの一族に対する見せかけの慈悲の心は一転して真実と化した。

ニコメデスを武力でカッパドキアから追い出すと、彼は兄弟のなかで年長のアリアラテスに先祖伝来の王国を取り戻した。しかし、あとにミトリダーテスはこの行為を後悔し、陰謀を企て兄のアリアラテスを殺害し、アリアラテスという同名のもう一人の弟は友人たちに王国を治めるよう小アジアから呼び戻されたようである。人びとのいい伝えによれば、彼もまたミトリダーテスの同じ陰謀によって殺害されたのである。

この不幸な母親ベレニケは双子の息子たちが亡くなると、ひどく嘆き悲しんだ。彼女は悲嘆に暮れ自分の性別すらも忘れ、狂乱し武器を引っ摑んで、馬に軛《くびき》を結び、戦車に乗って、今や猛然と逃げる王の親衛にしてその恐ろしい行為の犯罪者たるカエネウスを追跡して出発した。彼女の追跡は槍ではうまくいかず、岩石で彼を地面に打ち倒すまで終わらなかった。彼女は激怒して地面に横たわる彼の死体を戦車で轢《ひ》いた。そして、今や敵である兄を怖れず、敵陣の投槍の間を走り抜け、遂に殺された息子の死体が置かれていると思った家まで辿りついた。哀れな女性は息子へ母親らしい涙を注ぎ、彼の葬式を執り行ったのである。

おお善なる神よ、おお難攻不落の自然の力と無敵なる愛の堅固さよ！　これらの徳力はより偉大でより驚嘆すべき何かを成しえたであろうか？　これらの力の煽動により、恐れを知らぬ武装した女性が小アジア中で――恐らくはイタリアにおいてさえも――恐れられた軍隊のなかを馬で駆け抜けたのである。そして、恐るべき王の力と憎悪をものともせず、勝利者の贈り物と尊敬を確保した男性を殺すため、これらの威徳は彼女に勇気と知性と不撓不屈の精神を与えたのである。

しかしながら、ある人びとはこの息子が病気に苦しみ、自然死したというし、母が最善を尽くして復讐した息子は、ミトリダーテスによって殺された息子であったともいう。

LXXIII

ガラティア人オルギアゴの妻[1]について

われわれが彼女の名前を知らぬことゆえ、ガラティア人[2]の首長オルギアゴ[3]の妻の正当な栄誉と特別なる名声の恩恵を奪ってしまったようにみえた。わたしは蛮族たちの未知の言葉への憎悪がわれわれの称讃からアジアの内陸部の山岳地帯や洞窟の間に覆い隠して、ラテン人種から隔離し閉ざしていたと考える。しかし、この不幸な出来事ゆえに、わが細やかな言葉が与えうる当然の栄誉を、彼女の夫の称号の下に彼女が受けることが妨げられないことを願う。

したがって、シリアとアジアの王アンティオクス大王[4]がスキピオ・アシアティクス[5]の指揮の下にローマ軍に敗北したとき、執政官グナエウス・マンリウス・トルクワトゥス[6]はアジアの属州を割り当てられた。そして、彼の軍隊を移動したことが無益であったとか、彼の軍人たちが暇を託《かこ》っているとみえないために、先ず彼は海岸の近くの敵の残存者たちを潰滅し、彼は自らの判断でアジアの奥深い山岳地帯へと進軍していった。そこで、執政官マンリウスは彼らがローマ軍の敵アンティオクス[7]に援軍を送ったからとか、また時々全アジアを襲撃し混乱させたという口実で、野蛮で粗暴な民族ガラティア人たちに対して激しい戦いを仕掛けた。

ガラティア人たちは勝利の希望を失ったとき、彼らの町々を捨て、彼らの妻や子供たちと財産とともに天然の要塞である山岳地帯へと退却して、包囲する敵から可能なかぎり武力でわが身を防衛した。

しかし、ガラティア人たちはローマ軍の堅固な兵力に敗北し、山の斜面を追い落とされて殺害された。こうして、生き残った者たちは降伏しマンリウスの勝利を認めたのである。

老若男女の膨大な数の捕虜たちがいて、彼らは百人隊長の監視下に置かれた。この監視人が首長オルギアゴの年齢も若く姿形も美しい妻をみたとき、彼は彼女を是が非でも手に入れたくなった。ローマ人の矜持を忘れ、彼は全力で抵抗する彼女を凌辱したのだ。この犠牲の女性は大きな怒りに耐え、彼女は自由と同様に激しい復讐を希った。しかし、暫くの間彼女は慎重にその望みを黙殺しておいた。

しかし、その百人隊長が合意した金額で捕虜たちを解放するためやってきたとき、その女性の貞潔な胸の底には怒りが新たに燃え上がった。彼女は前もって考えたとある計画を実行しようと決めていた。鎖が解かれると、彼女は従者たちと一緒に片側へ移動し、金の重さを量って請求するその百人隊長へ支払うよう命令した。そして、彼がこの仕事に夢中になっていると、彼女はローマ人には分からない彼女自身の言葉で、奴隷たちに百人隊長を打ち倒し、死んだ痕跡に斬首するよう命令した。これが成就されると、彼女は彼の頭を衣服に包んで無傷で彼女の人民のもとへ帰っていった。彼女は夫の眼前に到着すると、囚われの身として受けた恥辱を話し、さながら彼女が蒙った恥辱の報酬と彼女が女性として耐え忍んだ汚名を雪《すす》ぐかのように、夫の足下に持ち運んできた荷物を投げつけた。

わたしはこの女性を異国の女性よりむしろローマ人の女性――じつはルクレティア(8)と同等のローマ人女性といいたいが――、一体誰がそれを否定できようか？　牢獄や鎖が今なおはっきりと目の前にみえて、勝利の武器の耳障りな音が依然としてあたりに鳴り響き、残酷な処罰者たちの斧が待ち構えていた。というのは、この女性の自由は未だ取り戻されていなかったのである。それにもかかわらず、彼女の肉体の恥辱への憤怒がじつに大きな力となって彼女の高潔な魂を揺り動かし、この勇敢な女性、この邪悪な罪業の名高い女性復讐者は、もし必要とあれば、再び鎖で拘束されることも、もう一度不快な牢獄に入ることも、処罰者の斧に首を差し出すことさえも怖れなかったのだ。それどころか、彼女は奴隷たちに躊躇せず命令して、彼らの剣で不幸な凌辱者の首を斬るように強制したのである。

彼女より激烈な人間を、より勇敢な指導者を、不当な人びとに対しより厳格な指揮官を、一体どこに見出せようか？　より賢く勇敢なる女性を、あるいは既婚女性の名誉をこれよりも絶えず警戒する保護者に、一体どこで会えようか？　驚くべき心の洞察力をもって、この女性は名誉を疑いながら彼女の夫の家へ帰るより、確かな死へ向かう方が良いと考えていたのである。最大の敵為と最大の危機を通して、彼女は凌辱された肉体のなかに、精神の純粋さが証明されうるとみなしていた。

それゆえに、こうして、女性の名誉が救われたのだ。こうして、失われた名誉が回復した。こうして、純粋な心の証拠が取り戻されたのである。それゆえに、尊い美徳を保持するに懸命に心砕く女性たちは心の純粋さを証明するため、自分は暴力行為を受けたと涙ながらに苦情をいうだけでは十分でないことを知るべきである。できるかぎりに、人は誉れ高い行為で復讐へ進まねばならない。

LXXIV

大スキピオ・アフリカーヌスの妻テルティア・アエミリアについて

テルティア・アエミリア[1]は高貴な血統を受け継いだアエミリア家の名声や、じつに剛勇な大スキピオ・アフリカーヌス[2]との結婚により際《きわ》立《だ》って輝いていたけれども、彼女は彼女自身の偉業の光で遥かに一層際立った女性であった。

というのは、若いときにスキピオは青春の初咲きの花さながらの、驚くべき美貌の女性である婚約者を、彼女の身請け金として両親が提供した財宝とともにアッルキウス王子[3]に無事に取り戻した。しかし、今や年老いて、スキピオは呪われた強い欲望の罠から最早身を引くことができなかった。実際、スキピオは彼の若い女中との恋に落ちて姦通を犯したのである。しかし、真実の愛の注視を欺くことは困難であるから、彼はテルティアを騙すことができなかったし、彼女はやがて万事を知ることになった。

彼女がひどく心に傷を負ったのを疑う人がいようか？　というのは、ある女性たちがいうには、あらゆる言葉の侮辱はいうまでもなく、夫が妻だけにその権利があるといわれる夫婦のベッドに別の女性を引き入れることほど、その妻に起こることでより侮辱的で耐え難いものはない。わたし自身も誓って容易に信じられる。なぜなら、女性はたまたま弱いゆえに、あるいは彼女は自分に自信が持てないゆえに、女性はじつに疑い深い生物である。もし夫が別の女性に何かことを行うと、妻は自分にとって当然の夫婦愛に不利益なことが行われると思うものだ。

しかし、いかに困難にみえたとしても、この高名なテルティアは断固たる心で耐え、夫の罪を知ったことをじっと黙って押し通したので、スキピオ自身さえ誰一人も彼女は夫が何をしたかを感づいていたとは知らなかった。さらに、この分別ある妻は強くたくましい諸王や諸民族を勇敢にも征服した誉れ高い夫が、自ら女中との愛欲に征服されたことが公然と知られることは、あまりにも不適切であると判断したのである。このじつに神聖なる女性にとって、この秘密をスピキオが生きている間守るだけでは十分ではないと思った。それどころか、今やスピキオが亡くなると、彼の罪とその原因がどうかして露見するといけないので、彼女の夫の記憶から不名誉な疵《きず》を取り除くため、テルティアは寛大にもその女奴隷を解放して、彼女自身の自由人たちの一人と結婚させた。こうすることで、彼女はかくも偉大な男性のベッドを共有した女性が、女奴隷の身分を言及されて貶められるのを防いだのである。テルティアはまたその女性が今後別の男性の不適切な欲望を満たすことを阻止した。これは彼女の卓越した夫の情熱を不道徳にみせることでもあったからである。

おお、テルティアは崇敬すべき賞賛をもって星辰までも激賞されるべき女性である。一方では、彼女は心を冷静にして沈黙し不当な侮辱を耐え抜き、しかるに他方では、彼女は寛大にも今は亡き夫の負債を彼女の恋敵であった若い女中に完済したのだ！　これをわれわれはじつに稀なる行為と思うゆえに、より一層立派と思うべきである。他の女性なら大声で叫んで、彼女の隣人と親戚縁者やあらゆる女性の知人たちの集会を召集したであろう。そして、彼女はその人びとを皮肉や嫌味で延々と満たし、自分は見捨てられ、無視され、夫に価値のない女性とみなされ、夫の生前も寡婦の身で、奴隷の女中の若い娼婦より軽視されたと、数限りない苦情を皆へ浴びせたであろう。彼女は直ちにその若い女中を追放したであろう。否、それどころか、彼女はその若い女中を奴隷として身売りしたであろう。彼女は涙ながらに抗議し自分の夫を公然と困らせて、彼女の権利が饒舌によって守られる間は、彼女は自分がその他の点でじつに立派な夫の名誉を傷つけるのを気にもしなかったであろう。

LXXV

ラオディケアの王妃ドリペトルアについて

ものの本によれば、ドリペトルアはラオディケア(1)の王妃でミトリダーテス(2)大王の娘であった。彼女はわれわれが両親との恩で結ばれているあの孝心で称讃に値するけれども、わたしの判断によれば、母なる自然が前代未聞の手細工で彼女をさらに記憶すべき女性としたように思う。

というのは、往古《いにしえ》の書物が信頼できるなら、二重の歯列を持って生まれたドリペトルアは当時のアジアのすべての人びとに彼女の怪奇な容姿を露呈したのである。かくも異常な歯の数量は噛むのに何の障害も来《きた》さなかったが、それらは著しい醜さを呈していた。しかし、既に述べたように、この醜さは称讃に値する彼女の孝心により和らげられたのだ。なぜなら、ミトリダーテスが将軍ポンペイウス(3)に敗北すると、彼女は危険や労苦をも厭わず、つねに彼女の父についていった。そして、かくも誠実な恭順によって、彼女は天性の奇形が両親にその罪を帰せられるべきでないことを証明したのである。

LXXVI

グラックスの娘センプロニアについて

センプロニア(1)はその当時じつに有名な人物であったティトゥス・センプロニウス・グラックス(2)の娘であり、彼女の母は今は亡き大スキピオ・アフリカーヌス(3)の娘コルネリア(4)であった。その上、センプロニアは卓越した男性スキピオ・アエミリアヌス(5)の妻であって、彼はカルタゴを壊滅した偉業のため、祖父の添え名をあとに受け継いだのである。その上、彼女はティベリウスとガイウス・グラックス(6)の妹であった。精神の偉大さと不撓不屈さにおいて、センプロニアは彼女の先祖たちと劣るところがなかった。

というのは、反乱のかどで彼女の兄弟たちが殺害されたあとで、彼女が大変に仰天したことには、センプロニアは護民官によって裁判のため人民の前へつれだされたといわれる。そこで、護民官たちはその権威と民衆の拍手喝采をうけて、彼女にピケヌム地方(7)のフェルモ出身の男性エクイティウスに彼女の甥さながらに接吻し、彼女の兄ティベリウス・グラックスの息子としてセンプロニア一族へ迎え入れるように強制した。

しかし、この女性は君主たちさえも恐れる慣わしの立場でさえ一歩も怯まなかった。こうして、彼女は無知な民衆の喧騒に追いやられ、また陰鬱な目つきで彼女の顔を睨みつける護民官たちの高い権威に交互に脅かされていたが、この女性の一徹さは何ごとにも挫《くじ》けなかった。それどころか、センプロニアは兄のティベリウスには三人の息子しかいなかったことを記憶していた。そのうちの一人はサルディニア島(8)で兵役中に若くして死んだ。もう一人の若者は彼の父がローマで破滅した日の少し前に死んでいた。父の死後に生まれた三番目の幼子は未だ乳母の下で養育されていた稚児であった。毅然たる精神と厳しい表情を彼女の顔に浮かべ、恐れも知らずに、彼女はエクイティウスをグラックス一族の家名を偽りの記述でひどく傷つけようとする無謀な異邦人として排斥した。どんなに命令し脅しても、その命令の実行を説得し変心させるのも叶わなかった。

彼女のエクイティウスに対する勇敢な拒絶と彼の狂気じみた人間の厚顔さが失敗に終わって、護民官たちによる一層厳密なこの問題の調査で知ったことは、この女性の高貴な精神の堅忍さは称讃に値することであった。

多分、センプロニアは彼女の先祖の権利によりそれに値したとしても、彼女はその堅忍不抜の精神にも拘わらず、名婦たちの仲間に入れるべきではなかったという人びとがいるかも知れない。

なぜなら、女性たちは生得的に万事につけ頑固で意見を曲げないからである。わたし自身もこれを否定しない。しかし、もし女性たちが真実に基づいているなら、わたしは彼女らが称讃されるべきだと思う。センプロニアは疑いなくその真実に基づいていたのである。

その上、ある人びとがいうには、彼女はじつに頑固であって、もし手段が与えられれば、自分の意に反する何ごとをも成し遂げずには置かなかった。それゆえに、彼女は自分の夫スキピオの死に同意したと考えられている。その理由は――、ヌマンティア(9)を攻略したあとに、彼はティベリウス・グラックスの殺害の正当性について彼の意見を尋ねられたときに、何ら親戚関係にも配慮せずに、スピキオの煽動的な人間の残忍な死を保証したからである。

LXXVII

あるローマの女性クラウディア・クウィンタについて

クラウディア・クウィンタ[1]はローマの女性であったが、彼女はどんな両親から生まれたのかは、はっきりと分かっていない。しかし、そのたぐい稀なる大胆さによって、彼女は自らに永遠の名声を獲得したのだ。

彼女はさまざまな衣裳でつねに美しく着飾り、顔を派手に厚化粧して歩いていたので、厳格な奥方たちには彼女を下品であるばかりか、貞節に欠ける女性と思われていた。

たしかに、マルクス・コルネリウス[2]とプブリウス・センプロニウス[3]が執政官の間、すなわち、第二ポエニ戦争の十五年目に、神々の母の立像がペッシヌス[4]からローマのティベリス川の河口に接岸しつつあった。その像を船から受け取るため、神託の答えに従い、全元老院によりローマ市で最善の男性と判断されたスキピオ・ナシカ[5]はすべての奥方たちとともに舟が接岸するところまで、その立像を受け取りにいった。するとそのとき、水夫たちが舟を陸揚げしたいと思ったが、その立像が乗ってきた舟は川底にくっついてしまったのである。

多くの若者たちが綱で曳いても微動だにしないと思ったとき、他の奥方たちに混じっていたクラウディアは人びとの前で跪《ひざまず》いた。自分自身の美徳を知っていて、クラウディアはもし女神が自分を貞節と判断するなら、その女神の立像が彼女の腰帯で引き寄せられるようにと慎み深くその女神の像に哀願したのである。

その場で、クラウディアは大胆にも立ち上がり、自分の祈りが叶えられたと信じ、舟を彼女の腰帯に結んで、すべての若者たちに引き上がるよう命令した。これが行われるや否や、クラウディアはその舟を浅瀬からいとも簡単に引き上げた。そして、皆が驚いたことには、彼女はその舟を彼女が望む地点まで引き寄せた。かくも驚くべき成果により、すべての人びとのクラウディアに対する無節操なる振る舞いとの意見は逆転し、彼女は大変な称讃を受けた。こうして、恥ずべき放縦の烙印で汚されて海岸へ向かった女性は、今や輝かしい貞潔の光で飾られ祖国へ戻ったのである。

しかし、クラウディアの望み通り物ごとが進んだけれども、わたしは、いかに高潔であろうとも、同様なことを敢えて行うことは健全な精神の証しであると思うのはご免蒙る。というのは、自分を潔白とみせるため、超自然的なことを行うことは非難すべき罪の汚点を浄めることより、主なる神を試すことであるから。われわれは神聖に生きて行動すべきである。そして、もしわれわれが疵物《きずもの》と思われるなら、主なる神はわれわれ自身の善以外にこれを許されない。なぜなら、主なる神はわれわれの忍耐力が強められ、高慢が除かれ、美徳が鍛えられるのを望んでいるからである。そして、主なる神はわれわれが自らとともに幸せなることを望んでいる。主なる神は他の人びとの不面目を知っているのだ。

われわれにとって、主なる神を証人として、われわれが良く生きることは、それで十分であり、それはじつは大切であり、否それどころか、それは最善である。それゆえに、われわれが善行を施すかぎり、もし人びとがわれわれについて良く思わなくても、われわれは心配するには及ばない。もしわれわれが悪業を犯すとしたら、われわれ自身が悪人でいるより、それらの悪口をいう人びとを放って置いて、われわれの振る舞いをは矯正することに、全力で熱心に取り組むべきである。

LXXVIII

ポントゥスの王妃ヒュプシクラテアについて

われわれは彼女の血統を知らないが、ヒュプシクラテア[1]はポントゥス（黒海周辺の地域）の高貴な王妃であり、ポントゥスのミトリダーテス大王の妻であった。彼女の容姿はじつに美しく、彼女の夫への一途な愛は大いに称讃に値したので、それにより彼女自身の名声へ永遠の輝きを与えた。ミトリダーテスがローマ軍に対し長期の、多大な出費の要する、さまざまな危機で迷いの生ずる戦争で難儀しているときでも、たとえ夫が異国の風習に従って他の妻や妾たちを持とうとも、夫が広大な領土を旅するときも、戦争を開始するときも、また海上を移動するときでも、ヒュプシクラテアの夫への並外れた愛情は熱い焔で燃え上がり、彼女はつねに夫のじつに忠実で引き離し難い同伴者であった。

たしかに、彼女は夫ミトリダーテスの不在に耐えられなかったのである。そして、彼女は自分以外には誰にもしかるべく夫に仕えることができなく、彼の召使たちが提供する世話は大部分信頼しえないと思っていた。したがって、大変に困難とはみえても、彼女自身は最愛の夫の便宜に仕えるため、同行する決断をしたのである。女性の衣裳はかくも重要な行動には適切とはみえないし、女性が好戦的な王の傍らで進軍するのも不適切にみえた。それゆえに、彼女は男装するために、女性が最も誇りとする黄金の髪を真っ先に鋏で切り落とした。そして、彼女はその最も美しい星のように煌めく顔《かんばせ》と髪を兜で覆い隠すのに耐えたばかりか、その顔《かんばせ》が砂塵と汗と鎧の錆で見苦しくなるのさえも耐えぬいた。彼女は黄金の腕輪と宝石を捨て、さらに足下まで垂れる紫の衣裳を捨てるか、あるいは膝上で切り取った。彼女は象牙のような胸を胸壁で覆い、脛当てを両脚に結んだ。彼女は指輪と高価な手の飾り物を投げ捨て、それらの代わりに楯とトリネコの槍とを持った。彼女は首飾りの代わりにパルティア人(2)の矢と箙《えびら》を首にかけた。こうして、ヒュプシクラテアは万事を適切に成就し、読者は彼女が高慢な王妃から古参兵士へと変身したと信じてもよいであろう。

恐らくこれは容易なことかも知れない。しかし、かつては王宮の寝室の安穏と柔和さに慣れ、滅多に外へも出ない女性が今や彼女の昔の生き方すべてを捨てたのである。雄々しい精神を備えて、ヒュプシクラテアは無敵の馬乗者となったのである。彼女が鎧をまとって、日夜の寒さ暑さもまったく気にせずに、夫のあとについて険しい山や滑り易い峡谷を馬で疾駆する姿がよくみられた。今では身体も強健となり、彼女は王宮のベッドの代わりに剝きだしの地面や、ときには野獣の塒《ねぐら》で仕方なく寝る場合さえも恐れなかった。彼女は恐れを知らず馬を駆り立て、勝利では夫の仲間として、逃亡には夫の任務の女助力者として、審議では相棒として、彼女は至るところへ進軍したのである。

要するに、彼女は遂にその優しい両目に負傷や殺戮、または彼女自らも槍で戦い流した血さえも怖れずにみることを教えた。彼女は歌声に慣れ親しんだその耳に馬の嘶《いなな》き、兵士たちの喧騒、または戦闘開始の喇叭の音さえも平然として聞くことができた。

遂に、彼女が屈強な兵士たちにさえ困難な多くの事ごとを耐え抜いたとき、ヒュプシクラテアはグナエウス・ポンペイウス(3)に敗北し疲労困憊したミトリダーテスのあとを追跡したのである。数少ない友人たちとともに、彼らはアルメニアの森やポントゥスの隠れ場へとあらゆる野蛮な民族たちの間を通り過ぎていった。ときには、彼女は落胆した夫をより素晴らしい希望で元気づけ、ときには、彼女は夫が望むと思ったた娯楽で彼を慰めた。こうして、彼女はじつに多くの慰めを夫に与えたので、どんな寂しい場所へ追い立てられようとも、彼には仲睦ましい夫婦の褥《しとね》で生き返ったようにみえた。

おお、夫婦の甘美な聖堂たる胸よ！　おお、汲めど尽きせぬ友情の力よ！　いかなる神聖な力もて、汝はあの女性の魂をかくも堅固にしたのか！　夫のためにこれと同じく、否より一層の困難に耐え抜いた妻はどこにもいなかった。これらの功績のため、往昔《いにしえ》の人びとがヒュプシクラテアに永遠の称讃を浴びせても、後世の人びとは決して驚くに当たらぬであろう。

しかし、かくも多くの功績と立派な忠誠心ゆえに、当然にも値するこの女性は彼女の夫から、それに十分ふさわしい報酬を受けなかった。なぜなら、今や夫が年老いたときに、彼女との間に儲けた息子を怒りに駆られ殺害したのだ。そして、ローマ軍に攻め立てられ、この王は彼の王国のなかへのみならず、己の王宮のなかへと退却したのだ。そこで、彼は大胆な計画を考えだし、遠くのさまざまな民族へ使節を送り、彼らがローマ軍との戦争に蜂起するよう懸命に煽動したのだ。そして遂に、ミトリダーテス王は自分の息子ファルナケス(4)によって包囲された。息子ファルナケスは王が自分の息子や友人たちへ与えた残虐行為のため、父王に対して反乱を企てたのである。

王は自分が包囲されて、息子は懇願しても容認しないとみてとった。自分の状況の最終的な破滅が間近いことを考え、その他の妻と妾と娘とともに、生前王の大きな支えとなって懸命に尽くしてくれたヒュプシクラテアをあとに遺さぬようにと、彼女を毒殺したのである。

ミトリダーテスのかかる忘恩の仕業はヒュプシクラテアのしかるべき栄誉を当然少しも減ずることはできなかった。彼女の死すべき肉体は毒による時ならぬ死によって奪われた。しかし、彼女の輝かしい名声は尊敬するに値する文物の証言により、われわれの間に永遠に生き続けて、彼女の死後の不朽の名声は奪い取られることはできないであろう。

LXXIX

あるローマの女性センプロニアについて

わたしは（上述したセンプロニアとは別人の）センプロニアは高名で知性的であるが、せいぜい邪悪を行う傾向のある女性であると頻繁に読んだことを覚えている。古代の人びとの証言によると、彼女はローマ人たちの間では血統と美貌で際立っていて、夫と子供たちにも十分に恵まれていた。わたしは彼らの名前を全く知らないので、彼らが一人の女性を称讃に値するものとし、あるいは彼女の名を光り輝かせたゆえに、われわれはこの論議で第一の場所を占める事ごとへ話を進めることにしよう。

センプロニアは大変に頭の回転が速く多才であったので、彼女は直ぐに理解し、他人の言葉や行動をみてどんなことでも遂には真似し順々に列挙して論じた。ラテン語だけでなくギリシア語も学び覚えたとき、彼女は女性らしい方法ではなく彼女の詩を読む人びとの憧憬を引くため、じつに炯眼をもって敢えて気の向くままに詩を書いた。これは実際に学問のある男性にとっても名誉ある称讃すべきことであった。その上、彼女の弁舌の才は大変魅力的であったので、慎み深さを説き、洒落を発して、笑いを誘い、また気紛れで恥知らずの行動を喚起することを意のままにできた。さらには、センプロニアはじつに魅力的に話したので、話題がどの方向へ向こうとも、彼女は聴衆の耳に機知と魅力に満ちた談話を提供したのである。彼女はまた優雅に歌い、同じくに踊ることを知っていた。これらの才能は、もし適切に利用すれば、恐らく女性の場合には最も称讃されるべき資質であろう。

しかし、最も悪しき行為に汚れたセンプロニアは歌や踊りをまったく異なる目的で利用した。というのは、彼女の大胆な本性に刺激されて、彼女はときには男性の場合にも大いに非難されるべき大胆な行為を行うに及んだ。そして、歌と踊りは疑いなく放縦の道具であり、彼女はこれらを奔放な気紛れのため利用した。燃え焦がれる性欲を満たすため、慎み深い奥方たちの名声をまったく顧みず、彼女は頻りに男性たちをあさり、同じく彼らの餌食にもなったのである。

われわれはある人びとのなかにじつに強くみて取れるこの種の悪の根源は一体何であったと思うだろうか？　わたし自身はその人の本性を断じて責めはしない！　われわれの傾向がいかに堅固であろうとも、最初はその傾向が大変柔軟であるので、僅かな努力で完全に望む方向へ天性のものを導けよう。しかし、一端それがなおざりにされれば、つねに悪化の一途を辿るであろう。

というのは、わたしは過剰な親の寛大さが若い少女たちの性質をときには歪めてしまうと思う。頻繁に起こるように、彼女たちはあまりに気軽に放縦へと心を向けるので、徐々に女性的な慎み深さが消え、自分が望むものは何でも正しいという愚かな意見に促され、直ちに無謀さが芽生えるのである。少女の誇りを一度汚して羞恥心が消えたあとに、われわれは堕落していく彼女たちをつれ戻すために努力しても無益である。これ以降は、女性たちは男性の欲情を急《いそ》いで求めるだけでなく、その欲情を挑発さえするのだ。

その上に、センプロニアは金銭にきわめて貪欲であった。それを手に入れるため、彼女は卑怯な方法で貪欲に金儲けし、あらゆる悪業に惜しみなく濫費したのだ。その結果、彼女は自分の貪欲と贅沢に歯止めがきかなかった。

金銭への欲望は女性の場合は破滅的な悪であり、汚染された心の最も明白な証拠である。こうして、贅沢は同じく忌むべきものである。その贅沢の嗜好が生来それに反する心に入ると——倹約が染みついた女性の心のように——、救済の希望は貧困に陥るしかないのである。彼女たちの名声と資産については万事休すとなる。というのは、このような女性たちは恥辱と悲惨のどん底に陥るまで止められないからである。

倹約は女性に特有のものである。夫たちが稼いできたものを家庭で忠実に貯えることが、彼女たちの務めである。金銭欲は非難されて、浪費は節度がないのと同じで、倹約は実際に称讃されるべきである。なぜなら、倹約は徐々に財産を殖やす優れた実践者であり、家督を守り、健全な精神の証しで、労働の慰め、そして輝かしい子孫のための揺るぎない基盤でもあるのだ。

次に、われわれは彼女のすべての犯罪を彼女の最後のものと思える一つの悪業のなかに要約してみよう。それはじつに反逆的な人間ルキウス・カティリナ(1)の破滅的な革命が熱狂的なときに起こった。ローマ共和国を永遠に破壊するため、彼は邪悪な陰謀と共謀者たちの人数を増大させ、着実に彼の力を高めていった。そのとき、この邪悪な女性は自暴自棄な人びとにさえも恐怖心を与えるものを望んだ。そして、彼女の欲望を満たすためよりも広い世界を愉しむため、彼女は進んで共謀者たちに加わったのだ。彼女の家の奥の間はつねに彼らの怒り狂う会談のため開かれていた。しかし、神は悪に立ちはだかり、キケロ(2)の熱意によって、共謀者たちの陰謀は暴かれた。わたしはセンプロニアが挫折し、他の人びとと一緒に滅んだのは、カテリィナがファエスラエ(3)に引き籠ったときだと思う。

これにより、われわれは彼女の知性を讃えることができるし、その知性ゆえに彼女を激賞することもできようが、それを悪用するのは非難されねばならない。というのは、彼女は多くの気紛れにより奥方の衣裳を傷つけ、遂には恥辱にまみれた悪名の高い女性に至ったのである。もし彼女が慎み深さを維持したなら、誉れ高い女性で終われたであろうに。

LXXX

キンブリー人の妻たちについて

ガイウス・マリウス(1)によって激戦で敗北したキンブリー族(2)の妻たちの数はじつに膨大であった。彼女たちはその美徳を守り通す聖なる貞潔と堅実な考えゆえに称讃されるべきである。否むしろ、とりわけ激賞されてしかるべきである。なぜなら、彼女たちの数が多いほど、彼女たちが受けるに値する名誉はより高いようにみえる。その理由とは――わたしは時折り少人数の女性が貞節を首尾よく守ったのを読んだことがあるけれども、多くの女性たちがその目的のため一丸となって団結したのを聞いたことはないし、きわめて稀であるからである。

ローマが繁栄していた時期に、チュートン人とキンブリー人とその他の北方の蛮族たちがローマに対し共謀した。先ず、彼らは一ケ所に集合し、彼らの妻や子供とあらゆる家財を大行列の荷車に積んで引いた。その結果、彼らは誰も敗走できる望みが断たれたのだ。そのとき、彼らは一撃で同時に全イタリアを攻撃するため、その軍隊を分隊して三つの別の道からその国へ入る決断をした。

彼らの急襲にローマ人たちは狼狽し、そのときに全共和国の希望が託されるようにみえた執政官ガイウス・マリウスが彼らを迎え撃つため遣わされた。先ず、彼はチュートン人の傲慢な指揮官たちと対面した。そして、彼らが陣地を構えると、彼は交戦を開始した。その会戦は長く、ときには勝機の運命が揺らいだが、遂には、多量の血を撒き散らし、チュートン人は敗走した。次に、マリウスはキンブリー人に立ち向かった。彼はチュートン人をアクウァエ・セクスティアエ[3]で大敗北させたように、カンピ・ラウディイ[4]での二度の戦闘でキンブリー人を敗走させ、累々と続く人びとの死骸を築いた。

キンブリー人の妻たちは他の手荷物と一緒に離れた場所に留まっていて、夫たちの敗走のあとに続かなかった。そして、彼女たちは先端を焼いた棍棒と石と剣でできるだけ長く彼女たちの自由と操《みさお》を守るという愚かで勇敢な目的のために、その数のじつに多い荷車で防御柵を建設したのである。しかし、戦線が整ってマリウスの軍隊が到着した。しかし、彼女らは暫くの間抵抗したが、彼女たちの努力は徒労であると気づいた。それゆえに、彼女たちは、もしできるなら、ローマの将軍と和平交渉に入ることを求めた。というのは、彼女たちは、万が一夫たちと先祖伝来の家とあらゆる資産を戦争で失っても、唯一可能な方法で、いずれにせよ彼女たちの自由と貞操を守ることを決心したのである。

こうして、彼女たちは満場一致で逃げ去る夫たちのため、平和でも、自分の祖国へ帰るのでも、また彼女たちの損失を金銭で弁済して貰うのでもなく、全員がローマへいって貞淑なウェスタの巫女[5]の仲間に入れてもらうことを求めた。これはじつに誉れ高い要求であり、誠実な心の証しであったが、彼女たちの嘆願は達成されなかった。すると、これらの女性たちは狂乱で燃え上がり、彼女たちの誓いを執拗に主張し勇猛な悪行を犯した。なぜなら、何よりも先に、彼女たちは小さな子供たちを地面に投げつけて殺した。これが彼女たちの子孫を恥ずべき奴隷の身分から救い出す唯一の道であったからである。そして、同じ夜に自らが建てた防柵のなかで、彼女たちの貞潔の恥辱と勝利者の凌辱を避けるため、彼女たちは輪縄《わなわ》と紐で首吊り自殺をしたのだ。こうして、ぶら下がる死体を除いて、貪欲な戦士たちにその他の戦利品は残されなかったのである。

彼女たちの保護者たちが総崩れしたら、髪を乱し両手を挙げ、哀願するように勝利者のもとへ会いにいく女性たちもいて、あたり一帯は嘆きと懇願で満たされたであろう。また、一層不名誉なことには、女性の美徳をすっかり忘れて、可能ならば追従と抱擁で自分たちの家財を確保し、祖国へ帰る許しをえようとするか、あるいは誰にでも家畜のように引かれていくままの女性たちもいたであろう。しかし、キンブリー人の女性たちは断固としてより良い運命のため勇敢さを保持し、彼女たちは民族の尊厳の栄光をどんな恥辱によっても汚すことを許さなかった。彼女たちは決死の縄で奴隷の身分と不名誉とを逃れたが、このことは彼女たちの民族が力によるのではなく、運命の悪戯《いたずら》によって征服されたことを示した。彼女たちは首吊りをしなければ生き延びられた数年の生命を投げ捨てて、自らの清廉さのため遥かに長い生命を手に入れようとしたのだ。彼女たちは後世の人びとに驚くべき一つの事実を残した。つまり、たった一夜にして、かくも大人数の女性たちが、契約によるのでも、公《おおやけ》の決議によるのでもなく、同じ精神に促されたように、同じ死に方を考えるに至ったのである。

LXXXI

独裁者ユリウス・カエサルの娘ユリアについて

ユリア[1]はその家系と婚姻により世界中で最も有名な女性となったが、彼女のじつに高潔な愛と不慮の死により、彼女は遥かに一層有名になった。

なぜなら、彼女はガイウス・ユリウス・カエサルと四度の執政官を務めたキンナ[2]の娘コルネリア[3]との間の一人娘であった。父方では、ユリウスは多くの諸王とその他の中間の父祖たちを遡ってトロイア軍の有名な指揮官アエネアースの末裔であり、母方では、かつてのローマ人王アンクス・マルキウス[4]の子孫であった。カエサルは戦闘と凱旋の栄光と恒久的な独裁政治ゆえじつに有名な人間であった。

その上、ユリアは当時ローマで最も傑出した男性の大ポンペイウス[5]と結婚した。彼は諸王に勝利し、彼らを退位させて新しい王を即位させ、諸民族を服従させて海賊どもを殺害してローマの民衆の拍手喝采を博して、世界中の王たちの庇護関係を手に入れたが、長年にわたって全天地を疲弊させた。ポンペイウスは未だ若い少女であったユリアより遥かに年長であったが、彼女はポンペイウスを熱愛した。その結果、この愛は彼女に時ならぬ死をもたらしたのである。

ある日、ポンペイウスが造営官の選出で供犠の式を行っていると、彼が摑《つか》んでいた犠牲獣が傷つけられると、あらゆる方向へ激しく突進して、ポンペイウスに多量の血を浴びせた。そのとき、彼は衣服を脱いで別の衣服と着替えるため家へ送り返した。すると、この特使は誰よりも早く妊娠中のユリアと偶然に出会った。彼女は夫の血にまみれた衣服をみると、理由も聞かずに、ポンペイウスが暴徒の手で刺殺されたと思った。そして、彼女は最愛の夫が亡くなって、さながら自分が生き延びるに耐えられないかのように、不吉な恐怖へ不意に陥り、彼女の両目が闇に包まれ、両手を握りしめて、彼女は大地に倒れ、直ちに息絶えたのである。それは彼女の夫やローマ市民だけでなく、その当時の全世界のじつに大きな悲嘆でもあった。

LXXXII

小カトー・ウティケンシスの娘ポルティアについて

ポルティア[1]はエジプトから灼熱のリビア砂漠を通って、ポンペイウスの残存兵たちをアフリカまで率い、カエサルの勝利に耐えられずにウティカ[2]で自殺したあのマルキウス・カトー[3]の娘であった。たしかに、彼女は卓越した女性として、父から勇敢さと忍耐力を受け継いだようにみえる。

しかし、わたしは彼女の勇敢さの証したる出来事は後回しにして、彼女の父親が生きているとき、彼女がデキウス・ブルートゥス[4]と結婚したことを述べておきたい。彼女は夫を申し分なく純粋に愛していたので、彼は妻の配慮のなかでは第一の最優先事項であった。また、危機にさらされたときでも、彼女は貞潔な胸のなかに高貴な愛の焔を隠すことができなかった。

これらの愛の証しは彼女の称讃を永遠なものへと導き、そして彼女の名声をさらに高める手立てを与えてくれる。

ポンペイウスの部下たちが至るところでカエサルによって制圧されると、今や内戦の壊滅的な混乱は収まった。そのとき、より理性的な元老院議員の一部は、王位を摑《つか》もうとするのが十分にみて取れた永遠の独裁者カエサルに対し謀反を企てた。彼らの仲間にはブルートゥス自身もいた。彼はポルティアの高潔さをよく知っていて、彼女に罪深い所業の秘密をうち明けた。その結果、カエサルが共謀者たちの仕業で生命を奪われた日の前夜に、ブルートゥスが寝室をでると、ポルティアはさながら彼女の余分な爪を切るように、理髪師の剃刀を手に取った。そして、彼女に事故が起こったかのように装って、彼女は故意に自分の身を切った。側にいた女中たちは血が流れでるのをみて、何か重大事を予感し大声で叫んだ。出発しようとしていたブルートゥスは寝室に呼び戻され、彼は理髪師の役目を奪ったといってポルティアを叱責した。しかし、ポルティアは女中たちが席を外すといった。「わたしは貴方が考えるように無謀なことを行ったのではなく、もし貴方の企てが望み通り成功しなければ、わたしが勇敢にも剣で自殺し、死に耐えられるかを確かめるためです。」

おお、尽きせぬ愛の力よ！　かかる妻を持つ男の何たる幸せよ！　しかし、次に何が起こったであろうか？

共謀者たちは彼らの犯罪へ突き進み、カエサルが殺害されると、遂に彼らは暗殺者となった。しかし、彼らは罪を免れはしなかった。すべてが彼らの予想に反する結果となった。

残りの元老院議員たちにより父殺しと断罪され、彼らはさまざまな方向へ逃亡した。しかし、ブルートゥスとカッシウス(5)は東方へ向かって、カエサルの後継者オクタウィアヌス(6)とアントニウス(7)に敵対し大軍を集めた。オクタウィアヌスとアントニウスは軍隊を率いて敵の大軍と対峙し、フィリッピ(8)で戦闘が勃発した。ブルートゥスとカッシウスの部隊は敗北して逃走し、ブルートゥス自身も殺害された。

ポルティアはこの報せを聞いて、彼女は今や夫が死んだからには、自分には幸せな未来は最早ないと思った。そして、彼女は直ちに以前の計画に立ち返り、理髪師の剃刀の傷を耐え抜いたと同じく勇敢に死と直面する決心をした。激しい死の衝動に呼応するほど直ちに自殺を図る道具が近くになかったので、彼女は身近で燃えている石炭を手に取って、それらを口に入れ飲み込んだ。それで、彼女の内臓は焼き焦がれ、生命の息は死へ至らざるをえなかった。

この異常な死は倒れて横たわるこの女性に夫婦の献身のさらなる名声を積み上げたに違いない。彼女の父の自らの手で加えた傷さえも彼女のしかるべき勇敢さへの称讃を奪い去ることはできないであろう。

LXXXIII

クウィントゥス・ルクレティウスの妻クリアについて

クリア[1]はローマの女性であり、もし彼女の名前に信頼を置くなら、彼女はクリオ一族[2]に由来し、もし彼女の功績を信じるなら、彼女は古代の人びとにとって驚くべき志操堅固と完全なる忠誠心のみごとな模範であった。

というのは、三人委員会[3]の命令で、罪人として公告された人びとの新たな一覧表がローマ市内に貼り出されて、政治的な混乱期の間、他の多くの名前と一緒にクリアの夫クウィントゥス・ルクレティウス[4]の名前もあった。その他の人びとは祖国の地を素早く逃げ去り、野獣の巣窟や寂しい山岳地帯やローマ人の敵など不安定な隠れ処《が》を辛うじて発見した。しかし、ルクレティウス一人だけは最愛の妻の忠告に従い、ローマの城壁のなかの、彼の家の壁のなかの、夫婦の寝室の人目に触れない奥間の、彼の妻の胸のなかで怯えながら隠れていた。彼は妻の絶大な巧妙さと、賢い熱意と、完璧なる忠誠心で守られていたので、唯一人それを知る女中を除き、親戚友人たちは誰一人もそれを考えることも、況や知ることもできなかった。

この女性クリアがこの悪行を巧妙に隠すため、幾度となく擦り切れた衣服を着て、薄汚れた容子で、陰鬱な顔をして、眼には涙を浮かべ、髪は無造作に、覆いものは乱れて、溜息で心を痛め、一種の狂気の呆然自失を装って人びとの前に現れたのを、われわれは信じることができる。また、さながら我を忘れ、クリアが市中を走り回り、神殿へ入っていき、街路を歩き回り、震えるつぶれた声で、神々に祈りと誓いを既に積み上げたとみえるかのように、友人たちや通行人に彼女の夫ルクレティウスをみたのか、彼は生きているのか、彼は誰と一緒に、どんな希望をもって、逃げたのかを問い質し、さらに自分は何よりも彼の逃亡と流刑と不便の同伴者とつけ加える彼女の姿を、われわれは思い浮かべることができる。彼女は彼女の夫の隠れ場を首尾よく隠蔽するため、不幸な人びとがよく行う慣わしの多くのことを行ったに相違ない。その上、いかなる甘言と、いかなる口車《くちぐるま》と、いかなる示唆で、クリアはその秘密を知る女中の精神を石のごとく堅固にしたのであろうか？　最後に、いかなる慰めによって、彼女の恐怖に震える夫に希望を抱かせ、彼の不安な胸を生き返らせ、その悲しみに沈む男性をいくばくかの喜びへと導いたのであろうか？

こうして、他の者たちは追放の同じ破滅に苦しみ、石ころだらけのでこぼこの山岳地帯、海の大波、天上の嵐、蛮族たちの裏切り、敵の激しい憎悪、切迫する追っ手に激しく危険に晒《さら》されているのに、ルクレティウス一人がじつに献身的な妻の膝の上で安全に守られている。このまことに神聖な行為により、クリアはしかるべき永遠《とわ》の名声をえたのである。

LXXXIV

クウィントゥス・ホルテンシウスの娘ホルテンシアについて

優れた雄弁家クウィントゥス・ホルテンシウス(1)の娘ホルテンシア(2)はしかるべき讃辞をもって褒めるべきである。彼女は父ホルテンシウスの雄弁を熱烈に歓迎したばかりでなく、彼女もまた適宜求められると、学識ある男性でさえ時として欠けている力強い雄弁術を備えていた。

三人委員会の時代に、共和国の困窮に迫られ、多くの女性たちが殆ど耐えられないほどの重税の重荷を背負う必要があるようにみえた。しかし、かくも不当な方策に対し敢えて弁護の責任を負う男性は誰もいなかった。ホルテンシア一人が勇敢にもその女性の問題を三人委員会へ敢えて提訴したのだ。彼女はじつに効率的に容赦ない弁舌で徹底的に弁護したので、聴衆が大いに驚いたことには、彼女は女性の「性《ジェンダー》」を変えて、父親のホルテンシウスが生き返ったようにみえた。ホルテンシアはかくも誉れ高い任務を不幸にも引き受けて実行したのではなかった。

というのは、その陳述のどんな部分においても、あるいは称讃に値する彼女の言い分の妥当性の証明においても、彼女は何一つ欠けることなく万全であった。こうして、三人委員会は彼女の望むすべてを許し与えたのである。実際、課された税金の大部分は取り消されるということが自由に譲歩されもした。また、三人委員会は人前での沈黙は女性の称讃すべき資質であると同様に、必要な場合には優雅で魅力的な饒舌は激賞されるべきであると考えていた。遂にすべてが終わると、僅かばかりの残りの税金は容易に女性たちから徴収され、ホルテンシアは大きな栄誉に浴した。

彼女の古代の血統の精神がこの女性のなかに吹き込まれているのをみてきたが、彼女にホルテンシアの名をえるのが当然という以外に、わたしは何をかいうべきだろうか?

LXXXV

トルスケッリオの妻スルピキアについて

レントゥルス・トルスケッリオ[1]の妻スルピキア[2]は前述したクリアと殆ど同じ寛大なる愛ゆえに自らに不滅の名声を手に入れた。というのは、レントゥルスは上述した騒乱で三人委員会によって罪人として布告された。彼は急遽シキリアへ逃亡し身の安全を図り、その地で追放の身と貧困のなかで滞在した。スルピキアが夫のこのような状況を知ると、彼女は夫と一緒に進んでこれらの苦労を耐える決心をした。彼女は喜ばしい名誉と輝かしい幸運を自分の夫と分かち合って、夫の苦労を、もし必要なら、一緒に耐えるのを遁れて拒否するのは、見苦しいと思ったのである。

しかし、スルピキアが夫のもとへ向かっていくのは容易ではなかった。実際、彼女の母ユリアは娘が夫のあとを追って追放の身にならぬように一所懸命に監視した。しかしながら、真の愛はいかなる監視をも弄ぶものである。したがって、スルピキアは潮時を捉え、奴隷の衣服を着て、彼女の母とその他の監視人たちを欺いた。こうして、彼女は二人の女奴隷と同じ数の若い奴隷に伴われて、この気高い女性は生まれ育った国と一族の守護神をあとに残して、たとえ法律が不幸な夫を捨て、再婚の祝宴を禁じなくとも、彼女は追放の身の夫のあとを追ったのである。この名高き女性は、逆巻く海やイタリアの山々を秘かに逃げて、夫の覚束ない足跡を追い求め、確実に夫と一体となるまで、見知らぬ地域を方々へ彼を尋ね歩くことを怖れなかった。スルピキアは数かぎりない生命の危険を冒して、幸運に見放された夫を追うことの方が、夫が追放で苦しむときに、祖国で安穏と愉楽の余裕があるよりも遥かに立派であると考えた。

たしかに、彼女は高貴な心の女性よりも思慮深い男性の香りを帯びた人と判断された。というのは、女性たちは必ずしも黄金や宝石で輝いているべきとはかぎらない。また、彼女たちは必ずしも装飾に没頭すべきとはかぎらない。そして、彼女たちは必ずしも夏には太陽、冬には雨を避けるべきとはかぎらない。さらには、彼女たちは必ずしも寝室を離れずにいるべきとはかぎらない。その上に、彼女たちは必ずしも骨惜しみすべきとはかぎらない。否むしろ、やむをえない場合には、彼女たちは夫とともに苦労をにない、追放を耐え忍び、困窮を堪え、敢然と危険を甘受すべきである。これらを拒否する女性は妻の何たるかを知らないのである。これは妻たちの目指すべき軍務であり、これは彼女たちの戦闘であり、これは彼女たちの勝利であり、勝利者の栄えある凱旋でもある。安穏と奢侈と細かな家事を、美徳と不撓不屈と慎み深い心で克服したこと、これらにより、女性たちは永遠の名声と栄誉を手に入れるのである。

したがって、幸福という蜃気楼を容赦なく追求する女性たちが赤面するのでなく、結婚による互いの報酬のため、船酔いを恐れ、軽い労苦に疲れ果て、異国をみては身震いし、牛の啼き声にも恐らく戦慄しながら、それでも姦夫を追い駆け逃避行を礼讃し、海をも気に入り、罪深くもどんな冒険にも果敢に立ち向かう女性たちこそ、より一層恥じ入り赤面するべきであろう。

LXXXVI

ある女流詩人コルニフィキアについて

わたしはコルニフィキア(1)がローマの女性か、あるいは異国の女性かをものの本で読んだ記憶がない。しかし、往昔《いにしえ》の証拠によれば、彼女はじつに記憶に値する女性であった。

オクタウィアヌス・カエサル(2)の治世の時代に、コルニフィキアは詩作の教養でじつに光り輝いていたので、彼女はイタリアの乳ではなく、カスタリア(3)の霊泉の聖なる水によって養育され、同じ時代の有名な詩人である彼女の兄コルニフィキウス(4)と同様に輝かしい栄光に浴していたようにみえる。彼女は言葉を駆使する煌めく才能だけでは満足しなかった。わたしは彼女が聖なる詩の女神から霊感をえて、ヘリコンの霊泉に値する歌謡《うた》を書くために、学識豊かな手を頻繁にペンに添えたと思う。女の仕事の糸巻棒を放棄して、彼女はいとも神聖なる司祭の聖ヒエロニムス(5)の時代に彼自身も証明するように、その当時なおも高く評価されていた多くの優れた短詩《エピグラム》を書いた。しかし、わたしはこれらの詩がのちの世に届いたか否かをはっきりとは知らない。

おお、女性が女性らしい優雅さを蔑ろにして、その才能を偉大な詩人たちの研究に捧げたことは何と素晴らしいことか！　怠慢で哀れにも自信の持てない女性たちは恥ずべきである。彼女たちは無為と新婚の床のためだけに生まれてきたかのように、彼女たちは自らを男性の抱擁と妊娠と子育てにだけ有益と勝手に納得している。しかし、もし女性たちが研究に専念したいなら、彼女たちは男性たちを有名にするあらゆることを彼らと共有することができよう。

コルニフィキアは天与の力を放棄せずに、彼女の才能と不眠の努力で女性・性を越えることができたのだ。そして、彼女は素晴らしい努力で永遠の名声を獲得できた。しかも、これは少数の男性たちにさえ滅多にない、優れたものであり、決してありふれた普通の名声ではなかった。

LXXXVII

ユダヤの王妃マリアンメについて

夫によるより彼女自身の血統ゆえに恵まれていたヘブライ人女性マリアンメ(1)は、ユダヤ王アリストブルス(2)とヒュルカヌス王(3)の娘で王妃アレクサンドラ(4)の間に生まれた娘であった。彼女はじつにたぐい稀なる美貌で有名であり、その当時彼女は他の女性たちよりその美しさで凌駕すると信じられていただけでなく、人間よりも神の似姿を持つと考えられていた。これを信じる人びとのなかには、三人委員会のマルクス・アントニウス(5)の証言もあった。

しかし、同じ両親から生まれてアリストブルス(6)という名の兄は彼女とその美貌も年齢も相似ていた。彼らの父アリストブルスが亡くなると、マリアンメの母アレクサンドラはマリアンメの夫ヘロデ王(7)から彼女の息子のため主席祭司の職務を執拗に手に入れたいと熱望した。すると、アレクサンドラは友人のゲッリウスに当時エジプトにいた三人委員会のアントニウスのもとへ腕利きの絵師が石板に描いた彼女の子供たちの肖像画を送るように説得されたといわれる。アントニウスはきわめて放縦な男性であったので、これはマリアンメとアリストブルスに対するアントニウスの欲望を駆り立て、結果としてアントニウスをアレクサンドラの願望に引き込むためでもあった。

アントニウスがその絵をみたとき、彼は先ず感嘆し長い間じっと立っていた。それから、彼は二人の美しさに関するかぎり、まさしく神の子であると公言したといわれる。その次に、彼は二人に匹敵する人をどこでもみたことがないし、況《いわん》やそれ以上美しい人はなおさらであると誓った。

しかし、ここではマリアンメ一人へ戻るべきとしよう。彼女は前代未聞の美貌で評判であったが、彼女は精神の偉大な強さで遥かにより一層際《きわ》立っていた。彼女は結婚適齢期に達すると、不吉にもアンティパトロス(8)の息子でユダヤ王ヘロデと結婚した。彼女のじつに不幸なことには、彼はそのたぐい稀なる美貌ゆえにマリアンメを溺愛したのである。

ヘロデは全世界で自分一人だけがかかる神のごとき美人の所有者であることを大いに誇りとした。それゆえに、彼は他の誰かがかかる至福感で自分に匹敵することをあまりにも心配し、マリアンメが自分のあとに生き残るのを怖れ始めた。したがって、彼はこれを避けようとした。

最初は、彼が自らの手で殺害したマリアンメの兄アリストブルスの死の理由を話すため、エジプトのアントニウスのもとへ呼び出されていったときである。次は、アントニウスが死んだあとに、ヘロデ王が皇帝オクタウィアヌスと戦うため友人のアントニウスに援軍を送った理由を、もし可能なら、弁解するために皇帝のもとへいかねばならなかったときである。彼は、もし自分がアントニウスか皇帝オクタウィアヌスによって、あるいは何か偶然に死ぬことがあったら、直ちに妻マリアンメを殺すようにと母キュプリンナと友人たちに委託していった。

おお、何たる笑止千万のことか、その他の点ではじつに賢《さか》しい王のこの狂気は――誰かによる不確かな運命に前もって心苛まれ、死後にさえも嫉妬するとは！

遂に、マリアンメはこれらの秘密の企てを知ることとなった。そして、彼女の兄アリストブルスの不当な殺害ゆえに、彼女は既にヘロデに忌まわしい憎悪心を抱き、ヘロデは彼女をその美貌だけで愛していたのだと思って、彼女は怒りを増幅させた。さらに、マリアンメはヘロデによって彼女の生命が二度まで不当に糾弾されたことに耐えられなかった。彼女はヘロデとの間にアレクサンドルスとアリストボルスという二人の注目すべき美貌の息子たちを生んだけれども、彼女は自分の感情を抑えることができなかった。その激怒に駆られて、遂に彼女は愛する夫との同衾を拒否するに至った。彼女はヘロデをこのように遠ざけている間、さながら彼女の昔の王家の血統のすべての天性が心に再び燃え上がったかのように、彼女はある種の誇らしい態度でヘロデの権勢を踏みにじろうとした。彼女は時々公然とヘロデは異国人でユダヤ人ではないとか、また彼は王家の末裔の人間ではないとか、さらに生まれが卑しいイドゥマエヤ人(9)であるとか、さらにまた彼は王家の配偶者に値しないし、情け容赦もなく、傲慢で、不誠実で、邪悪で、獰猛な獣《けだもの》である、と口にすることすら恐れなかった。

　ヘロデではこれらのことに耐え難かったが、彼はマリアンメへの愛にほだされて、彼女に敢えて残酷な振る舞いをしなかった。遂に状況は一層悪化した。ある人びとがいうには、マリアンメをひどく嫌ったヘロデの母キュプリンナと彼の妹サロメ(10)はヘロデの前でマリアンメを咎《とが》めるため一人の酌人を買収した。その酌人はマリアンメが自ら用意した媚薬をヘロデに差し出すように自分から説得しようとしたと主張した。しかし、他の人びとはマリアンメが彼女のじつに立派な肖像画を、上述したときにではなく、また彼女の母の仕業によるのでもなく、ヘロデに憎悪を抱いたあとに、アントニウスに彼女への情欲を喚起し、ヘロデに対する嫌悪を掻き立てるため、自ら率先しアントニウスへ送ったともいう。ヘロデはこれらの証拠のない主張を信じ、マリアンメの自分に対する敵意を確信した。こうして、ヘロデは絶望し、不安と狂暴に燃え上がって、彼の友人たちへ長々と激しい不平を漏らした。

こうして、彼の友人たちや彼の恩顧を手に入れたいマリアンメの母に説得され、ヘロデは王の権威の失墜を企てる者かのように、極刑と断罪して死を命令した。

実際、マリアンメは心のうちに高貴なる精神を呼び覚ました。その結果、死をも蔑ろにして、その表情に高貴な誉れを湛《たた》え、女性のように少しも動揺せず、彼女は咎める母を黙って聞いて、嘆き悲しむその他の人びとを冷静にみつめていた。そして、さながら歓喜の凱旋へ向かうかのように恐れも知らず、潑剌とした様子で、命乞いもせず、死に向かい、望み通りのように死刑執行人からその死を受け入れたのである。

かくも不動の平静さで、マリアンメは残酷な王の嫉妬を悲惨へ変えたのみならず、彼女はもしヘロデが彼女の涙や嘆願に心動かされたなら、彼がマリアンメに与えた数ヶ月の生命より、数世紀にわたる末永い名声を勝ちえたのである。

LXXXVIII

エジプトの女王クレオパトラについて

クレオパトラは世界中の風評の的であったエジプトの女性であった。プトレマエウス・ディオニュシウス(1)の娘として、あるいは他の人びとがいうように、ミネウス王(2)の娘として、彼女は間に介在する一連の多くの諸王たちの系譜をへて、ラグス(3)の息子でエジプト王のマケドニアのプトレマエウス王朝の末裔であった。しかし、彼女は悪業によって王国の支配権を継承したのだ。クレオパトラは先祖の栄光と彼女自らの美貌以外に殆ど名声の印《しるし》とてなかった。しかしこれに反して、彼女は貪欲と残忍と放縦により全世界の注目を曳いたのである。

なぜなら、彼女の支配の最初のときから始めると、ある人びとがいうには、ローマ市民の偉大なる友人ディオニュシウス、あるいはミネウスがユリウス・カエサルの最初の執政官時代に死の床に横たわるとき、彼は遺言書でその名がリュサニアス(4)と思われた彼の長兄が同じ彼の長姉クレオパトラと結婚するようにと言い遺した。こうして、彼らの父親が亡くなると、彼らは共同統治者となった。母親とその娘の結婚だけが禁じられたエジプト人たちの間ではごくみなれた不道徳な風習であったので、この姉弟《きょうだい》の結婚は挙行された。

ところで、クレオパトラは支配欲に心奪われ、彼女は自分の弟であり夫でもある十五歳のこの無垢な若者を毒殺して、彼女唯一人で支配権を手に入れたといわれる。

ここから、大ポンペイウスがアジアの殆ど全土を武力で占領し、エジプトへ向かって、生きている弟を死んだ兄の後継者として選んで彼をエジプトの王とした。これに激怒し、クレオパトラはポンペイウスに対し急遽武器を取った。こうした状況のなかで、ポンペイウスはテッサリアで撃破され、自ら王にした少年によってエジプトの海岸で殺害されたのである。ポンペイウスのあとに、カエサルがエジプトへきたときに、彼は王家の姉弟《きょうだい》が互いに争っているのをみた。

カエサルは彼らに自らの訴えをいうため出頭するように命令した。わたしは若いプトレマエウスに関して今は言及しないことにする。それとは反対に、生得的に邪悪で自分を過信する女性クレオパトラは王の栄誉の印《しるし》で飾ってやってきた。そして、もし世界の征服者カエサルに自分を欲望するよう誘い込むことができたら、彼女は王国を独り占めする良い機会だと思った。彼女はじつに美しく、彼女が望む人はその煌めく眼差しと弁舌の才によって殆ど誰であれ彼女の虜としたので、クレオパトラはこの好色な指揮官を殆ど苦労せずに彼女のベッドへつれ込んだ。そして、アレクサンドリアの反乱[5]の最中に、彼女は多くの夜をカエサルとともに懇ろに過ごし、殆ど誰もがいうように、彼女は一人の男の子を身籠った。彼女はあとでその子を父親の名に因んでカエサリオンを命名した。

遂にプトレマエウス少年がカエサルによって釈放されると、彼は部下たちに刺激されて彼の解放者であるカエサルへ戦闘を仕掛けた。そして、彼は軍隊を率いてカエサルの援助にやってくるペルガモン[6]のミトリダーテス[7]を迎え撃つため、デルタ[8]へと急いだ。

しかし、プトレマエウスは別の道でそこに到着していたカエサルによって敗北した。プトレマエウスは小舟で逃走しようとすると、それは多くの飛び乗る人びととの重さで沈没した。このように反乱が平定されて、アレクサンドリア人たちが降伏すると、カエサルはポンペイウスに味方したポントゥスの王パルナケス(9)との対戦へ向かおうとしていた。クレオパトラとともに過ごした夜な夜なと、彼女が一途に忠誠を貫いたことへの報酬かのように、カエサルはこれ以外に何も望まぬクレオパトラにエジプト王国を与えた。そして、彼はクレオパトラの妹アルシノエ(10)を一緒につれ去った。それは恐らくクレオパトラが指揮官となり、カエサルに対し何か新たな反乱を企てないためであった。

こうして、クレオパトラは二重の犯罪で王国を手に入れ、今や東方の諸王の娼婦さながら黄金と宝石を渇望し、己の快楽を貪《むさぼ》ったのである。彼女は自分の側近からこのような貴重品を巧妙に奪い取るだけでなく、神殿やエジプト人たちの聖なる奥殿からそこの容器と立像、またその他の宝物をすっかり掠め取ったと伝えられる。

そのあと、カエサルが殺害されて、ブルートゥスとカッシウスが敗北すると、クレオパトラはシリアへ進軍しているアントニウスに会いにいった。彼女はその美貌と淫らな視線でこの不潔な男の心をいとも簡単に捕えて、哀れにも彼を恋の虜とした。彼女の支配権のすべての懸念を取り除くため、彼女の弟を既に毒殺したクレオパトラはアントニウスに、エフェソス(11)のディアナ神殿で聖域逃避した妹のアルシノエを彼の手で殺害するよう説得した。この神殿は不幸な乙女が安全を求めて逃れてきた場所であった。これは彼女が新しい愛人から彼女の姦淫の代償の最初の報酬として受け取ったものである。

今やこの邪悪な女性はアントニウスの性格を知ると、恐れも知らずに彼にシリアとアラビアの王国を要求した。もちろん、これは彼にはあまりりにも過大で不相応な要求と思えた。しかし、愛する女性の欲望を満たすため、彼は両国の小さな一部の土地を与えて、さらにエジプトとエレウテルス川[12]の間のシリア沿岸にあるすべての都市を与えた。しかし、チュルス[13]とシドン[14]だけは自分のため残して置いた。

クレオパトラはこれらの領土を手に入れると、彼女はアントニウスの対アルメニア人、あるいはある人びとによれば、対パルティア人[15]軍事作戦に付随して、ユーフラテス河まで彼を追っていったといわれる。シリアを通ってエジプトへ帰ってくると、彼女はアンティパテルの息子[16]で、当時ユダヤの王であったヘロデに盛大に歓迎された。クレオパトラは臆面もなく女衒たちを通してヘロデに自分と同衾するように促した。もし彼が同意していたら、彼女は報酬としてヘロデが暫く前にアントニウスのお蔭で取り戻したユダヤ王国を奪い去ったであろう。

しかし、ヘロデはそれに気づいて、アントニウスへの崇敬の念から拒絶したのみならず、かくも罪深い女性の汚名からアントニウスを解放するため、もし友人たちが諫止しなければ、彼女を剣で斬殺していたであろう。クレオパトラの目的は挫折したが、彼女はバルサム樹[17]が生えるエリコ[18]からの歳入をヘロデに賃貸するため、かくも長居をしたかのように振る舞った。彼女自身このバルサム樹をそのあとエジプトのバビロニアへ移植し、今日に至るまで繁茂している。ヘロデから沢山の贈り物を受け取って、彼女はエジプトへと帰っていった。

アントニウスはパルティア人たちから逃れてエジプトへ帰ったとき、クレオパトラは呼び寄せられると、彼女は姿を現わした。アントニウスはアルメニア王で今は亡きティグラネスの息子[19]アルタヴァスデス[20]を、彼の子供たちと地方総督たちとともに欺瞞をもって捉えた。そして、彼はこの王の莫大な宝物を略奪し、今や彼を銀の鎖に繋いで引きずっていた。この貪欲な女性を自分の抱擁へ呼び寄せるため、この女々しい男性は近づいてくる彼女の腕のなかへ戦利品とあらゆる王の装具をまとった囚われの身の王を投げつけた。その贈り物に狂喜して、この貪欲きわまりない女性は言葉巧みに恋い焦がれる男性を激しく抱擁したので、オクタウィアヌス・カエサル(21)の妹のオクタウィア(22)と離婚して、クレオパトラにすべての愛を捧げて彼女を妻に娶ったのである。

わたしはアラビアの軟膏、シバ(23)(Sheba)の香料と、この大食漢の男性が豪華なご馳走で絶えず太らせる間に延々と続く大酒盛りのことは省略しよう。ある日、クレオパトラの宴会を一層盛り上げたいかのように、アントニウスは彼らの日々の夕食にどんな華麗さを加えるがよいかと尋ねた。すると、この気紛れな女性は、もし彼が望むなら、一度の夕食に一千万セステルティウス(24)も使い果たせますと答えた。アントニウスは不可能なこととは思ったが、彼は是非それをみて味わいたく思った。彼らはルキウス・プランクス(25)というローマの元老院議員を審判に呼んで、実験を試みた。

次の日、その食事はいつもの食料品の慣わしに優っていなかったので、アントニウスは彼女の約束を嘲笑した。すると、クレオパトラは召使たちに第二の料理を直ちに持ってくるよう命令した。予め指示された通りに、彼らはじつに強い一杯の酢だけを持ってきた。彼女は片方の耳から東方の女性のように身につけていた計り知れないほど高価な真珠を直ちに取り外し、それを酢のなかで溶かしてその溶液を飲み干した。そして、彼女が同様に高価な真珠をもう片方の耳から取り外し、同じことを行おうとしたときに、ルキウス・プランクスはアントニウスが敗者だと直ちに宣言した。こうして、第二の真珠は女王が勝者のお蔭で救われたのだ。この真珠はのちに二つに分割され、ローマのパンテオン[26]へ運ばれ、美の女神ウェヌスの耳の上に置かれた。こうして、そのあと長い間その真珠の片割れはクレオパトラの夕食の半分の証拠として観覧者たちにみられている。

その上、他の王国への飽くなきこの女性の渇望は日に日に高まっていった。その結果、彼女のすべての欲望を一つに包み込むため、彼女はアントニウスが酔って恐らくかの有名な夕食から立ち上がったとき、さながら贈る権力がアントニウスの掌中にあるかのように、彼にローマ帝国を要求した。アントニウスは自制心を失って、自分の力とローマの力を適切に考えられず、彼女にそれを与える誓約をしたのである。

慈悲深い神よ！　これを要求した女性の大胆さはそれを約束した男性の愚かさに劣らず大きい。おお、何と寛大なる人間か、アントニウスとは！　かくも長い期間にわたり、かくも多くの困難の末に、血を流し、かくも多くの高貴な人びと、かくも多くの人びとが滅び逝き、かくも多くの誉れある武勲により、かくも多くの戦争により辛うじてえた帝国を、それを要求するクレオパトラへ、唯一人の所有する小さな家のごとくに、相談もなく、さながら直ちに与えるごとく、アントニウスは許し与えたのだ。

しかし、何が起こったのか？　オクタウィアとの離婚によって、オクタウィアヌスとアントニウスの間に戦闘の火種《ひだね》が既に蒔《ま》かれたように思えた。それゆえに、両軍は兵力を集めて敵対が始まった。アントニウスはクレオパトラとともに彼らの黄金の艦隊を深紅色の帆で飾ってエピルス[27]へ進軍した。ここで、敵軍との陸上戦が始まると、彼らは敗北して退却した。すると、彼らの船に戻って、アントニウスの兵士たちは海戦での運命を知るため、アクティウム[28]北方の岬へ向った。オクタウィアヌスは娘婿のアグリッパ㉙と一緒に彼らと対戦して、彼の大艦隊で敵に驚異の果敢な襲撃を企てた。この激戦の結末は暫くの間宙に浮いて判別しなかった。遂に、アントニウス軍が敗れたようにみえたときに、傲慢なクレオパトラは真っ先に、他の自分の六十隻の船を引きつれて、彼女の黄金の船で逃走した。アントニウスは直ちに彼の旗艦から標識の旗を降ろし、彼女のあとを追った。そして、エジプトに帰るや否や、彼らは二人の子供たちを紅海へ送って、王国を守るため彼らの兵力を配備しようとしたが、それは無駄であった。

なぜなら、勝利者のオクタウィアヌスはアントニウスとクレオパトラを追跡し、彼らの兵力を多くの有利な戦いで潰滅したからである。彼らは和平条件を求めたが、時既に遅く拒絶された。ある人びとのいうには、アントニウスは絶望し王家の壮麗な墓に入り剣で自殺したといわれる。

アレクサンドリアが陥落すると、クレオパトラはかつてカエサルやアントニウスを彼女の強い欲望に誘き寄せたように、若いオクタウィアヌスを昔ながらの巧妙さで誘惑しようとしたが失敗した。彼女は凱旋行進のため確保されるとの報せを聞いて激怒し、救済策の希望も諦め、女王の記章で身を飾り、アントニウスのあとを追った。そして、クレオパトラは彼の傍に横たわった。こうして、彼女は両腕の静脈を開き、死ぬためにその傷口にエジプト・コブラ㉚を置いた。これらの蛇は睡眠中に死をもたらすといわれる。こうして、眠りに浸っている間に、この哀れな女性はその貪欲、放縦、それに生命に止めを刺した。オクタウィアヌスは、もし可能ならば、彼女を生かして置こうと努めて、既に毒の廻った傷の手当てをするため、プシリア族㉛を呼び入れた。

しかし、ある人はびとは彼女が若死にする前に別の種類の死に方をしたという。というのは、アンオトニウスがアクティムの戦いを準備しているとに、彼はクレオパトラの恩顧を失ったのを恐れて、そのため食事も飲み物も前もって味わって貰うことなくば摂取しない慣わしとなっていたといわれる。クレオパトラはこれを知って、彼女は自分の忠誠心の嫌疑を晴らすために、前日に彼らの王冠を飾る花々に毒を塗った。そして、その花々を彼女の頭上に置いて、彼女はアントニウスを冷かし始めた。陽気さが増すにつれ、彼女はアントニウスに花冠を飲むように誘った。その花々はコップのなかへ入れられて、アントニウスが今にもそれを飲もうとすると、クレオパトラは彼女の手で彼が飲むのを禁じていった。「最愛なるアントニウスよ、わたしこそ、奇妙な慣れない毒味によって、貴方が嫌疑をかける女性のあのクレオパトラですわ。それゆえに、もしわたしは貴方が飲むのに耐えられたなら、今丁度貴方を毒殺する機会も動機もあったでしょうに。」遂に、アントニウスはクレオパトラが欺瞞を露呈したのを知ったときに、彼は彼女を拘禁させ、クレオパトラがアントニウスに飲むのを禁じた同じカップを強制的に彼女に飲ませた。こうしてクレオパトラは息絶えたといわれる。

前の意見がより一般的であり、これに一言つけ加えれば、オクタウィアヌスは、アントニウスとクレオパトラによって始められた墓の建設の完成を命令し、彼らはその墓に一緒に埋葬されたといわれる。

LXXXIX

アントニウスの娘アントニアについて

小アントニア[1]は後世の人びとにじつに名高い寡婦の不滅の手本を残した。というのも、三人委員会のマルクス・アントニウスとオクタウィア（そう信じられていた）との間の娘であった彼女は「小」または「妹」と呼ばれていた。それは彼女には同じ名前の「大」または「姉」[2]がいたからである。

アントニアはティベリウス・ネロの兄でオクタウィアヌス・アウグストゥスの継子《ままこ》のドルスス[3]と結婚し、彼との間にゲルマニクス[4]とクラウディウス（後に皇帝アウグストゥスとなった）、それにリウィッラ[5]を生んだ。ドルススはゲルマニアで軍事行動の際に死んだ。しかし、ある人はびと彼の兄弟ティベリウスの工作で毒殺されたと考えていた。彼の死後には、アントニアはなおも花咲ける年ごろで美しさも際立っていたが、彼女は貞節な女性は一度だけ結婚をすべきと考え、誰も彼女に再婚することを説得できなかった。実際、彼女はその残りの生涯を姑《しゅうとめ》のリウィア[6]とともに夫の寝室の敷居のうちでじつに貞節に慎ましく送ったので、その立派な寡婦の生活ゆえに、彼女は往時のすべてのローマの奥方たちの称讃を遥かに凌いでいた。

たしかに、キンキンナトゥス[7]、ファブリキウス[8]、クリウス[9]、それにルクレティア[10]とスルピキア[11]の間にあって、年を重ねた女性でカトーの娘のように、放縦の汚れもなくありあまるほどの称讃で褒め称えられる生涯を送ったことは、じつに高潔で注目に値する威徳である。しかし、もしこれが事実なら、われわれはいかなる称讃をもってこのたぐい稀なる美貌を持つ、あのじつに淫らな男性マルクス・アントニウスの娘である若い女性を称えようか？　彼女は森や孤独のなかではなく、皇帝のごとき閑暇と奢侈のなかで、ユリウス・オクタウィアヌスの娘や情欲と放縦の炎に燃えさかるマルクス・アグリッパの娘ユリアの間で生きていた。また、彼女は自分の父マルクス・アントニウスと未来の皇帝ティベリウスの卑猥な行為をみて、かつては有徳の、今やあらゆる不道徳に耽る祖国で、何千もの強欲の例に囲まれ、なお且つ彼女は平然と堅い意志で清廉さを、短期間や将来の結婚を望むではなく、徳性に従って老いて死ぬまで守り通したのだ。

ああ！　アントニアに十分値するものは何も言葉としては残っていない。しかし、それを考慮するためのものは、恐らく何か残っているであろう。実際、それは書き手たちの能力を越えるのであるから、考慮すべきものと、考慮に値するものを、高尚な知性の持ち主たちへ残して置いたことは十分に褒め称えられるべきであろう。

XC　ゲルマニクスの妻大アグリッピナについて

アグリッピナ(1)はマルクス・アグリッパとオクタウィアヌス・カエサルの娘ユリアとの間に生まれた娘であった。しかし、アグリッピナの息子カリグラ(2)はかつて世界の統治者となったが、彼は母方の祖父アグリッパの田舎生まれの卑しい出自を嫌い、彼の母アグリッピナはそのアグリッパからではなく、実の娘ユリアを凌辱したオクタウィアヌスから生まれた娘だと主張した。カリグラは愚かにも卑しい生まれの父から嫡出の娘の子としてより、近親相姦で身籠った母の子として、自分はより高貴であると思われることを望んだのである。

しかし、誰の娘であろうとも、アグリッピナは同じ年ごろの素晴らしい青年ゲルマニクス(3)と結婚した。彼は国家にとってじつに有為な人材であり、ティベリウス・カエサル・アウグストゥスの養子でもあった。彼女はこれだけでも十分に有名であったが、彼女はまことに傲慢な指導者の不実を断固たる決意で抑えたのでひときわ光り輝いた。

彼女は夫ゲルマニクスの間に三人の男の子と、（その一人がのちの皇帝ガイウス・カリグラである）、さらに同じく三人の女の子を儲けた（そこに皇帝ネロの母アグリッピナが含まれる）。

ゲルマニクスの養父ティベリウスが――これは疑問の余地のない事実とされる――彼女の夫の毒殺を謀ったときに、アグリッピナは夫の喪失に殆ど耐えられなかった。彼女は女性の慣わしで幾度も胸を叩いて嘆き悲しみ、彼女のじつに優れた若い夫の死を存分に哭《な》いたのである。そうすることで、彼女はティベリウスの嫌悪を招いた。彼はアグリッピナの腕をつかんで泣くまで叱責し、彼女があまりに耐える力ないのは皇妃の見込みがないことであると非難した。それ以後に、ティベリウスは元老院で多くの告発をして彼女を苦しめ、罪のない彼女を拘禁するように命令した。

しかし、この誉れ高い女性は皇帝が自分に対し行うことはそれに値しないと思って、腹立てる支配者の嫌悪を避けるため、あるいは中止するため自殺を決意した。その他に十分適切な手段がなかったので、彼女は気高くも餓死する決意をし、直ちにあらゆる食物を断食し始めた。これがティベリウスに知らされると、この邪悪な男性はアグリッピナの断食の結末を知った。アグリッピナが彼の不当な行為をかくも確実で速やかに逃れられないように——食物を摂るように脅して鞭打っても効き目がなかったので——この皇帝は食物を彼女の咽喉へ強引に押し込まざるをえなかった。その結果、どうにかしてその食物は胃のなかへ入ると、彼女の意に反して栄養を与えることになる。

アグリッピナはこのような不当行為に怒れば怒るほど、彼女の決意は一層強くなった。こうして、不屈に耐えながら、彼女は邪悪な皇帝の傲慢さを死をも覚悟で克服した。彼女は皇帝がもし望めば、多くの人びとを容易に殺すことができるが、彼の支配権の全力をもってしても、死にたいと思う唯一人すら生き続けさせられないのを証明した。

彼女の死をもって、アグリッピナは同国人たちの間で偉大な栄光を手に入れたが、しかし、遥かに一層大きな不名誉をティベリウスには残した。

XCI

あるローマの女性パウリナについて

ローマの女性パウリナはその滑稽なまでの純真さで不滅の名声を博した。ティベリウス・カエサル・アウグストゥスの治世の間に、他の奥方たちに優って、彼女は顔の美しさと容姿の優雅さでひときわ目立っていると考えられていた。こうして、彼女が結婚すると、誰もが彼女を貞潔のみごとな典型とみなした。彼女の夫を除いて、彼女が特に熱心に心を配ったのは彼女が最高の尊敬をもって崇拝したエジプトのアヌビス神(1)だけであった。

たしかに、若い男性たちは至るところで美しい女性たちを愛する。彼女たちの道徳を気づかって守る女性たちはなおさらである。こうして、ムンドゥスという名前のローマの青年はパウリナの美貌に魅かれた。彼は、あるときは巧みな目配《めくば》せで、あるときは約束と贈り物で、またあるときは懇願とお世辞で、自分が熱望するものを手に入れられるかをみるため、彼女に熱心に求愛し始めた。しかし、すべてが徒労に終わった。このじつに貞節で夫だけに献身的なこの女性は、この恋する男性のすべての方策をみ向きもせず放って置いた。ムンドゥスは彼の努力を執拗に続けたが、彼女の志操堅固さで峠の険しい道が開いて、本道が奪われたのを知り、彼の才能もさすがに欺かれた。

パウリナは毎日イシス(2)の神殿を訪れ、絶えず犠牲《いけにえ》を捧げていつもアヌビス神を宥《なだ》めていた。若いムンドゥスはこれを知るや、彼女への愛ゆえに、彼は前代未聞の策略を考案した。アヌビス神の神官たちは彼の願望の達成に大変役立ってくれると思って、ムンドゥスは彼らのところへ近づき、じつに素晴らしい贈り物で彼の意向に彼らを引き入れた。つまり、彼の予めの指示に従って、老齢でより一層尊敬に値する神官の一人はいつものようにパウリナがきたときに、優しい声で彼女に次ぎのようにいう手筈となっていた。すなわち、アヌビス神が夜自分のところに現われ、彼女のアヌビス神への献身を大いに喜んでいると彼女に告げ、夜の静寂《しじま》の間に神殿でアヌビス神が彼女と話したいというように命令した。

パウリナはこの話を聞いたとき、彼女は自分の敬虔さゆえこんなことが起こったのだと思って、彼女は内心その神官の言葉を大いに誇らしく思った。さながらアヌビス神から彼女自身が自分の耳で聞いたかのように、彼女はそれを真実と信じて、それをすべて彼女の夫に話した。妻より一層愚かなこの夫は彼女が一夜を神殿で過ごすという要求に同意した。

それゆえに、神殿のなかにパウリナと神官たち以外誰も知らない神にふさわしベッドが敷かれた。そして、夜の帳《とばり》で大地が暗くなるころ、パウリナは神殿に入っていった。目撃者たちが立ち去り、彼女が祈りと犠牲《いけにえ》を終わったときに、パウリナはベッドへいってアヌビス神を待った。彼女が眠り込むと、ムンドゥスは神官たちになかへ引き入れられた。彼は手筈通りにアヌビス神の衣裳をまとってやってきた。この情欲を抑えられぬ青年は愛する女性に突進して接吻した。彼女が驚いて眠りから覚めると、彼は御機嫌ようといった。というのは、彼は彼女がじつに長い間崇拝してきたアヌビス神であるからである。彼女の祈りと献身のお蔭で、彼は天から降りてきて、二人で同じ神を生むため、彼女と同衾しにきたのだといった。

しかし、パウリナは先ず神々が人間と性交することができるのか、あるいはそれが慣わしであるのかを恋する神に尋ねた。ムンドゥスは直ちに可能であるといって、主神ユピテルが屋根瓦を通してダナエ(3)の膝に降りて同衾し、そのあとに天へ取り上げられたペルセウス(4)を生んだ例を上げた。これを聞くと、パウリナは喜んで彼の望みに同意した。こうして、ムンドゥスは裸でアヌビスの褥へ入って、念願の性交を享受したのである。しかし、夜が白々と明けそめるころに、彼はこの愚かな女性が男の子を身籠ったといって立ち去った。

その翌朝、神官たちは神殿からそのベッドを運びだして、パウリナは彼女の夫に事の次第を話した。この愚かな夫はその話を信じ、妻が神の子を生むのを拍手喝采して祝った。もしこの激情に燃える青年が不用意に策略をうち明けなかったら、この夫婦は両者とも出産の瞬間を待ち侘びたのは疑いの余地がなかった。彼女が抱擁と性交を貪欲に受け入れたことを確信し、ムンドゥスは、もし自分が彼女の淑徳をじつに巧妙に奪ったのを説明したならば、彼女はより柔順で貪欲に同様の幾夜を今後も求めるだろうと思った。こうして、彼はよりパウリナに近づき、ムンドゥスは低い声で「幸運なパウリナよ、アヌビスの神はより簡単な方法で繰り返し幾度も熱望した彼女の抱擁へと帰ることができよう。神殿へいくパウリナに神のわが子を身籠ったのだから」といった。

しかし、彼が話し終わったときに、実際に起こったことは彼の期待とは遥かに異なるもであった。なぜなら、パウリナは唖然として、彼の多くの行動や話を想い起すと、直ちにその欺瞞に気づいた。彼女は当惑し夫のもとへ帰って、ムンドゥスと神官たちの策略を彼女自身が理解する通りに彼女の夫に話したのだ。それから、その夫はティベリウス(5)へ不平を訴えると、その策略が実証されて、彼（ティベリウス）は神官たちを処刑して、ムンドゥスを流罪に処した。愚弄されたパウリナはローマの大衆の笑い種《ぐさ》となった。彼女はアヌビス神への献身と注意深く守った淑徳より、その純朴とムンドゥスの策略でより一層有名となったのである。

XCII

皇帝ネロの母小アグリッピナについて

皇帝ネロの母小アグリッピナはその血統、血縁関係、権力、息子と彼女自身の奇怪な性格と同様に有名な振る舞いで際立っていた。

というのも、彼女はじつに素晴らしく賞賛すべき性格の青年ゲルマニクス・カエサル(1)と上述した大アグリッピナとの娘であった。彼女はユリア・アグリッピナと呼ばれて、皇帝ガイウス・カリグラの妹でもあった。そして、彼女はアヘノバルブス家のじつに嫌悪を覚える厄介な男であるグナエウス・ドミティウス(2)と結婚し、二人の間に息子のネロを生んだ。この男の子は母の胎内から両足を先に(逆子で)生まれて、野獣として世界中に知られていた。

しかし、ネロが未だ子供のときに、ドミティウスは水腫で亡くなった。すると、彼の弟でじつに嫌な奴カリグラは大変に美しかったアグリッピナと恥ずべき密通を犯した。彼が皇帝になると、彼女の行動を非難するためか(彼女は権力を熱望してレピドゥス(3)と交わったので)、あるいは誰か彼女の敵に促されてか、彼は彼女の殆ど全財産を没収して、島へ流罪として追放した。遂にカリグラが彼の兵士たちに殺されると、クラウディウス(4)がそのあとを継ぎ、アグリッピナを島から呼び戻したのである。

しばくして、アグリッピナはウァレリア・メッサリナ(5)がさまざまな過失のため刺殺されたのを聞いた。すると直ちに、彼女は自分と息子(ネロ)のため、世界の支配権を所有する希望を抱き始めた。

そして、クラウディウスは彼女の父ゲルマニクスの弟であったが、彼女の輝かしい美貌と、解放奴隷パッラス[6]の援助で、アグリッピナは敵対するロッリア・パウリナ[7]とアエリア・パエティナ[8]（彼女たちはそれぞれ解放奴隷のカリクストゥスとナルキッススに贔屓《ひいき》にされていた）よりも寡夫《おとこやもめ》の皇帝に自分と結婚しようとするきわめて大きな欲望を誘った。しかし、彼女はクラウディウスの兄弟方《かた》の姪であったので、アグリッピナの完璧な栄誉も彼女の結婚願望の障害になるようにみえた。しかし、買収されたウィテッリウス[9]の演説によると、その結果はこうである。つまり、クラウディウスは元老院の請願により、彼自身の欲望に制約が加えられた。彼の要求に従って、父方の叔父は彼らの姪と結婚できるという裁定が元老院から発布された。

こうして、アグリッピナは彼の意向と元老院の懇願によりクラウディウスと結婚した。遂に、彼女は「威厳ある女」*'Augusta'* と呼ばれて、二輪馬車でカピトリウムの丘のユピテル神殿へ引かれていった。以前に、これは神官たちだけに与えられた名誉である。

そして、アグリッピナは自分の敵対者たちに残酷な処罰を与え始めた。遂に、アグリッピナはじつに抜け目ない女性であったので、彼女は好機をうまく捕えた。クラウディウスには男女両方の実の子供たちがいた。しかし、その当時執政官であったメムミウス・ポッリオ[10]の強い説得と、解放奴隷パッラスに強力に迫られて（この解放奴隷はアグリッパとの密通により、彼女の強力な支持者であった）、アグリッピナはクラウディアヌスに彼の継子ネロを養子にするように説得した。こういうことがクラウディウス家で今まで行われたことを覚えている人は誰一人いない。その上に、アグリッピナは前妻（故）メッサリナ[11]との間の娘で、ルキウス・シラヌス[12]という青年貴族と既に婚約していたオクタウィアにネロと結婚の約束をするよう促した。

これらの恩恵が手に入ると、アグリッピナは野獣が罠へ落ちたと思った。彼女は今やクラウディウスに対し致命的な計画を考案した。彼女はクラウディウスの絶え間ない大食をひどく嫌悪しただけでなく、解放奴隷のナルキッススが多くの弁護をするクラウディウスの息子ブリタンニクス(13)が父親の死の前に成熟した年齢となって、さながら約束された自分の将来が邪魔されると思い、彼女は同様にそれをひどく恐れていた。こうして、クラウディウスの致命的な罪業により、死が思案されたのである。

実際に、クラウディウスはキノコが大好物であって、キノコは種《たね》なしで自発的に発生するので、そのキノコを神々の食物であるといっていた。アグリッピナはこれを知ると、彼女は調理したキノコに注意深く毒を振りかけ、彼女自身がこの料理を酒に酔ったクラウディウスの前に置いたといわれる。しかし、他の人びとがいうには、アグリッピナに買収されたクラウディウスの毒味役で宦官ハロトゥスが神官たちと神殿で宴を張っていたクラウディウスに、その毒の入ったキノコを持っていったとされる。しかし、嘔吐して胃が緩《ゆる》み下痢をすると、クラウディウスは恢復するかにみえた。しかし、皇帝の侍医クセノフォンの手を借りて、絶えず嘔吐を引き伸ばすため、羽に毒をぬって、皇帝を羽で幾度も差しだした。こうして、彼の妻は彼女の欲望を達成したのである。

遂に、クラウディウスは自分の部屋へつれ戻されて亡くなったが、アグリッピナを除き誰もそれを知らなかった。彼の死がアグリッピナによって公表されたのは、彼女の友人たちのお蔭で、思春期に達するネロが皇帝に祭り上げられたあとである。嫡子ブリタンニクスは若過ぎるとかの理由で看過された。ネロはこのことに大変に感謝したので、彼女の功績の報酬として、彼は直ちに母へ公私にわたるあらゆる場合に名誉ある地位を与えた。実際、彼は自分には皇帝の称号を、母親は権力を手に入れたようにみえた。

こうして、アグリッピナはローマの支配権の頂点から全世界へ光り輝いた。しかし、かくも偉大なる輝きも醜い汚点で揺らいだ。なぜなら、彼女は狂乱し多くの人びとを長い間殺害し流刑に処したからである。その上、彼女は息子ネロに母親への自然なしかるべき愛を越えて、不義の愛で母を愛するのを許したのである。彼は愛人たちの間に彼の母親によく似た娼婦たちを取り入れた。そして、彼とアグリッピナが輿《こし》で運ばれたときには、彼らの衣裳の汚れは彼らの肉体関係をつねに証明した。他の人びとの伝えるところによると、彼女はさまざまな理由でネロを激しく叱責したときに、失ったかにみえた権力を取り戻したいために、彼女自身が息子をかかる近親相姦の罪悪へ誘ったといわれる。その人びとはその証拠として、ネロはそれ以降彼女との親交と二人だけの会話を頻繁に避けるようになったと主張する。

しかし、父方の叔父を誘惑して自分の夫とし、毒キノコでその命を奪い、無能な若者を奸策と暴力で皇帝に祭り上げたこの女性は、しかしながら忌まわしくしかるべき死へ追いやられた。というのは、彼女は多くの点で彼女の息子に厳しかったので、彼は当然この母を憎み、彼女からあらゆる名誉と皇帝の尊厳を奪い取ったのだ。彼女は激怒し、女性の狂乱に駆られて、息子のため手に入れた帝国を自分のために略奪すると威嚇したのだ。ネロは彼女の脅し文句に狼狽《ろうばい》した。ネロは彼女がきわめて洞察力が鋭く、彼女の父ゲルマニクスの想い出のため、彼女は友人たちから多くの援助のあるのを知っていたので、ネロは三度彼女を毒殺しようと企てた。しかし、この女性は解毒剤でその災禍を巧妙にも免れたのである。

遂に、アグリッピナは彼女を殺すためネロが仕掛けたその他すべての罠を免れると、ネロはより一層綿密な策謀を企てるべきと判断した。そして、彼はミセヌム岬(14)近海の艦隊の指揮官で、かつて彼の少年期の養育者であった解放奴隷のアニケトゥスに忠告を求めた。アニケトゥスはネロに崩れる脆い船をいかに組み立て直すかを指摘した。つまり、一旦彼女がその船に乗れば、策略を知らないアグリッピナは危険に晒《さら》されうるのである。

この考えはネロを喜ばせたので、さながら過去の嫌悪を悔いるかのように、息子としての愛情を装って、アンティウム(15)から帰る彼女を両腕に抱きしめ、彼女の住居まで同行した。それから、夕食へいくため、クレペレイウス・ガッルス(16)と解放女奴隷のアケッロニアを同伴して、アグリッピナは彼女自身の破滅のために準備された船に乗った。彼らが夜の暗闇を縫って航行していると、共犯者たちが合図をするや否や、じつに重い鉛《なまり》の船の屋根が落下して、クレペレイウスを不意に襲った。海が凪いでいたので、水夫たちはそのあとに船を転覆させようとした。アケッロニアは大声で助けを求めたが、櫂と竿で殺された。アグリッピナは肩を負傷し、遂に海のなかへ投げ込まれた。彼女は海岸に住む人びとに助けられて、ルクリヌス湖畔(17)の彼女の別荘へつれていかれた。

それから、彼女の命令で、解放奴隷のアゲリヌスはアグリッピナが救われたことをネロに伝えた。解放奴隷がさながら皇帝の生命の安全を試しにきたかのように、ネロはその男を逮捕するよう命令した。そして、アニケトゥス、四分領太守(18)(属州の小王、小君主)のヘルクリウス、それと海兵隊の百人隊長オバリウスが彼女を殺害するため派遣された。アニケトゥスが彼女の別荘を包囲すると、アグリッピナに唯一人の仲間である小さな女中は逃げ去った。ネロの手先どもがなかへ入る。先ず。ヘルクレイウスが彼女の頭を棍棒で激しく叩いた。次に、彼女は百人隊長が彼女を殺すため剣を抜くのをみたときに、彼女は腹を差しだし、ネロを生んだこの子宮を突き刺すがよいと大声で叫んだ。

しかしながら、別の伝えによると、彼女の死後に、ネロはその死体をみつめて、そのいくつかの部位を呪い、その他の部位を褒め称えたという。その直後にアグリッピナは埋葬されたとされる。

XCIII

女解放奴隷エピカリスについて

エピカリス[1]はローマ人というよりも外国人の女性と信じられていた。彼女は血統の輝きで有名であったのではないばかりか、彼女は解放奴隷の父から生まれた女解放奴隷であった。そして、さらに不名誉なことは、彼女は立派な学芸の素養もなかった。それにもかかわらず、彼女の死の間際に、彼女は雄々しい堅忍さと高貴な精神を発揮したのである。

実際、ローマ市民やイタリア人民たちの間に、ローマ皇帝ネロの傲慢と放縦は絶えず増大し、それはルキウス・ピソ[2]の指揮下で、数人の元老院議員たちとその他の市民たちがネロ皇帝に対する共謀を始めるまでに至っていた。彼らがさまざまな会合で彼らの手配に結論を導こうとしたとき、どういう理由《わけ》か知らないが、その陰謀と共謀者たちの名前が今述べたエピカリスが知るところとなった。

しかし、彼女の判断によると、そのような仕事では時間があまりに長引くといって、彼女はうんざりしたようにカンパニア[3]へ立ち去った。そして、時間が空しく過ぎなくするため、彼女が偶然にポッズオリ[4]に滞在している間に、彼女はローマ艦隊の指揮官で、かつてアグリッピナの殺害者であった千人隊長のウォルシウス・プロクルス[5]に出会った。彼女は、もし彼を味方に引き入れることができるなら、彼らの共謀に大きな利益をもたらすであろうと考えた。したがって、エピカリスはネロの恥ずべき行為、傲慢、愚行、弱点、尊大さ、そして最後にアグリッピナを殺害してネロに大変に尽力しながらも、何の昇進も受けなかったウォルシウス自身へネロの忘恩につき延々と詳述した。そのとき、彼女は共謀をうち明けて、全力で彼を共謀者たちの仲間に加えようと努めたのである。

しかし、エピカリスの考えとはまったく異なる結果となった。ウォルシウスは皇帝へ恭順すれば彼の恩顧をえられるか否かを知りたいと思っていた。したがって、彼は皇帝に謁見の機会を与えられるや否や、彼はエピカリスがいったあらゆることを報告した。しかし、彼は考えていたものを成就しなかった。なぜなら、ウォルシウスが決め兼ねていた間に、彼女は賢くも共謀者たちの名前を彼に手渡さなかったのである。そして、彼女は呼びだされたのだ。しかし、彼女への尋問者の質問のどれ一つにも彼女に答えさせるのは不可能であった。

遂に、彼女が拘禁されている間、この陰謀は共謀者たち自身によって偶然に漏らされ、エピカリスは再び尋問に召喚された。さながら刑罰には男性より耐え難いので、彼らが望むことを彼女からより簡単に強奪できるかのごとく、女性に敗北したかにみえるのを避けるため、拷問者たちは自発的に彼女に長い間厳しい拷問を加えた。しかし、彼女はじつに堅固な胸のうちの秘密の閂《かんぬき》を外《はず》さなかった。遂に、彼女は翌日まで残された。エピカリスは今や歩くこともできず、もし彼らが三度目も彼女を呼び寄せたなら、持ち堪えられないだろうと恐れた。そして、彼女は胸帯を自分が運ばれてきた椅子の弓状の丸天井に結わいつけて、輪縄を作って彼女の咽喉のまわりに置いた。そして、共謀者たちの邪魔にならぬように、彼女は身体の全体重を掛けて、自らの身に激烈な死を課した。こうして、彼女は「女性は知らないことだけにつき、沈黙を守るものだ」という古来の諺が、嘘であるのが証明されたのである。こうして、彼女はネロを何の収穫もなく震撼させたのである。

たしかに、これは女性にはじつに偉大なことにみえるが、もし同じ共謀に係わった誉れ高い男性たちの移り気を考慮すれば、遥かに一層注目に値することである。エピカリス以外の他の方面から身元が知れた男性の共謀者たちで、エピカリスが他の人びとのため耐え抜いたことを、自分自身のためにすらも、誰一人として若者の強い精神力で耐え抜いた者はいなかった。彼らはその拷問の名称すら聞くに堪えられず、彼らの尋問者たちに共謀について知ることを直ちに話したのだ。こうして、彼らは誰一人自分と友人たちを斟酌しなかったのである。しかるに、この名にし負う女性エピカリスは自分以外にすべての人びとを思いやったのである。

わたし（作者）は〈自然の女神〉が人間の魂と肉体を結び合わせるとき、すなわち、〈彼女〉が男性に与えようと思った魂を女性に与えるとき、〈自然の女神〉は時おり間違いを犯すように思われる。しかし、主なる神自身がこういうものを与えるお方であるから、神が自らの仕事で居眠りをすると考えるのは瀆聖《とくせい》である。それゆえに、われわれは皆完全なる魂を受けるよう考えるべきである。われわれの行動が魂をかくのごとくに保持するのを証明するのであるから。

わたしは男性たちが、気紛れな女性は勿論のこと、揺るぎない志操の堅固さで、いかなる困難をも耐え抜いた女性に敗北するのは赤面し恥じるべきと思う。というのは、もしわれわれ「男の性」が非常に強力であるならば、われわれは勇敢さでもより強くあるのが適切ではなかろうか？　もしそうでなければ、われわれは共謀者たちと同じく、女々しく、当然にも健全な道徳から道を踏み外したようにみえるのである。

XCIV

セネカの妻ポンペイアについて

ポンペイア・パウリナ(1)はネロの家庭教師のルキウス・アンナエウス・セネカ(2)の立派な妻であった。しかし、わたしは彼女がローマ人かあるいは外国生まれの女性か書物で読んだ記憶がない。しかしながら、わたしは彼女の精神の高貴さを考えると、外国の人というよりもローマ人であると信じたい。われわれは彼女の正確な血統を知らなくとも、卓越した著者たちの証言によって、彼女が夫に抱いたまことに献身的な夫婦愛のきわめて明瞭な例にこと欠くことはない。

実際、その当時の最も誉れ高い多くの人びとはセネカ自身の罪よりも、むしろネロの残虐行為によって、この年老いたじつに著名な人物セネカがピソ陰謀事件(3)で汚名の烙印を押されたと信じていた——もしある人が暴君へ反対行動を採ることが有罪となるならば——。そういう口実で、ネロ自身は、彼の根っから執拗な、または彼の生得的な反道徳性のために、セネカに荒れ狂う道を発見したのだ。しかし、ある人びとはポッパエア(4)とティゲッリヌス(5)の差し金によって、皇帝ネロは一つの厳しい決定に至ったという。すなわち、セネカは百人隊長によって自分の死に方を選ぶよう通告されるべきであると。

パウリナは夫が自殺を図ろうとするのをみたとき、彼女は生き永らえるのを激励しようとする夫の慰めの抱擁を無視した。まことに純粋な愛に駆られて、彼女は勇敢にも夫と一緒に、しかも同じ死に方で死のうと決心したのである。こうして、誉れ高い人生において結び合った二人の絆は同じ一つの死によって解体したのである。

そして恐れも知らず、彼女の夫と同時に、パウリナは熱い湯のなかへ入って、意識を注ぎ出すため、彼女の静脈を開いた。しかし、皇帝ネロは彼女に特別な憎しみを持っておらず、わずかでも彼の生来の残酷さの汚名を軽減したいと思った。したがって、ネロの命令によって、彼女は抵抗したが彼女の奴隷たちによって死から救われた。しかし、彼女の流血は素早く止めざるをえなかった。しかし、それも叶《かな》わず、この優れた女性は絶えざる顔面の蒼白によって、夫とともに彼女の生命の息吹が大部分失われたのを証明した。遂に、彼女は数年生き永らえ、称讃すべき寡婦《やもめ》暮らしを送って、彼女の夫の想い出を守り通した。彼女は兎に角セネカの妻の名で生涯を閉じたのである。彼女はそれ以外に死ねなかったからである。

愛の甘美さ、献身の明瞭な証し、それと結婚の尊ぶべき祭儀を除いて、一体何があの立派な女性に大部分の女性たちがするように、恥ずべき再婚に身を委ね、自分の生命を救うことより、もし可能なら、年老いた夫と一緒に名誉ある死を選ぶよう説き伏せることができたのであろうか？

というのも、今日、既婚女性の貞節の最大の恥辱として、女性たちは二度や三度とはいわずに——これはおよそすべての女性たちに共通することであるが——もし機会があれば、六度、七度、そして八度までも結婚することである。こうして、彼女たちは結婚し新しい夫の寝室へ、さながら娼婦からその習慣を盗んだかのように、婚礼の松明《たいまつ》を運び込むのである。一夜を過ごす間に頻繁に新しい性交相手を取り換えるのが娼婦の慣わしである。そして、彼女たちは熱烈な名誉の誓いをするがごとき表情で、頻繁に繰り返される結婚の誓いへ突き進むのである。

たしかに、このような女性たちは売春宿の小部屋から、あるいは早死にした夫の寝室から出ていくべきといえるかは定かでない。同様に、夫の寝室に入る妻が恥ずべきか、部屋に入れる夫が愚かなのか、それを疑う人びとがいるかも知れない。

ああ、われわれは何と哀れなことか！　われわれの道徳はいずこの深淵へと堕ちていったことか！その精神が高潔へ傾いていた往古《いにしえ》の人びとは二度の結婚をすることは恥ずべきと考えるのが慣わしであり、況《いわん》や七度目の結婚においてをやである。彼らはかかる女性たちが貞潔な奥方たちと交わるのも適切でないと考えた。今日の女性たちはそれとはまったく異なる。なぜなら、彼女たちは自分の淫らな情欲を隠し、自分たちを一層美しく可愛い女性と思っている。というのも、多くの婚約により、鰥夫《やもめ》暮らしの不運を克服し、さまざな夫たちをその度ごとに喜ばしてきたからというのである。

XCV

ネロの妻サビナ・ポッパエアについて

名高いローマの女性サビナ・ポッパエア(1)は特段に高貴な身分ではない男性ティトゥス・オッリウス(2)の娘であった。彼女は自分の名前を父からではなく、彼女の有名な母方の祖父で、執政官の際立った要職にあり、戦勝凱旋の栄誉に浴したポッパエウス・サビヌスに因んだ。もし彼女が高貴な性格の人であったら、彼女はその他の女性としての資質に欠けることもなかったであろう。

というのは、ポッパエアは稀にみる美しい女性で、若いころに他のローマの女性たちをその美貌で凌いだ彼女の母に大変よく似ていた。その上、彼女の話し声は魅力的で称讃すべき甘美さで朗々と響きわたり、もし立派な目的のために使われたなら、彼女の知性は誉れ高く多才なものであったであろう。人前では絶えず慎み深くみせるが、蔭では女性の共通の罪である気紛れと放縦に耽るのが彼女の性癖であった。ポッパエアは滅多に人前へ出なかったが、彼女は術策に欠けていたのではなかった。なぜなら、この抜け目ない女性は大多数の人びとが、特に高位の人びとが喜んで自分の顔をみるのを知っているので、彼女はいつも顔の一部をベールで覆って外出した。彼女は熱望されるのを自らも望むのを隠すため、このようにわが身を覆うのではなく、むしろあまりに自由にわが身を晒《さら》すことでみる人びとの目を十分に満足させないためである。つまり、彼女はベールで隠したところを彼らがみたいと思う欲望をあとに残したのである。

わたしは彼女の性癖を洗いざらい述べないで、これだけはいっておこう。すなわち、ポッパエアは彼女の名声には決して労を惜しまなかったので、夫や愛人の間に何らの区別もせずに、彼女の情欲は利益がより入手しやすい方へ向けられたのである。これらの悪名高い恥辱で知られていたが、この女性は十分に幸運にも恵まれていた。というのは、ポッパエアは彼女の血統の輝きを維持するに十分な財力を持っていたので、先ずローマの騎士ルフス・クリスプス(3)と結婚した。そして、ルフスとの間に今や男の子を生むと、彼女は屈強な節度のない若者で、ネロの友であるため権力も持つオトー(4)に誘惑された。彼女はオトーと姦通を犯したが、そのあと間もなくして彼の妻となった。

多分、彼は愛の焰《ほむら》で警戒心が薄れていたのか、あるいは彼は今やこの奔放な女性の振る舞いに耐えられなくなり、そのためポッパエアをネロの強い欲望の的《まと》とするように努めたのか、あるいはポッパエアの運命がそれを強く意図したのか、――いずれにせよ、ネロ皇帝の宴会から立ち上がると、オトーはいつも彼自身が神々によってあらゆる気品と優雅な物腰、それに神々しい完璧な美貌を与えられ、そこにはすべての死ぬべき人間の願望と祝福された人びとの歓びと楽しみが存在する女性のもとへと帰ろうとしていると、人びとがいうのをふと耳にした。ネロの情欲はこれらの言葉にいとも容易に駆り立てられた。一刻の猶予もなく、仲介者たちによって近づく方法が発見され、ポッパエアは自ら望み乞い求めて皇帝の抱擁のなかへ陥ったのである。

間もなくして、ネロはこの女性の巧妙な手練手管の虜となって、彼はオトーがいつも繰り返しいっていたことはじつに真実であると思った。じつに鋭敏なこの女性がこれを知ると、彼女は自分の願望を覆い隠した。そして頃合いを見計らい、空涙を浮かべ、彼女は自分の愛を望み通り完璧に捧げることができないとよくいった。というのは、彼女は結婚の法によりオトーには妻としての義理があり、皇帝も愛人の女奴隷アクテ[5]への偏愛の虜であるのを知ったからというのである。

ポッパエアのこれらの策謀の結果、オトーは栄転の口実の下に、ローマの属州ルシタニア[6]の長官として派遣され、女奴隷のアクテは完全に排除された。それから続いて、ポッパエアは皇帝の母アグリッピナを攻撃し始めた。アグリッピナはネロが自由を喜ばないし、況や権力をやとか、彼は後見人の保護下にある少年とか、女代理人の判断に左右される子供と時折り公言していたのである。しかし、殆どすべての人びとがアグリッピナの傲慢さを嫌っていたので、誰もこれらの非難に反論しなかった。こうして、ネロの命令で、哀れにも彼の母は無残な死を遂げたのである。そして、法務官で属州の長官ティゲッリヌスの援助を受けて、多くの敵たちが徐々に排除されていった。

遂に、ポッパエアは皇帝が彼女を熱烈に愛していて、彼女の懇願へのあらゆる障害が取り除かれたのを知ったとき、彼女はネロと結婚のための捕獲の網を広げ始めた。そして、彼女は既にメンミウス・レグルス[7]とウィギニウス・ルフス[8]が執政官の時代に、皇帝ネロのために一人娘を生んでいたが、ネロはその娘を大変に喜んで歓迎し、彼女をアウグスタ・ポッパエアと命名した。今やポッパエアは大胆にも、直ちに結婚もせず二夜続けて誰にも身を許さなかったとか、あるいは自分は堕落した女性になりたくないとか、さらに多産の母胎（子沢山の体質）と容姿の美しさゆえ、皇帝と結婚するに値するなどと主張した。こうして、彼女はネロに結婚の欲望を煽り立てると、今は亡きクラウディウ皇帝の娘の妻オクタウィアは罪もなく真っ先にパンダテリア島[9]へ追放された。それから遂に、彼女が二十歳のときに、ポッパエアに唆されたネロの命令でオクタウィアは処刑されて、ポッパエアは皇帝ネロと結婚したのである。

ポッパエアは深慮の術策により、求めて手に入れた頂点をそう長く楽しむことはなかった。なぜなら、彼女が二度目に妊娠したとき、ネロは突然に激怒し踝《くるぶし》でけると、彼女は亡くなったのである。ネロは彼女の死体をローマ式に火葬することを禁じ、異国の諸王の儀式に従い、豪華絢爛たる葬列をもって公然と運んで、死体を防腐して保存し、ユリウス家一族の墓に埋葬するよう命令した。そして、彼は演壇の前で、長く入念な演説で彼女の際立った美貌を称賛した。そして、最も光り輝く美徳ではなく、彼女が注目を浴びた〈幸運の女神〉または〈自然の女神〉の少なからざる贈り物の所為《せい》に帰したのである。

ポッパエアのさまざまな運命のなかで、わたしは女性たちの過度の好色、お世辞、厚顔無恥、それに涙について話すことができたであろう――これらは信じやすい心の持ち主たちにはじつに確実で致命的な毒液である。しかし、わたしは歴史《ヒストリア》（物語）よりも諷刺を書いたと思われないように、これらを省略する決心をしたのである。

XCVI

ルキウス・ウィテッリウスの妻とトリアリアについて

トリアリア[1]はローマ皇帝アウルス・ウィテッリウス[2]の弟ルキウス・ウィテッリウス[3]の妻であるが、それ以外に彼女は血統の華麗さゆえに際立っていたわけでない。夫への熱烈な愛のためにか、あるいはその心に残酷さが生来具わっていたためか、その狂暴さがあまりに過激なので、彼女は女性には悖《もと》る性格ゆえに、言及するに十分値すると思う。

さて、皇帝ウィテッリウスとウェスパシアヌス[4]は帝国に関して仲違いし、その結果、あるユリアヌスという男性に率いられた多くの拳闘士たちがタッラキナ[5]のウォルスキ族[6]の街に入ったとき、隊長アポッリナリス[7]の指揮の下に、キルケイウス山[8]からあまり遠からぬところに停泊していたローマ艦隊の多くの漕ぎ手たちも同行した。ウェスパシアヌスと同じ考えのこれらの人びとは不注意にして怠慢な方法でこの街を占領した。ルキウス・ウィテッリウスはある奴隷の指示に従って夜にその場所に入った。彼は半分眠って武器を取る敵軍と対峙する街の住人たちに対し剣で荒れ狂った。その夜夫を追ってその街に入ったトリアリアは夫の勝利を熱望した。ゆえに、剣で武装し、ウィテッリウスの兵たちに混じり、真夜中の闇を通して、叫び、泣き喚いて、飛び交う槍と流血、瀕死の人びとの最後の喘ぎの真っ只中を、戦争の残虐さをも顧みずに、彼女は哀れな人びとを襲撃した。こうして、この街が取り戻されたあとに、彼女は敵に対してあまりに残酷で傲慢に振る舞ったとの責めを負った。

純粋な心の場合には、夫婦愛の力はじつに大きいものである。夫の名誉が称揚されさえすれば、トリアリアは何も恐れず、憐れみを忘れて、女性の羞恥心もなく、その場の状況の本質すらも注意を怠った。トリアリアは夫の栄誉のためには、通常女性が昼日中に夫の胸に抱かれて、ネズミの小さな物音にも気絶するだけでなく、屈強で好戦的な若者たちをときには恐怖に陥れるような、すべてのことを殆ど苦もなく耐えることができた。その上、もしこの女性がかくも強烈に夜の戦闘にわが身を投じたならば、彼女はこの行為だけが際立っていたと誰が信じようか？　勇猛果敢な英雄的行為とは、良きにつけ悪しきにつけ、必ずしも単独で人間の胸にあるわけではない。

実際、わたし自身はトリアリアがその他のもろもろの功績で長い間名声を浴びたが、それにもかかわらず、それらすべての記録が失われたのだと思う。

XCVII

アデルフスの妻ファルトニア・ベティティア・プロバについて

事実と名目においても優れた文学の知識ゆえに、プロバ(1)はまことに記憶するに値する女性である。彼女の高貴な生まれや血統は知られていないが、ある人びとがいうには――わたしは推定に基づくものと思うが――彼女はローマの女性であり(しかし、他の著名な人びとは彼女がオルテ(2)の街の出身であったと主張する)、あるアデルフスという男性の妻であり、キリスト教徒であった。

したがって、彼女は――いかなる教師の下であろうとも――自由七科目(3)に熟練していたのがはっきりと分かる。しかし、その他の勉学のなかで、彼女はウェルギリウス(4)の詩を徹底的に読み慣れ親しんで、彼女の作品の殆どすべてが自ずから証明するほどまでに、これらのウェリギリウスの詩集を記憶してしまったようである。ある日恐らく、彼女はいつもより深い洞察力をもってウェルギリウスを読んでいたとき、彼の詩集から『旧約聖書』と『新約聖書』のすべての歴史(物語)を快く、優しく、楽しい韻文で書くことができるという考えがプロバの心に想い浮かんだ。

たしかに、かくも崇高な意向が女性の脳に忍び込んだのには驚きを禁じえない。しかし、さらに驚くべきことはそれを遂行したことである。

したがって、プロバは彼女の敬虔な着想に専心し、ときにはここ、ときにはあそこと、ウェルギリウスの作品の『田園詩《ブーコリカ》』、『農耕詩《ゲオルギカ》』と『アエネーイス』のなかを兎にも角にも四方へ走り廻ってくまなく詩歌を捜し求めた。そして、彼女はときには一節から全行を、またときには他所《よそ》から（詩）行の一部分を採った。彼女はこれらの原文を驚異の技術で彼女の目的に合わせた。彼女は脚韻の法則と韻文の品位を守って、全詩行をじつにみごとに配列し、断片を結び合わせたので、じつに経験豊かな目利きの人しか継ぎ目に気づかなかった。こうして、世界の創造から始め、彼女は『旧約聖書』と『新訳聖書』と「聖霊《サクラ・スピリトゥス》」の来臨までの歴史を韻文で書き表わしたのである。これは文体がじつに優雅に配置されているので、この作品を知らない人はウェルギリウスを予言者にして同様に福音書記者と容易に信じたであろう。

彼女のこれらの労作から、われわれはこれに劣らぬ称讃すべきもう一つの事実を汲み取ることができる。すなわち、この女性は聖書全体の完全なる、あるいは十分にありあまるほどの知識を持っていたのだ。残念ながら、われわれは現代の男性たちでさえも、これはごく稀であるのを知っている。

その上、この卓越した女性は自らの努力で編成した作品を『ケント』[5]（Cento）と呼ばれるのを願った。わたし自身はそれを頻繁に調べてみた。われわれはこの作品を永久に記憶するに値すると思えば思うほど、かくも才能豊かな女性がこの労作だけで満足したとはなおさらに信じ難いのである。否それどころか、わたしは、もしプロバが長生きしていたなら、彼女はさらに称讃すべき別の数冊の作品を書いたけれども、それらの作品群は写字生の怠慢のため、不幸にも現代まで伝わらなかったのではないかと思う。

ある出典によれば、それらのなかには『ホメーロスのケント』が存在したといわれる。これはウェリギリウスから採った同じ技術と同じ主題で、ホメーロスから採集した韻文で編まれている。もしこれが事実ならば、われわれは彼女がラテン文学のようにギリシア文学にも造詣が深かったのを推定して、それはより一層彼女の称讃に資することになろう。

しかし、わたしは今読者の皆さまに尋ねよう――一人の女性がマロー（ウェルギリウス）とホメーロスの詩の韻律を調べ、彼女の作品の目的にふさわし詩行を選び採って置くのを聞くこと以上に、われわれは一体何を望みえようか？　学識ある男性たちは彼女が選んだ詩行をじつにみごとな一貫性をもって繋ぎ合わせるのをみつめるべきである。たとえ聖なる文学の天職で誉れが高かろうが、彼らが聖書の膨大な内部からときにはここ、ときにはあそこと、一部分を捜し出して、それらの言葉を圧縮し一連のキリストの生涯を秩序ある物語に創り上げるのは、いかに厄介で困難であるのかが分かるであろう。プロバは異教徒の詩からそれを実践したのである。

もしわれわれが女性の風習を考えるなら、糸巻竿、縫い針と機《はた》織り場がプロバにとって十分であったであろう、もっとも、大多数の女性たちの習性から、彼女が怠けるのを望んだとしたならばの話ではあるが。しかし、聖書の研究を真剣にして、知性の怠惰の錆《さび》を完全に拭き取って、彼女は光り輝く永遠の栄誉を手に入れたのだ。願わくは、快楽と無為に耽り、部屋に閉じ籠って、取り戻せない時間をくだらぬ話に浪費し、早朝から夜遅くまで頻繁に有害なあるいは中身の薄い雑談をぺちゃくちゃしゃべって時間を費やし、放縦の追求にだけ時間を費やす女性たちこそ、プロバを善意の心でみてほしい！　そうすれば誓って、彼女たちは称讃すべき作品で名声を求めることと、屍《しかばね》と一緒に名前も埋葬することの間には、いかに大きな相違があるかに気づくであろうから。

XCVIII

ファウスティナ・アウグスタについて

死後に神々の仲間となって神格化されたファウスティナ・アウグスタ(1)は彼女自身の偉業によるよりも彼女の夫の寛大さにより、大いなる栄光を獲得した。

実際、彼女は皇帝アントニヌス・ピウス(2)と彼の妻ファウスティナ(3)の娘であり、アントニウス・ピウスに養子に迎えられたマルクス・アントニヌスと結婚して彼の妻となった。ファウスティナの父皇帝アントニヌス・ピウスが亡くなると、彼女は夫と一緒に国を治め、元老院の決議で「(女)皇帝」'*Augusuta*'と呼ばれた。これは当時の女性には少なからざる名誉であった。なぜなら、前の皇妃たちは各々が「(男)皇帝」'*Augustus*'として知られる彼女たちの夫たちから、'*Augusuta*'の添え名はあったが、わたしはこの名がファウスティナ以前に元老院の議決で他の皇妃たちに与えられたのを知らない。

その上、ファウスティナはじつにたぐい稀なる優雅さを具えていたので、何か神々しいものが彼女の人間の体内に染み込んでいると信じられていた。彼女の美貌が老齢や死で衰えないように、彼女の若い乙女の肖像と、次に高齢の女性の肖像が金、銀、銅の硬貨に彫刻されることが決議された。そして、それは今日に至るまで持ち堪えている。これらの硬貨のなかで、彼女の口の表情、両目の動き、生き生きした顔色、顔貌の陽気さはさすがに失われつつあるが、その輪郭はじつに驚くべき美貌を証明している。しかしながら、彼女の美貌が世界中に鳴り響いた名声は恥ずべき淫乱の烙印で同じくらい汚されたのである。

実際、彼女の夫を除いて、ファウスティナは一人の愛人では満足せず、多くの男性たちの抱擁を享受した。悪評により彼らの何人かの名前が露見した。なぜなら、彼女の姦通者たちにとあるウェティルス[4]という男性がいた。そうして、オルフィトゥスと彼のあとにモデラティウスがいた。しかし、他の人びとに優って彼女の最もお気に入りはテルトゥッルスと呼ばれて、夫のアントニヌスは彼が彼女と一緒に夕食を摂る姿をみたといわれる。これらの男性たちにマルクス・ウェルス[5]を加えねばならない、彼は彼女の義理の息子で、彼女の娘ルキッラ[6]の夫であったけれども。

これらすべてのなかで最も恥ずべきことは、彼女はある剣闘士をひどく熱愛し、彼への欲求から、致命的ともいえる病気に罹った。それで、健康の恢復を願って、彼女はアントニヌスに彼女の強い情欲を漏らした。すると、衰弱していくファウスティナの熱病を静めるため、彼は医者の忠告に従い、その剣闘士を殺害し、その剣闘士の今なお温かい血で彼の病気の妻の身体中に塗りつけさせた。こうして、妻は激しい恋の熱と病から癒されたのである。

しかしながら、分別ある人びとはこの治療を作りごとと思った。というのは、やがてときがたつにつれて、そのときに身籠られたコンモドゥス・アントニヌス[7]は真実をこう証言した——すなわち、彼はある剣闘士の息子であって、アントニヌスの子ではない。また、身籠られたのは血を塗りつけられてではなく、彼の母がその剣闘士と性交したことによる、と。

これらの事ごとで、ファウスティナの恥辱を大声で鳴り響かせ、友人たちはアントニヌスに彼女を殺すように、あるいは少なくとも——これはより人間的にみえるが——彼女を辞任させるよう説得した。しかし、アントニヌスは優しい性格の人間であったので、妻の姦通は耐え難いけれども、彼は友人たちの忠告に従うのを拒否し、さらなる恥に及ぶよりは、彼女の恥に耐える方を選んだのだ。説得する友人たちに答えて、彼は離婚すれば嫁資を返還する必要があるとだけいった。こういって、彼は皇帝の支配権を有するのはファウスティナのお蔭であるのを彼らに知ってほしかったのである。

しかし、このようなことはもう放って置こう。たしかに、しばしばほんの一瞥によって、不用意にした一瞥によってさえも、高潔な女性たちをもよく破滅させたものである。

アントニヌスが東方の諸王の間で立派に統治を取り計らっているときに、ファウスティナが病気になり、タウルス山[8]の麓のハララの村で死んだ。アントニヌスの要求で、元老院は彼女を神々の仲間の地位へ高めて、そのあとに彼女は神に崇められたファウスティナと呼ばれた。これはローマの女性に今まで起こったことがない。アントニヌスは彼女を既に「陣営の母」(Mater Castrorum)と呼んでいた。そして、彼は彼女が死んだ場所に彼女のため堂々たる神殿を建立させ、彼女の名誉のため、彼は多くのみごとな立像をそこに添えて置くよう命令した。

さらにその上、彼は若い巫女たちを神殿に据え置き、彼女たちは「ファウスティナの巫女たち」と呼び慣わすように命じた。こうして暫くの間、ファウスティナはそこで女神の名声を保有し、その結果、神性が放蕩で失った名声を恢復したのである。

XCIX

エメサの女性シュミアミラについて

シュミアミラ(1)はギリシアの女性で、シリアの町エメサの出身であった。しかし、彼女の父は明白でないが、彼女の母はかつて皇帝であったセヴェルス・ペルティナックス(2)の妻ユリアの妹でエメサの女性ウァリアであるのは明らかである。しばらくの間、シュミアミラは不名誉な女性であったが、彼女は以後息子の名声と彼女自身の元老院での指導的役割によって注目を浴びた。

われわれは彼女の以前の恥辱を見過ごすとしよう。シュミアミラは最初太陽神フォエブス（アポロン）の神官で、それからローマ皇帝となったウァリウス・エラガバルス(3)の母であった。彼女はこのエラガバルスをしばらくの間内縁関係にあった皇帝アントニヌス・カラカッラ(4)から生まれた息子であると主張した。しかし、彼女は身を売ってあまりにも周知の汚名を浴びていたので、エラガバルス少年は祖母ウァリア（Varia）に因んでではなく、学友たちにウァリウス（Varius）と呼ばれたのは――人びとが考えるところによれば――、彼の母が絶えず交じり合った「さまざまの」（variorum）男性たちとの性交渉によって、彼が生まれたようにみえたからであるという。

マクリヌス(5)がこれをアンティオキア(6)で聞いたときに、彼は女性ウァリアの大胆さに驚き、これらの事態の成りゆきを当然にも彼女の仕業であると思った。彼はエラガバルスを包囲する計画をした。しかし、この包囲戦に派遣されたユリアヌス(7)は殺害され、彼の兵士たちはエラガバルス軍の味方へ寝返ったのである。そして、マクリヌス自身がエラガバルスを攻撃しにやってくると、彼は敗れて潰走した。そして、しばらくあとに、彼の息子ディアドゥメヌスと一緒にビテュニア(8)の町で殺された。こうして、エラガバルスは、さながら父カラカッラの死に復讐したかのように、彼の祖母ウァリアのお蔭で、疑う余地なく帝国の支配権を手に入れたのである。そして、彼がローマへ帰ると、彼を待つ全元老院が万雷の拍手喝采で彼を迎えたのである。

彼女の息子の突然の昇進によって、シュミアミラは殆ど星々の高処《たかみ》へと昇った。今や「皇妃《アウグスタ》」と称揚され、売春宿からローマ皇帝の皇居の権力へと昇りつめたゆえに、彼女はそれだけ一層光り煌《きら》めいた。なぜなら、エラガバルスは邪悪であるが、彼は自分が祖母ウァリアの援助で、次には祖母の娘、つまり自分の母のお蔭で皇帝となったことを知っていたからである。さながら罪を償うごとくに、母シュミアミラに大いなる名誉を差しだしたので、彼女の同意なしで殆ど何ごとも決定することはなかった。彼がローマへ入った日、エラガバルスは彼の母が招聘されて元老院に参加するよう命令した。彼女は元老院議員たちの要求に同意した。こうして、他の元老院議員たちと同じ場所に、彼女のため一席の椅子が用意された。彼女は他の元老院議員たちと同様に、議題について彼女の意見を述べた。彼女以外その他の女性がこれを行ったという記憶はまったくないことである。

おお、じつに恥ずべき光景かな、前日に売春宿から引き抜かれた娼婦が、いとも威厳ある人びとの間に座るのをみることとは！　また、王族たちの運命が裁定された場所で、女衒《ぜげん》たちに慣れ親しんだ娼婦が意見を述べるのを聞くとは、おお、何たる恥ずべきことか！　おお、往昔《いにしえ》の自由よ、おお、古き時代の神聖さよ、監察官たちが不適切とみなした尊敬するに能《あた》わざる人びとはかくも卓越した団体

（＝元老院）から追放された、おお、わが祖先たちの敬うべきあの義憤よ、汝《なれ》は今いずこにありや？汝《なれ》はこの悪名高い女性がクリウス家[9]、ファブリキウス家[10]、スキピウス家[11]、それにカトー家[12]の場所を汚しているのがみえないのか？

しかし、わたし（作者）は何ゆえにこの女性元老院議員を嘆くのであろうか、国家の敵どもや快楽《けらく》を貪る異国の見知らぬ若者たちがローマと世界を支配しているのに？

さて、エラガバルスはいとも神聖なる母に伴われないかぎり、それ以降は元老院には入らなかった。その上、盲目の〈運命の女神〉は彼女にさらなる恩恵を与えた。つまり、シュミアミラは一般大衆にじつに評判が高いので、彼女はすべての女予言者《シュビッラ》（巫女）たちよりも上に置かれたのである。

その上に、もし既述の話が嫌悪すべきものなら、次に続く話は滑稽である。というのは、この女性は役に立たぬ息子にひどく尊敬されたので、彼はクイリナルの丘[13]にある場所を選んで、彼はそれを「元老院の議場《セナクルム》」'senaculum'と呼んだ。その場所でかつて奥方たちは聖なる日々によく会合したものである。エラガバルスはある決められた日々に集まる女性たちを選んで、元老院議員に倣《なら》って、彼女たちが法令を制定し女性の風習についての法令を通すよう命令した。彼はこの賢い元老院の院長にシュミアミラを決定した。そして、いずれもが馬鹿げてはいたけれども、彼女は多くの法令を公布したのである。

実際、その集会のなかで制定されたことは、どのような衣裳を着るか、各々にどのような装飾品がふさわしいか、誰に一歩譲歩しあるいは優先すべきか、誰に敬意を表し立ち上がるべきか、そして、奥方は各々誰に進んで接吻すべきか等々が制定された。その上に、彼女たちは誰が馬車に、あるいは誰が馬上に、あるいは誰がラバの曳く二輪馬車に、あるいは誰が座輿に乗るべきか、その他このようなことごとを制定したのである。これらのことが馬鹿げていて——実際にその通りだが——現実よりも冗談にみえようとも、特に女性たちの軽薄さで考えられ、大衆の愚かな審議を受けたものであるが、それにもかかわらず、これらのことはその当時大変に重要なこととみなされたのである。

たしかに、猛烈に強制されたものは永続しないもので、これらも直ちに崩壊し雲散霧消した。なぜなら、シュミアミラは皇帝の館で娼婦よりも貴婦人の奥方よろしく振る舞い、その息子は淫らで贅沢な放蕩三昧の行為に耽った。その結果遂に、エラガバルスは当然の報いとして彼の兵士たちに殺害されたのである。そして、息子と一緒にシュミアミラはその虚しい輝きをあとに残して殺害され下水道へ投げ捨てられた。そこから息子の死体と一緒にティベリス川へ抛《ほう》り投げられた。彼女の若い日々の経歴と結末が変わらずにみえるためだった。惨めに生きているわれわれもこれは滅多に考えないことである。

C　パルミューラの女王ゼノビアについて

ゼノビアはパルミューラ(1)の女王であり、往古《いにしえ》の文物の証言によれば、彼女は並外れて有徳な女性であったので、他の異教徒の女性たちよりその赫々たる名声ゆえに、より一層高く評価されるに値する。彼女は何よりも高貴な血統の女性であった。なぜなら、彼女の両親の記録はないけれども、エジプトの支配者たちで有名なプトレマイオス王朝(2)の末裔であるという。

しかし、彼女は子供時代からあらゆる女性の務めを軽視し、小さな身体を堅固に鍛えて、いつも森や林に住み、矢筒で武装し、雄鹿や山羊を狩りして弓矢で殺したといわれる。それから、彼女の体力がより頑健になると、ゼノビアは大胆にも熊を取り囲み、豹や獅子を追跡しては待ち伏せし、捕えては殺し、獲物として持ち帰った。そして、大胆不敵にも、彼女は峡谷や山々の絶壁をあちこちと走り廻って、野獣の塒《ねぐら》をくまなく捜し、夜は戸外で眠り、雨、暑さ、寒さを驚異の忍耐力で凌いだ。こうして、彼女は愛とか男性たちとの親交を遠ざけて、力の及ぶかぎり、彼女の処女を尊重するのがその慣わしとなった。

こうして、ゼノビアは女性の脆弱さを克服し、男性の強靭さを体内に鍛え込んだので、レスリングやその他の格闘技で並みいる同時代の青年たちを打ち負かしたという。

遂に彼女が結婚適齢期になると、ゼノビアは友人たちの勧めで、同じ意気込みで身体を鍛え、パルミューラの君侯たちのなかでは最も高貴なる青年オダエナトゥス(3)と結婚した。肌色は少し薄黒くはあるが、彼女はまことに美しい身体をしていた。というのは、焼けつく太陽ゆえに、その地域の住民たちは誰もが同じその肌色であった。その上、彼女の黒い瞳と白玉の歯並《はな》みも彼女の魅力に一層の華《はな》を添えていた。

そのとき、ウァレリアヌス・アウグストゥス(4)がペルシア王サポル(5)に捕えられて、不名誉な従属の身に貶められて、彼の息子ガッリエヌス(6)は軟弱で怠惰な生活を送っていた。ゼノビアはオダエナトゥスがこの東方の帝国を占領する決意をしたのを知った。したがって、昔の苛酷な生活を想い起し、彼女は美貌を武装して覆い隠し、夫の下で軍務に服する決心をした。彼女は夫と一緒に王の称号《ノーメン》と勲章《インシグニア》を身につけ、継子のヘロデス(7)とともに軍隊を召集して、既にメソポタミアを広範囲にわたり占領していたサポル王へ向けて勇敢に進軍した。彼女はどんな労苦をも厭わず、ときには指揮官、ときには兵士の任務を遂行した。彼女は戦いに熟練した強力な敵兵を武力で征服しただけでなく、彼女の功績によって、メソポタミアはその管轄下に入ったと信じられた。サポルの陣営を彼の妾《めかけ》どもとともに捕えて、莫大な戦利品を簒奪《さんだつ》し、ゼノビアはペルシア王サポルをクテシフォン(8)まで後退させて追跡した。

それから間もなく、ゼノビアは父の名でこの東方の帝国を侵略したマクリアヌス(9)の息子クイエトゥス(10)を征服するため、怠りなく懸命に取り組んだ。

こうして、今や彼女は夫と一緒にローマの領土と境界を接して平定された東方の帝国の全土を支配したのだ。するとみよ、オダエナトゥスと彼の息子ヘロデスは母方の従兄弟《いとこ》マエオニウス(11)によって殺害された。ある人びとは嫉妬が原因といい、またある人びとはゼノビアがヘロデスの死に同意したのは、彼女がその軟弱さをしきりに非難し、オダエナトゥスとの間に儲けたヘレンニアヌスとティモラウスのふたりの実の息子に王国を継承させるのを確実にするためという。

マエオニウスの治世の間、ゼノビアはしばらく静かにしていた。しかし、彼は間もなく彼の軍人たちに虐殺され、さながら王座が空位で放置されていると、この志《こころざし》の高貴な女性は長い間の宿願であった帝国を直ちに掌握したのである。そして、彼女の息子たちは未だ若かったので、彼女が帝国の軍用の外套を肩にかけ、王の勲章を飾って現われ、彼女の息子たちの名で女性にふさわしいというよりも、遥かに長く帝国を支配したのである。しかも、彼女は弱い支配者ではなかった。なぜなら、皇帝ガッリエヌスも、そのあとの皇帝クラウディウス[12]も彼女に対し敢えて何かを企てようとはしなかった。東方の諸民族さえもまったく同様であった——エジプト人も、アラブ人も、サラセン人も、アルメニア人さえも同じであった。実際、彼らは彼女の権勢を恐れて、彼らの国境を守れることができるだけで満足していたのである。

ゼノビアの戦争への熱意はじつに大きく、軍務の規律はじつに厳しいので、彼女の軍隊は彼女を恐れもし、また同じく尊敬もしていた。彼女は兜を被らずしては兵士たちへ演説を決してしなかった。遠征の間には、彼女は二輪馬車を滅多に使わず、いつも馬で進軍し、ときには軍旗の前を歩兵隊と三マイルから四マイルも歩いたものだ。実際に、場合によっては差し控えたけれども、ゼノビアは指揮官たちとときには一緒に、酒を酌み交わすのを厭わなかった。彼女は機知と愛嬌の良さで彼らを凌駕するため、ペルシアやアルメニアの君侯たちとも酒を飲むことがあった。

しかし、彼女はじつに厳格に貞操を守った女性であったので、他の男性たちと関係を完全に断つのみならず、夫のオダエナトゥスが生きている間は、息子たちを生むため以外のために、彼女は夫にさえも肌を決して許さなかったと、ある本には書かれている。ゼノビアはつねにこのことをじつに慎重に考えたので、彼女の夫と一度同衾したあとは、夫の子を身籠ったかを知るまで、彼女はじつに長い間二度目は思い止まったのである。そして、もし身籠っていたならば、産後の清めが済むまでは、彼女は夫に身体に再び触れさせせなかった。しかし、もし彼女が身籠っていないのが分かれば、夫の要求に進んで応じ身を任せたのである。

おお、何と称讃に値することか、この女性の洞察力とは！　たしかに、彼女は自然が人間に性欲を植え込んだのは、絶え間ない子孫の刷新により、種の保存をするためだけであり、これ以外には、この本能は余分なもので悪徳であると考えたのである。このような習性の女性はそう滅多に見当たらないであろう。

その上、召使たちは自分の考えと異なることのないように、ゼノビアは決して、あるいは滅多に、老齢で健全な道徳心のある宦官を除いて、誰にも必要な家庭の仕事をさせるのを望まなかった。彼女は王の流儀で、豪華で贅沢に生きた。彼女はペルシア式に崇拝されることを望み、彼女はその昔クレオパトラが使用したと思った宝石や金の食器を用いて、ローマ皇帝たちの宴会に匹敵する豪華な宴会を挙行した。彼女は自分の宝物をじつに注意深く監視したけれども、一旦適切と思った場合には、ゼノビアよりも豪華で物惜しみせず使った人は誰もいなかった。

彼女は大部分の時間を狩りや戦いに費やしても、これらは彼女がエジプト語を学ぶ妨げにはならず、彼女はギリシア語もまた哲学者カッシウス・ロンギヌス(13)の下で学んだ。ゼノビアはこれらの言語の知識のお蔭で、ラテン語、ギリシア語、それに異国の歴史をすべて熱心に読み、記憶することができた。これだけではなく、彼女はこれらの作品群の要約を書いたと信じられていた。彼女自身の特殊な言葉の上に、ゼノビアはシリア語を知っていたが、エジプト語も知っていて、そのエジプト語を使って話したといわれる。

要するに、彼女はかくも偉大であったので、ガッリエヌス、アウレオルス、[14]クラウディウスの皇帝たちが死ぬと、完徳の人皇帝アウレリアヌスは面目を失ったローマの名誉を償い、偉大なる栄光を取り戻すため、ゼノビアへ向け軍隊を派遣し攻め込んだ。なぜなら、マルコマンニ族[15]との戦争が終わって、ローマであらゆる問題が解決すると、アウレリアヌスはゼノビアに対して、用意周到な軍事行動を展開したのだ。彼は多くの異国の民族たちの攻略に成功し、遂に、彼の大軍団を率いて、エメサ[16]の城市《まち》の近くに到達した。ゼノビアはそこを支配下に置いて、些かも恐れることなく、戦争の盟友として歓迎したザバ[17]とその軍隊と一緒にそこに陣取っていたのである。

ここで、アウレリアヌスとゼノビアの間で雌雄を決する長い激闘が繰り広げられた。遂に、ローマの軍勢が優勢にみえたとき、ゼノビアは部下を引きつれてパルミューラへ敗走せざるをえなかった。そこで直ちに、彼女は勝利者によって包囲された。しばらくの間、彼女はいかなる降伏の条件にも耳を貸そうとはせず、驚くべき巧妙さでパルミューラの城市《まち》を防衛したが、戦略的に必要な物資が遂に窮乏に陥った。それゆえ、パルミューラの市民たちはアウレリアヌスの強力な軍勢に抵抗できなかった。そして、ゼノビアの援助にやってくるペルシア人、アルメニア人とサラセン人は分断され、パルミューラの城市《まち》はローマ軍の武力によって略奪された。ゼノビアと彼女の子供たちは一緒に駱駝に曳かれてペルシアへ逃れるときに、アウレリアヌスの軍隊は追跡して彼女を捕え、生きたままアウレリアヌスへ引き渡した。さながらまことに偉大な支配者にして国家（ローマ）のじつに手強い敵を征服したかのように、皇帝はこれを誇りとした。アウレリアヌスはゼノビアを彼の凱旋行進のため確保し、息子たちとともにローマへとつれて帰った。

それから、その凱旋行進はアウレリアヌスによって祝福され、ゼノビアの姿は驚嘆すべき光景となった。その他の記憶に値する素晴らしいものとして、彼はゼノビアが自分のためじつに高価な金と宝石で作らせた戦車を曳いていた。彼女は捕虜ではなく、女支配者としてこの戦車で凱旋し、ローマ帝国をやがて手に入れるのを願っていたのだ。今や彼女は子供たちとともにその戦車の前を歩いていた。しかし、彼女は頸のまわりや、両手と両足を黄金の鎖で縛られ、王冠、女王の衣裳、真珠、宝石類を身につけて、その無尽蔵の強靭さにもかかわらず、彼女はその重さに疲弊して、しばしば立ち止まったのである。

とはいえ、この凱旋行進が終わると、その宝物と強靭さで目を見張らせるゼノビアはローマの奥方たちの間で、子供たちとともに老齢に至るまで、ひっそりと生きたといわれる。彼女は元老院からティブール[18]の近くに資産を授与されたのである。この町は長い間彼女の名に因んで「ゼノビア」と呼ばれ、それは皇帝ハドリアヌス[19]の宮廷からあまり遠くはなく、住民たちにコンカと呼ばれた場所にあった。

CI　イギリス人女性の教皇ヨハンナについて

ヨハンネス（Iohannes）は名前から男性にみえようが、実際は女性であった。彼女の前代未聞の無謀さによって、世界中でじつに有名となり、後世の人びとにその名が知られるようになった。

彼女の故郷はドイツのマインツという人びともいるが、本当の名前は殆ど知られていない。しかし、彼女が教皇となるまえは、ギルベルトゥスであったといわれる。いくつかの証言によれば、次のことは明白である。すなわち、彼女は乙女のころに若い学生に愛され、彼女もその学生を激しく愛したので、乙女の慎みと女性の不安を振りすて、彼女は父親の家からこっそりと逃げだし、名前を変えて若い男性の服装をし、彼女は恋人のあとを追ったのである。こうして、イングランドで勉強する彼女の恋人の仲間となり、彼女は皆から学僧とみなされて、恋愛《ウェヌス》と文学研究の軍務に仕えたのである。

それから、彼女の若い恋人は死んだ。すると、ヨハンネスは自分が才能に恵まれて、学問の魅力に惹かれるのに気づくと、男性の衣服を持ち続けて、他の男性の誰にも愛着を持つことも、あるいは自分が女性であると公言することも望まなかった。したがって、彼女は学問に不眠で専念し、自由七学科(1)と聖書学の学問で大いに前進したので、他の誰よりも優秀な学僧であるとみなされた。

こうして、瞠目すべき学識を具えて、ヨハンネスはイングランドからローマへと赴いた。彼女は今や高齢となっていた。彼女はローマで三学ついて数年間講義して、優秀な聴講生（学生）たちを持っていた。そして、彼女の学識の上に、ヨハンネスは並外れた徳性と聖性のゆえに大いに尊敬をえて、誰からも男性であると信じられた。こうして、彼女は多くの人びとに知られて、教皇レオ五世(2)が帰天すると、彼女は枢機卿たちに満場一致で選ばれ、教皇の職位を継いで、ヨハンネス（=John）と命名された。もし彼女が男性であったら、教皇ヨハンネス八世の称号を持ったであろう。

しかしながら、この女性は恐れを知らずに「漁《すなど》り（漁師）の座(3)」'Piscatoris cathedram' へ昇りつめ、あらゆる聖務を執り行って、それらを他の人びとへ施したのである（これはキリスト教では女性に許されないことである）。数年間にわたり、彼女は司教職の頂点を占めて、女性が地上でキリストの代理人(4)の役割を果たしたのだ。たしかに、天上から主なる神がキリスト教徒の民草を憐れんだ。神は女性がかくも栄光ある地位を占め、かくも偉大な民衆を監督し、かくも不吉な不安で彼らを欺くのを許しはしない。そして、神は敢えて不当なことに固執する彼女を思い通り見捨てたのである。

これゆえに、彼女をかくも罪深い行為へと導き、無謀を続けさせる悪魔に促されて、彼女は私生活では大いなる有徳を守ったが、一旦高位の教皇職へ登位すると、燃え焦げる性欲の餌食となった。長きにわたり性別を偽ることができたヨハンネスも彼女の性欲を満たすために必要な技術《わざ》を欠いていたのだ。なぜなら、彼女はペトロの後継者(5)に秘かに昇りつめ、彼女の高まる性欲を疼《うず》かせるある人をみつけたのだ。その挙げ句、この（女）教皇は身籠ることになったのだ。

おお、何たる恥知らずの罪よ！　おお、何たる打つ勝ちがたい神の忍耐よ！　だが、遂には何が？長い間人びとの目を惑わすことのできたこの女性は、この恥ずべき出産を隠すための知恵を持ち合わせていなかった。なぜなら、ヨハンネスはヤニクルムの丘(6)からラテラヌス宮殿(7)までの聖なる行列行進で大祈願祭(8)を祝福していたとき、彼女が思っていたより妊娠期間が切迫していた。そして、大競技場《コロッセウム》と教皇クレメンス教会の間で、彼女は産婆の手助けもなく公然と分娩したのである。これは愛人を除いて、いかに長くその他の人びとを欺いてきたかの証明である。そこから枢機卿たちは彼女を外の闇のなかへ放り投げ、この哀れな女性はその嬰児とともに立ち去っていった。

彼女の淫ら行為を嫌悪して、その汚名を永遠に忘れないため、今日でも歴代の教皇は聖職者や民衆と一緒にこの大祈願祭を祝福するのである。ヨハンナ（Iohanna）が出産した場所はその行列行進の中間地点にあった。彼らはその場を嫌って迂回し、そこを避けて横道を通った。このようにして、彼らは本道に戻り最初の行進を成し遂げたのである。

コンスタンティノープルの女帝イレーネについて

イレーネはアテネのじつに高貴な女性で、その美貌がじつに際立っていた。皇帝コンスタンティヌス[1]が彼女をギリシアからコンスタンティノープルに呼び寄せ、彼女を息子のレオあるいはレオ・ハザロス[2]と結婚させた。コンスタンティヌスが崩御すると、彼女は（東）ローマの皇妃となって、夫の間に息子でその名コンスタンティヌスを儲けた。

遂に、レオが死ぬと、イレーネ[3]はきわめて若い息子のコンスタンティヌスと一緒に十年の間帝国を立派に治めた。しかし、彼が今や成人となるや否や、彼女の息子は自分一人で支配すべきだと主張し、彼女を八年間も共同支配から遠ざけたといわれる。遂に、強靭な精神のこの女性は支配権を渇望し、彼女の息子と骨肉の争いとなった。彼は自分の力に自信があったが、女性の術策をもってイレーヌは彼を捕え、指揮官の座から追放して投獄するよう命令した。こうして、彼女は一人で全世界がかつてその特権を仰ぎみた玉座を占めることになったのである。

そして、彼女は最も有名な女帝となり、偉大な栄光に浴し、五年間支配したのである。

再び、コンスタンティヌスの友人たちは、アルメニア人たちの支援によって、イレーヌを頂点からうまく引き下ろした。コンスタンティヌスは鎖を解かれて父祖たちの玉座に返り咲いた。彼は母が自分に対したより優しく彼女へ振る舞った。そして、彼の友人たちの力を大いに信頼し、彼は母を投獄しなかった。そして、彼女のすべての友人たちは追放され流罪に処されたが、彼は母自身が建てさせたエレウテリウス宮殿に住むように全財産とともに、彼女を隔離したことだけで満足したのである。

しかし、コンスタンティヌスはブルガリア人と開戦したが、その結果は無惨であった。そして、これにより貴族たちは彼を皇帝の地位から引きずり下ろし、彼の代わりに叔父ニケフォルスを皇帝に据え変えようとした。コンスタンティヌスは激怒し、突然に恥ずべき冷酷きわまる行動へ走った。なぜなら、彼はニケフォルス[4]とその弟クリストフォルスの舌を引き抜いたのである。それから、彼はアルメニアの愛国者アレクシウスの両目の光を奪って盲目として、彼自身の妻マリアを無理やり修道院に入れて、彼女の代わりに女中テオドーレを妻に迎え、直ちにその妻を戴冠させたのである。

これらの常軌を逸した振る舞いに比べ、イレーヌは統治者の運命をやむなく捨てたけれども、目先の利く女性であり、高貴な精神を保持していた。コンスタンティヌスの残虐な行為を目撃し、彼女は、もし貴族たちに黄金を惜しみなく与えたなら、皇帝の帝位を再び掌握できると期待し始めていた。彼女の治世の間に、隔離されて住んでいたこの宮殿のなかに隠して贅沢に貯えていた財宝によって、イレーヌは秘かに帝国の諸侯たちの恩顧を手に入れた。そして、彼女は豊富な贈り物で彼らを自分の味方に引き込んだとき、彼女は自分を玉座から退けた人びとが息子コンスタンティヌスを捕えて、盲目にするよう取り計らった。こうして、この勇敢な女性はかつて自分から奪われた帝国を再び取り戻した。しかし、コンスタンティヌスは病気に倒れて没したのである。

遂に、彼女は再び五年間支配したとき、ニケフォルスが反乱を起こして、イレーヌはエレウテリウス宮殿で彼に包囲された。彼はコンスタンティノープルの総主教アカリシウスから帝国の王冠を受けたのである。貴族のレオとトリフィルスと礼拝堂付き司祭シュコペウスに支えられて（彼らは皆イレーヌが最近豊かにした人びとだが）、ニケフォルスは慎ましくへつらうように女帝に近づいてきた。しかし、彼女はこれに気づいたが、彼女が住んでいた宮殿を除いて、帝国については何の要求もしなかった。その結果、彼女は追求者の約束をえて、彼にすべての財宝をうち明けた。これらのものを手に入れると、この邪悪な人間は信義を破って、彼女をレスボス島(5)へ流刑に処した。この有名な女性は今や高齢となり亡くなったのである。

しかし、他の人びとは彼女の死について別の意見を持つようである。すなわち、彼ら母と息子は仲違《なかたが》いして、互いに帝国を奪い合ったときに、東ローマ人たちが彼らから離反し、帝国をその当時のフランクのカロルス大王(6)へ与えた。大王は分割されたようにみえる帝国をイレーネと結婚することで統一しようと努めて、イレーネもそれに同意した。貴族のエウティティウスがこれを知ったとき、直ちに彼はニケフォルスを皇帝の座に登位させた。イレーネは包囲されてやむなく彼女の玉座を断念し修道院に入り、そこで彼女は高齢まで生きたといわれる。

CIII　フィレンツェの乙女グワルドラダについて

グワルドラダはその昔われわれの市街《まち》でじつに有名な家系ラウィニャニ家(1)の子孫であった。わたしは彼女を当然にも名婦の仲間の一人に入れた。すなわち、ローマ皇帝の前で自分も純真な心を守るため、驚くべき大胆な振る舞いをしたからである。

というのは、彼女はある日多くのフィレンツェのご婦人たちとともに昔は軍神マルスへ、あとには洗礼者聖ヨハネ(2)の名の下に真の主なる神へ献納された教会で祝祭日を祝っていた。そのとき、フィレンツェを偶然に訪れた神聖ローマ皇帝オットー四世(3)は自分の出席でよりその祝祭を盛り上げるため、多くの高位の随行者たちを引きつれてその教会に入ってきた。そして、彼の高座から、彼はその教会の装飾、集まった市民たち、それに周囲に座るご婦人方をみていると、彼の視線は偶然にグワルドラダの上に釘づけとなった。

皇帝はしばらくの間この乙女の美しさ、衣裳の純朴さや、その清廉と真面目さに驚いて大いに賞賛した。

すると、皇帝はある見物人のベッリンチオーネというフィレンツェ市民で、高齢と気高さゆえに尊敬され、さらに恐らく軍務に秀でた男性に次のような質問をした。「尋ねるが、われわれの対面に座っているあの乙女は誰ですか、余の考えでは、その清楚さと美しい容貌で他のご婦人方に遥かに優っていると思うが？」すると、ベッリンチオーネは微笑みながら、機知に富む口調でこう答えた。「陛下、お望みなとあらば、彼女が誰であろうと、わたしが命令すれば、彼女は陛下に接吻なさるでしょう。」

グワルドラダはこれらの言葉を聞くと、彼女は直ちに憤慨し、彼女の父が自分の志操堅固や若い乙女の慎み深さの保持につて、いとも簡単にいったのに苦しみ悩み、その侮辱に長くは耐えられなかった。実際、皇帝が未だ返事をしないうちに、彼女は顔を赤らめ立ち上がり、彼女の父をみつめ、視線を伏せ断固として、でも丁重な声でこういった。「お父さま、どうかおやめください。お話しにならないで。神に誓って、暴力によらないかぎり、お父さまが法に則り聖なる婚姻でこのわたしを嫁がせる男性を除いて、お父さまが何方《どなた》をかくも気安く申しでられても、わたしはお受けするお方は絶対におりませんから。」

おお、善なる神よ！　心から正しく優雅にいわれた言葉が偉大な精神の持ち主を感動させぬことは決してありえないものである。しばくの間、皇帝は驚いていた。それから遂に、ゲルマン人で異邦人であったが、彼は今やその乙女が誰かを知り、彼女の言葉から若い乙女の胸のうちの神聖にして貞潔なる生き方を理解した。そして、皇帝はその少女の憤慨を長い流暢な言葉で褒め称え、グウィドという貴族の青年を呼び寄せるように命令した。そして、皇帝が立ち去るまえに、彼は適齢期のグワルドラダに素晴らしい持参金を贈って、その乙女が、お望みなら、誠実に接吻を交わす相手に長い間恵まれずにいないようにと、彼女をグウィドと結婚させたのである。グワルドラダの父はその場にいて、感謝の言葉を申し上げた。皇帝は彼女が善良で適切な乙女の心を胸の奥底に抱いているだけでなく、正当な怒りの勢いで、美徳へのより大きな火口《ほくち》から発した言葉であり、よって、皇帝の贈り物に大いに値するものと思ったのである。

こうして、その慎み深い心の高潔さゆえ、彼女は乙女として教会のなかへ入り、彼女の父と家族の大きな喜びを享けて、婚約者として父の家へ帰ってきたのである。そして、時の経つにつれ、彼女は多くの子供たちを生んで、そして、彼女の死に当たっては、彼女の夫の輝かしい家に彼女自身の気高い子供たちを遺して逝ったのである。彼らの子孫たちは今なお数多く生存している。

わたしは現代の乙女たちへの非難の一つとして、この話を語りたかった。彼女たちはあまりにも心が軽薄で性癖も弛緩していて、目配《めくば》せや身ぶり一つで、自分をみつめる誰もの懐へ飛び込んでいくからである。

CIV

ローマの后妃にしてシキリアの王妃コンスタンティアについて

世界に冠たるその高い地位から、ローマ皇妃コンスタンティア[1]はかつてはさまざまな国々にその名が光り輝いていた。しかし、今や多くの女性たちに共通するこの名誉はみる人びとの憧憬の念を弱めたようである。したがって、彼女が現代において際立った存在なのを望む人びとは、別の名声の理由が捜し求める必要があるが、かかる理由がこのかぎりでは欠けているわけではない。なぜなら、その他の何の功績がなくても、コンスタンティアは彼女の一人息子のため、至るところで有名であったからである。

彼女はその昔シキリアのじつに優れた王であったグリエルモ[2]の娘であった。多くの人びとがいうには、彼女の誕生の際に立ち会って、予言の霊感を備えたカラブリア[3]の大修道院長であるヨアキム[4]がいた。彼はグリエルモに彼の娘はやがてシキリア王国の破滅を惹き起こそうといった。王はこの予言に呆然として驚愕し、この予言を信じたときに、彼は女性がどんな方法でこれを惹き起こすであろうかと入念に考えを巡らした。すると、彼女の夫か息子によるとしか思い浮かばなかった。彼の王国を哀れんで、もし可能ならば、彼は次のような計画でその破滅を避ける決心をした。つまり、結婚と子供たちのあらゆる希望を避けるため、彼は小さな娘を修道院に閉じ込め、神へ永遠なる処女を誓わせたのである。

もし成功したなら、これは不埒《ふらち》な計画ではなかったであろう。しかし、何ゆえに愚かで無力なわれわれは、人間の邪悪な行動を当然にも罰する主なる神に対して、力を競わせるのであろうか？　本当に、じつに小さな一撃で、われわれは挫折するというのに。

　彼女のじつに高潔なる父と兄弟が亡くなると、彼女以外には、王国の正当な後継者は誰もいなかった。彼女は青春期を完全に過ぎて、今や老婆のようにみえた。グリエルモが死んだあとに、王子のタンクレッド[5]が王冠を戴いて、彼のあとは未だ少年の息子グリエルモが戴冠した。しかしながら、頻繁な王国の継承によるためか、あるいは不適切なその性質のためにか、その結果、各党派の貴族たちの戦争が至るところで勃発し、王国全土が剣と火で破壊へ導かれるように思えた。それゆえに、これらの惨状に心悩める人びとに、のちに実現された一つの考えが浮かんだ。すなわち、コンスタンティアを誰か強大な君侯と結婚させ、彼の偉業と権勢により、破滅的な争乱が鎮静化されることである。

　教皇の承認をえて、彼らはコンスタンティアに首尾よく同意させた、つまり、結婚させることに成功したが、大きな努力と策略が伴ったのだ。彼女は自分の信仰告白の誓いに固執し、彼女の老齢も妨げになるようにみえた。それにもかかわらず、彼女は拒否したけれども、事態は容易に逆戻りできない段階へ進んでいて、彼女はかつてのフェデリコ[6]一世の息子の神聖ローマ皇帝エンリコ[7]一世と結婚したのである。

　こうして、皺だらけの老婆が聖なる砦（修道院）を捨て、聖服を脱いで、王妃の衣裳で身を飾り結婚し、皇妃として公然と現われたのだ。そして、主なる神に捧げた永遠の処女を皇帝の寝室に入り、婚姻の床へ向かって、心ならずもその処女を捨てた。その結果、その報《しら》せを聞いた人びとが驚いたことには、彼女は五十四歳の老婆となって身籠ったのである。

殆どすべて人びとはコンスタンティアの妊娠をにわかに信じ難かったので、大部分の人びとは欺瞞だと思った。したがって、用心深くその疑惑を払拭するため、出産の時間が近づくにつれ、皇帝の命令でシキリア王国のすべてのご婦人方で望む人びとが差し迫った分娩に臨むよう呼ばれた。彼らは遠くからも集まってきて、天幕がパレルモ市の郊外の草原のなかに、また他の人びととの話によれば、市内にも張られたといわれる。そして、年老いた皇妃はすべての人びとがみている前で、一人の赤子、すなわち、フェデリコを生んだのである。この子はあとにシキリアのみならず全イタリアの怪物的な人間で破滅の源《みなもと》となった。こうして、カラブリアの大修道院長の予言は的中したのだ。

それゆえに、一体誰がコンスタンティアの妊娠と出産を凶兆な出来事と思わないであろうか？　この出産を除いて、かかる出産は現代では聞いたことがない。現代とは異なる他の時代ではどうであろうか？　アエネアースがイタリアに到着してから、このような年老いた女性の妊娠はその他に一例だけある。つまり、ザカリアの妻エリザベト(8)の場合のみである。彼女は主なる神の特異な御業《みわざ》で洗礼者ヨハネを生んだ。そののちに彼に匹敵する男の子がいかなる女性にも生まれたことがなかった。

CV　シエナの寡婦カンミオラについて

カンミオラはシエナ人の出身で、その容姿は美しく、その振る舞いは高潔で清廉であり、称讃すべき慎み深さで有名な寡婦であった。そして、彼女はトゥリンギア（ドイツ・テューリンゲン）の騎士階級出身のラウレンティウスの娘であった。しかし、フェデリコ三世[1]の支配中に、彼女の両親と唯一の夫が生きてる間に、彼女はシキリア島の古代都市メッシナ[2]の近郊で彼らと一緒にじつに称讃すべき誉れ高い生活を送っていた。

彼女の家族のこれらの人びとが亡くなると、カンミオラは王家の殆どの財産を受け継いで、高潔の美徳を守り通した。それから、上述のフェデリコが死に、彼の息子ペトルスが彼のあとを継いだ。その結果、この新王の命令により、巨大な艦隊がメッシナに準備された。この艦隊はその当時最も有能な軍人の一人であるキアラモンテ[3]のジョヴァンニ伯爵の指揮下にあって、包囲されて極度の飢餓に苦しむリパリ諸島[4]の住人たちを援助するのがその使命であった。乗船した人びとのなかには傭兵たちだけでなく、沿岸部および内陸部からきた多くの義勇兵たちがいた。彼らは軍功をたて栄誉をえるために、自ら進んで志願したのである。

その当時、海軍司令官でイェルサレムとシキリア王ロベルトゥス[5]に仕えていた勇敢な男性ゴッフレドゥス・デ・スクイラチオはリパリ島を包囲した。彼は島民たちを兵器で攻撃し、頻繁に包囲して無力化すると、彼らの降伏は今直ぐとも思えた。ゴッフッレドは彼自身のものより遥かに大きな敵艦隊と偵察船が近づいてくるのを知ったとき、彼はすべての彼の船団を一ケ所に寄せあつめて、安全に今後の展開を待ち始めた。しかし、誰も妨害しないので、敵軍は直ちに放棄した場所を占拠し、彼らが運んできた援助物質をリパリの住民のところへ運んでいった。

彼の成功に高揚して、ジョヴァンニはゴッフレドを戦闘へと挑発した。このじつに激烈な男性はその挑戦を拒絶しなかった。そして、ゴッフレドは夜に艦隊の床板と櫓を強固にし、船団を戦闘隊形に整え、その他もろもろの準備をした。夜が白々と明けるころに、彼は激烈な演説で部下たちを戦闘へと鼓舞した。錨を揚げて、号令一下彼は船首を廻しシキリア人の方へと向かっていった。しかし、ジョヴァンニはゴッフレドが巨大なシキリア艦隊を攻撃したり、あるいは迎え撃つとは信じていなかった。したがって、彼は戦闘のためではなく、退却する敵の船団を追跡するため、彼の船隊を配備した。彼（ジョヴァンニ）は近づいてくる敵の熱気に燃える進軍と準備万端ぶりをみると、殆ど勇気を失い恐れ慄き、彼は敵が拒絶するだろうと思った遭遇戦を求めたのを後悔したのである。

ジョヴァンニは秘かにこの状況に今や絶望していた。しかし、彼は気力喪失にみえない十分な勇気は未だ残っていた。したがって、時間の許すかぎり、直ちに彼は隊形を戦線へ変換し、彼自身が戦闘の合図を送った。敵軍は既に身近に迫っていた。彼らは大きな鬨《とき》の声を上げて、彼らの船首をゆっくりと走るシキリアの船団と船首を対峙させた。こうして、鉄の鈎錨《かぎいかり》を投げ、彼らは投石と矢で最初の攻撃を開始した。シキリア人たちは突然の作戦変更で仰天したかのように躊躇した。ゴッフレドの兵士たちは覚悟して自発的に敵軍を襲撃し始め、彼らの船団へ乗り込んで、剣で白兵戦を行った。そして、すべてが彼らの流血で赤く染まった。

シキリア人たちは今や自信を失い、可能な人びとは船首の向きを変え背走した。しかし、勝利はゴッフレドの掌中に帰すよににみえたとき、多くのシキリア人たちの船が沈んで捕えられた。しかし、櫂で操縦できるわずかな船はその漕ぎ手の力で無事に逃げ去った。

その戦いで死んだ人びとはわずかであったが、多くの人びとが負傷した。艦隊の長官ジョヴァンニは自発的に乗船した殆どすべての諸侯たちと一緒に捕えられた。多くの兵士たちと漕ぎ手、軍旗と海戦旗、旗艦にひるがえる王家の大軍旗もまた奪われた。こうして、メッシナの城市《まち》は降伏し、海上で嵐に弄ばれて、長い間さまよったあとに、鎖で縛られナポリへつれられてきて、投獄されたのである。

彼らのなかにはフェデリコ王とその妾《めかけ》の息子で、屈強で美貌な青年ロランドゥスがいた。他の捕虜たちの身代金が集められたとき、ロランドゥスだけはその身代金の要求がなかった。こうして、身代金が支払われると、他の仲間たちは去っていったが、ロランドゥスは悲惨にも牢獄に捕われの身でいた。なぜなら、ピエトロ王は彼の弟を解放するのが義務であったが、その海戦に参加したその他すべての人びとと同様にロランドゥスをも嫌っていたのである。というのは、彼らは王の命令に従わずに、無力にも敗戦したからである。

こうして、ロランドゥスが捕われの身となり、あらゆる解放の希望が殆ど断たれて、足枷を嵌められ衰えいくと、カンミオラは偶然にロランドゥスを想い起した。彼女はロランドゥスが兄弟たちから無視されているのを知ったとき、彼女は彼の不運を哀れんで、もし名誉をもってことを行えるなら、彼を自由の身にしてやりたいと決心した。そして、ロランドゥスを自由の身にし、且つ彼女の名誉を守るには彼と結婚するしか方法がなかったので、彼女は使者たちを遣わして、そのような条件で彼は足枷の鎖から解放されたいか否かをロランドゥスに秘かに尋ねた。すると、彼らは直ちに彼の同意をえたのである。

こうして、あらゆる法律上の儀式が守られた。ロランドゥスは法定代理人を通し彼女と合意して、指輪で結婚の約束をした。直ちに、カンミオラは銀貨二千オンスの身代金を送った。

こうして、ロランドゥスは牢獄から保釈され、自由の身となりメッシナへ帰ってきた。しかし、彼は結婚について一言も約束しなかったかのように、婚約者のカンミオラに振る舞った。最初、カンミオラは驚いた。次に、彼女はこの男の忘恩を知り憤慨した。しかし、彼女は正義感からの行為であって、怒りに駆られたからとは思われたくないため、先ずロランドゥスが聖なる結婚の儀を執り行うように穏かに要求した。しかし、彼はこのようなことに自分は何の係りもないと否定したとき、カンミオラは彼を教会裁判所の裁判官に告訴した。そして、彼女は捺印された文書や高潔なお歴々の証言により、彼が配偶者であることを立証した。するとそのあと、ロランドゥスは赤面して真実を告白した。カンミオラのロランドゥスへの親切が知れわたると、彼は兄弟たちには非難され、友人たちからは促されて、彼はカンミオラの主張に同意して結婚を希うに至ったのである。

すると、この度量の大きな女性は衆人環視のなかで求婚者に向かい、おおよそ次のような言葉で話しかけたのである――

「わたしは、ロランドゥスよ、あなたが結婚を装って、わたしの純潔を奪うまえに、あなたの不当な裏切りを証明したのを、主なる神に感謝しなければなりません。その聖なる名を、あなたが忌まわしい偽誓で愚弄しようとしたお方のお助けにより、わたしは法に則り、あなたの自分自身とあなたの結婚に関する嘘偽りを退けました。これがわたしの最大の問題です。

「わたしが考えるに、あなたは投獄されている間、わたしが自分の立場を忘れて、軽率にも王家の血筋の婚約者を望んで、あなたの美貌に女性の強い欲望が燃えたのだと思いました。わたしのお金で自由の身をえると、あなたは一度の否定で、あなたのそれらの義務を忘れて、あざ笑い、押し潰すことができ、それから以前の高い地位へ返り咲き、より素晴らしい結婚ができると信じていたのです。あなたは力のかぎり全力でこれを行おうと努めたのです。

「しかし、高処《たかみ》から慎ましき人びとをみおろして、自らに希望を抱く人びとを決して見捨てることのない主なる神は、わたしの心の純粋さを知って、わたしの細やかな努力であなたの欺瞞を砕き、あなたの忘恩を暴露し、あなたの不実を顕わにするよう図られたのです。わたしはこれをあなたの罪深い行動をわたしの嫌悪の対象とするだけに行ったのではありません。今後は、あなたの兄弟たちと他の人びとはどれほどあなたの誓約を信頼しうるか、友人たちは何をあなたに期待しうるか、そして、あなたの敵は何を恐れるべきかを分かるでしょう。わたし自身はお金を失い、あなたは評判を失いました。わたしは希望を、あなたは王と友人たちの信望を失いました。シキリアのご婦人たちはわたしの寛大さを崇敬し称讃しました。あなたはすべての人びとの眼前で、彼らがあなたを知ろうと知るまいが、面目を失い、笑いの的となったのですから。

「しばらくの間、わたしはこの件で裏切られました。わたしは愚かにも、黄金の代価として、拘束の鎖から王家の有名な若者を解放していると思っていました。しかし今や、わたしは嘘つきの酒保商人、不実な飲み屋に入りびたる放蕩者、恐ろしい野獣を解放したと思っています。

「しかし、もしあなたが正当におできになるなら、わたしにお答え願いたい――わたし自身がわが贈り物であなたをわがものと信じたとき、わたしがあなたの自由のため莫大なお金を支払ったとき、あなたの王の輝かしい栄光はどこにいったのですか？　あなたの無限の力はどこに？　あなたの眩しい美貌はどこに？　これらはすべてあなたが投獄されていた独房の闇に覆われて薄暗く霞んでしまわれました。あなたが今や揚々と誇るこれらの賜物は錆びた鎖による汚れ、陽が当たらぬゆえの顔面の蒼白と不快な牢獄の不潔さによって打ち砕かれ、あなたは衰弱し無気力で悪臭を放ち、誰からも見捨てられたのです。その時こそ、あなたはいつもいっていました、わたしは王家の青年に値するだけでなく、天上の主なる神にも値する女性《ひと》よ、と。

「おお、哀れな人よ、何たる容易に、何たる迅速に、あなたは祖国の空をみるや否や、思った以上に、あなたは自分の考えを忘れられました。そして、あなたが自らの主人になるや否や、何と速やかに忘れたことか、わたしこのカンミオラこそあなたを覚えていた唯一人であるかを、あなたの不幸を哀れんだ唯一人であるかを、あなたの身の安全のため自分の財産を費やした唯一人であるかを！　わたしこのカンミオラこそあなたを、あなたの祖先の不倶戴天の敵の手から、足枷の鎖から、牢獄から、そして極度の悲惨から、わたしの金銭で、救い出したのです。わたしが絶望に沈むあなたを希望へと引き上げ、祖国へと戻し、王宮へ返し、かつての輝かしい生活へ呼び戻しました。わたしが衰弱し醜い捕虜の身から王宮の、屈強な見目麗しい青年に変えたのです。

「なぜこのわたしは、あなたが覚えておくべきことを想い起こさせ、あなたは否定できないのでしょうか？　あなたはこれらの恩恵を大いに肝に銘ずべきであったのですが、あなたは誠実で立派な証拠と捺印した文書で確認された結婚の約束を敢えて否定することでわたしに感謝しました。そして、あなたは買い戻し人のこのわたしをみくだし中傷し、できることなら、恥ずべき疑念でわたしの名誉を傷つけようとしました。狂人たるあなたはある騎士の娘の寡婦を妻に娶るのを恥じたのです。おお、何と遥かに良かったことでしょうか、あなたが誓った約束を取り消すのを恥じ、聖なる恐るべき主なる神の名を軽んじたのを恥じ、あなたの忌まわしい忘恩により、あなたが何と多くの悪徳を顕わにしたのを恥じたとしたら！　わたしは王族の血筋の女性ではありません。しかし幼年期より、わたしは王家の姫や嫁、それに奥方たちの下で経験を積んで参りましたので、わたしが彼女たちの振る舞い方や性質を十分に体得したのは驚くに当たりません。これで王家の高貴な地位に就くため十分でありま す。

「要するに、あなたが力のかぎりわたしをひどく扱ったこの件で、一歩譲歩するとしましょう。あなたがわたしのものであるとき、あなたはそれを否定しました。しかし、今やわたしはあなたがわたしのものであると立証することに成功したからには、わたしは自発的にあなたはわたしのものではないと譲歩して、それを認めましょう。あなたのものは王家の名声だとしても、それは裏切りの汚名でひどく傷ついています。あなたの若さ溢れる力と移ろい易く儚い美貌をあなたのものとしなさい。わたしはこの寡婦の身で満足しましょう。そして、主なる神が下さったこの幸運を、あなたを父親として子供を生んだかもしれないものよりも、一層名誉あるわたしの世継ぎといたしましょう。

「されば、立ち去ってください、不幸なる青年よ。あなたが自らこのわたしには値しない者とされたのです。自らの出費であなたが他の女性たちを弄ぶ策略と欺瞞をお学びください。わたしはあなたに騙されるのは一度だけで十分ですから。それゆえに、わたしは決してあなたと一緒になるつもりはありません。実際、わたしはあなたの抱擁より独身生活の方が遥かに優ると思います。」

カンミオラはこの演説のあとに、彼の眼前から引き下がり、それ以降彼女はどんなに懇願され説得されようとも、この賞賛すべき決断を決して翻意しなかった。

しかし、ロナルドゥスは困惑し、彼の怠慢を後悔しても後の祭りとなり、誰からも軽蔑された。こうして、彼は頭《こうべ》を垂れて彼の兄弟たちだけではなく、一般大衆の前からさえ逃げ去ったのである。こうして、彼は悲惨な未来へ姿を消し、不当にも拒否した女性を正当に取り戻す勇気もなかった。

しかしながら、王やその他の貴族たちはこの女性の高潔な精神に驚き、どちらがより賞賛すべきかを知らずに、彼女の気高い精神を大いに褒め称えた。すなわち、彼女が女性の強欲に反し、かくも多額の金銭で青年を身請けしたことか、あるいは彼が一旦身請けされて有罪の宣告を受け、彼女が勇敢にも彼を軽蔑して価値のない人と拒絶したことかを。

CVI

イェルサレムとシキリアの女王ヨハンナについて

シキリアとイェルサレムの女王ヨハンナ(1)はその血統、その権勢とその性格で現代の他のどの女性よりも傑出している。彼女について言及を省略するのは嫌われようが、わずかしか書かないことより、沈黙を守る方がよりましであろう。

彼女はカラブリアの有名な公爵でシキリアとイェサレムの王、今は亡き輝かしい名声を誇るロベルトゥス王の長男のカロルス閣下の長姉であった。そして、彼女の母マリアはフランス王フィリップスの妹であった。もし彼女の両親の祖父と曾祖父を最後まで辿りたいなら、数かぎりない多くの先代の諸王たちを通し、人びとがその父をユピテルというイリオン（トロイア）の創建者ダルダヌス(2)に遡るまで、われわれは立ち止まらないであろう。このかくも古くかくも高貴な一族から、父母側にじつに多くの有名な君侯たちが輩出したので、すべてのキリスト教徒の王は血か結婚によってこの家系と結びついている。こうして、いかなる王朝も現代または父祖の代に、世界中でこれほど気高く輝いたものはいない。

父カルロスが夭逝したとき、ヨハンナは未だ小さな子供であった。祖父のロベルトゥスには他の男性の子供たちがいなかったので、彼の命令で、彼女は父親が亡くなると、唯一人の生存者として、王国の正当な後継者となった。彼女の強大な相続遺産は熱帯や北極の下のサルマティア人(3)たちの間を越えて遠くへは及んでいなかった。むしろ、その遺産の王国は温暖な気象の地域、すなわち、アドリア海とティレニア海の間で、ウンブリア[4]、ピケーヌム[5]と、ウォルスキー族[6]の古代国からシキリア海峡までに至った。これらの境界のなかで彼女の支配は古代カンパニア人[7]、ルカニア人[8]、ブルッティ人[9]、パエリグニ人[10]、サレンティーニ族[11]、カラブリア族[12]、ダウニア族[13]、ウェステニ族[14]、サムニウム族[15]、マルシ族[16]、その他多く民族がいた。さらに大きな領国、例えばイェルサレム王国、シキリア王国とアルプス山脈のこちら側の（南側）ガリアの山麓地帯はいうまでもない。それらのすべてを権利を主張する連中が不法にも占領している。その上、彼女の命令に従い、彼女を自分たちの君主の女王と認める人びとにはガリア・ナルボンヌ[17]とローヌ川流域、それにアルプス山脈の間の住人たちとフォルカルキエ[18]の住人たちが含まれる。

　この地域には何と多くの有名な都市が、素晴らしい町が、湾が、漁夫の避難所が、船渠《ドック》が、湖が、治療の泉が、森が、森林が、牧場が、快適な奥地が、そして肥沃な耕地があることか！　そしてさらに、何と多くの民衆が、何と偉大な君侯たちがいることか！　たしかに、彼女の王国の富の偉大さと豊かな食糧を叙述するのは容易ではなかろう。

　もしわれわれが彼女の統治権が途轍もなく大きく、女性が通常それを所有しえないことを十分に吟味すれば、その名声に劣らず驚愕する。そして、遥かに一層驚くべきことは、ヨハンナの精神はその支配に十分に匹敵したことである。彼女はかくも光り輝く父祖たちの天性の資質を守ってきたのである。

　というのは、王冠を戴いたあとには、ヨハンナは勇敢に立ち上がって行動を起こして、特に市と人の住む地域のみならず、アルプス地方、遠く離れた峡谷、森林、それに恐れて逃げ込んだか、あるいは高い絶壁に身を隠す無法者たちの手から荒れ果てた沼沢地を浄化したのである。軍隊が勇敢な指揮官の下に派遣されて、それらの要塞が攻略されてそのなかに潜む恐ろしい連中が処刑されるまで、かかる場所の包囲網は解かれなかったのである。前の王は進んでこれをしようとしなかったし、できもしなかった。ヨハンナは自分が所有する国土を、貧者も富者も、昼も夜も歌いながら、彼らの道がつれていく場所はどこへでもいけるような秩序を取り戻したのだ。そして——それに劣らず有為なことは——このような分別をもって、彼女は指導的な人びとと王国の君侯たちの手綱を引き締め、彼らの放逸なる振る舞いを改善した。その結果、彼らは以前の傲慢さを捨て、昔は諸王たちを軽んじていた人びとは、今日では怒れる女王の顔をみて身を震わせるのだ。

その上、ヨハンナはじつに目先が利くので、頭脳より策略により彼女を欺くことができよう。彼女は女性風というよりも王のごとくに寛大である。そして、感謝すべき奉仕を高く評価し、それを忘れない。彼女は大変忍耐強く堅実なので、彼女の崇高な決意は容易に正道から逸れることがない。これはしばらく前に、あらゆる方向から頻繁に彼女を激しく襲い、打ちのめした、あの荒れ狂う運命の打撃によって十分証明されている。なぜなら、ヨハンナは王家の兄弟たちと、彼女の王国の真ん中で時折り荒れ狂った、外での戦争の間苦難を十分に味わっていたのだ。こうして、他人の罪のために、彼女は逃亡と、流罪と、夫たちの苛酷な仕打ち、貴族の嫉妬、不当な悪評、教皇の脅しなどなど、これらすべてを逞しい心で耐え抜えたのだ。そして遂に、彼女は不撓不屈の精神ですべてを打ち負かした。誓っていうが、これらは屈強でじつに権勢のある王には偉大な功績であったろう、況や一介の女性にとっておやである。

　彼女はその上素晴らしく快い美貌の持ち主であった。彼女は優しい口調で、それはすべての人びとには魅力的な語り口であった。そして状況に応じて、彼女は王家の断固たる威厳を示した。同様に、彼女は人柄が親密で、情愛に満ち、寛大で、親切であたので、人はヨハンナを女王というより彼女の人民の仲間と呼んだであろう。人はじつに賢明なこの女王のなかに、何をより偉大な資質として求めようか？　もし誰か彼女の高潔な性格を余すことなく描写するのを望むならば、じつに長く話す必要があろう。

　これらの理由にもかかわらず、わたし自身このヨハンナは誉れ高い卓越した名声で注目を引くだけでなく、今までどの民族にもみられなかった、イタリア独特の栄誉であると思うのである。

結論

十分に明白なように、わたしは今や現代の女性たちまで到達した。しかし、彼女たちの間で、光り輝く女性たちは非常に稀であるので、わたしは現代の女性たちを論じて先へ進むよりも、この辺りで終わるのがより名誉なことに思う。人類の最初の母エヴァで始めたこの作品が、かくも秀逸なる女王で終わるからには、なおさらのことである。

しかし、わたしは多くの有名な女性たちを省略したという人びとがいるのも知っている。これらの人びと以外に、恐らく当然異議を唱えることのできるその他のことについて、反対する人びとがいるのも承知している。

しかし、へりくだって前者の人びとへ答えるためには、わたしは自発的に多くの女性たちを省略したのを認めよう。というのは先ず、わたしは彼女たち全員に言及することができなかった。なぜなら、〈名声〉に凱歌をあげる〈時間〉が大多数の女性たちを飲み込んでしまったからである。また、わたしは名声が後世へ生き延びたすべての女性たちを目撃できなかったし、知っている女性たちのなかでも、わたしの記憶は必ずしも期待通りに役には立たなかったのである。しかし、わたしがまったくもの忘れが激しいと思われないため、ギリシアやラテンはもとより、異国の多くの女性たちと、それぞれの皇帝や王の皇妃たちと王妃たちさえ省略したのを知って頂きたい。たしかに、わたしは数かぎりりなく多くの女性たちをみて、彼女たちの悪業を知ったけれども、わたしが筆を執ったときに、そのすべてを書きたいとは思わなかったのである。むしろ、わたしがこの小著の初めに証言したように、わたしは大多数のなかから、わずか何人かの女性たちを選んで、それらの女性たちを読者の前に供えるつもりであった。わたしはこれが十分適切に果たされたと思うので、異議を唱えることは無益であろう。

しかし、後者の残りの人びとに、わたしは少なからぬものが不適切に存在するのはありうるし、実際に起こったことを容易に信じられるといって置こう。というのは、著者は事実に関する無知と自分の作品に対する過剰な愛着から、しばしば欺かれるのである。もしこれがそうであるなら、わたしは残念であるし、わたしは名誉となる学問研究の崇敬に足る栄光に誓って、わが読者たちがより賢く冷静な心で不出来なところをお許し下さるようにお願いしたい。そして、もし彼らが慈悲深く愛情あふれる心の持ち主ならば、彼らこそが不適切に書かれた文言を補足し、または削って修正し改善してほしい。こうして、作品が誰の役にも立たず、敵の歯で打ち砕かれて死ぬより、むしろ誰かの利益のために生き永らえるであろうから。

チェルタルドのジョヴァンニ・ボッカッチョの

『名婦列伝の書』ここにめでたくおわる

[訳注]

献辞

(1) 現在のトスカーナ州フィレンツェ県にある人口約一万六千人の基礎自治体《コムーネ》。作者ボッカッチョのゆかりの地(出生地との一説もあり)で、一三七五年にこの地で没した。群馬県の甘楽《かんら》町がチェルタルドの姉妹都市のひとつである。

(2) フィレンツェ生まれのイタリア貴族でボッカッチョの友人でもあり、一三六二年頃にアルタヴィッラ伯爵のカプアのバルトロメオ二世と再婚して伯爵夫人となる。ナポリ王国の王妃ヨハンナ(=ジョアンナ)の宮廷の一員で、この頃この宮廷でボッカッチョの知己となったとされる。

(3) アルタヴィッラ家は最も重要で影響力のあるノルマン一族で、南イタリアとシキリアの変遷史の主人公であった。地名としては「アルタヴィッラ・ミリチャ」と呼ばれるシキリアのパレルモを主とするコイーネで、これは十一世紀シキリアを征服し、後にシキリア島にノルマン王朝を築いたノルマン人の入植者であるフランス名'Hauteville'家に因んで命名された。

(4) 現在人口三千人弱のアプルッツオ州キエーテ県のコムーネの一つでる。上述のアッチャイオリ・アンドレアの最初の夫は一三四六年に亡くなったこのモンテオドリージオ伯爵のカルト・ダルト(Carlo d'Arto)であった。

序文

(1) スパルタの王(d.480 B.C.)。テッサリアからロクリスへ通ずる海辺の隘路テルモピュラエの戦いでペルシャ軍を迎え撃つが戦死した。

（2）通称大カトー（前二三四－一四九）は政治家・文人で厳格な保守主義者。その曾孫の小カトー（前九五－四六）はポンペイウス側についてカエサルと戦って敗れ、ウティカで自殺した。

（3）特に、C・ファブリキウスは前二八二年と二七八年に執政官を務め、エピルスの王ピュッルスとの戦いが有名。清廉潔白の模範的人物とされる。

（4）ローマのセンプロニア氏族の姓の一つで、大グラックスとその二人の息子小グラックス兄弟としていずれも護民官を務めた。

（5）第二次ポエニ戦争におけるカルタゴの名将（前二四七－？一八三）。

（6）北アフリカの古代王国ヌミディア（現アルジェリアに当たる）王でローマの将軍マリウスに征服された（前一〇四年）。

（7）特にL・コルネリウス・スッラ・フェリックスが有名で、ローマの独裁執政官（前一三八－七八）。

（8）特に、グナエウス・マリウスはユグルタやチュートン族の征服者として有名な将軍（前一五六－八五）。

（9）特にL・リンキニウス・グラッススはキケロ時代（紀元前一世紀前半）の有名な弁論家。

Ⅰ

（1）‘Coele Syria’「凹《へこ》んでいるシリア」の首都をさす。リバヌス山脈とアンティリマヌス山脈の間にある。

（2）ヨルダン川西岸の地区にある聖書時代からの古いの町。

Ⅱ

（1）アジア西部のオクスス（Oxus）川とヒンドゥ・クシュ（Hindu Kush）山脈との間にあった古代国家。現在のアフガニスタン北部のバルク（Balkh）地方に当たる。

（2）ニムロド（Nimrod）はノアの曾孫の狩りの名人。「創世記」10：8－9参照。Cf. アムルド（Amrud）古代アッシリアの首都の名称。（Amrud）
（3）スーダン東部白ナイル川と青ナイル川に挟まれた地域の平原を指す。

Ⅲ

（1）小アジアの北西部の国ミュシアの町で、ペルガモン王国の首都。古代の図書館で有名である。
（2）ペルガモンの王の名で、特にアッタルス三世が有名。彼はローマ人を自分の後継者に定めたといわれる。
（3）紀元前三世紀にガリアから小アジアへ移住したケルト族の一種族ガラタエ人の国であるガラティアの町である。

Ⅳ

（1）エーゲ海東部のギリシア領の島。
（2）エーゲ海南部のデロス島の周囲にあるキュクラデス群島の一つの島。
（3）南ギリシアのペロポネソス半島の北部地方を指す。
（4）ギリシアのペロポネソス半島北東部の古都。紀元前七世紀に最も栄えた。
（5）ローマの北北西にあった古代エトルリア人の都市。

Ⅴ

（1）ギリシアの北西部の国エピルスの一部族。
（2）アッティカの町で、穀物の女神ケレースの神秘教で有名である。

Ⅵ

（1）テーバイの創建者の古い王で、彼の治世中に大洪水があった。
（2）アフリカの北海岸の二つの大きな流砂地域で、大と小に分かれる。
（3）アフリカの北海岸にある川と湖。ミネルヴァ女神が生まれた場所と伝えられる。
（4）リュディアにあるイオニア十二市の一つで海に近い。
（5）頭髪に数匹の蛇が絡みつき、黄金の大翼を持ち、目には見る人すべてを石に化する力を持った三姉妹。特に、メドゥーサを指す。

Ⅶ

（1）キュプロス島の町で、ウェヌス女神に聖別された。
（2）エーゲ海にある大島の一つで、火と鍛冶の神ウルカーヌスの住んだ島。

Ⅷ

（1）ペロポネソス半島にあったアルゴス国の最初の王。
（2）イナクス王の息子でアルゴス王でイオ（Io）の兄弟。
（3）不詳
（4）アティカ最初の王で、アテナイの城砦の創建者。その姿は半人半蛇であったといわれる。
（5）ユピテルが愛した少女イオがユノーによって牝牛に変えられたとき、監視者となった百眼の巨人。
（6）エジプト人の神で牛の姿をしている。

（7）タンタルスの娘でアンフィロンの妻。ラトナに自分の子供の数を自慢して十四人の子供全部をラトナの子アポロンとディアナに射殺された。
（8）エジプトの神で、イシス女神の夫。
（9）ウリクセース（ユリシーズ）とキルケの子供で、父とは知らずウリクセースを殺したといわれる。ラティウムの古い町トゥスクルムの創建者。

IX

（1）シリアの沿岸地方の一国。
（2）カドムスとエウローパの父でチュルスの王。ディドーの先祖。
（3）エジプトの王ベルスの息子で、エジプトからギリシアへきてアルゴスの王となった。
（4）アルゴスの王でダナエの父。孫のペルセウスに誤って殺害された。
（5）アテナイの王で、プロクネとフィロメラの父。
（6）クレタ島の王で立法者。死後に黄泉の国の裁判官となった。
（7）イタリア南東部の大ギリシア（Magna Graecia）にあったギリシア人の植民都市。

X

（1）カイロ以南のスーダン国境に至る地域。

XI-XII

（1）黒海の東南岸に近く、テルモドン川辺に住んでいた女丈夫の種族。

（2）黒海の東方・北方の地域に住んでいた遊牧民スキタイ人の国。
（3）黒海周辺地域を流れる川の名前。
（4）不詳。

XIII

（1）アッシリアの伝説上の王妃セミラミスが亡き夫ニヌス王のためにバビロンの近くに建てた神殿墓で、高さ九スタディア（一スタディオン＝六百ギリシア・フィート）、幅十スタディアの巨大な墓のこと。

XIV

（1）エジプトのベルス王の息子でエジプトからギリシアへ渡って、アルゴスの王となった。
（2）エジプトの王アエギュプトゥスの息子でヒュペルメストラの夫。彼の兄弟たちはすべて妻に殺されたが、彼だけは妻に救われた。
（3）エジプトの昔の王。
（4）エジプトの王でダナウス王の弟。

XV

（1）ユピテル大神の息子でフィリギアの王。ペロプスとニオーベの父親。
（2）アトレウスとチュエとの父。トロイア戦争でギリシア軍総指揮官アガメムノンとその弟メネラウスの祖父。
（3）ユピテル大神とアンティオペの息子。テーバイの王でニオーベの夫。音楽上の巧妙さで有名であった。

（4）テーバイの有名な盲目の予言者。
（5）ティレシアスの娘での女予言者。
（6）アポロン神とディアーナ女神の母で、ギリシア神話のレト（Leto）女神に当たる。
（7）巨人族の一人で、ラトナ（Latona）やアステリア（Asteria）の父。
（8）小アジアのリュディア（Lydia）の山で、そこでニオベーが石に変えられた。

XVI

（1）カルキデス半島の東南東に位置するエーゲ海にあるギリシア領の島。
（2）エーゲ海東部の島で現在のスキオ島。
（3）テッサリアのアエソン王の息子で、アルゴー船の乗組み員の首領。コルキス王の娘メーデイアはこのイアソンに恋して、その目的である金毛の羊皮の獲得に成功させて、恋人とギリシアに逃げる。その後イアソンに裏切られて、彼女はイアソンとの間に生まれた二人の男の子を殺してアテナエへ逃げる。
（4）黒海の東南側にある小アジアの一部。黄金の羊毛皮の話で有名である。
（5）ネメアはペロポネソス半島の北東部に位置する古代都市で、ヘラクレースに殺されたネメア獅子で有名。ギリシア神話ではこのネメアはリュクルグス王とエウリディケ王妃に支配されていた。
（6）アルゴスの王でテュデウとスポリュニケスの義父である。

XVII

（1）コルキスの王でメーデイアの父。
（2）コルキスの川で国会へ注ぐ現在のリオン（Rion）川を指す。

(3)トラキアのハエムス山脈とダニューブ川の間に住んだモエシ族の国モエシアの町で、黒海に面する。オウィディウスが流刑にされた僻遠の地。
(4)コルキスの王アイエテスの息子で、姉メーデイアに殺された。
(5)前述のアブシュルトゥスの別名。
(6)テッサリアの王で、ペリアス王の兄弟でイアソンの父。
(7)テッサリアのヨルクスの王で、イアソンに金の羊毛の探求を命じた。
(8)コリントゥスの王で娘クレウサをイアソンに嫁がせてメーデイアに殺される。
(9)コリントゥスの王クレオンの娘でイアソンに嫁ぎ、メーデイアに殺された。
(10)アテナイの王でテーセウスの父。
(11)アテナイの王アエゲウスとメーデイアの息子で、メディア人の名祖といわれる。
(12)アテナイのアエゲウスとアエトラの息子で、パエドラの夫。若くしてパシファイと牛の間に生まれた人身牛頭の怪物ミノタウルスを、ミノス王がダエダルスに造らせた迷宮ラビュリントスのなかで退治した。

XVIII

(1)リュディアにあるイオニア十二市の一つの臨海都市。
(2)同じくリュディアの町。
(3)知恵、芸術、戦術を司る女神で、ローマのミネルウァに相当する。

XIX-XX

（1）ペルセウスの孫でミュケナエの王。彼はヘラクレースに十二の難行を課して苦しめた。
（2）ユピテル大神とアルクメナとの息子。十二功業を成し遂げたギリシア伝説中の最大の勇士。
（3）アマゾネス族の女王で軍神マルスの娘。テセウスに捕えられた。

XXI

（1）ティグリス、ユーフラティス両河下流地域を占めた古代メソポタミアの南東部地方。
（2）ローマの建設者で初代王。レムスと共に軍神マルスの双生児として生まれ、生後間もなく二人ともティヴェレ川に捨てられたが雌オオカミに哺育され、さらに牧羊夫に養育された。

XXII

（1）ネプテューンの息子で海の老人ポルクスの娘。怪物ゴルゴネスの一人。
（2）黄金の林檎の園を守ったヘスペルスの三人の娘たち，即ち、アエギエ、エリュテイア、ヘスペリス。黄金の林檎のなるヘスペリスたちの楽園。
（3）頭髪に数匹のヘビが絡みつき、黄金の大翼を持ち、見る者を石に変える三姉妹たち。
（4）ユピテルの子でメドゥサを退治した英雄。
（5）ペルセウスがメドゥサを退治したときに、その頸または血から生まれた有翼の天馬。

XXIII

（1）数種族から成るロクリ族の棲む地とギリシアの最西部のアカルニアの間にあるギリシアの一地方。

（2）ミュケナイ王でペルセウスの孫。
（3）エウボエアのオエカリアの王エウリュトゥスの娘で、ヘラクレースに愛されてオエカリア市の滅亡後に、捕虜となった。
（4）XIX-XX［訳注］（2）参照。
（5）アルゴリスの町。その付近でヘラクレースが獅子を退治した。
（6）小アジアの一国で、サルディスを首都とするリュディアのこと。
（7）ヘラクレースの別名。

XXIV
（1）カリュドンの王オエネウスの娘でヘラクレースの妻。
（2）カリュドンの王オエネウスの息子で、アルゴ船乗組員の一人。
（3）ケンタウルス族の一人で、ヘラクレースの妻デイアニラに暴行しようとして、ヘラクレースの毒矢で殺された。
（4）ギリシア本土の西部のアエトリアの町。その地における猪狩りの伝説で有名。
（5）ペロポネソス半島の東部のアルゴリス国の首都アルゴス付近の沼沢地で、ここに生息した水蛇ヒュドラはヘラクレースに退治された。
（6）オエカリアの王エウリュトゥスの娘イオーレの別名。
（7）ヘラクレースの部下。妻デイアニラによって毒を塗られた肌着をヘラクレースに届けた。

XXV

(1)テーバイの王ライウスの妃でオイディプスの母。わが子と知らずにわが子オイディプスの妃となった。

(2)ラブダクスの息子でテーバイの王。誤って息子オイディプスに殺された。

(3)ギリシア中部の地域で、デルフィーの町とアポロンの神託所がここにあった。

(4)オイディプスとイオカスタの息子で、弟ポリュニケスとテーバイの王位を争い、一騎打ちして共に斃れた。

(5)テーバイの王オイディプスとイオカスタの息子で、七将の一人としてテーバイを攻め、兄エテオクレスと戦い両者共に果てる。

(6)テーバイの王オイディプスとイオカスタの娘。

(7)同じくオイディプスとイオカスタの娘。

XXVI

(1)不詳。

(2)クーマエの巫女で、アエネアースを冥界にへ導いた。

(3)イタリア中部の地域で、首都はカプア。

(4)ギリシアのエウボエア島の住人。

(5)カンパニアの沿岸の町。イタリアの最古のギリシア植民市。

(6)占いに関する書物を著したエトルリア人。

(7)「光り輝く者」の意味。太陽神としてのアポロンの呼称。

(8)イタリアのプテオリ付近の深い湖。冥界への入り口といわれた。

(9) カンパニアの海岸の小さな町。温泉で有名。
(10) ウェヌスとアンキセスの息子でトロイアの勇士。トロイア滅亡後にイタリアに渡り、ラウィニウム市を建てる。ローマ市の建設者とされるロムルスの祖先。ウェルギリウスの叙事詩『アイネーイス』の主人公としても有名である。

XXVII

(1) メルクリウスの子でアルカディアの英雄。イタリアへ移りローマのパラティヌスの丘にパッランテウムの町を創建した。
(2) ローマの雄弁家・商人・盗賊の守護神で、ギリシアのヘルメスに当たる。
(3) イタリア中部のローマを貫流する川で、現在のテヴェレ川を指す。
(4) ローマの七つの丘の一つ。
(5) エヴァンドルスがイタリアに建設した町。後にローマ市がそこに置かれた。
(6) チュルスの王アゲノルの息子でエウローパの兄。テーバイの創建者。
(7) ローマ市の七つの丘の一つで、ユピテルの神殿が祀られている。
(8) イタリア半島のアペニン山脈の西側でラティウム北に住んでいた部族。
(9) 前七百年頃の伝説的なローマ第二代の王。
(10) 十二使徒の一人で、後にローマカトリック教の初代教皇の座に就く。

XXVIII

(1) アテナイの王でプロクネとフィロメラの二人の娘の父でもある。

XXIX

(1)アルゴス王アドラストゥスの娘で、テーバイ王オイディプスの息子ポリュニケスの妻。

(2)アルゴスの王。

(3)オイディプス王と王妃イオカスタの子で、テーバイを攻め兄と戦い共倒れとなる。

(4)ギリシアのアルゴスの勇士で予言者。テーバイ攻めの七人の一人。

(5)コリントゥスの王で娘をイアソンに嫁がせて、メーデイアに殺される。

XXX

(1)テーバイの盲目の予言者。

(2)ティレシアスの娘で予言者。

(3)バビロニアの南部の土地カルダエアに住む民族。

(4)ノアの曾孫で狩りの名人。

(5)イオニアの「クラロス」の町で、アポロン神の神殿と神託が有名で、アポロン神の形容詞として用いられることが多い。

(6)アルゴー船の乗組み員勇士として参加したアルゴスの予言者。

(7)イタリア北部の湖で、現「ガルダの湖」を指す。

(8)パドウゥス川以北のガリアの町で、ミンキウス川辺にあり、その付近にウェルギリウスの生地アンデスだある。

XXXI

（1）テッサリアの王で、ミニュアエの名祖。アルゴー船乗組みの勇士たちはその孫たちであったといわれる。

（2）黒海東岸の一地域。

XXXII

（1）アマゾーン族女王で、トロイア軍を助けてギリシアと戦い、アキレスに殺される。

XXXIII

（1）トロイアの町で、アポロンの神殿があった。

（2）アキレスの息子で、トロイア戦争でトロイア王プリアムスを殺した。

XXXIV

（1）フリギアの首領。トロイアの王プリアムスの妃のヘクバの父。

（2）ラオメドンの息子でトロイアの王。ヘクトル、パリス、娘カッサンドラの父親。

（3）アキレスの息子。ネオプトレムスとも称して、エピルスに王国を創建した。

（4）プリアムスとヘクバの息子。パリスが死んだ後はヘレナの夫となる。

（5）プリアムス王の息子の一人。

（6）トロイアの王プリアムスの娘で。アポロン神に愛されて予言の能力を与えられたが、神に対する背信行為のため罰せられて、その真実の予言も誰からも信じられなかった。トロイア落城の後には、アガメムノンの妾となりギリシアへ行ったが殺害された。

（7）エイティオン（Eetion）王の娘。ヘクトルの有名な妻。
（8）トロイア王プリアムスとヘクバの美しい末娘の名前。
（9）ヘクトルとアンドロマケの息子で、幼い時にギリシア人に殺害された。
（10）トラキアの王。プリアムスとヘクバの息子ポリュドルスを殺害した。
（11）トロイアの王子の一人。
（12）アトレウスの息子でミュケナイの王。トロイア戦争でギリシア軍の総指令官。帰国後に妻クリュタエメネストラに殺された。
（13）テュンダレウス王とレダの娘。夫の留守中にアエギストゥスと密通して、夫がトロイア戦争から凱旋した後に夫アガメムノンを殺害した。その後に息子のオレステスに復讐され殺された。

XXXV

（1）トロイアのプリアムス王と王妃ヘクバの息子。トロイア戦争の遠因といわれる。

XXXVI

（1）姦夫アエギストゥスの父。兄弟のアトレウスに自分の息子の肉を食べさせた。
（2）従弟のアガメムノンがトロイア遠征中に、その妻クリュタエメネストラと通じて、凱旋帰国したアガメムノンを殺したが、その子オレステスに復讐された。
（3）エウボエアの王。トロイア戦争におけるギリシア方の将。ウリクセースの奸計で死ぬ。
（4）エウボエアの王。息子パラメデスの復讐のためギリシア艦隊を難破させた。

XXXVII

（1）スパルタのラコニアの町。即ち、スパルタを指す。
（2）ヘラクレースの町を意味するいくつかの都市。
（3）ルカニアのヘラクレア生まれのギリシアの画家（前五世紀頃）。
（4）ブルッティイの東岸の町で、アカイア人が創建した。
（5）メネラウスとヘレナの娘でオレステスの妻。
（6）クレタ島の最高峰。ユピテルの生育地といわれる。
（7）トロイア王ラオメドンの娘で、ヘラクレースに海の怪獣から救われて、テラモンの妻となった。
（8）女神ウェヌスの島。
（9）トロイアの岬と町。
（10）ヘレスポントゥスにある岬の名。
（11）小アジア中部の古代国家。
（12）コリントゥスの王で、オイディプスの養父。

XXXVIII

（1）太陽神の娘でコルキスの王アイエテスの姉妹。アイアエア島に住み、人間を動物に変える魔力を持っていた。
（2）コルキスの王で、メーデイアの父。金の羊毛の保管者。
（3）前四世紀頃に、イタリア南部のウンブリア地方に住んでいた種族。前五から四世紀にローマに征服された。

(4) ウリクセースとキルケの息子。それと知らずに父を殺した。トゥスクルムの建設者といわれる。
(5) アイネアースの乳母とされる説。またラティウム港町の説がある。
(6) サトゥルヌスの息子。キルケによって啄木鳥《きつつき》に変えられた。Cf. 小文字の 'picus' は「啄木鳥」を意味する。
(7) 果物と果樹の女神。

XXXIX

(1) XXXVIII の訳注 (3) を参照。
(2) ウォルスキ族の王でカミッラの父。
(3) ウォルスキ族が建てたラティウムの町。
(4) ラティウム地方にあるの川。
(5) ラティウムの沿岸の町ラウレンティウムの住人であるラウレンテス族の王ラティヌスの娘。
(6) ラティウムのアルデアを中心に住んでいた一族。
(7) ルトゥリ族の王。許嫁のラウィニアをめぐる争いからアエネアースの率いるトロイアに戦争を仕掛けてアエネアースに討たれた。
(8) トロイア人 (Troianii) と同意。
(9) フリギアの大地の女神。穀物の稔りの象徴。

XL

(1) スパルタの王。オエバルスの息子でペネロペの父親。

(2) ウリクセースとペネロペの一人息子。
(3) ウリクセースの父親の名前。
(4) イオニア海の島。ウリクセースの故国と伝えられる。
(5) エーゲ海上のエフェスス沖の島で、ピュタゴラスの生地。
(6) エウボエア島の王でトロイア戦争でのギリシアの将の一人。
(7) エウボエア島の王。息子のパァラメデスの復讐のためギリシア七艦隊を難破させた。

XLI

(1) XXXIX の訳注 (5) 参照。
(2) ラウレンテス族の王で、娘のラウィニアをアエネアースに嫁がせた。
(3) ラティヌスの妻でラウィニアの母。
(4) XXXIX の訳注 (6) 参照。
(5) XXXIX の訳注 (7) 参照。
(6) ラティウムの川の名前。その傍にアエネアースが埋葬されたといわれる。
(7) アエネアースとクレウサの息子で、アルバ・ロンガ市を創建した。
(8) アルバ・ロンガの歴代の王の名前となる。

XLII

(1) シリアの沿岸地方を指す。
(2) エウローパの父でチュルスの王。ディードーの祖先。

(3)チュルスの王でバビロニアの創建者。
(4)ベルスの子でチュルスの王。彼の姉妹のディードーの夫シュカエウスを殺害した。
(5)ディードーの夫。
(6)古代フェニキアの海港都市。
(7)カルタゴの北西の地で、ここで小カトーが紀元前四六年に自殺した。
(8)カルタゴの城砦を意味する。
(9)古代アフリカの一部族。
(10)ヨアキムの妻で貞女。「ダニエルの書」十三章参照。
(11)「コリントの信徒への手紙」第一7:36参照。
(12)ローマ皇帝クラウディウスの皇妃。元老院議員ガイウス・シリウスと謀って皇帝を殺そうとしたが陰謀は発覚して自殺の猶予を与えられるが死にきれず、生命を与えられた者の手で殺害された。

XLIII

(1)シバの女王の名前?!
(2)エチオピアとナイル河畔にあった古代王国。
(3)金、宝石、香料を商って栄えたアラビアの古国。シバの女王はソロモン王の令名を聞き、その知恵と栄えと確かめるため、多くの宝石を持って王のもとを訪ねた。「列王記上」10:1—13参照。
(4)紀元前十世紀のイスラエルの賢王。ダヴィデの子でその後継者。
(5)プリニウスによれば、瀝青質の湖で死海を指す。
(6)ナイル川流域の砂漠地帯ヌビアにいた古代イチオピアの女王の称号。「使徒言行録」8:27—38に、カンダケに仕える宦官が使徒フィリポから受洗し、信者になったことが記されている。

XLIV

(1)ギリシアのコス島の女性で、プラテアあるいはラトオスの娘で、絹を始めて織った女性といわれる。また彼女は羊毛から糸巻棒で紡ぐため糸を作る技術を考案した。プリニウスの『博物誌』XI.26.76 参照。

XLV

(1)アルバ・ロンガの王ヌミトルの娘で、軍神マルスに愛されて、ロムルスとレムスの双生児の兄弟を産んだ。レア・シルヴィアとも呼ばれる。

(2)ラティウムの市でローマの母市。アエネアースの子アスカニウスがその創建者。

(3)アルバの王でアムリウスの兄弟。レア・イリアの父。

(4)プロカスの息子で彼は兄ムニトルを追放して、ロムルスとレムスをティベリス川へ投げ捨てるように家来に命じた。

(5)アルバ・ロンガの王でヌミトルの息子。叔父アムリウスに殺された。

(6)サトゥルヌスとオプスの娘で、炉と家庭生活の女神。ギリシアのヘスティアに当たる。

XLVI

(1)イタリア半島のアペニン山脈の西側ラティウムの北の地域に住んでした部族。

(2)ローマの第五代の王で在位は前六一六－五七九年とされる。

XLVII

(1) レスボス島の首都。現ミティリニを指す。

(2) パルナッソス山の泉。アポロンとムーサエへ捧げられた。

(3) フォエブスは太陽神アポロンのこと。ユピテルとラトナの息子でディアナと双子の神。詩歌、音楽、予言、医術を司る。

(4) 竪琴の一種。

(5) 「サッポ風の詩の韻律」で五脚の四行詩を示すと思われる。

(6) ユピテルとアンティオパの息子でニオーベの夫。テーバイの城壁を築く時に竪琴を弾ずると、石が自然に動いて城壁が自ずから出来上がったといわれる。

(7) 難破したウリクセースを七年間引き止めた海のニンフのカリュプソが住んでいた島。

XLVIII

(1) ルクレティウス・トリキピティヌスの娘でタルクイニウス・コッラティヌスの貞淑な妻。親戚のセクストゥス・タルクイニウスに凌辱されて前五一〇年に自殺した。

(2) ラティウムにあったルトゥリ族の町。

(3) ラティウムにあったサビニ族の町。

XLIX

(1) 黒海・カスピ海の北方にいた遊牧民族。

(2) スキタイの北端の山脈。

（3）スキタイの極北の山脈。
（4）ペルシャ帝国の創建者。前六〇〇年？－五二九年。
（5）ペルシャの川。現ベンデミル川に当たる。

L

（1）前六世紀のアテナイの遊女の名前。
（2）アレクサンドロス大王の祖父。
（3）ピシストラトゥスの僭主政治を受け継いだヒッパルクスを友人ハルモニディウスとアリストギトンが力を併せて前五一四年に殺害した。
（4）前六世紀のアテナイの僭主で、上記の二名に殺害された。
（5）アテナイの雄弁家・政治家で反マケドニア派の中心人物

LI

（1）ユダ王国の第七代の君主。ユダ王国歴代の王では唯一の女王。ダヴィデ王朝の流れを汲まない、北イスラエル王国のオムリ王朝の流れを汲み、ダヴィデ王朝を滅ぼそうとした最悪の暴君とされる。
（2）羊飼いから身をおこして初代イスラエル王サウルに仕え、サウルがペリシテ人と戦って戦死した後、ユダで王位に就く。ペリシテ人を撃破してイェルサレムに都を置いて全イスラエル王として四十年間君臨した。旧約聖書の「サムエル記」及び「列王記」に登場し、伝統的に「詩篇」の作者とされる。
（3）イスラエルの第七代国王で、オムリの息子でその後継者。シドンのイゼベルは妻。『ヘブライ語聖書』で、彼は邪悪な王とされる。葡萄畑の持ち主であるナボトは、これを欲しがったアハブに殺された。またイスラエルの民を偶像崇拝に導いた王とされる。
(4)紀元前九世紀前半の人物で、彼女はフェニキア人でイスラエル王アハブの后。父はシドン王エトバアル。「列王記」十六章に初出。
(5)ユダ王国第四代国王。紀元前九〇八年頃、アサを父、ヒルヒの娘アズバを母に生まれた。ソロモン王の死後対立していた北イスラエル王国と和解を成就。アハブ王の娘アルタヤを息子ヨラムの妻に迎えることでこの和解を成し遂げた。
(6)ユダ王国第五代の王。妻アルタヤに唆されて主から離れて、偶像礼拝を復活させた。
(7)ユダ王国第六代の王。母は北イスラエル王国のオムリ王の孫娘アタルヤ。父ヨラムが病没する前から摂政を務めて、二十二歳で王となった。
(8)ユダ王国第八代の王。アハズヤの子として生まれ、王がイエフに殺されると、母アタルヤが女王となり、自分の地位を脅かすダヴィデの王家の者を謀殺した。しかし、ヨアシュはその乳母は大祭司エホヤダの妻エホシェバによって助けられて、大祭司夫妻の保護の下に養育された。
(9)ヨラム王の娘でアハズヤ王の妹。ユホイアダ大祭司の妻であり、ヨアシュをアルタヤの虐殺から救った。
(10)アルゴスとミュケイナイの王で、アガメムノンとメネラウスの父。
(11)シキリア島のシュラクサの王。
(12)ヌミディアの王でローマの将軍マリウスに征服された。
(13)葡萄畑の持ち主のイズレエル人。これを欲しがったアハブ王に殺された。
(14)古代イスラエルの北東部地方で、北イスラエル王国の首都。
(15)古代イスラエルのサマリアの町。

（16）ユダ王国の第六代の王アハズヤ治世下の大司祭。

LII

（1）エトルリア王ポルセンナの人質であったが、ティベリス（テヴェレ）川を泳ぎ渡ってローマへ逃げ帰った勇敢なローマの乙女。

（2）ローマの最後の第七代の王。在位は前五三四年から五一〇年頃。

（3）エトルリアのクルシィウムの王。

（4）L・タルクイニウス・コッラティヌスの貞淑な妻。セクストゥス・タルクイニウスに凌辱されて前五一〇年に自害した。

（5）エトルリアの王。ポルセンナとの戦いで単身ティベリス（テヴェレ）川のスプリキウス橋を守った勇士。

（6）有名な執政官（前一三三年）。グラックス兄弟の支持者。

（7）ウェリアからフォルム・ロマーヌムへ至る道。

LIII

（1）イオニアの港町を指す。

LIV

（1）原語の‘dotata’は「嫁資金、結婚の持参金」を意味する。

（2）原語の‘lixa’は「従軍商人、海保商人」を意味する。

LV

（1）ウェトゥリアはローマの既婚女性で、伝説上のローマの将軍ガイウス・マルキウス・コリオラヌスの母親であった。しかし、プルタルコスによれば、彼女の名前はウォリュムニアであった。
（2）ラティウム南部にいた有力な部族で、前五世紀から前四世紀にかけてローマに征服された。
（3）ヴォルスキ部族の町。
（4）ローマ市北東に位置する山。

LVI

（1）マケドニアの王（前四一三年～三九九年）。
（2）小アジア西部のイオニアの都市。世界七不思議の一つディアナ神殿があった。

LVII

（1）エーゲ海に面する小アジア南西部の地域。首都はハリカルナッスス。
（2）カーリア王マウソルスの后（前四世紀）で、夫の死後に壮麗な霊廟マウソレウムを建立した。
（3）紀元前四世紀のカーリアの王。
（4）パロス島生まれのギリシアの彫刻家（前四世紀）。
（5）紀元前四世紀半ばにアテナイに生まれたギリシアの彫刻家。
（6）紀元前四世紀のギリシアの彫刻家。
（7）紀元前四世紀のギリシアのアテナイ出身の彫刻家。古代七不思議の一つであるハリカルナッススのマウソレウム（壮麗な霊廟）の建設に携わった。

（8）カーリア王国の首都。
（9）マウソレウムの建設に携わったギリシアの名匠の建築家。
（10）ギリシアの建築家でマウソレウム建設に携わった。
（11）エーゲ海の一部でパトモス島、レロス島と小アジアに囲まれた部分で、イカルスが墜死したといわれれ海域。
（12）ペルシア王（在位前四八五年－四六五年）で、第二回ギリシア遠征を起こしたが、サラミスの海戦で大敗した。
（13）アティカ沖、サロニクス湾にある島。この付近の海戦でギリシア軍がペルシア軍を大敗させた。
（14）テミストクレスはアテナイの政治家・将軍（前五二七年？－？四六二年）。サラミスの海戦でクセルクセスのペルシア艦隊を撃破（前四八〇年）。

LVIII

（1）特に十二表法編纂に与ったdecemviri legibus scribendis（前四五一年任命）の一人をいう。
（2）十二表法（Lex Duodecim Tabularum）とは古代ローマにおいて初めて定められた成文法を指す。名前は十二枚の銅板に記されたとする伝承に由来する。十二表法以前のローマでは法知識はパトリキ（貴族）に独占されていて、これに対するプレブス（平民）の不満が強かった。プレブスの成文法への要求が強まるにつれて、パトリキはギリシアのアテナイに使節を派遣してローマの成文法の参考にしたといわれる。
（3）古代ローマ付近にいた好戦的な種族。
（4）古代にローマ付近にあった山の名前。

（５）ローマから南下し、カプスを経てブルンディシウムに至る'Appia Via'「アッピア街道」や'Aqua Appia'「アッピア水道」はアッピウス・クラウディウスが造ったといわれる。
（６）美の女神ウェヌスの添え名。

LIX

（１）アッティカの町で豊饒の女神ケレースの秘儀で有名である。
（２）アトラスの娘でオギュギア島にいた海のニンフ。

LX

（１）アテナイの遊女で快楽主義者エピクロスの友人といわれる。
（２）ギリシアの哲学者、植物学の祖であり、アリストテレスの学塾リュケイオンの学頭を務めた。

LXI

（１）ギリシア北西部のエピルスにいた一族。
（２）アキレスの息子で、トロイア戦争でプリアムス王を殺した。ピュッルスとも呼ばれた。
（３）アエギナ島の王で、その正しい支配ゆえに死後は下界でミノス王らと共に裁判官に任命された。
（４）ギリシアの北西部の国で現アルバニアに当たる。
（５）アガメムノン王とクリュタエメネストラの息子で、エレクトラの弟。父を殺した母とその情夫アエギストゥスを殺したため、一時気が狂ったといわれる。
（６）マケドニアの貴族。フィリッポス二世を前三三六年に暗殺した。

（7）イタリア半島の南部の一地方。
（8）アレクサンドロス大王の異母弟を指す。
（9）古代マケドニアの街。マケドニア軍がローマ軍に敗北した土地。
（10）アンティパテルの息子で、アレクサンドロス大王没後のマケドニア王。

LXII

（1）この巫女クラウディアは執政官アッピウス・クラウディウス・プルケルの娘で、彼女は父の凱旋行進を平民たちの間に分け入って彼らの襲撃から救って、父をユピテル神殿のあるカピトリウムの丘まで随伴したといわれる。

LXIII

（1）平民から最初に執政官になった人物で、'novus homo'「新人」呼ばれて、前三〇七年と前二九六年に二度執政官に選出された。
（2）ローマの貴族アウルス・ウィルギニウスの娘。逆境にあった時に、彼女の慎み深さと美徳は模範として古代ローマでは有名になった。紀元前に九六年に平民出の執政官ルキウス・ウォルムニウスと結婚した。
（3）ローマのティベリス川の近隣に建つ「勝者ヘラクレースの神殿」を指す。
（4）古代ローマの家畜の「売り広場」で、通常 'Forum Boarium'「牛売り場」といわれる。
（5）原文 'Pudicitia Patricia' とは「貴族（の女性ら）の貞節・純潔」の崇拝を意味する神社。
（6）共和政ローマの政治家・将軍。五度以上も執政官に選出された。

（7）平民出のローマの執政官（紀元前三四〇年）で、彼が特に有名なのは「献身《ディオテディオ》」の儀式を通しての戦争での自己犠牲による。
（8）古代ローマの第四地区にあった通りで、スブッラとクイリナル丘の頂上を結ぶ街道名である。
（9）原文 'Pudicitia Plebeia' とは「平民（の女性ら）の貞節・純潔」の崇拝を意味する神社。

LXIV

（1）羊飼いファウストゥルスの妻で、夫婦で伝説上のローマ建国の双子の兄弟ロムルスとレムスを養育したいわれる。
（2）春の風ゼフュルスはラテン語で西風ファヴォニウス（Favonius）とも呼ばれる。

LXV

（1）三頭執政官の一人を指す。

LXVI

（1）古代ローマの女性肖像画家といわれる。

LXVII

（1）古代ローマの詩人として有名であった。アユグストゥス帝の治世に生きて、父はセルウィウス・スルピキウスで、当時文学の重要なパトロンであったメッサラ・コルウィヌスの姪といわれる。
（2）クイントゥス・スルピキウスの息子でローマのスルピキウスの父親（前二八〇頃）。

（3）共和政ローマの元老院議員で、紀元前二三七年に執政官を務め、北イタリアのガリア人と戦った。
（4）クーマエの巫女の記したという予言集で、古代ローマ人は地震や疫病時に、この書により神の怒りを解く法を見つけたといわれる。
（5）ラテン原語では 'Decemviri legibus scribundis' という。これは共和政ローマにおいてプレブス（平民）の政治的要求の高まりを契機に設置された政治的機関。
（6）ラテン語は「欲望から貞潔へ心を変える者としての女神ウェヌス像」の意味。

LXVIII

（1）シキリアの若い女性で、シュラクサ王ヒエロ二世の息子ゲロ（ン）の娘。
（2）シュラクサの王（在位前二七〇－二一六年）。ポエニ戦争でローマと敵対するが後に講和を結ぶ。
（3）ヒエロー二世の息子でシュラクサ王（前三世紀）。
（4）シュラクサの王でヒエロー二世の孫でその後継者。
（5）シュラクサの王ゲロ（ン）やヒエロー二世の義理の息子たち。

LXIX

（1）イタリア北部の村。一〇七七年にこの地で神聖ローマ皇帝ヘンリー四世が法王グレゴリー七世に屈服したいわゆる「カノッサの屈辱」の地。
（2）イタリア南部のアドリア海に臨む州。
（3）カルタゴの名将。第二ポエニ戦争でアルプスを越えてイタリアへ侵入した。
（4）アプリアの町。ハンニバルがイタリア軍を大破した古戦場。

（5）アプリアの川で、現オファント川を指す。

LXX

（1）カルタゴの貴婦人でポエニ戦争時に生きていた。ギスコの息子ハスドルバルの娘である。彼女はローマの凱旋で屈辱を味わうよりも自ら毒杯を仰いで死んだ。

（2）北アフリカにあった古代王国で、紀元前四六年よりローマの属州となった。

（3）カルタゴの将軍でローマとの第二次ポエニ戦争ではヒスパニアや北アフリカでローマ軍と戦った。

（4）第二次ポエニ戦争当時のマサエシュリ族の首長。

（5）第三次ポエニ戦争で戦ったローマの将軍のいわゆる小スキピオのこと。

（6）ヌミディアの最初の王で、第二次ポエニ戦争ではカルタゴ軍と同盟で反ローマ軍として戦ったが、後に同盟を変えてローマ軍の味方として反カルタゴを旗印に戦った。

（7）小スキピオの友人で執政官。「賢者」と呼ばれてキケロの『友情論』の主人公にも選ばれた。

（8）ヌミディアの首都で、現アルジェリア北東部のコンスタンティーノ市に当たる。

LXXI

（1）ギリシア東部のエーゲ海に臨む地域。

（2）テッサリアの人びとに大いに尊敬されて指導者の一人でもあるヘロディクス王子の妹で、その下に妹アルコがいる。彼女らはマケドニア王フィリップス五世の悪政に虐げられた。

（3）マケドニア王デメトリウス一世（前三三七年）。

（4）デメトリウス一世の息子でマケドニア王フィッリプス五世。

(5) マケドニアの一地方で、アレクサンドロス大王の生地でもある首都ペラの西方に位置した。
(6) マケドニアの北部に住んでいたパエオネス族の国。
(7) バルカン半島のエーゲ海北東岸の地域。
(8) マケドニアのテルー湾に臨む街。
(9) エウボエア島のカルキディケの西岸の町。
(10) エーゲ海最大の島で現ネグロポンテ島を指す。

LXXII

(1) 黒海または黒海周辺の地域で、特にビテュニアとアルメニアの間の地域を差し、前六三年以降はローマの属州となった。
(2) 別名「ラオディケ」とも称する紀元前九五年頃最も栄えたポントゥス王国の王女。
(3) ペルガモンの王エウメネス二世の庶子（紀元前二世紀頃）。
(4) ポントゥスの歴代の王の名前で、特にミトリダーテス六世はローマに反抗したが、ポンペイウスに敗れて自殺した（前六九年）。
(5) 小アジア東部地方の王国であったが、後にローマの属州となる。
(6) カッパドキアの歴代の王の名前。
(7) フリギアのゴルディウムの王で、その戦車の轅の結び目を解けないのが有名だが、アレクサンドルス大王がこれを断ち切ったといわれる。
(8) 小アジア北西部の黒海沿岸地方の国。
(9) ビテュニア王国の歴代の王の名前で、特にニコメデス四世フィロパトールは自ら王国をローマ人民に遺贈したことで有名である。

LXXIII

（1）ガラティア人の貴族の女性でその名前をキオマラという。テクトサギ族の首長オルギアゴの妻。

（2）古代小アジア中部の国ガラティアの民族。

（3）ガラティア人の三部族のテクトサギ部族の首長でキオマラの夫。紀元前一八九年のローマとの戦いで敗北したが勇敢に戦ったといわれる。

（4）シリアの歴代の王の名前。

（5）第二ポエニ戦争後期及びシリア戦争で活躍した共和制ローマの軍司令官、政治家。

（6）紀元前二世紀のローマの執政官。紀元前一八九年に小アジアのガラティアのガリア人種との凱旋勝利を指揮した。

（7）XLVIII の訳注（1）を参照。

（8）ルキウス・タルクイニウの妻で親族に凌辱されて自殺した貞淑の鑑とされる妻。

LXXIV

（1）ローマの執政官大スキピオの妻で、執政官ルキウス・アエミリウス・パッルスの娘（c. 紀元前二三〇―一六三年）。

（2）共和政ローマの軍人、政治家、元老院議員。第二次ポエニ戦争後期に活躍して、カルタゴの将軍ハンニバルをザマの戦いで破り、戦争を終結させた。

（3）古代ローマの歴史家リウィウスに由来する「スキピオの自制」という挿話にで語られる。即ち、第二次ポエニ戦争をスペインに戦っているとき、スキピオは若い女性の捕虜の寛大な身代金を拒否して、彼女のその許嫁の王子「アッルキウス」へ返してやったという。王子はその返礼としてローマ軍の味方になったといわれる。戦争時における「慈悲」の鑑とされる挿話。

LXXV

（1）フリギアかシリアの港町の名前。

（2）ポントゥス王国のミトリダーテス第六世の王。

（3）紀元前七五年－六五年の第三次ミトリダーデス戦争で敵の王ミトリダーテス六世を破った。ローマの将軍・政治家。第三頭政治の一人。カエサルとパファルサルスでの戦いで敗れる。

LXXVI

（1）ローマ共和国の中期から後期にわたって生きたローマの貴族の女性で、いわゆるグラックス兄弟の妹で、ローマの将軍小スキピオの妻であった。

（2）彼は旧派のプレブス（平民）で、宮中伯領に豪邸を持っていた。彼はスラム街の悪徳家主といわれて、雄弁であり叔父が中央イタリアに肥沃な土地とかなりの現金を残してくれた。政治的にはセンプロニウス・グラックス家の伝統で熱狂的なローマの独裁官スッラの支持者であった。

（3）LXXIV の訳注（2）を参照。

（4）大スピキオの娘。

（5）共和政ローマ期の軍人、政治家。カルタゴの破壊者。第二次ポエニ戦争で活躍したスキピオ・アフリカーヌス（大スピキオ）と区別して小スピキオと称される。

（6）二人はグラックス兄弟と呼ばれて、共に共和政ローマ末期、政治家としてローマの改革に着手するが、元老院の反発で失敗に終わる不運の政治家である。

（7）古代イタリア中東部のアドリア海に臨む地域。

（8）地中海のコルシカ島の南のイタリア領の大島。

（9）スペインのタラッコンの町で、小スピキオに紀元前一三三年に攻略された。

LXXVII

（1）ローマの奥方で神々の「偉大な母」たるキュベーレ女神をギリシア系小アジアの神殿からローマへ紀元前二〇四年に齎すのに功績があったといわる。

（2）第二次ポエニ戦争の間ローマ共和国の執政官で監察官であった。政治的には大スキピオ・アフリカーヌスと同盟を結んだことで有名である。

（3）共和政ローマの元老院議員で、第二次ポエニ戦争に参戦し、ローマが敗戦したカンナエの戦いの後、少数の兵力でカルタゴ勢を突破して生き延びた。紀元前二〇三年には執政官を務めた。

（4）ケルト系一部族で前三世紀にガリアからフリギアへ移住した人種の国。ここではフリギアの大地の女神キュベーレ崇拝が盛んであった。

（5）LXXVII の訳注（4）参照。

LXXVIII

（1）紀元前六三年頃のコーカサスの女性でポントゥスのミトリダーテス四世の妻となり、夫と共に連盟国を支配した。

（2）西アジアの北部イラン地方にあった古王国。
（3）ポンペイウス（紀元前一〇六－四八年）は共和国ローマの軍人、政治家。ユリウス・カエサル、マルクス・グラックスと一緒に第一回三頭政治を行った。ローマの内戦でカエサルに敗北し、最終的に暗殺された。
（4）ファルナケス二世（紀元前四七年）はポントゥス王国、ボスポロス王国の国王（在位紀元前六三年－四七年）。ミトリダーテス六世の息子。

LXXIX
（1）ルキウス・セルギウス・カティリナ（紀元前一一〇年？－六二年）共和政ローマの政治家。共和政ローマを転覆しようとしたカティリナの陰謀を起こした張本人。
（2）共和政ローマ末期の政治家，文筆家、哲学者。（紀元前一〇六年－四三年）紀元前六三年にルキウス・コルネリウス・スッラの副官であったカティリナのクーデター計画に対して、キキロは告発して、首謀者にカティリナ弾劾演説（Catiline Ortionis）を全部で四回行った。
（3）エトルリアの町で現フィエソレに当たる。

LXXX
（1）共和政ローマ末期の軍人、政治家。
（2）ユタランドに興ったといわれるゲルマンの一族。紀元前二世紀の終りにガリア・イタリア北部に侵入したが、ローマ軍に滅ぼされた。
（3）紀元前一〇二年にチュートン人をエクス・アン・プロヴァンスでローマの大ガイウス・マリウスが破

った戦い。

(4) 紀元前一〇一年七月三十日にローマ軍がゲルマン部族のキンブリー族を破った戦い。

(5) 炉または家庭の女神のウェスタに捧げられた神殿の巫女。

LXXXI

(1) ユリウス・カエサルの娘でグナエウス・ポンペイウスの妻。

(2) コルネリウス・キンナはカエサル暗殺者の一人。

(3) 大スキピオの娘でグラックス兄弟の母親。

(4) ローマの第四代目の王(紀元前六四〇年‐六一六年)。

(5) このポンペイウス・マグヌスはユリウス・カエサルと戦い、ファルサルスで紀元前四八年に大敗した。

LXXXII

(1) いわゆる小カトーの娘で、カエサル暗殺者の一人デキムス・ブルートゥスの妻。

(2) 現在のチュニジアにあった古代都市。

(3) 大カトーの孫で小カトーとも呼ばれ、ポエニ戦争でタプススの合戦に敗れウティカで自殺した。

(4) ユリウス・カエサルの暗殺者の一人であるが、より有名なマルクス・ブルートゥスと混同される。カエサルの最後の言葉 'et tu Brute'「ブルータス、お前もか」はこのマルクス・ブルートゥスを指す。デキムス・ブルートゥスはシェイクスピアの『ジュリアス・シーザー』の登場人物でもある。

(5) C・カッシウス・ロンギヌスもカエサル暗殺者の一人。

(6) ガイウス・ユリウス・カエサル・オクタウィアヌス(紀元前六三年‐一四年)。ローマ帝国の初代皇帝（紀元前二七年－一四年）。

（7）マルクス・アントニウス（紀元前八二年－三〇年）はローマの雄弁家でカエサルの武将、政治家。第二次三頭政治を成立させた。

（8）マケドニアの古都。

LXXXIII

（1）勇敢さと夫への献身的な愛で有名になったローマの婦人（紀元前約六〇年－五年）。

（2）ローマのスクリボニウス族の家族名クリオ（Curio）に由来する。

（3）監獄委員、造幣委員、植民地新設委員、土地分配委員等有力な三人の委員から成るローマ政治機関。

（4）紀元前一世紀頃のローマの雄弁家、法律専門家。紀元前四八年にポンペイウス軍に従事して、また紀元前四三年に三人委員会によって死刑執行か財産没収された。

LXXXIV

（1）ローマの貴族で、雄弁家。紀元前六九年に執政官に選ばれた。

（2）Q・ホルテンシウスの娘で、演説の名手。女性への課税反対演説が有名であり、後にウァレリウス・マクシムスの『著名言行録』*Factorum et Dictorum Memorabilium* でも論じられている。

LXXXV

（1）女流詩人のスルピキアの夫である以外詳らかでない。

（2）アウグストゥス皇帝の治世時代のローマの女流詩人で、セルウィウス・スルピキウス・ルフスの娘で、文学の重要なパトロンのメッサラ・コルウィヌスの姪といわれる。

LXXXVI

(1) ローマの女流詩人（紀元前約八五年－四〇年）。彼女は寸鉄詩《エピグラム》の名手といわれた。

(2) アウグストゥス皇帝の文学の黄金時代を指す。

(3) パルナッスス山腹にあったアポロンと女神ムーサエの詩の霊泉をいう。

(4) コルニフィキアの兄も詩人、コンスルに次ぐ最高行政間のプラエトル、神託官《アウグル》であった。

(5) 古代キリスト教の代表的な教父（三四七？－？四二〇）。ラテン語訳聖書の『ウルガータ』を完成させた。

LXXXVII

(1) ハスモン家の従兄妹アレクサンドルスとアレクサンドラの娘で、シャロム・シオンの曾孫娘。彼女はヘロデ大王の二番目の妻となった。

(2) 古代イスラエルを統治したハスモン朝の王・大祭司（在位紀元前六六年－六三年）。

(3) 古代イスラエルを統治したハスモン朝の君主（在位紀元前六七年－六六年）。

(4) アリストブルス一世（在位紀元前一〇四年－一〇三年）の妻（紀元前七六年－六七年）。

(5) ローマの三頭政治家の一人。オクタウィアヌスにより紀元前三一年にアクティウムの海戦で破れた。

(6) アリストブルス四世（紀元前三一年－七年）で、ヘロデ大王の息子。

(7) ヘロデ大王（紀元前七三年－四年）で、ユダヤの王（在位紀元前三七－四年）。残虐をもって有名。イエスが誕生した時の支配者。

(8) ヘロデ大王の息子で、王の最初の妻ドリスとの間に生まれた最初の息子(紀元前四六年－四年)。
(9) パレスティナの南部の人種を指す。
(10) 義理の父は一世紀頃のパレスティナ領主ヘロデ・アンティパス、実母はその妃ヘロディア。古代イスラエルの作家フラウィス・ヨセフスの『ユダヤ古代誌』や『新約聖書』の「福音書」などに伝わる。

LXXXVIII

(1) 一般にクレオパトラ七世の父とされるエジプトとのファラオのプトレマエウス十三世、フィロパトルス七世であるプトレマエウス・ディオニュシウス・アウレテスを指す。税金が莫大なため、エジプト人たちには好かれなかったといわれる。
(2) 不詳。
(3) エジプト王ラグスとアルシオネの息子プトレマエウス一世ソテルを指す。彼はアレクサンドロス大王の仲間たちでネアルクスを除き、最も親密な友人の一人で、戦役史を書いたとされる。
(4) ユダヤの歴史家ヨセフスによれば、彼はシリアとレバノンの国境にあるヘルモン山の西側斜面にある小さな王国の支配者とされる。
(5) 紀元前三八年に起こったユダヤ人に対する反乱を指す。
(6) 古代小アジア北西部プロポンティスに臨む地域にあった町で、アイスクラピウスの神殿と図書館が有名であった。
(7) 小アジアにあったポントゥス王国の国王で、特に六世が有名である。
(8) ナイル川河口の肥沃な三角洲。
(9) ポントゥス王国の王ミトリダーテス六世と彼の妹ラオディケ王妃との間に生まれた末の息子。ポントゥス王とボスポラン王国の王であった。
(10)プトレマエウス十二世アウレテスの六人の子供たちの四番目で末の娘でクレオパトラ七世の妹。
(11)小アジア支部のイオニアの都市。古代世界七不思議のディアナ神殿がある。
(12)地中海に注ぐ中東の川の名前。
(13)古代フェニキア(現レバノン)の商都で海港。鮮やかな紫がかった深紅色で有名。
(14)古代フェニキアの港町で、紫の染料で有名。現サイダに当たる。
(15)西アジアの北部イラク地方にあった古王国。
(16)アンティパトロス一世イドゥマエアはヘロデ王朝の創設者で、その子がヘロデ大王を差し、大王と最初の妻ドリスとの間の息子がアンティパトロス二世は離婚後に王妃マリアンメ一世と結婚した。
(17)芳香性含油樹脂のバルサム樹のこと。
(18)ヨルダン川西岸、死海の北西に位置するオアシスの町でパレスティナの古都。
(19)アルメニア王国のティグラネス大王(紀元前一四〇年–五五年)。
(20)ティグラネス大王の息子で、アルメニア王国の王位を継承したアルタヴァスデス二世(紀元前五四年–三四年)。彼はローマの同盟者であった
(21)初代ローマ皇帝アウグストゥス帝を指す。
(22)初代ローマ皇帝アウグストゥス帝の姉で小オクタヴィアと呼ばれた。彼女はマルクス・アントニウスの四番目の妻であり、カリグラ皇帝の曾祖母でもあり、暴君ネロの父方の曾祖母でもあった。
(23)金、宝石、香料で栄えた南アラビアの古国で、現在のイエメンに当たる。
(24)ローマの貨幣単位及び銀貨。
(25)ローマの元老院議員及び執政官(紀元前八七年–一五年)。

(26)昔はローマの神殿で現在は教会。アウグストゥス帝治世の間にマルクス・アグリッパによって制作を依頼された昔の敷地にある。
(27)ギリシア北西部の一地域。
(28)ギリシア本土西部の沿岸地方。
(29)古代ローマの軍人、政治家でローマ帝国初代皇帝のアウグストゥスの腹心で、後にアウグストゥスの娘婿となる。パンテオンやポン・デュ・ガルなど多数の建築物を建造した。
(30)ラテン語の原語で'hypnales serpents'「眠りをもたらす蛇」という。
(31)アフリカの砂漠の人種で、「浅黒のフジリア族」とヘロドトスの『歴史』にも書かれている。彼らは強力な薬草の知識が豊富で呪文も行うといわれる。

LXXXIX

(1)ユリウス・クラウディウス朝の家系に属する皇族の女性。父はマルクス・アントニウス、母はアウグストゥスの姉小オクタウィア。姉に同名のアントニアがいるので、通称小アントニアと呼ばれる。
(2)ローマ皇帝第二代皇帝のティベリウスの実父で、アウグストゥスの妻リウィアの最初の夫。
(3)大ドルルス(紀元前三八年―九年)はユリウス・クラウディウス朝の家系に属する古代ローマの軍人、政治家。ネロ・クラウディウス・ドルルスと呼ぶ。
(4)ユリウス・クラウディウス朝の家系に属する軍人。父はネロ・クラウディウス・ドルススで、母は小アントニアとして生まれた。
(5)リウィッラ・ユリア(紀元前一三年―紀元三一年)は第四代皇帝クラウディウスの姉。
(6)リウィア・ドルシッラはローマ皇帝アウグストゥスの妻。

（7）ルキウス・キンキンナトゥスは紀元前六世紀頃の共和政ローマ前期に登場する伝説的な人物。古代ローマ人の美徳と武勇を表す人物として後世へ伝えられた。
（8）古代ローマの執政官（紀元前二八二年、二七八年）及び監察官。
（9）マニウスの息子で共和政ローマ時代に三度執政官に就任し、サムニウム戦争を終結させた。
（10）伝承によれば、ルキウス・タルクィニウス・コッラティヌスの貞淑な妻。
（11）女性詩人スルピキアは共和政末期の政治家・法学者セルウィウス・スルピキウス・ルフスの娘である。

XC

（1）小アグリッピナは皇帝ネロの母親。父はゲルマニクス、母は大アグリッピナ。
（2）第三代ローマ皇帝（在位紀元三七年―四一年）。彼は小アグリッピナの兄である。
（3）LXXXIXの訳注（3）を参照。

XCI

（1）犬の頭をしたエジプトの冥界の神で、リコポリスの守護神。死者の魂をオシリスの審判の広場に導く役割を持つ。
（2）古代イジプトの主女神でオシリスの妻。牛の角を持つ姿で描かれる。
（3）アルゴス王アクリシウスの娘。青銅の塔に閉じ込められていたが、黄金の雨に姿を変えて忍び込んだユピテルに愛されて、ペルセウスを生んだ。
（4）メドゥサを退治し、アンドロメダを海の怪物から救って妻とした。
（5）ローマ帝国の第二代皇帝（在位紀元一四年―三七年）。初代皇帝アウグストゥスの養子。

（1）父はネロ・クラウディウス・ドゥルスス、母はマルクス・アントニウスの娘小アントニアの子として生まれた古代ローマ軍人（紀元前一五–紀元後一九年）。
（2）ユリウス・クラウディウス朝の皇族に近い親戚。母は大アントニア、父はルキウス・ドミティウス・アヘノバルブス。カリグラは義理の兄弟で、皇帝ネロの実の父親。
（3）古代ローマの政治家、軍人（紀元前九〇年–一〇年）。第二次三頭政治の一頭として政治の実権を握った。
（4）ローマ帝国第四代目の皇帝（紀元前一〇–紀元後五四年）。
（5）ローマ皇帝クラウディウスの皇妃（紀元二〇年–四八年）。
（6）クラウディウス帝の解放奴隷で巨富と権力を掌握したがネロ帝に殺された。
（7）皇帝カリグラの第三番目の皇妃（紀元一五年–四九年）。
（8）ローマ皇帝クラウディウスの二番目の妻（紀元一世紀前半）。
（9）ローマ帝国の皇帝（在位紀元六九年四月一六日–一二月二二日）。「四皇帝の年」の三番目の皇帝で在位は約一年。
（10）補助執政官を務め、クラウディウスの妻アグリッピナに雇われて自分の息子ネロとオクタヴィアヌスの娘オクタヴィアを結婚させる工作をさせられた。
（11）ローマ皇帝クラウディウスの皇妃（紀元二〇年–四八年）。
（12）ローマ初代皇帝アウグストゥスの末裔で、ローマのユリウス・シラヌス家の一員。
（13）ネロの最初の妻クラウディア・オクタウィアの弟。ブリタニア遠征での戦勝を記念して「ブリタンニクス」の称号が与えられた。
(14) 風の神アエオルスの息子でアエネアスの喇叭吹きのミセヌスに因んで命名されたカンパニアの岬。
(15) ラティウムの町で、ネロ帝の生地。〈運命の女神〉の神殿で有名。現アンツィオ。
(16) 紀元一世紀ころのローマの名士でネロ皇帝の母親アグリッピナの親戚。
(17) カンパニアの小さな町バイアエの付近にある湖。
(18) 紀元一世紀のローマの海軍将官。

XCIII
(1) 古代ローマの女解放奴隷でネロ皇帝の横暴政治反旗を翻した所謂「ピソの陰謀事件」の有力なメンバーであった。彼女は紀元六五年に自白せずに自殺した。
(2) 「ピソの陰謀事件」の主役はルキウス・ピソではなく、ガイウス・カルプルニウス・ピソで紀元六五年に起こった。
(3) イタリアの南部のティレニア海沿岸の地域でナポリが中心都市。
(4) ナポリ湾に面した港湾都市で、古代都市クーマエの遺跡がある。
(5) カンパニアの艦隊の千人隊長である人物。

XCIV
(1) 政治家、哲学者、雄弁家、詩人でもあっルキウス・アンナエウス・セネカの妻。
(2) ユリウス・クラウディウス朝時代のローマ帝国の政治家、哲学者、詩人、雄弁家。父親の大セネカと区別して小セネカとも呼ばれる。スペインのコルドバ生まれで、幼少期のネロの家庭教師を務めた。

（3）上記XCIII訳註（1）及び（2）参照。
（4）第五代ローマ皇帝ネロ・クラウディウス・アウグストゥス・ゲルマニクスの二番目の妻（紀元三〇年—六五年）。
（5）ローマ帝国ユリウス・クラウディウス朝期の軍人でアグリゲントゥム（現アグリゲント）の出身だが、ギリシアに元来ルーツを持つ家系といわれる。

XCV

（1）XCIV訳注（4）参照。
（2）有力なローマ市民でポッパエア・サビナの父親。
（3）ローマの騎士でポッパエア・サビナの最初の夫。
（4）三ヶ月間のローマ皇帝を務める。「四皇帝年」の第二代の皇帝（在位一五年一月一六日—四月一六日）。
（5）女解放奴隷でネロの貞淑な妻オクタウィアの傍らで皇帝の鍾愛をうけた。
（6）ローマの属州で現在のポルトガルを指す。
（7）紀元一世紀のローマの元老院議員。紀元三一年に「身代わり任命」の執政官となる。
（8）ローマ帝国ユリウス・クラウディウス朝の軍人で、後に元老院議員となる。
（9）ティレニア海上の小島で、ローマ皇帝から追放処分された者の流刑地。

XCVI

（1）紀元一世紀頃の皇帝アウルス・ヴィテッリウスの弟ルキウスの二番目の妻。
（2）「四皇帝の年」のローマ皇帝（在位紀元六九四月—十二月までの一年間弱）。

（3）ユリウス・クラウディウス朝期の政治家（紀元前五年－紀元後五一年）。
（4）ローマ皇帝（在位六九年－七九年）。
（5）ラティウムの海岸の町で現テッラチナに当たる。
（6）ラティウム南部にいた有力部族。紀元前五年－四年にローマに征服された。
（7）不詳。
（8）ローマの南東にあるポンテノ湿原の南西部の限界を示す岬として残る、現チルチオ山で標高五四一メートル。

XCVII

（1）ラテンローマの最初期のキリスト教徒の女流詩人（紀元後約三〇六／三一五年－約三五三／三六六年）。最も影響力のある貴族の家系の一員として自由七学芸を修めて教養があり、キリストの生涯を中心にウェルギリウスの作品群からそれらの詩片を再秩序化して韻文で『キリスト讃歌についてのウェルギリウスのケント』*Cento vergilianus de laudibus Christii.* を作詩した。
（2）ラティウム地方のウィテルボ州にある町で、ローマの北六〇キロに位置する。
（3）ギリシア・ローマ時代に源流を持ち、ヨーロッパの大学制度に中世以来導入された三学（文法、修辞学、論理学）と四科（算術、幾何学、天文学、音楽）の基礎自由七学芸をいう。これを基礎に、神学、法学、医学などの専門科目を修めた。
（4）共和政ローマの内乱の時代からオクタヴィアヌスの台頭に伴う帝政の確立期に生涯を送ったラテン文学の最大の詩人（紀元前七〇－紀元前一九年）。主な作品に『牧歌詩』、『農耕詩』と『アイネーイス』がある。

（5）ラテン語の'Cento《ケント》'とは「寄せ集め詩集」を意味する。

XCVIII

（1）第十五代ローマ皇帝アントニヌス・ピウスと后妃の大ファウスティナの娘で通称小ファウスティナ（紀元後一七六年頃－一七六年）と呼ばれる。

（2）第十五代ローマ皇帝でネルヴァ・アントニヌス朝の第四代皇帝（紀元八六年－一六一年）。妻の皇妃大ファウスティナの甥の哲人皇帝マルクス・アントニヌス・アウレリウスと娘の小ファウスティナを結婚させた。

（3）小ファウスティナの母大ファウスティナで皇帝アントニヌス・ピウスの妻。

（4）ウェティルス以下三名の姦通者たちに関しては詳らかでない。

（5）二世紀に生きた有能なローマ政治家で皇帝マルクス・アウレリウスの父親。

（6）ローマ皇帝マルクス・アウレリウスと后妃小ファウスティナの二番目の娘で三番目の子供（紀元一四八年－一八二年）。

（7）第十七代ローマ皇帝でネルウァ・アントニウス朝最後の皇帝（紀元一六一年－一九二年）。

（8）小アジア南部の山脈。カッパドキアとキリキアの間の隘路。

XCIX

（1）シリアの貴族の女性でローマ皇帝エラガバルスの母親（紀元一八〇年－二二二年）。

（2）アフリカ属州生まれの皇帝でセウェルス朝の創始者（紀元一四六－二一一年）。

（3）シリア人の第二五代ローマ皇帝で、ユリア・シュミアミラとセクストゥス・ウァリウス・マルケッルスの第二子（紀元二一八年―二二二年）。

（4）ローマ帝国の皇帝でセウェル朝の君主として第二代当主となる（在位紀元二〇九年―二一七年）。大浴場「カラカラ浴場」で有名である。

（5）第二二代ローマ皇帝（在位紀元二一七年―二一八年）。カラカラ帝暗殺の後を継ぎ即位。ムーア人の血を引く初めて皇帝である。

（6）オロンテス河畔のシリアの首都。

（7）自由民階級の出身の第一九代ローマ皇帝（在位紀元一九三年三月―同年六月）。五皇帝の年における二番目の帝位請求者であった。

（8）古代小アジア北西部マルマラ海、黒海に面した古代王国。

（9）M・クリウス・デンタトゥスはサビニ族、セノネス族の征服者で有名な家系。

（10）C・ファブリキウス・ルスキヌスはエピルスのピュッルス王との戦いで有名な家系。

（11）第二、第三ポエニ戦争でカルタゴ人を征服した大スキピオ・アフリカヌスと小スキピオ・アフリカヌスが有名である家系。

（12）監察官としてローマ人の奢侈・風紀を厳格に取り締まり、また文筆家としてローマの古代史や農耕史を残した大カトーや、孫の小カトーを輩出した名家系。

（13）ローマの七丘の一つで‘Quirinalis Collis’（Mons）で、現‘Monte Cavallo’に当たる。

C

（1）シリアの古都でソロモン王が建設したという伝えがある。

（2）古代エジプトのマケドニア系王朝（紀元前三〇六年―紀元前三〇年）。アレクサンドロス大王の死後、部下のプトレマイオスが創始した。

（3）セプティミウス・オダエナトゥスは通商都市パルミューラを根拠地にローマ帝国の東方属州を統括した人物（?－紀元二六七年）。ゼノビアと二五八年に後妻として結婚した。

（4）軍人皇帝時代のローマ帝国皇帝（紀元一九三年か二〇〇年－二六〇から二六四年）。

（5）ササン朝ペルシャ帝国のサポル一世、通称サポル大王（在位二四〇年－二七〇年）。

（6）ヴァレリウス・アウグストゥス皇帝の息子でその後継者。父親と同じくエトルリアの血を引いている（在位二五三年－二六八年）。

（7）ゼノビアと結婚前に、前妻とオダエナトゥスとの間に生まれた息子。

（8）イラクにある古代都市の遺跡で、バグダードの南東、チグリス川東岸に位置する。

（9）通称大マクリアヌスと呼ばれたローマの簒奪者《ユザーパー》。ヴァレリアヌス皇帝の財務官でもあった。

（10）通称小マクリアヌスと呼ばれた大マクリアヌスの息子でローマの簒奪者。

（11）同じく短命のローマの簒奪者《ユザーパー》。

（12）ローマ帝国の第四代皇帝（在位紀元四一年－五四年）。

（13）シリアのエメサ出身のヘレニズムの修辞学者・哲学者（紀元二一三年－二七三年）。

（14）ローマの軍司令官にして自称簒奪者（紀元二二〇頃－二六八年）。

（15）ゲルマニアの中部に住んでいた一部族。

（16）シリアのホムシの町の起源は五千年前で、古代セム族の崇拝するバアル神殿の所在地であった。古代ローマ時代にはこのホムシはエメサと呼ばれるようになった。

（17）ゼノビア軍の同盟軍。

（18）ローマ市の東三〇キロのアニオ河畔の町で現ティヴォリ川を指す。

(19)第一四代ローマ皇帝(在位紀元一一七年–一三八年)。

CI

(1)三学(trivium:文法、修辞学、論理学)と四科(quadrium:算術、幾何、音楽、天文学)の基礎学問の自由七学芸。尚、XCVII訳註(3)を参照。

(2)第一一八代教皇(在位九〇三年)。

(3)ローマ司教としての教皇の司教座聖堂を表わす。

(4)枢機卿のなかから互選で選ばれるカトリック教の最高位の教皇を表わす。

(5)使徒ペトロはカトリック教初代教皇とされる。

(6)西ローマにある丘の名前あるが、ティベリス川の西で古代ローマ市郊外に位置したため、いわゆるローマの七つの丘には入らない。

(7)ローマ帝国時代にラテラヌス家が豪華な邸宅をサン・ジョバンニ・イン・ラテラノ大聖堂に隣接する場所に構えていた。

(8)「大祈願祭」とはキリスト昇天祭の前の三日間で、カトリックでは四月二五日に連禱を唱えて行列行進をする。

CII

(1)東ローマ帝国イサウリア朝の第二代皇帝(在位七四一年–七五五年)。

(2)東ローマ帝国イサウリア朝の第三代皇帝で(在位七七五年–七八〇年)。イコン破壊運動(イコノクラスム)に寛容な態度を取ったので、破壊運動は鳴りを潜めた。

（3）東ローマ帝国イサウリア朝の第五代皇帝（在位七九七年―八〇二年）。レオン四世の皇后でコンスタンティヌス六世の母。ローマ帝国史上初の女帝。
（4）ニケフォルス二世で東ローマ帝国マケドニア朝の皇帝（在位九六三年―九六九年）。
（5）エーゲ海の北東部、トルコ沿岸に位置するギリシア領の島。女流詩人サッポーの生誕地である。
（6）フランク王国の王でカロリング朝を開いたピピン三世の息子で、神聖ローマ皇帝（在位八〇〇年―八一四年）。カロリングルネサンスの推進者としても有名である。

CIII

（1）ラウィニャニ家とは十二世紀のフィレンツェで聖ピエトロ城門の近くに住んでいたじつに尊敬された大貴族の家系。
（2）紀元前六年から二年頃―紀元三六年頃に生存した古代ユダヤの宗教家・預言者。ヨルダン川でイエスらに洗礼を授けた。父はザカリア、母はエリザベト。『新約聖書』の各福音書、特に「ルカによる福音書」参照。
（3）神聖ローマ皇帝オットー四世はドイツの二人のライヴァル王の一人で、一二〇九年―一二一五年まで神聖ローマ皇帝に就いた。

CIV

（1）神聖ローマ皇帝ヘンリー四世とシケリア王国を共同統治した（一一九四年―一一九七年）。
（2）オートヴィル朝の創始者グリエルモ（シケリアのウィリアム三世在位約八ヶ月）
（3）イタリア南東端の地区を指す。

（4）不詳。

（5）シケリア王（在位一一八九年－一一九四年）。アプーリア男爵ロジャー三世の庶子でリッチェに生まれた。

（6）神聖ローマ皇帝フェデリコ（フリードリヒ）一世でドイツ人（在位一一五五年－一一九〇年）。

（7）神聖ローマ皇帝エンリコ（ハインリヒ）六世（在位一一九一－一一九七年）。この物語の女主人公コンスタンティア（コンスタンツェ）の配偶者である。

（8）CIII訳註（3）を参照。

CV

（1）兄ルドウィーコの夭折により、一三五三年に一三才で王位を継承（在位一三五五年－一三七七年）。

（2）シキリア島北東部にある古代ギリシアの植民都市に遡る要衝の港町。

（3）シキリア島ラグーザにあり、現在はキアラモンテ・グルフィと呼ばれる基礎自治体（コムーネ）である。

（4）シキリア島北岸沖のティレニア海にある火山群島で、現イタリア名「イソレ・エオリエ」と呼ばれる。

（5）恐らくは、カラブリア公爵からナポリ王国の賢王ロベルト（一三〇九年－一三四三年）を指すものと思われる。また、アメリカの詩人H・W・ロングフェローの「シチリア物語——シチリア王ロバート」という作品もある。

CVI

（1）ナポリ王国のジョヴァンナ一世（一三二八年－一三八二年で在位一三四三年－一三八二年）。上述の賢王ロベルトの後継者。
(2) ユピテルとエレクトラの息子で、トロイアの創建者でトロイア王家の祖。
(3) 黒海北方のウィストゥラ川とヴォルが川に挟まれた地区の古代の名前。
(4) イタリア半島の中東部地方でエトルリアの東に位置する。
(5) イタリア中東部のアドリア海に臨む地方。
(6) ラティウム南部にいた有力な部族で紀元前五世紀－四世紀にローマに征服された。
(7) イタリア南部のナポリなどに住んでいた人種。
(8) イタリア半島南部のルカニア地方にいた人種。
(9) イタリア南部の人種。
(10) イタリア中部のラティウムに隣接した地域にいた人種。
(11) イタリア半島南東端にいた人種。
(12) イタリ半島南東端にいた人種。
(13) アプリアと同じでイタリア南東部で、現プーリアにいた人種。
(14) アペニン山脈中部の東側にいた部族。
(15) パエリニ族と同じでイタリア中部のラティウムに隣接した地域の部族。
(16) マルシ族はラティウムにいた一族で、同盟市戦争ではローマの強敵であった。
(17) 現フランスの南東部にいた一部族。
(18) アルプ・ド・オート・プロヴァンス地方のこと。

訳者あとがき——解説にかえて

本書は翻訳の底本として基本的には、Virginia Brown (ed.&tr.) *Famous Women* ［*De mulieribus claris*］（The I Tatti Renaissance Library1 – Bilingual edition）, Harvard University Press, 2001. に依拠した。また Vittorio Zaccaria (ed.), Jean-Yves Boriaud（tr.）*Boccace, Les Femmes Illusres / De Mulieribus Claris,* (Classique De L'humanisme – Bilingual edition), Les Belles Lettres, 2013. を適宜参照した。

本書は人類原初の母エヴァに始まり、著者ボッカッチョ（一三一三―一三七五）と同時代人でナポリ王国の王妃ジョヴァンナ一世に至るまで、神話または歴史上の著名婦人計一〇六名の伝記集を一〇四章仕立てで描いた、いわゆる『名婦列伝』である。著者はこの書を一三六一年から一三六二年にフィレンツェの南西三五キロに位置する彼の所縁《ゆかり》の地チェルタルドで書きあげ、一三七五年の彼の生涯の終りまで、訂正と推敲を繰り返した名婦たちの伝記集である。作者の献辞にもあるように、作者は最初このナポリ王国の王妃ジョヴァンナ一世へ献呈することを考えたが、かかる「小著」'libellum'はこの赫々たる栄誉に輝く王妃陛下にふさわしくないと考え、王妃の大執事でボッカッチョの旧友ニッコロ・アッチャイウォリの妹であるアルタヴィッラ伯爵夫人アンドレア・アッチャイウォリへ献呈した。

ボッカッチョはその著作活動の前半は、恋愛抒情詩や『フィロストラート』（一三三五―一三四〇）、『フィロコロ』（一三三六―一三三九）、主著『デカメロン』（一三四九―一三五二）や『コルバッチョ』（c. 一三六五）など、いわゆる宮廷風散文ロマンスを俗語のイタリア語で書いてきた。しかし、一三五〇年一〇月にフィレンツェを訪問するペトラルカを歓迎する特命を受け、この大詩人を自宅に賓客として迎え入れてから、この二人の出会いはじつに稔り多いものとなり、彼らは終生の友人となった。彼はペトラルカを師《マギステル》と崇め、ペトラルカは彼に古代ギリシア・ラテン文学の研究を奨励する。こうして、ペトラルカが主張する古典文献の発掘とギリシア思想の再認識の推進に始まるイタリア・ルネサンス人文主義運動の影響を深く受けて、ボッカッチョは全八巻七十名の名士と名婦から成る『名士の没落について』*De casibus virorum illustrium*（c. 一三六〇）や、ペトラルカの未完の伝記集『名士列伝』*De viris illustribus*（一三三七―一三五一）に範を得て、著名な女性たちだけから成る本伝記集『名婦列伝』*De mulieribus claris*（一三六一／二―一三七四）を著し、さらにはギリシア・ローマ神話の百科全書ともいえる『異教の神々の系譜』*Genealogia deorum gentilium libri*（一三六〇―一三七四）と『牧歌集』*Buccolicum carmen*（一三六七―一三六九）など、ラテン語による作品群を書いたのである。

著者ボッカッチョはこの『名婦列伝』の序文で、古典古代から『名士列伝』なる伝記集は優れた多くの著者に書かれてきたが、女性だけから成る伝記集は未だないゆえに、古代から現代（十四世紀後半）に至る、さまざまな女性たちの伝記集を「教訓的例話」'moral *exempla*' として書き上げる旨を述べている。その意味で、本書『名婦列伝』は西欧文学の中で女性たちのみを扱う最初の「女性伝記集」ということになろう。

本書の序文にも明らかなように、著者が本書で扱う人物は原則として古代ギリシア・ローマの異教徒の女性たちであり、キリスト教徒の女性たちは聖人伝などで既に賞賛されているので、意図的に除外した旨を述べている。ここにも既にペトラルカの人文主義者としての影響が見て取れよう。本書の登場人物の配列は凡そ時系列に従い、先ず人類原初の母エヴァ（I）に始まり、次はアッシリアの女王セミラミス（II）と続き、その以後には六人の異教の女神たち（III-VIII）がくる。次に英雄や半神的な高い身分の古典古代のギリシア・ローマ神話上の一連の女性たち三五人（IX-XLIII）が登場する。最後に「歴史的」人物像と呼びうる一連の女傑たち（XLIV-CVI）が描写される。しかし、最後の（CI-CVI）の六名は古典古代より以降、即ち、中世時代に生きた女性たちであるのを見ると、ボッカッチョの最初の計画は古典古代の女性たちに限定して、丁度百名の伝記集を企てていたと推定する学者もいるようである。そして、本書は形式に則り、著者の人物選定や読者に不適切と思える文言の釈明などを含む「結論」をもって全巻が完結する。

本書『名婦列伝』の各伝記の描写方法は聖ヒエロニュムスの一三五名から成る『キリスト教偉人伝』或いは『教会著作者列伝』*De viris Illustribus* or *De scriptoribus ecclesiasticis*（四世紀後半）や、先述したペトラルカの『名士列伝』から借用した同じ形式に大部分従っている。つまり、各伝記はその女性の名前、その家系、その地位や階級の描写から始まる。次に、その女性の名婦たる理由を概略し、さらに彼女がいかにして名声を博するようになったかを物語風に詳述する。作者は自分の記述を権威づけるため、中世文学でも常套手段である学識ある権威者たちに頻繁に言及する。最後に、伝記の締め括りには道徳的教訓や訓戒が付される。

ボッカッチョが本書の中でいわゆる「権威づけ」するため援用した古典古代の著作者たち、即ち'auctoritates'の中で主な人々やその作品を挙げると、キケロ『神々の本性について』*De natura deorum*, セヴィリアのイシドルス『語源論』*Etymologiae*, フラウィウス・ヨセフス『ユダヤ古代誌』*Antiquitates iudaicae*, リウィウス『ローマ建国史』*Ab urbe condita libri*, オウィディウス『祭歴』*Fasti*,『名婦の書簡』*Heroides*,『変身物語』*Metamorphoses*, プリニウス『博物誌』*Historia naturalis*, スエトニウス『皇帝伝』*De vita Caesarum*, スタティウス『テーバイス』*Thebais*, ウァレリウス・マクシムス『著名言行録』*Factorum et dictorum memorabilium libri*, それにウェルギリウス『アエネーイス』*Aeneis*,『牧歌集』*Eclogae*,『農耕詩』*Georgica* 等々が挙げられる。とりわけ、(CI-CVI)の中世の女性たちに関しては、ボッカッチョと同時代の年代記作者たちの書物に負うといわれる。

著者は本書『名婦列伝』の著作の目的を「序文」で「善悪いずれであれ、世にその名を馳せた一〇六名の著名な婦人たちの伝記を後世の人々の教訓として書いたのであり、悪女の行動は善女の行為によって美徳へと導かれ相殺されるし、著者が善悪さまざまなタイプの女性たちの伝記を組み合わせて書いたのは、女性の美徳を奨励して、悪徳を抑制するのがその願いであるから」という。因みに、著者が本書のなかで女性に推奨する徳目は「貞節」、「謙虚」、「抑制」「献身」、「従順」、「忍耐」と「誠実」という、ボッカッチョが『デカメロン』の第十日第十話で語る「忍従」と「忠誠」の妻の鑑たる「グリセルダ」に体現される理想の美徳である。(尚、近藤恒一氏によれば、この『デカメロン』最後の「グリセルダ物語」をペトラルカが『妻の素晴らしい忍耐と忠誠について』'De insigni obedientia et fide uxoris'の表題でラテン語に訳し、手紙を添えてボッカッチョに贈った(『老年書簡集』第一七巻三)。『デカメロン』がアルプスを越えて全欧的に読まれ始めるのは、じつはこのペトラルカ訳によってであるといわれる。）

しかし、彼が援用した古典古代の作家たちの女性観との関連において、本書におけるボッカッチョ自身の女性観の問題は複雑化しているように見える。つまり、彼は「献辞」で「名婦たちを褒め称える小著‘libellum’を書くというが、一見するとそれとは相反する古代中世時代からの伝統的女性観である「女性蔑視《ミソジニ》」或いは「反女性主義《アンティフェミニズム》」の文言の羅列が見られるのである。

例えば、先ず、著者は「女性は心身ともに男性には劣る」と公言して憚らない。（「献辞」(5,「序文」4, XCLLL.6)、その他女性は生来「頑固」‘obstinate’で「強情」‘inflexibilis’ LXVI.6)、「吝嗇」tenacitas’ (LXIX.6.)、「臆病で怯《おび》える」‘exanimari’ (CXVI.4.)、「疑い深い」‘suspitiosus’ (LXXIV.4.)、「淫らな」‘lascivia’ (XCV.2.)、「貪欲な」‘tenacitas’ (CV.32.)、「女性は才能と予見能力で男性に劣る」‘si ingenio et divinitate pervigiles valent femine (XXVI.9.)。これらの文言を読むと作者の女性に対する態度は特段に肯定的には見えない。しかも、著者が女性に与える最高の褒め言葉は「男性のように」とか「大抵の男性の力を越える偉大な行為を行える女性」という言葉が随所に頻出するのである。

しかしながら、ボッカッチョは古代中世時代の女性観に今なお影響されているけれども、この『名婦列伝』の中では、一五世紀のイタリア・ルネサンス期の人文主義者の書物でより鮮明に現われ、きわめて一般的となる女性観の顕著な前兆が描かれている。即ち、それは少なくとも才能ある女性が芸術、文学、公的社会活動において貢献して名声を求め手に入れるのは、当然それに値することであるという考え方である。例えば、ボッカッチョが本書において、イシス (VIII.4)、ニコストラタ（XXVII.1.）、ニカウラ（XLIII.2.）やプロバ（XCVII.4.）のような女性の文学的業績とかタマリス（LVI.2）の絵画に対する真摯な崇敬の念はその証左となろう。この意味からも、これらの伝記集は中世的な女性観がより近代的な女性観へと、女性の潜在能力の容認の歴史的な転換期の一瞥を現代の読者に与える作品と言えるかも知れない。

この作品の当時の人気の度合いは伝存する写本の数が百冊を優に越えることからも窺い知れる。この数は手製の写本の最後の時代としても異常に多いと言われる。さらに、本書の人気のもう一つの尺度として、ラテン語版が世に出廻るや否や、さまざまな俗語による翻訳本が現われたことにある。先ず、ボッカッチョとペトラルカ両人の友人であるドナート・デリ・アルバンツァーニが一三九〇年代にイタリア語に翻訳した。その直後に、フラ・アントニオ・S・ルピドが新たなイタリア語訳を出版する。フランスでは、かの有名なローラン・ド・プルミエフェに帰されるフランス語翻訳版が一五世紀の初頭に出版された。ドイツでは、ハインリヒ・シュタインヘヴェルはラテン語原本が未完の間に既にドイツ語訳を出版した。さらに、一四四〇年頃に、計二一章と、序文、結論の中世英語による韻文の英訳本が出版された。スペインでは、一四九四年と一五二八年にサラゴサとセヴィリァでスペイン語訳が出た。十六世からはさらに三つの翻訳が出版されて、その一つはヘンリー・パーカーによる四六人の伝記集の英語の抄訳であり、これは英国王ヘンリー八世へ献呈された。そして、ジュゼッペ・ベッツシとルカ・アントニオ・リドルフィによるイタリア語訳本が出たのである。

印刷術発明後も暫くの間本書は人気を維持して、ラテン語原文の「初版本」'editio princeps' は一四七三年にドイツのウルム（Ulm）でヨハン・ツァイナーによって印刷出版された。その後二種類の揺籃期本《インクナブラ》が一四七四年頃にシュトラスブルグと一四八七年にルーヴァンで出版されている。ボッカッチョの自筆（自署）写本に基づくヴィットリオ・ザッカリアのラテン語校訂本が一九六七年に出版されたのは、初版本から四〇〇年以上も経っている。このザッカリア版の第二版はイタリア語の対訳付きで一九七〇年に出版されたが、現在入手困難となっている。

次に、ここでは本書『名婦列伝』が後世の作者たち、特にG・チョーサーとクリスティーヌ・ド・ピザン等々についてその影響を少々述べてみたい。先ず、チョーサーの『カンタベリー物語』の中の「修道士の話」（一三七〇年以降）は十六人の英雄や女傑が気紛れな〈運命の女神〉の悪戯で没落をする悲劇の縮約版であるが、失墜の大天使ルキフェル、人祖アダム、アレクサンドロス大王、カエサル等々とともに、パルミューラの王妃ゼノビアが登場する。チョーサーはボッカッチョの七〇名の名士や名婦を扱う『名士の没落について』に物語の基本構想を得て、ゼノビアに関しては本書『名婦列伝』の第百話「ゼノビア」に関する全章を翻訳して一つの物語に利用したとされる。さらにチョーサーは『善女物語』の全体的構想をボッカッチョの『名婦列伝』に倣って未完ではあるが九名の神話や歴史上の著名な婦人たちを扱い描いている。それらの登場人物の順序はクロノロジカルに配置されて、その伝記の描写方法もボッカッチョの『名婦列伝』を踏襲していることが挙げられよう。しかし、チョーサーはまたある女性たちの情報をボッカッチョのその他のラテン語作品、即ち『名士の没落について』や『異教の神々の系譜』からも借用している。また、十六世紀のイギリスの詩人エドマンド・スペンサーもこのボッカッチョの作品を彼の全六巻から成る叙事詩『妖精の女王』*Faerie Queene*（一五九〇－一五九六）に利用している。また同じく十六世紀のイギリスの外交官、学者のサー・トマス・エリオット（Sir Thomas Elyot）には本書をモデルにした類型の『善女の擁護』*Defence of Good Women*（一五一四）という作品もある。

次に、クリスティーヌ・ド・ピザンの『女の都の書』*Livre de la cité des dames*（一四〇五）はボッカッチョのこの『名婦列伝』をその出発点として利用している。しかし、ピザンの場合は、『薔薇物語続編』に描かれるジャン・ド・マンの辛辣な「女性蔑視」や「女性嫌悪」に起因するいわゆる『薔薇物語』論争において、「女権擁護」の立場から出発したとされる。彼女の『女の都の書』は女性の教化向上を意図し、男性の中傷を逃れて自立した女性たちが暮らす「都市」に関する寓意的な作品である。本書は三部に分かれて、さながら「女性の目録《カタログ》」よろしく、第一部では三六名、第二部では九五名、第三部では三〇名の計一六一名を優に越える古典古代の神話や歴史上、さらにはキリスト教徒の名婦たちをこの中で論じられる。当然ここにはボッカッチョの『名婦列伝』や『名士の没落について』の強い影響が見られる。当時フランスの知識人の間でも知る者が少なかったダンテやボッカッチョの作品に着想を得たとされ、ラテン語やイタリア語をも理解できたピザンゆえの作品であるといえよう。

このような伝記文学の背後には、例えば、『仕事と日』や『神統記』の作者ヘシオドスの作品に一時は帰せられた『名婦列伝（Ἠοῖαι《エーホイアイ》）』五巻がある。この書は神々と契って英雄を生んだ女性たちを歌うものである。また、ヘレニズム期の伝記大全といわれる『名士列伝』*Περί ἐνδοξῶν ἀνδρῶν*（＝*De viris illustribus*）の伝統はやがて古代ラテン文学へと引き継がれていく。しかし、われわれに最も馴染み深い伝記集はプルタルコス（四六年から四八年頃－一二七年頃）の古代ギリシアの人物と古代ローマの人物を対比して描いた各二三篇の総計四十六名の伝記から成る『対比列伝（英雄伝）』*Vitae Parallelae* (*Βιόι Παράλληλόι*) であろう。しかし、このプルタルコスにはその著書『倫理論集』（モラリア）のなかに、「女性たちの美徳（＝勇気）」を讃えて、二七名の女性たちだけを扱った『（勇敢な）名婦列伝』*Mulierum virtutes* (*Γυναίκῶν άρετα*) という伝記集がある。（これが真実とすれば、ボッカッチョは知らなかったことになろうか?!）次には、十二名のローマ皇帝の伝記を描いたスエトニウス（七〇年頃―一四〇年頃）の『ローマ皇帝伝』*De vita Casarum* がある。スエトニウスにはさらに文法学者、修辞学者、詩人、歴史家などを中心に描いた伝記集『偉人列伝』*De viris illustribus* の断片が伝存する。またコルネリウス・ネポスの作品で『著名な人物について』*De viris illustribus* の中で伝存する『外国の名将たち（英雄伝）』*De excellentibus ducibus exterarum* がある。このように 'De viris illustribus'（「名士伝」或いは「偉人伝」）の表題を冠するラテン語の著作は数多く古典古代には存在したのである。後にペトラルカが着想を得て自ら同名の書を編纂したとされる逸名氏の『ローマ共和政偉人伝』*De viris illustribus urbis Romae* もその一つである。さらには、聖ヒエロニュムスも『キリスト教偉人伝』*De viris illustribus* を書いている。これは一三五名の比較的短い伝記の集成であるが、三九二年―三年にベツレヘムで完成したと言われる。ヒエロニュムス自身も一三五章の最終章で自らの伝記を書いている。また、セヴィリァのイシドルスもキリスト教の見地から『名士列伝』*De viris illustribus* を著している。このような古典古代のギリシア・ラテン文学の伝統がイタリア・ルネサンス人文主義者であるペトラルカやボッカッチョによる伝記集として受け継がれて、彼らを泉源に中世英文学のチョーサーや中世仏文学のクリスティーヌ・ド・ピザンを始め、その後の西欧文学の作品に大きな影響を与えることになるのである。

本書を翻訳するにあたり、ラテン語の原文に即してできる限り文意の判りやすい訳文を心掛けたつもりです。また、各〔訳注〕については関係資料にあたり厳密を期したつもりですが、浅学非才ゆえの遺漏や瑕疵があることを懼れます。読者諸賢の皆さまの忌憚のないご教示・ご叱正を頂ければ幸甚に存じます。

なお最後に、この度本書を出版するにあたり、煩雑な編集・校正を初めいろいろと貴重な配慮を戴いた論創社の編集担当部長の松永裕衣子さんにこの場を借りて心よりお礼を申しあげます。

平成二十九年六月　梅雨の晴れ間に

寓居にて　訳者

ライプブラント＝ヴェトライ、A.／ライトブラント、W.（鎌田道生／孟真理訳）『エロスの系譜―西洋の文化と精神における愛　古代の神話から魔女信仰まで』鳥影社、2005。

ルイス、R.W.B.（三好みゆき訳）『ダンテ』（ペンギン評伝双書）、岩波書店、2005。

________.（近藤恒一訳）『わが秘密』岩波文庫、1996。

________.（池田簾訳）『カンツォニエーレ―俗事詩片』名古屋大学出版会、1992。

________.（近藤恒一訳）『無知について』岩波文庫、2010。

________.（池田簾訳）『凱旋』名古屋大学出版会、2004。

ペトラルカ／ボッカッチョ（近藤恒一訳）『ペトラルカ＝ボッカッチョ往復書簡』岩波文庫、2006。

ペルヌー、レジーヌ（福本秀子訳）『中世を生きぬく女たち』白水社、1988。

ボッカチョ（平川祐弘訳）『デカメロン』（上中下）、河出文庫、2017。

________.（柏熊達生訳）『デカメロン』（上中下）、ちくま文庫、1987-88。

ボッカッチョ、ジョバンニ（岡三郎訳）『フィローストラト』（トロイア叢書）、国文社、2004。

ホプキンズ、アンドレア（森本英夫訳）『中世を生きる女性たち―ジャンヌ・ダルクから王妃エレアノールまで』原書房、2002。

ホームズ、G.（高柳俊一／光用行江訳）『ダンテ』（コンパクト評伝シリーズ）、教文館、1995。

ボルヒャルト、R.（小竹澄栄訳）『ダンテとヨーロッパ中世』みすず書房、1995。

マリエッティ、マリーナ（藤谷道夫訳）『ダンテ』（クセジュ文庫）、白水社 1998。

宮下志朗『神をも騙す―中世・ルネサンスの笑いと嘲笑文学』岩波書店、2011。

村川堅太郎編『プルタルコス英雄伝』（上中下）、ちくま文庫、1987。

ムッツァレッリ、M.G.（伊藤亜紀訳）『フランス宮廷のイタリア女性―「文化人」クリスティーヌ・ド・ピザン』知泉書館、2010。

望月紀子『イタリア女性文学史―中世から近代へ』五柳書院、2015。

森田鉄郎編訳『ダンテ―イタリアルネサンス最大の詩人』（世界を創った人８）、平凡社、1979。

米川良夫『ダンテと現代』沖積舎、2006。

1995。

―――――（笹本長敬訳）『カンタベリー物語』（全訳）、英宝社、2002。

デ・サンクティス（藤沢道郎／在里監司訳）『イタリア文学史Ⅰ　中世篇』現代思潮社、1970。

―――――（藤沢道郎／在里寛司訳）『イタリア文学史Ⅱ　ルネサンス篇』現代思潮社、1973。

デュビー、ジョルジュ（新倉俊一／松村剛訳）『十二世紀の女性たち』白水社、2003。

テオクリトス（古澤ゆう子訳）『牧歌』（西洋古典叢書）、京都大学学術出版会、2004。

西村政人「ボッカチョの“Gentil”“Gentilezza”とチョーサーの“Gentil”“Gentilesse”の比較」『豊橋技術科学大学人文科学系紀要』20, 77-90, 1998。

野上素一監修『ボッカチオ』（世界の文豪５）、タイムライフ・インターナショナル、1970。

パウア、アイリーン（中森義宗／安倍素子訳）『中世の女たち』新思索社、1977。

ビスティッチ、ヴェスパシアーノ・ダ（岩倉具忠／岩倉翔子／天野恵訳）『ルネサンスを彩った人びと―ある書籍商の残した『列伝』臨川書店、2000。

平川祐弘『中世の四季―ダンテとその周辺』河出書房新社、1981。

―――――『ダンテの地獄を読む』河出書房新社、2000。

―――――『ダンテ『神曲』講義』、河出書房新社、2010。

深草真由子「『デカメロン』のテキストとベンボ：俗語散文の模範となった「ボッカチョ」とは」『イタリア学会誌』56（0), 144-166, 2006。

藤谷道夫『ダンテ『神曲』における数的構成』慶応義塾大学教養教育センター選書、2016。

ヘシオドス（廣川洋一訳）『神統記』岩波文庫、1984。

―――――（中務哲郎訳）『ヘシオドス全作品』（西洋古典叢書）、京都大学学術出版会、2013。

ペトラルカ（近藤恒一訳）『ルネサンス書簡集』岩波文庫、1989。

ネ 宮廷人』(東海大学古典叢書)、東海大学出版会、1987。

清瀬卓「ルネサンス文芸論序説―『異教の神々の系譜』第14巻におけるボッカチョの詩学」『イタリア学会誌』45 (0), 100-130, 1995。

呉茂一／高津春繁／佐藤朔他（編）『世界名詩集大成〈1〉古代・中世篇』平凡社、1963。

ケルナー、マックス／ヘルバース、クラウス（藤崎衛／エリック・シッケタンツ訳）『女教皇ヨハンナ―伝説の伝記』三元社、2015。

近藤恒一『新版　ペトラルカ研究』知泉書館、2010。

――――.『ペトラルカ―生涯と文学』、岩波書店、2002。

――――.『ペトラルカと対話体文学』創文社、1997。

佐藤三夫『ヒューマニスト・ペトラルカ』(ルネサンス叢書)、東信堂、1995。

清水廣一郎『中世イタリア商人の世界―ルネサンス前夜の年代記』平凡社、1982。

スエトニウス（国原吉之助訳）『ローマ皇帝伝』(上下)、岩波文庫、1986。

田部重治『中世ヨーロッパ文学史』法政大学出版局、1966。

ダンテ・アリギエーリ（平川祐弘訳）『神曲』(地獄篇、煉獄篇、天国篇)、河出文庫、2008/9。

――――.（壽岳文章訳）『神曲』(地獄篇、煉獄篇、天国篇)、集英社文庫、2003。

――――.（三浦逸雄訳）『神曲』(地獄篇、煉獄篇、天国篇)、角川ソフィア文庫、2013。

――――.（平川祐弘訳）『新生』河出文庫、2015。

――――.（三浦逸雄訳）『新生』角川文庫、1967。

――――.（山川丙三郎訳）『新生』岩波文庫、1948、1997。

――――.（岩倉具忠編訳）『ダンテ俗語詩論』(東海大学古典叢書)、1984。

チョーサー、ジェフリー（西脇順三郎訳）『カンタベリ物語』(上下)、ちくま文庫、1987。

――――.（桝井迪夫訳）完訳『カンタベリー物語』(上中下)、岩波文庫、

白水社、1958。

伊藤亜紀『青を着る人びと』東信堂、2016。

———.「ボッカチョ・リヴァイヴァル—『デカメロン』仏語写本に描かれた「クライマックス・シーン」」甚野尚志・益田朋幸編『ヨーロッパ文化の再生と革新』2016, 247-266頁。

———.「髪を梳く女傑—サルッツォのマンタ城壁画と『名婦伝』のセミラミス」『人文科学研究　キリスト教徒と文化』47号、2016, 33-50頁。

岩倉具忠『ダンテ研究』創文社、1988。

岩倉具忠他編『イタリア文学史』東京大学出版会、1985。

エンネン、エーディト（阿部謹也／泉真樹子訳）『西洋中世の女たち』人文書院、1992。

ウィルキンス、E.H.（渡邊友市訳）『ペトラルカの生涯』東海大学出版会、1970。

ヴィツトーレ、ブランカ（池田簾訳）「商人の叙事詩—中世のボッカチオ」『イタリア学会誌』6 (0), 6-33, 1957。

ウェルギリウス（泉井久之助訳）『アエネーイス』岩波文庫、1997。

———.（岡道男／高橋宏幸訳）『アエネーイス』（西洋古典叢書）、京都大学学術出版会、2001。

———.（杉本正俊訳）『アエネーイス』新評論、2013。

———.（小川昌宏訳）『牧歌／農耕詩』（西洋古典叢書）、京都大学学術出版会、2004。

オウィディウス（中村善也訳）『変身物語』（上下）、岩波文庫、1981、1984。

———.（田中秀央・前田敬作訳）『転身物語』人文書院、1966。

———.（高橋宏幸訳）『祭暦』（叢書アレクサンドリア図書館）、国文社、1994。

岡戸久吉『「デカメロン」と西鶴好色物』イタリア書房、1995。

オヴェット、アンリ（大久保昭男訳）『評伝ボッカッチョ—中世と近代の葛藤』新評論、1994。

カスティリオーネ（清水純一／天野恵／岩倉具忠訳）『カスティリオー

——. *Trionfi,* Introduzione e Note di Guido Bezzola, (I Classici della Bur), Biblioteca Universale Rizzoli,1984.

——. *Triumphi,* Gruppo Ugo Mursia Editore, 1988.

Pizan, Christine de, Rosalind Brown-Grant (tr.), *The Book of the City of Ladies*, Penguin Classics, 2000.

Pizan, Christine de, Sarah Lawson (tr.), *The Treasure of the City of Ladies,* Penguin Classics, 2003.

Ricketts, Jill M., *Visualizing Boccaccio—Studies on Illustrations of The Decameron, from Giotto to Pasolini,* Cambridge University Press, 1997.

Simpson, J., "The Sacrifice of Lady Rochford: Henry Parker, Lord Morley's Translation of *De Claris mulieribus,*" in M.Axton and J.P.carley (eds)., *'Triumphs of English.' Henry Parker, Lord Morley: Translator to the Tudor Court. New Essay in Interpretation,* London,2000, pp.153-69.

Skeat, Walter William, *The Legend of Good Women by Geoffrey Chaucer Done into Modern English,* Chatto and Windus Publishers, 1907.

Viertel, A., *Petrarca de Viris Illustribus—Ein Beitrag zur Geschichte der humanistischen Studentin*. Gottingen, 1900.

Willard, Charity Cannon, *Christine de Pizan Her Life and Works,* Persea Books,1984.

Wright, Herbert G. (ed.), Henry Parker & Lord Morley (tr.), *Forty-six Lives,* translated from Boccaccio's *De Claris Mulieribus* EETS No.214, Oxford University Press, 1943.

Zaccaria, Vittorio, *Boccaccio narratore, storico, moralista e mitografo* (Bibliotheca di Lettere italiane (book 57), Casa Editrice L. S. Olschki, 2001.

Ⅲ. 邦文関連文献抄

アウエルバッハ、E.（小竹澄栄訳）『世俗詩人ダンテ』みすず書房、1993。

アウルス・ゲッリウス（大西英文訳）『アッティカの夜１』（西洋古典叢書）、京都大学学術出版会、2016。

アリーギ、ポール（野上素一訳）『イタリア文学史』（文庫クセジュ）、

Franklin, Margaret., *Boccaccio's Heroines—Power and Virtue in Renaissance Society,* Routledge, 2006.

Gera, Deborah, *Warrior women—the anonymous Tractatus de mulieribus,* E.J.Brill, 1997.

Haffen, Josiane (tr.), *Boccace "Des Cleres et Nobles Femmes" Ms Bibl. Nat. 12420 (Chap I-LII)*, Annales Litteraires de l'Université de Besançon, 1993.

Hedeman, Anne D., *Translating The Past Laurent de Premierfait and Boccaccio's De Casibus,* The J.Paul Getty Museum, 2008.

Kirkham, Victoria & Armando Maggi (eds.), *Petrarca—A Critical Guide to the Complete Works,* University of Chicago Press, 2009.

Kirkham, Victoria, Michael Sherberg & Janet Levarie Smarr (eds.), *Boccaccio—A Critical Guide to the Complete Works,* The University of Chicago Press, 2013.

Kolsky, Stephen D., *The Genealogy of Women Studies in Boccaccio's De mulieribus claris,* Peter Lang, 2003.

________. *The Ghost of Boccaccio—Writings on Famous Women in Renaissance Italy,* Brepols Publishers, 2005.

Miller, Federic P & Agnes F. Vandome, John, McBrewwster (ed.), *De Casibius Vororum Illustrrium,* Alphascript Publishing, 2011.

Ovid, Harold lsbell (tr.) *Heroides.* Penguin Classics, 1990.

Patota, Giuseppe, *La grande belleza dell'italiano. Dante, Petrarca, Boccaccio,* I Robinson. Letture, 2015.

Petrarca, Francesco, A cura di Silvano et al., *De Viris Illustribus* I-IV, Le Lettere, 2003-15.

________. *De Viris Illustribus*, Edizione Critica per cura di Guido Martellotti, G.C.Sansoni Editore, 1964.

________. Mark Musa (tr.& notes), *Petrarch's The Canzoniere or Rerum vulgarium fragmenta,* Indiana University Press, 1996.

________. Philip Wicksteed (tr.), *Life of Dante,* Oneworld Classics Ltd., 1904.

________. Vittore Branca (ed.), *Decameron,* Mondadori, 1985.

________. Vittore Branca (ed.), *De Casibus virorum Illustrium.* In *Tutte le Opere de Giovannni Boccaccio IX.* Mondadori, 1964.

________. Vittore Branca (ed.), *Tutte le Opere* I-X, Mondadori, 1964-1970.

________. Vittorio Zaccaria (ed.), *Genealogia deorum gentilium,* In *Tutte le opera,* vols.7-8, Mondadori, 1998.

Boitani, P., "The Monk's Tale—Dante and Boccaccio," *Medium aevum* 45 (1976) 50-69.

Braden, Gordon, *Petrarchan Love and the Continenntal Renaissance,* Yale University Press, 1999.

Buettner, Brigitte, *Boccaccio's Des cleres et nobles femmes System of Signification In an Illuminated Manuscript,* University of Washington Press, 1996.

Change, Jane, *Medieval Mythography vol.3. The Emergence of Italian Humanism, 1321-1475,* University Press of Florida, 2015.

Chaucer, Geffrey, Larry D. Benson (ed.), *The Riverside Chaucer,* Oxford University Press, 1988.

________. *The Legend of Good Women,* in *The Rverside Chaucer,* Oxford University Press, 1988.

Cowen, Janet (ed.), *On Famous Women—The Middle English Translation of Boccaccio's 'de Mulieribus Claris'* (Middle English Text), Universitagsverlag Winter, 2015.

Croenen, Godfried and Ainsworth, Peter (eds.) *Patrons, Authors and Workshops Books and Book Production in Paris around 1400* (*Synthema*). Peeters Bvba, 2006.

Doronke, Peter. *Dante and Medieval Latin Traditions.* Cambridge University Press, 1986.

Elsa, Filosa, *Tre Studi sul De mulieribus Claris,* LED Edizione Universitarie, 2012.

Frank Jr., Robert Worth, *Chaucer and the Legend of Good Women,* Harvard University Press, 1972.

Works, New York University Press, 1976.
Boccaccio, Giovanni, David R. Slavitt (tr.) *The Latin Eclogues,* John Hopkins University Press, 2010.
———. *De Claris Mulieribus* (*German Edition*), Let Me Print, 2012.
———. *De mulieribus Claris,* a cura di Vittorio Zaccaria, Tutte le opera di Giovannni Boccaccio, vol.X, Mondadori, 1967.
———. G.H. Mcwilliam (tr.), *The Decameron,* Penguin, 1972.
———. Guido A. Guarino (tr.), 2nd, revised edition, *On Famous Women,* Italica Press, 2011.
———. Guido A.Guarino (tr. & notes), *Concerning Famous Women,* Rutgers University Press, 1963.
———. Janet Levarie Smarr (tr.), *Eclogues,* Garland, 1987.
———. Jon Solomon (ed. & tr.), *Genealogy of the Pagan Gods.* Vols., I-II, The I Tatti Renaissance Library, Harvard University Press, 2011-2017.
———. Laurent de Premierfait (tr.), *Des cas des nobles femmes.* 1400.
———. Lous Brewer Hall (ed.& introduction), *de Casibus Illustrium Virorum,* A Facsimili reproduction of the Paris edition of 1520, Scholars' Facsimile & Reprint, 1962.
———. Lous Brewer Hall (tr.), *The fates of Illustrious Men,* Federick Ungar Publishing, 1965.
———. Manlio Pastore Stocchi (ed.), *De montibus, silvis, fontibus, lacubus, fluminibus, stagnis, seu paludibus et diversis nominibus maris,* In *Tutte opere,* vol.8, Mondadori, 1988.
———. Mark Musa & Peter Bondanella (tr.), *The Decameron,* Signet Classics, Penguin, 1982.
———. N.R. Havely (ed. & tr.), *Chaucer's Boccaccio—Sources of "Troilus" and "Knight's" and "Franklin's Tales",* D.S.Brewer, 1980.
———. Pier Giorgio Ricci & Vittorio Zaccaria (eds.), *De casibus virorum illustrium,* In *Tutte le opere,* vol.9, Mondadori, 1983.
———. Virginia Brown (tr.), *Boccaccio Famous Women,* Harvard University Press, 2001.

参考文献抄

Ⅰ. 主な校訂版抄

Boccaccio, Giovanni, *De Claris Mulieribus*, 1st edition,1474, rep., 2017, Facsimile Publisher, Delhi, India.

Boriaud, Jean-Yves (tr.), *Boccace, Les Femmes Illustres / De Mulieribus Claris* (Classique De L'humanisme), Les Belles Lettres, Bilingual edition, 2013.

Brown,Virginia (ed.&tr.), *Famous Women* [*De mulieribus claris*] (The I Tatti Renaissance Library 1), Harvard University Press, (Bilingual edition), 2001.

Erfen, Irene und Schmitt, Peter (ed. & tr.), *Giovanni Boccaccio De Claris Mulieribus /Die großen Frauen,* Reclam, Univesal-Bibliothek, 1995.

Zaccaria, V. (ed.), *Tutte le opere di Giovannni Boccaccio,* vol.X: *De mulieribus claris* Mondadori, 2nd edition, 1970. (With an Italian Translation)

Ⅱ. 欧文関連文献抄

Armstrong, Guyda, Rhiannon Daniels & Stephen J. Milner (eds.), *The Cambridge Companion to Boccaccio,* Cambridge University Press, 2015.

________. *The English Boccaccio—A History in Books,* University of Toronto Press, 2013.

Bailey, Shackleton (ed.&tr.), *Valerius Maximus—Memorable Doings and Sayings,vols.I&II,* (Loeb Classical Library), Harvard University Press, 2000.

Baroin, Jeannne & Josianne Haffen (tr.), Boccace "Des Cleres et Nobles Femmes" Ms Bibl. Nat 12420 (Chap.l-Ll) Annales Litteraire de l' Université de Besançon, 498,1993.

Bergen, Thomas G., *Petrarch,* Twayne Publishers, 1970.

Blanca, Vittore, Richard Monges (tr.), *Boccaccio—The Man and His*

†訳者
瀬谷　幸男（せや・ゆきお）
1942年福島県生まれ。1964年慶應義塾大文学部英文科卒業、1968年同大学大学院文学研究科英文学専攻修士課程修了。1979～1980年オックスフォード大学留学。武蔵大学、慶應義塾大学各兼任講師、北里大学教授など歴任。現在は主として、中世ラテン文学の研究、翻訳に携わる。主な訳書にA. カペルラーヌス『宮廷風恋愛について―ヨーロッパ中世の恋愛術指南の書―』（南雲堂、1993）、『完訳 ケンブリッジ歌謡集―中世ラテン詞華集―』（1997）、ロタリオ・デイ・セニ『人間の悲惨な境遇について』（1999）、G. チョーサー『中世英語版 薔薇物語』（2001）、ガルテース・デ・カステリオーネ『アレクサンドロス大王の歌―中世ラテン叙事詩』（2005）、W. マップ他『ジャンキンの悪妻の書―中世アンティフェミニズム文学伝統』（2006）、ジェフリー・オヴ・モンマス『ブリタニア列王史―アーサー王ロマンス原拠の書』（2007）、『放浪学僧の歌―中世ラテン俗謡集』（2009）、ジェフリー・オヴ・モンマス『マーリンの生涯―中世ラテン叙事詩』（2009）（以上、南雲堂フェニックス）、P. ドロンケ『中世ラテンとヨーロッパ恋愛抒情詩の起源』（監・訳、2012）、W. マップ『宮廷人の閑話―中世ラテン綺譚集』（2014）、『シチリア派恋愛抒情詩選―中世イタリア詞華集』（2015）、『中世ラテン騎士物語―アーサーの甥ガウェインの成長記』（2016）、『完訳 中世イタリア民間説話集』（2016）、『中世ラテン騎士物語―カンブリア王メリアドクスの物語』（2019）、伝ネンニウス『中世ラテン年代記―ブリトン人の歴史』（2019）、ウィリアム・オヴ・レンヌ『中世ラテン叙事詩―ブリタニア列王の事績』（2020）、聖ヒエロニュムス『初期教父ラテン伝記集―著名者列伝』（2021）（以上、論創社）がある。また、S. カンドウ『羅和字典』の復刻監修・解説（南雲堂フェニックス、1995）、その他がある。

名婦列伝

2017年10月30日　初版第1刷発行
2022年10月31日　初版第2刷発行

著　者　ジョヴァンニ・ボッカッチョ
訳　者　瀬谷　幸男
発行者　森下　紀夫
発行所　論創社
東京都千代田区神田神保町2-23　北井ビル
tel. 03（3264）5254　fax. 03（3264）5232
web. http://www.ronso.co.jp/
振替口座　00160-1-155266

装幀／奥定泰之
組版／フレックスアート
印刷・製本／中央精版印刷
ISBN978-4-8460-1647-0　